무죄의 죄

INNOCENT DAYS

by HAYAMI KAZUMASA

Copyright ⓒ 2014 HAYAMI KAZUMASA
All rights reserved.
Original Japanese edition published in Tokyo, Japan by SHINCHOSHA Publishing Co., Ltd.

This Korean edition is published by arrangement with SHINCHOSHA Publishing Co., Ltd.
through Iyagi Agency, Seoul.

Korean translation copyright ⓒ 2020 Viche, an imprint of Gimm-Young Publishers, Inc.

무죄의 죄

イイノセント・デイズ

하야미 가즈마사 장편소설 박승후 옮김

비채

그날 아침, 계절이 움직였음을 실감했다.

도쿄 구치소 남쪽 수용동 독거실獨居室. 순시용 복도 너머 젖빛유리로 평온한 푸른빛이 보인다. 창으로 비쳐드는 햇빛은 부드러워졌고, 매미 소리도 언젠가부터 땅을 기는 벌레의 울음소리로 바뀌어 있었다.

다다미 위에 무릎을 꿇고 앉은 다나카 유키노는 살짝 숨을 내뱉었다.

테이블 위에 스케치북을 펼치고 바깥 풍경을 상상한다. 하지만 왠지 평소만큼 집중이 안 되어서 잘 떠오르지 않는다.

현대적인 구치소에 이감되던 날, 처음 든 생각은 방 창문에 쇠창살이 없다는 것이었다. 새것 냄새가 남은 독거실에는 사람이 지낸 흔적이 거의 없었다. 가뜩이나 여성 확정 사형수는 몇 되지 않는다. '죽음'의 냄새도 나지 않았다.

언젠가 드라마에서 본 것처럼 창살 너머로 하늘이 보이기를 기대했다. 바깥 경치를 살필 수 없음을 알았을 때 비로소 '독방'의 의미를 이해했다.

교도관에게 스케치북을 좀 달라고 했다. 젖빛유리를 보며 이맘때 풀과 나무를 상상한다. 일기를 쓰고 도화지에 계절의 하늘을 그리는 작업은 판결이 내려진 이후 육 년 동안 거르지 않고 계속해왔다.

그런데 오늘은 붓을 들 마음이 들지 않는다. 왠지 모르게 마음이 들떠 두 평쯤 되는 실내를 둘러본다.

책장 하단에 봉투가 하나 놓여 있다. 담당 변호사가 전해준 후원자 편지는 지금껏 삼백 통이 넘는다. 모두 훑어보았지만 마음을 흔든 편지는 없었고, 당연히 결심도 흔들리지 않았다.

다만 그중 한 명, 심경을 변화시킨 이가 있다. 자를 대고 그은 듯 또박또박한 글씨와 무미건조한 갈색 봉투. '절대로'라는 말이 빈번하게 쓰인 그의 편지는 유키노의 마음을 흔들고 말았다.

저기 놓은 편지는 초봄에 그에게서 받았다. 요코하마 시 야마테에 벚꽃이 만개했음을 알리는 글에서 거부할 수 없는 반가움을 느꼈고, 동시에 심하게 동요했다.

그때 처음이자 마지막인 답장을 적었다. 화창한 봄 햇살이 젖빛유리 너머로 비치던 날을 떠올리며 유키노는 입술을 꽉 깨문다.

그 순간 복도에서 여러 발소리가 겹쳐 들려온다. '09:07'이라는 디지털시계의 숫자가 눈에 들어왔다. 들어본 적 없는 발소리가 섞여 있음을 깨닫자 온몸 근육이 경직됐다.

발소리는 방 앞에서 멎는다.

"1204번, 출방."

여자 교도관은 의연하게 말하지만 눈이 발갛고 촉촉해져 있다. 유일하게 대화를 나눠본 교도관이다. 나이도 엇비슷한 그녀에게 미안한 마음이 치솟아 유키노는 도망치듯 시선을 피한다. 탁상달력이 시선을 붙잡는다.

9월 15일 목요일……. 그 날짜에서 운명 따위는 느끼지 않는다. 길었던, 너무도 길었던 삶에 드디어 막을 내릴 수 있다. 육 년 동안 줄곧 손꼽아 기다려온 날이다.

읽고 있던 편지를 다시 봉투에 넣으려는 순간, 복숭앗빛 종잇조각이 하늘하늘 떨어진다. 집어서 눈높이로 들어본다. 종잇조각인 줄 알았는데 밀랍으로 얇게 코팅된 꽃잎이다.

봄 향기가 코끝을 간지럽힌다. 착각이 아니다. 구치소에 들어온 뒤 육 년 동안 수없이 머릿속에 그렸으면서도 끝내 느끼지 못한 바깥 냄새다.

또다시 마주한 젖빛유리 너머로, 이번에는 선명한 경치를 상상해본다. 계절도 장소도 한참 멀다. 불과 10미터쯤 떨어진 바깥세상. 유채꽃에 둘러싸여 벚꽃을 활짝 피운 벚나무가 흔들린다.

어느새 흐트러진 호흡을 유키노는 애써 정돈한다.

제발 조용히 가게 해줘…….

보이지 않는 누군가에게 애원하며 의식을 잃지 않으려 애썼다. 그 와중에도 눈에 띄고 만 편지글 한 구절이 좀처럼 머릿속에서 떠나지 않는다.

'난 그럴 수 있을 거라 믿어. 나에겐 네가 필요해.'

다정하던 그의 목소리가 머나먼 어딘가에서 들린 듯했다.

イノセント・デイズ

프롤로그

"주문, 피고인을······."

　재판 방청이 취미예요. 술자리에서 무심코 털어놓으면 남자들은
어김없이 나를 이상하게 보았다. 하지만 법정에는 인생의 온갖 희비
가 응축되어 있다. 어떤 사건의 어떤 피고더라도 묻는 것은 같다. 당
신은 왜 이곳에 있는가? 그뿐이다.

　아직 열아홉 살이던 나를 '비장의 데이트 장소'라며 처음으로 법
원에 데려간 사람은 대학 영화동아리의 선배였다. 방청인이 거의 없
는 법정에서 우연히 보게 된 절도범은 필사적으로 자기 인생에 대해
하소연했다. 판사가 어이없어하건 말건 그는 홀로 진지했다.

　"굉장한데요. 돈 내고 영화를 볼 것도 없겠어요."

　나는 정신을 빼앗긴 채 선배의 귓가에 속삭였다.

　"이거야말로 연기잖아요. 저 사람, 어떻게든 죄를 가볍게 하려고

만 하지 절대 반성은 하지 않네요. 이렇게 인생이 걸린 일대 연극은 처음 봐요."

선배는 아연실색하더니 다시는 말을 걸지 않았지만 나는 이후로도 계속 법정을 드나들었다. 얼마 후에는 재판을 즐기는 요령을 알아냈다. 하나는 사건의 흐름을 쫓기 쉬운 공판 첫날 혹은 결심공판일을 노려야 한다는 것. 또 하나는 되도록 여성 피고인을 찾아야 한다는 것. 얽히고설킨 원한 관계에서 비롯된 사건이 많기 때문이다.

인상에 남은 재판은 수없이 많다. 예를 들면 보험금을 노린 독살 사건. 죄 없는 목숨을 넷이나 빼앗은 여자의 얼굴을 조금이라도 보겠다며, 그날 가스미가세키도쿄에 있는 중앙 관청가의 도쿄 지방법원에는 수많은 사람이 몰려들었다. 나 또한 방청 추첨에 참가하여 운 좋게 기회를 따냈다.

당첨번호가 적힌 추첨권을 방청권으로 교환한 뒤 방청석 뒤편 지정석에 앉았다. 이상한 느낌이 든 것은 옆에 앉은 남자 얼굴을 봤을 때다. 은테 안경에 눈을 덮도록 긴 앞머리, 슈트 차림에 서른 살가량. 일행이 없는지 회색빛 도는 눈동자는 법정만 지그시 보고 있었다.

그 얼굴이 일순간 천박해 보였지만 오히려 무척 바람직하다고 느껴졌다. 내게는 이 자리에서 정의감을 드러내는 외부인이 더 수상쩍어 보인다. 하나같이 울타리 밖에서 호기심 어린 눈길을 보내며 가슴 아픈 척할 뿐이다. 세상에 와이드쇼 따위가 존재하는 것이 하나의 진리라고 생각한다.

나는 재판을 제쳐놓고 내내 남자의 옆얼굴을 살폈다. 법정이 폐정

되고 자리에서 일어선 남자를 뒤쫓았다. 그러고는 지하철역 앞에서 불러 세워 먼저 무례함을 사과한 뒤 재판에 관한 나의 견해를 한껏 쏟아냈다. 그는 어안이 벙벙해져 있다가 이내 쓴웃음을 짓더니 "그렇게 단순한 것도 아니겠죠" 하고 난처한 듯이 어깨를 으쓱거렸다.

그날은 연락처만 나눴고 메시지와 통화로 서로 조금씩 친해졌다. 첫 데이트를 시작으로 몇 차례 젊은 남녀가 하는 일을 거듭한 끝에 우리는 사귀기 시작했다.

그는 겉보기와는 달리 이것저것 잘 챙겨주는 사람이었다. 얼마 안 있어 시작된 나의 구직 활동 때에도 성심성의껏 조언해주었다. "난 공무원이라 민간기업은 잘 모르지만" 하면서도 적극적으로 지원서를 첨삭해주었다. 그 덕분에 취업난이라는 이 시대에도 일찌감치 몇몇 회사에서 합격 통보를 받는 데 성공했다.

"넌 아저씨들 취향이라니까. 의외로 윗사람들이 당돌한 여자를 좋아해."

그는 그렇게 말하며 기뻐했으나 내게는 그리 와닿지 않았다. 어느 곳도 인생을 바칠 만한 회사로 보이지 않았다.

"저기 말이야, 공무원은 어때?"

사귄 지 벌써 일 년이 지나 있었다. 새삼스러운 질문에 그는 눈을 끔뻑거렸다.

"뭐, 나는 보람을 느껴. 하지만 너한텐 힘들 거야. 애당초 들어갈 수도 없고."

"어째서?"

"넌 절망적일 만큼 공공기관에서 좋아하는 타입이 아니거든. 민간 기업이 더 어울려. 애초에 정의감으로 일하지도 않잖아."

그는 짓궂게 웃었다. 깔보는 듯한 말에 발끈……하기는커녕 나는 처음으로 공무원 일을 의식하게 되었다. 그날 밤에는 "흠, 정의감이란 말이지" 하고 중얼대며 인터넷으로 정보를 뒤졌다.

4학년이 되기 직전 봄방학에 나는 그렇게 좋아하던 법정 출입을 그만두고 공무원 전문학원에 다니기 시작했다. 그와 같은 도쿄 도 공무원을 목표로 정했고, 5월에 시행된 1차 시험과 6월 하순의 2차 시험을 순조롭게 통과했다. 하지만 이제까지의 구직 활동과 달리 왠지 좋은 예감을 전혀 얻을 수 없었다.

그리고 맞이한 3차 면접시험에서 결국 실패하고 말았다. '거의 붙는다'라고 들었건만 나의 강점이라 여긴 '붙임성'이 전혀 먹혀들지 않았다. 공공기관에서 좋아하는 타입이 아니라는 그의 지적이 보기 좋게 적중한 꼴이었다.

8월 들어 불합격 통지를 받은 나는 스스로 뜻밖이라 느껴질 만큼 좌절했다.

"어떡할래? 재수할 거야?"

그는 위로랄 것도 없이 물었다.

"아니. 보류해둔 회사에 들어갈래. 그렇게 공무원이 되고 싶던 것도 아니고."

그는 애써 아무렇지 않은 척하는 내게 미소 지었다. 그러고는 "그럼 이건 필요 없겠네"라며 '당신의 정의감을 기다립니다'라고 적힌 팸플릿을 꺼냈다. '교도관 모집'이라는 글자가 보인다.

"생각해볼 여지는 있지 않을까 해서 전에 받아뒀어. 말해두는데 만만한 일은 아니야. 너한테 그만한 각오가 없으면 말이야."

"아직 응시할 수 있어?"

"사실 원서도 함께 받아놨어. 근데 마감이 내일모레야. 내가 말해놓고 뭐하지만 생각할 시간은 별로 없어."

교도관 일에 관해서는 당연히 잘 알고 있다. 법원을 뻔질나게 드나들며 몇 번이고 보았다. 그가 말한 '각오'가 있다고는 생각하지 않아도 그곳에 있는 내 모습은 머릿속에 쉽게 그려졌다.

"응시할래. 일단 시험은 볼게."

나는 서둘러 원서를 작성해서 인사처 사무국으로 가져갔다. 독하게 마음먹고 시험에 임했고, 특히 2차 시험인 면접에서는 도쿄 도 공무원 때와 같은 전철을 밟지 않으려고 지망 동기도 자기 PR도 철저히 위장했다. 오로지 면접관이 바랄 법한 수험자상을 연기해 보인 것이다.

하지만 마지막 질문을 받았을 때였다.

"이 일에서 가장 중요한 게 뭐라고 보십니까?"

나이 지긋한 면접관의 말을 듣고 충동적으로 나를 있는 그대로 드러내고 말았다.

"정의감이라고 대답해야 하겠습니다만, 사실 저는 그 느낌을 잘 모릅니다. 법원 방청을 몇 번 해봤는데 기자나 방청인을 보며 의문스러웠습니다. 전 그 사람들의 고지식한 정의감이 세상을 좋게 만든다고는 생각하지 않습니다."

싸늘한 분위기가 감돌았다. 바라던 대답이 아니라는 것은 알고 있었다. 마지막으로 "몸은 왜소해도 체력은 자신 있습니다"라고 작위적으로 말하고는 살짝 미소 지었다. 합격 통지를 받은 건 가을도 막바지에 접어든 11월 중순이었다.

그날 밤은 흥분한 탓에 좀처럼 잠이 오지 않았다.

"오랜만에 재판이라도 보고 오지? 지금껏 보던 광경과 달라 보일지도 몰라."

진작 잠든 줄 알았던 그가 등을 돌린 채 중얼거렸다. 나는 어둠 속에서 고개를 끄덕인 뒤 침대에서 나와 인터넷으로 재판 정보를 뒤졌다. 그리고 찾아냈다. 매스컴에서도 제법 다루던 방화 사건이다. '다나카 유키노'라는 이름을 똑똑히 기억하고 있다.

어느 날 학원에서 돌아오는 길, 그와 만나기로 한 술집에서 무심코 브라운관 TV를 보고 있었다. 마침 저녁 뉴스를 하던 참이었다. 아나운서가 직접 보고 온 듯한 어조로 방화범을 묘사했다. 외모와 성장 배경, 품고 있던 콤플렉스, 그리고 강렬한 질투심…….

브라운관 속 박복해 보이는 여자의 사진을 보고 있는데 옆자리 커플의 속삭임이 귀에 들어왔다.

"딱 그래 보이네."

남자가 대수롭지 않은 듯 말하자 여자도 곧바로 동의했다.

"왜 저런 여자는 남한테 해를 끼칠까? 학교에도 저런 사람 종종 있잖아."

이야기에 끼고 싶은 마음을 참았던 기억도 기억난다. 선정적인 속보가 많아서 싫어도 눈에 들어온 사건이었다. 그 공판이 머지않아 요코하마 지방법원에서 시작된다고 한다.

잠든 그의 숨소리가 새기는 일정한 리듬을 확인한 뒤 책상에 노트를 폈다. 그러고는 방청 사전준비 삼아 사건을 조사했다.

정보는 인터넷상에 무수하게 돌아다니고 있었다. 나는 무심코 펜을 움직였다. 사건 개요를 적은 노트는 눈 깜짝할 사이에 글씨로 가득 찼다.

***

벚꽃 꽃봉오리가 터지기 시작한 3월 30일, 오전 1시 무렵. JR 요코하마 선 나카야마 역 부근의 연립주택에서 불길이 치솟았다. 소방대의 구출 작업에도 불구하고 불에 탄 시신 세 구가 나왔다.

2층 맨 끝 집에서 참혹한 모습으로 운반되어 나온 사람은 이노우에 미카 씨(28세), 그리고 첫돌을 지난 쌍둥이 자매 아야네 양과 하스네 양. 요양원에서 일하는 가장 게이스케 씨(27세)는 야간근무 탓에 화를 면했으나 미카 씨의 배 속에는 여덟 달 된 태아도 있었다. 그 외에 연립주택 주민 네 명도 연기를 마시는 등 중경상을 입었다.

미카 씨의 집 앞에 등유가 뿌려진 점, 근처 강에서 등유를 담았던 용기가 발견된 점 등에 따라 경찰은 곧장 방화로 가닥을 잡고 수사를 시작했다. 다나카 유키노(24세)가 임의동행으로 연행된 것은 사건 당일 저녁의 일이다.

유키노는 자택에서 다량의 수면제 복용으로 자살을 기도하고 있었다. 경찰이 들이닥치면서 목숨을 건진 그녀가 잠에서 깬 직후 죄를 인정해 체포에 이르렀다.

유키노는 게이스케 씨의 옛 연인으로, 두 사람은 일 년 반 정도 교제한 뒤 사건이 일어나기 이 년 전에 헤어졌다. 먼저 헤어지자고 한 사람은 게이스케 씨였다.

그때 이미 게이스케 씨는 미카 씨와 사귀고 있었다. 하지만 유키노에게 털어놓았다가는 펄펄 뛸 것이 눈에 선했다.

게이스케 씨는 그저 헤어지고 싶다는 말만 되풀이했고, 유키노는 수긍할 수 없다며 물고 늘어졌다. 그런데도 명확한 이유를 듣지 못하자 점차 격분하더니 끝내는 이런 말까지 했다고 한다.

"당신이 나 말고 다른 누군가를 지키려 하는 거면, 그 여자 용서 못 해. 다 없애버리고 나도 죽을 거야."

두 사람의 말다툼은 두 달 이상 계속되었다. 버림받을까 두려워한 유키노의 행동은 정상 범주를 넘어섰다. 게이스케 씨는 그즈음 요양사 일을 시작했는데, 업무중에도 쉴 새 없이 전화를 걸었다.

만성 수면 부족과 구역질 때문에 게이스케 씨는 정신적으로 피폐해져갔다. 그 무렵 미카 씨가 임신을 판정받았다. 내 가족을 지켜야 한다고 스스로 타이른 끝에 게이스케 씨는 매몰차게 유키노와 연을 끊겠노라 마음먹었다.

휴대전화번호를 바꾸었고 본가 전화번호까지 변경하게 했다. 정든 가와사키를 떠나 친구 도움으로 요코하마 시 미도리 구 주택가에 미카 씨와 보금자리를 꾸렸다. 유키노에게 알려질까 봐 새벽에 이사하는 주도면밀함을 발휘했다. 전에 살던 연립주택 주인은 물론 부모에게도 알리지 않았고 거주지 변경 신고마저 한동안 하지 않았다.

유키노에게서 연락이 뚝 끊겼다. 그럼에도 두 사람의 관계는 가늘게나마 이어졌다. 게이스케 씨는 유키노에게 150만 엔 가까운 빚이 있었기 때문이다. 재촉받은 건 아니지만, 돈을 빌려준 게 고맙기도 하고 찜찜하기도 해서 빚까지 어물쩍 넘기려 하지는 않았다.

이사한 달부터 게이스케 씨는 유키노의 계좌에 매달 3만 엔씩 입금했다. 17만 엔가량의 요양사 급여로 가족을 부양하며 돈까지 갚으려니 당연히 생활은 빠듯했다. 그렇지만 결코 거르는 일은 없었다.

이듬해에는 쌍둥이 자매를 얻어 힘든 와중에도 행복한 나날이 찾아왔다. 하지만 변제를 시작한 지 일 년 반쯤 지났을 무렵 게이스케 씨는 실수를 저지른다. 인터넷뱅킹으로만 처리하던 계좌이체를 집 근처 ATM에서 하고 만 것이다. 이틀 뒤, 가족과 역 앞 슈퍼마켓에 나온 게이스케 씨를 유키노가 은행 모퉁이에 숨어 보고 있었다.

분명 시선이 마주쳤으나 그날은 이렇다 할 접촉 없이 유키노는 사라졌다. 하지만 이내 다시 모습을 드러냈고, 이후로는 집에 있어도 늘 시선이 따라다니는 것 같았다. 마음이 어수선해진 틈을 노리기라도 하듯 말없이 끊는 전화가 다시 걸려오기 시작했다.

집요한 스토커 행위를 견디다 못한 게이스케 씨는 결국 미카 씨에게 사정을 설명했다. 사건이 일어나기 전전달에 이르러서였다.

미카 씨는 게이스케 씨를 심하게 나무랐다. 그리고 당장 전액을 갚으라고 했다. 미카 씨의 아버지가 돈을 마련해주었다.

등기우편 보상 한도액이 50만 엔이라서 미카 씨는 100만 엔가량의 잔금을 두 번에 걸쳐 우송했다. 한 통에는 편지를 동봉했다.

다나카 유키노 님께
안녕하세요?

아직은 추운 나날이 이어지는데 어떻게 지내시는지요. 갑작스러운 편지에 놀라셨을 줄 압니다. 저는 이노우에 게이스케의 아내 미카라고 합니다.

얼마 전 남편에게서 이전에 다나카 씨와 교제했으며 돈까지 빌렸다는 이야기를 들었습니다. 그렇게 큰돈을 빌렸고 지금까지 변제가 이어지고 있다는 사실에 큰 충격을 받았습니다. 아내로서 부족함을 절실히 느꼈을 따름입니다.

오랫동안 무척 힘들게 해드리고 말았습니다. 등기우편이라 실례인 줄은 압니다만 잔금을 송금해드리오니 부디 받아주십시오.

폐를 끼친 점 다시 한번 사과드립니다. 다나카 씨의 행복을 진심으로 빕니다.

이노우에 미카 드림

그렇지만 이 편지로 유키노의 스토커 행위가 잦아들지는 않았다.

오히려 말없이 끊는 전화는 더 늘었다.

부부는 상의 끝에 경찰서에 도움을 요청하기로 했다. 경찰 대응은 생각보다 빨라서 말없이 끊는 전화에 대해 즉시 '경고'를 해주었으나 구속력은 약했다. 얼마 뒤 또다시 유키노의 그림자가 느껴졌다.

사건 당일. 휴식중이던 게이스케 씨의 휴대전화가 울렸다. 오전 1시를 넘긴 시각이었다. 미카 씨의 이름이 뜬 순간 게이스케 씨는 걷잡을 수 없이 구역질이 났다. 직감적으로 유키노와 얽힌 내용임을 알 수 있었다.

멍한 표정으로 통화 버튼을 누르자 지금껏 들어본 적 없는 굉음이 들려왔다. 미카 씨의 이름을 마구 부르짖던 몇 초가 게이스케 씨에게는 무척 길게 느껴졌다.

"여보……. 그 여자야. 그 여자가 밖에 있었어."

띄엄띄엄 끊어지는 목소리를 듣는 순간 눈앞에 새하얀 세상이 펼쳐졌다.

그것이 게이스케 씨가 들은 미카 씨의 마지막 목소리였다.

***

수사는 단순했다. 연립주택 주변에서 목격했다는 증언과 미카 씨에게서 걸려온 마지막 전화. 유키노의 집에서 압수된 노트. 강도치사 사건으로 아동자립지원시설 청소년 범죄자의 자립을 돕는 국공립 복지시설에 입소한 과거 또한 그녀의 범행을 뒷받침하기에 충분했다.

특히 시선을 끈 것은 유키노의 집에서 발견된 수십 권의 노트 일기장이었다. 수없이 적어둔 '죽고 싶다'라는 말과 '이해할 수 없어' '죽여버릴 거야' '절대 용서 못 해'처럼 게이스케 씨와 그 가족을 향한 원망이 뒤섞여 있었다.

하지만 게이스케 씨에게 이별 통보를 들은 이후 하루도 빠뜨리지 않던 일기는 사건이 일어나기 몇 주 전, 다음과 같은 말로 갑작스레 끝을 알린다.

'이젠 나 자신과 결별하고 싶다. 오늘로 노트와도 이별이다. 이토록 가치 없는 여자를 좋아해줘서 고마워. 잘 있어, 게이스케 씨.'

유키노가 체포되기 전부터 방화 사건은 신문지면을 화려하게 장식했고, 체포된 뒤에는 유키노의 성장 배경과 외모에 대한 보도 경쟁으로 돌아섰다.

특히 주간지를 중심으로 한 매체들은 유키노의 얼굴 이야기를 집요하게 다루었다. 유키노는 사건 삼 주 전에 대대적인 성형수술을 했는데 일부 주간지에서는 '범행 은폐 목적'이라고 단정하는 듯한 기사를 내보냈다.

사생아로 태어난 과거, 어머니는 열일곱 살 호스티스, 새아버지에게서 받은 학대, 중학교 시절 발을 들인 불량서클, 강도치사 사건을 일으켜 아동자립지원시설에 입소한 사실. 그리고 출소 후 갱생하여 바른길을 걷는 줄 알았으나 연인과의 이별을 계기로 또다시 괴물로 변한 경위…….

전형적이라고도 할 수 있는 성장 배경과 이별 상황을 두고 정상 참작의 여지가 있다고 보는 의견도 일부 있었다. 하지만 사형 적용의 판단 기준을 제시한 '나가야마 기준'에 비추어보면 극형을 면할 수 없으리라는 견해가 대부분이었다.

여름내 방송사 두 곳이 경쟁하듯 내보낸 보도 역시 그러한 여론을 형성하는 데 한몫했다.

그중 하나는 현장 근처에 사는 백발 노파의 증언이다. 노파는 사건 당일 밤 유키노가 현장 주변을 어슬렁거린 정황을 세세하게 이야기했고, 목에 건 펜던트를 꼭 쥐며 '아이까지 그 꼴로 만들다니. 그런 나쁜 년은 사형시켜야 해. 하늘이 용서 안 할 거야'라는 말을 쏟아냈다.

게이스케 씨 가족이 살던 연립주택의 주인 구사베 다케시 씨에 관한 보도도 있었다. 그는 지역 민생위원_{주민을 위해 사회복지시설과 연락 및 협력하는 명예직}으로 오랫동안 활동중이고, 사건 일주일 전에도 근처 공원에서 불량청소년들의 말썽을 잠재우는 등 인근 주민의 신뢰가 두터웠다.

구사베 씨는 피해자 이노우에 미카 씨와 친밀했으며 쌍둥이 자매도 친손자처럼 귀여워했다. 스토커 행위에 시달린다는 말을 들은 적이 있는 터라, 사건 당일 밤도 포함하여 유키노가 눈에 띌 때마다 대화를 시도했다. 미카 씨 몰래 유키노를 집에 들여 타이르려 한 적도 몇 번 있었다.

처음에는 주변을 맴도는 음습한 행위에 의분을 느꼈을 뿐이었다.

하지만 유키노가 안고 있는 고독과 허무는 구사베 씨가 상상하는 범주 이상이었고, 순수한 흥미의 대상이 어느샌가 지켜줘야 할 대상으로 바뀌었다.

구사베 씨 또한 연기를 마셔 입원하게 된 사건 피해자다. 하지만 퇴원 직후 한 방송사와 단독 인터뷰에서 복잡한 속내를 밝혔다.

용의자 다나카 유키노의 존재를 알고 있었습니까?

"사건이 일어날 무렵에는 사흘에 한 번은 그 아일 봤지. 눈빛이야 늘 흐리멍덩했지만 그날 밤은 유난히 얼굴빛이 안 좋아 보이더군."

당일 밤의 상황을 말씀해주십시오.

"오후 8시나 9시쯤 됐을까. 커다란 봉투를 들고 연립주택 주위를 어슬렁대는 거야. 왜 붙들지 않았을까 지금도 후회막급이야. 그 아이가 사건을 일으킨 건 사실 나 때문이 아닐까 하는 생각이 들어."

무슨 뜻입니까?

"잘은 설명 못 하겠는데 난 그 아이를 다른 사람들처럼 재단할 수 없어. 죽은 미카 씨한텐 미안하지만, 꿈에서 보는 건 온통 다나카 유키노의 얼굴이야. 그것도 수술하기 전, 어른 눈치를 살피는 여자아이 같은 그 얼굴뿐이라고. 물론 그렇다고 잔혹한 범죄를 용서할 수는 없지만 말이야."

체포된 지 반년이 지나도 사건을 향한 관심은 잘 식지 않았다. 특히 '무슨 일이 있어도 극형을 바란다'라는 피해자 유족의 발언이 대중매체에 실릴 때마다 여론은 순순히 동조했다.

와이드쇼에서 '성형 신데렐라 방화 사건'이라고 이름 붙인 이 사건의 공판은 다른 측면에서도 사회적 주목을 받았다.

재판원일종의 배심원 재판에 따라 최초로 사형이 구형된 우에노 안마사 살인 사건, 최초로 사형 판결이 내려진 가와사키 토막살인 사건, 그리고 검찰의 사형 구형에 대해 최초로 무죄 평결을 한 고베 연쇄강도살인 사건.

재판원 제도가 사형 안건에서 '최초'를 거칠 때마다 매스컴은 들끓었다. 하지만 제도가 시행된 지 얼마 지나지 않아 각종 최초를 거의 다 겪었기에 웬만한 재판은 당연한 것처럼 받아들이는 듯했다.

그러한 상황에서 일어난 방화살인 사건과 피고인 다나카 유키노의 등장은 간만에 기자들 마음을 설레게 만든 모양이었다. 재판원 재판 사상 최초로 '여성'에 대한 사형 구형. 이기적인 이유로 세 모녀를 불타 죽게 한 여자를 처음으로 시민들이 재판하려 한다. 그 임팩트는 작지 않았다.

방화 사건 공판 첫날, 유키노의 성장 배경을 훑은 와이드쇼 사회자는 이런 말로 코너를 마무리했다.

"우린 분명 역사의 증언자일 겁니다."

의기양양한 표정에서 혐오감을 느끼면서도 나 역시 가슴이 한껏 들떴다.

사건이 일어나고 계절이 두 번이나 바뀐 11월 하순이 되어서야

닷새에 걸친 1심 집중심리가 열렸다. 나는 수업을 자체 휴강한 채 나흘째까지 방청을 모두 신청했으나 연속으로 추첨에서 탈락하고 말았다. 하지만 판결이 열리는 날에도 변함없이 집을 나섰다.

요코하마 관청가에 늘어선 은행잎이 가을바람에 날려 황금빛으로 흔들렸다. 평일인데도 많은 사람이 스케치북을 펼치고 저마다의 색으로 도화지를 물들이고 있었다.

역에서 재판소로 향하는데 웬 낯선 남자가 말을 걸었다.

"아가씨도 방청인가 뭔가 때문에 오셨소?"

캔버스를 앞에 두고 베레모를 눌러 쓴 남자가 마음씨 좋은 표정으로 미소 짓는다.

"늘 여기서 그림을 그리는데 오늘은 유달리 사람이 많구먼. 이렇게나 주목받을 만한 사건이 있었나?"

"방화 사건요. 미도리 구에서 모녀 셋이 사망한."

"아아, 그거군. 그러고 보니 잡지에도 나왔구만. '신데렐라' 어쩌고 하는 성형한 여자. 얼굴 한번 섬뜩하더군. 표정에서 인간 느낌이 안 들던걸."

말은 그렇게 해도 남자는 신이 난 듯 어깨를 들썩거렸다.

"흠, 참 무섭기도 하지. 사형이야, 사형. 재판해 봐야 세금만 축나. 그런 쓰레기는 빨리 죽여야 해."

지금까지 보도된 내용을 생각하면 남자의 말은 타당하다. 머리로는 이해하면서도 '죽이다'라는 너무도 거친 말에 순간 당황했다.

"그러네요. 그럴지도 모르죠."

달리 할 말이 생각나지 않았다. 남자는 만족한 듯 어깨를 으쓱하고는 다시 그림을 마주했다.

"왜 사람이 사람을 죽이나 몰라. 미치지 않고서야. 세상이 이렇게 아름다운데 말이야."

목소리에 이끌려 어깨 너머로 캔버스를 엿본다. 그의 말대로 따듯한 색을 입힌 포근한 세상이 작은 틀 안에 펼쳐져 있었다.

법원 앞은 수많은 사람으로 북적였다. 매스컴에 고용된 아르바이트 주부, 익숙해 보이는 방청 마니아, 스케치북을 옆구리에 낀 법정화가 등 잡다한 인종이 질서 정연하게 줄 맞춰 서 있었다.

TV에서 결정적 목격 정보를 말한 백발 노파도 보인다. 노파는 검찰 측 증인으로 며칠 전 증언대에 섰을 것이다. 친척인 건지, 노파는 장소에 어울리지 않는 금발 소년과 함께였다. 얼굴을 새빨갛게 물들이며 설교하듯 그의 귓가에 무언가 속삭이고 있었다.

삼십 분쯤 기다리니 당첨번호가 공개되었다. 관계자와 기자를 제외하고 할당된 자리는 52석. 얼마 안 되는 좌석을 차지하려고 최종적으로 1천 명 가까운 사람이 몰려들었다.

콩나물시루 같던 행렬이 조금씩 움직이기 시작했다. 북적이는 인파 속으로 파고들어 나도 번호를 확인했다. 손에 든 번호가 화이트보드에 적혀 있다. 확신하지는 않았지만, 당첨되고 나니 신기하게도 이것은 필연이라는 느낌이 들었다.

당첨용지를 보라색 '공판방청권'으로 교환한 뒤 요코하마 지방법원에 발을 들였다. 아나운서나 뉴스 프로그램 앵커 같은 유명인의

밀도가 부쩍 높아져 법정 앞은 바깥쪽과는 비교도 되지 않을 만큼 긴장감으로 충만했다.

오후 3시 20분이 되자 입정이 허용되었다. 기자들이 앞다투어 달려간다. 덩달아 발걸음이 빨라진 나는 늘 앉는 오른쪽 뒷자리를 확보했다. 다른 방청인도 속속 들어와 빈틈없이 자리를 메운다.

곧이어 법복을 걸친 판사 세 명이 입정했다. 어딘지 모르게 여유 넘치는 그들의 표정만 봐서는 판결 내용을 짐작할 수 없다.

이어서 판사 뒤편의 벽 너머로 나직한 발소리가 들려왔다. 남자 세 명, 여자 다섯 명. 보충 인원을 포함해 여덟 명의 재판원. 판사와 달리 일반 시민인 그들의 얼굴에 깃든 감정을 알아차린 나는 숨을 삼켰다.

맞은편 왼쪽 문이 천천히 열렸다. 여성 직원에 이끌려 다나카 유키노가 입정한 순간 법정이 크게 술렁였다. "정숙! 조용히 하세요!" 판사 한 명이 주의를 주었지만 웅성대는 소리는 사라지지 않는다.

나 또한 하마터면 외마디 소리가 터져 나올 뻔했다. 그 용모는 매스컴이 보도하던 사진은 물론, 상상하던 모습과도 동떨어져 있었다. 오랜 세월 농사일을 해온 노인처럼 등은 꾸부정하고, 피부는 부자연스러울 만큼 창백하다. 눈은 끊임없이 허공을 떠돌고 표정은 더없이 공허하다. 그런 가운데 수술의 힘인지 이목구비만은 아주 반듯하다.

착석과 동시에 유키노의 모습은 고요함을 되찾은 법정에 녹아들었다. 주인공의 일거수일투족을 놓칠세라 모든 사람이 그녀를 주시하는데 눈을 깜빡이기만 해도 그 모습이 사라질 것만 같았다.

주변 사람들에게 투명인간 취급받았다는 일기 내용이 뇌리를 스쳤다. 그것이 반평생의 키워드라도 되는지 다나카의 일기에는 '필요한 사람이 되고 싶다'라는 말이 곧잘 눈에 띄었다.

"기립!" 구령이 울리자 모두 자리에서 일어선다. 재판장은 착석을 지시하고는 곧바로 유키노를 증언대로 불렀다.

법정 전체를 한눈에 볼 수 있는 위치에서 유키노를 내려다보던 재판장이 살짝 눈을 내리깔았다. 피날레는 일찌감치 찾아왔다.

"피고에게 주문을 선고하기 전에 먼저 판결 이유를 설명하고자 합니다."

기자 몇몇이 눈에 불을 켜고 뛰어나간다. 형사재판 판결은 주문부터 선고하는 것이 관례다. 하지만 극형일 경우에는 대부분 관례에서 벗어난다고 한다. 피고인에게 정신적 혼란이 와서 판결 이유를 잠자코 들을 수 없는 상황에 빠지기 때문이다.

나는 유키노에게서 눈을 떼지 않았다. 뒷모습으로는 속내를 읽지 못하지만 시선을 돌릴 수 없었다.

깊은 해저를 헤엄치는 물고기처럼 재판장의 목소리가 법정 안에서 흔들렸다.

책임감을 갖추지 못한 열일곱 살 어머니 밑에서…….

양부의 거친 폭력에 시달렸으며…….

중학교 시절에는 강도치사 사건을…….

재판장의 말은 부드러움을 품고 있었지만 딱딱한 표정을 따라가듯 차츰 굳어갔다. "피고인에게 유리한 정상을 고려할지라도"라는 말이 분수령이 되었다. 그 뒤로는 완전히 냉혹한 말로 덧씌워졌다.

죄 없는 과거의 교제 상대를…….

계획성 짙은 살의를 봤을 때…….

반성하는 기색이 거의 보이지 않고…….

증거의 신뢰성은 지극히 높으며…….

판결 이유는 누구를 위한 거지? 처음으로 사형 판결의 이유를 듣는데 그런 생각이 들었다. 곧 죽음을 선고받을 사람에게 그만 수긍하라고 들려주는 걸까. 아니면 분노에 사로잡힌 유족과 시민에게 이제 후련해하라는 뜻일까.

낭독은 십 분 이상 계속됐다. 숨 막히는 긴장감이 한동안 더 이어진 끝에 재판장은 고개를 한 번 살짝 끄덕였다. 침묵의 무게가 견디기 힘들다고 느낀 직후였다.

"주문, 피고인을……."

한층 높은 목소리가 법정 안에 울렸다.

"사형에 처한다!"

스무 명 가까운 기자가 일제히 일어섰다. 의자 끄는 소리가 울려 퍼진다. 그들이 뛰쳐나간 출입문 너머에서 "사형, 사형, 사형!" "멍청아, 아니야" "성형 신데렐라 사형이다!" 하는 외침이 난무한다.

재판장이 자신의 존재를 알리듯 헛기침했다.

"바라건대 피고인이 마음의 평온을 얻기를……."

그렇게 끝마치려 하자 법정 분위기가 살짝 풀어진다. 몇몇 방청인은 이내 자리를 뜨려 했으나 나는 꼼짝할 수 없었다. 여느 때처럼 고양된 감정이 들기는커녕 평소에 내가 무엇을 재미있어했는지도 기억나지 않는다.

가슴에 위화감이 남아 있었다. 지금껏 봐온 법정과는 결정적으로 뭔가 달랐다. 하지만 그 정체를 종잡지도 못했다.

한순간의 정적을 뚫고 가냘픈 목소리가 귓가에 스쳤다.

"죄, 죄, 죄송합니다."

몇 사람이 그 목소리를 듣고 천천히 고개를 돌린다.

"태, 태어나서 죄, 죄, 죄송합니다."

유키노가 그렇게 말을 잇자 재판장은 눈을 돌렸다. 눈시울을 훔치는 재판원도 몇 명 있었다. 검사 한 명은 어깨를 주무르고, 변호인들은 힘없이 서로 고개를 끄덕인다. 재판이 막 내리려 하고 있었다.

그때 더한 이변이 일어났다. 다시 손을 밧줄로 묶인 유키노가 이끌리듯 방청석 쪽으로 고개를 돌렸다.

나는 급히 유키노가 바라보는 상대를 찾았다. 커다란 마스크를 쓴 남자가 고개를 숙이고 있다. 그 옆에는 TV에서 증언을 하던 목격자 노파와 금발 소년이, 뒤에는 유족으로 보이는 여자가 피해자 사진을 든 채 눈을 휘둥그레 뜨고 있다.

유키노가 누구를 봤는지는 알 수 없다. 그러나 모든 상황을 의심하는 듯 보이는 눈동자 속에 인간미가 번뜩였음은 틀림없다. 그것을 증명하듯 유키노는 이내 미소를 지었다.

뜬금없이 웃는 유키노를 보고 방청인들은 숨을 삼켰다. 잠시 수런거림이 이어지더니 조금 전보다 더 큰 악의를 담은 목소리들이 법정 안에 빗발쳤다. 비명과도 같은 부르짖음, 유키노를 비난하는 여자 목소리, 제지하려는 경비원의 성난 외침.

소란에 아랑곳하지 않고 유키노는 조용히 법정을 떠난다. 뒷모습에 대고 나는 애써 물음을 던졌다. 이봐요, 당신은 왜 거기 있나요……? 도무지 재판에서 그 이유가 해명되었다고는 생각할 수 없었다.

나는 법원에서 나와 방청인에게 몰려든 방송국 카메라를 지나쳤다. 길가 은행나무를 올려다보다 문득 재판 내내 품은 위화감의 정체에 다다랐다는 기분이 들었다. 내가 교도관이라는 사실과는 무관하다. 여자 피고인인 것도, 재판원 재판인 것도, 사형 판결도 이유가 아니다. 유키노는 자기 인생에 대해 어떤 변명도 하지 않는다. 무엇하나 저항하려 하지 않는다. 그 점만은 분명히 여느 재판과 달랐다.

나는 멍한 표정으로 법원을 뒤돌아봤다. 언젠가 술집에서 들은 낯선 남자의 말이 떠올랐다.

"딱 그래 보이네."

그날은 아무 느낌도 없었는데 왠지 강렬하게 혐오감이 끓어오른다. 나는 무언가 결정적으로 잘못 짚고 있는 게 아닐까? 그런 불안함이 가슴에 번졌다.

유키노의 흐리멍덩한 눈동자가 뇌리를 스쳤다. 그것이 정말 '악마'가 보이는 얼굴인가. 나는 도대체 누구의 법정을 본 것일까.

재판이 끝났는데도 유키노가 그동안 살아온 나날, 그리고 앞으로 시작될 나날을 상상해보지 않을 수 없었다.

イノセント・デイズ

1부

사건 전야

イノセント・デイズ

1장

"책임감을 갖추지 못한 열일곱 살 어머니 밑에서……."

다나카 유키노의 사형 판결을 안 것은 재판 다음 날, 정적에 휩싸인 진찰실에 있을 때였다.

"선생님. 저 먼저 가볼게요."

단게 다케오의 눈앞에 그제야 빛깔이 돌아온다. 눈을 드니 오랜 기간 근속중인 조산사가 서 있다.

"아아, 수고했어요. 내일도 잘 부탁해요."

"선생님도 참. 멍하니 계시고. 문단속 잘 하세요."

못 미덥다는 표정으로 미소 짓는 그녀에게 단게는 고개를 끄덕여 보인다. 그러고는 읽던 신문으로 시선을 되돌렸다. 눈을 깜빡이는 것마저 잊어 시야가 흐려졌음을 자각하면서도 '다나카 유키노'라는 글씨에서 눈을 뗄 수 없다.

초봄부터 수차례 보도되던 방화살인 사건의 피고인이다. 신문이나 TV를 통해 익히 들어 아는 사건이거니와 또래의 손자를 둔 입장에서 느끼는 바도 적지 않았다. 다만 지금껏 전혀 모르고 있었다. 사형이라는 결말을 알고 나서야 기억이 소환될 줄이야.

어렴풋이 뇌리에 남은 이름 밑에는 '24세'라고 쓰여 있다. 사진 속 얼굴이 예전에 이곳을 찾아온 소녀의 모습과 조금씩 겹쳐진다.

기사에는 다나카 유키노에게 내려진 판결, 행복하던 네 가족의 생활상, 홀로 살아남은 남편의 고뇌 등이 쓰여 있다. 잔인한 사건의 용의자라는 것만으로 여자는 영락없는 '악마'로 보였다. 하지만 석연치 않은 기술이 몇 군데 있었다.

특히 판결 요지가 그랬다. 분명 다나카 히카루는 유키노를 낳을 당시 열일곱 살이었고, 요코하마에서 호스티스를 했다. 그렇다고 그녀에게 아이를 키울 각오가 없었느냐고 묻는다면 대답은 '아니오'다. 그녀와 단게 둘만 아는 그날 아침의 냄새가 비강을 간지럽힌다.

단게는 조용히 눈을 감는다. 무언가 눈꺼풀 안쪽을 스친다. 히카루가 처음 병원을 찾아온 날의 일은 아니다.

막 산부인과 의사의 길을 걷기 시작한, 반세기 전의 일이었다.

***

단게 스스로 의사가 되고 싶다고 바란 기억은 없다. 사 남매 중 맏

이로서 혼자만 의학부 진학을 허락받았고, 국가시험도 어렵지 않게 통과했다. 게이힌급행 선 히노데초 역에서 도보로 사 분, 요코하마 시 나카 구의 골목 안쪽에 자리한 '단게 산부인과 의원'은 아버지가 개업한 곳이다.

1959년, 단게는 스물네 살에 본가로 돌아왔다. 지식을 쌓은 눈으로 본 아버지의 실력은 무척 견실했다. 하지만 한 가지 사안에서 아버지와 타협점을 찾을 수 없었다. 아버지는 임신중절을 희망하는 여성의 목소리를 결코 들어주지 않았다.

당시에는 임신중절수술을 하지 않는 산부인과 의사가 많았다. 종전 후 시행된 '우생보호법'에 따라 인공 임신중절이 겨우 법적 허가를 받았지만 여전히 위법이라는 이미지가 따라다녔다.

병원 평판이나 체면을 의식하자면 아버지의 마음도 이해할 수 있었다. 그러나 단게의 눈에 아버지는 의사로서 좋은 것만 골라 가지려는 듯 보였다.

"하다못해 이야기라도 들어줘야 하지 않아요?"

어느 날 밤, 늘 그렇듯 여성을 되돌려 보낸 아버지에게 단게는 평소와 달리 힘주어 말했다. 아버지도 즉각 언성을 높였다.

"산부인과 의사의 사명은 하나라도 더 많은 생명을 받는 거야. 소홀히 다룰 수 없다."

"여성의 고통을 덜어주는 것도 훌륭한 사명이에요."

"네 생각이 그러면 따로 나가서 그렇게 해라. 나는 그렇게 생각하지 않으니."

그만 말을 멈추려던 아버지는 미련을 떨치듯 고개를 들었다.

"아니, 내게는 그만한 각오가 없다."

그 뒤로도 비슷한 일이 있을 때마다 아버지와 부딪혔다. 그럴 때면 단게는 자신이 병원을 이으면 다를 거라며 속으로 되뇌었다.

그런 대화를 나누고 이 년 후 아버지는 뇌졸중으로 돌연사했다. 1963년 가을, 단게는 스물여덟 살이 되어 있었다.

아버지의 죽음을 계기로 단게는 병원의 방침을 새로이 했다. 세대교체를 한 지 일 년이 지났을 무렵, 시대 흐름과 골목 안이라는 위치덕에 중절을 희망하는 여성 수가 급증했다.

단게는 모든 환자를 같은 눈높이로 대했다. 난산 끝에 아이를 받을 때도, 진찰대 위에서 오열하는 여성에게 링거 바늘을 삽입할 때도 별다른 마음은 들지 않았다. 환자에게 감정을 이입하지 않기. 이는 단게가 마음을 안정시키는 하나뿐인 방도였다. 그 생각은 자기 손으로 외아들 히로시를 받을 때도 다르지 않았다.

경영은 극히 순조로웠다. 평일 휴진을 없애고 요청이 있으면 일요일에도 문을 열었다. 찾아오는 여성이 혼자 진료할 수 없을 만큼 많아서, 홀로서기를 한 지 몇 년 뒤에는 아버지가 그토록 염원하던 개축공사도 시작했다.

새로 세운 벽에 누가 '낙태하는 집'이라고 써놨을 때도 신념은 흔들리지 않았다. 의사라면 당연히 홀로 괴로워하는 환자에게 손을 내밀어야 한다.

"선생님, 정말 고맙습니다. 다시는 이런 일 없도록 할게요."

빨갛고 촉촉해진 눈으로 입술을 꽉 깨문 여성의 얼굴을 볼 때마다 단게는 무언가 증명하는 기분이 들었다.

아들 히로시가 초등학교 5학년이 되었을 때, 그런 단게의 마음에도 잔물결이 일었다. 같은 반 몇몇 아이에게서 "네 아빠는 살인자야!"라며 사리 분별 없는 말을 들은 것이다. 험담과 따돌림이 반 전체로 퍼지기 시작했을 무렵, 아내 사유리가 이변을 알아차렸다.

그날 저녁, 사유리의 다그침에 히로시는 식탁에서 자신에게 벌어지는 일을 설명했다. 결과적으로는 아버지를 비난하는 말이었다. 히로시는 단게의 눈치를 살피다 미안한지 고개를 푹 숙였다.

단게는 부아가 치밀었다.

"너도 내가 하는 일이 부끄러워?"

어째서인지 세상을 떠난 아버지의 얼굴이 뇌리를 스쳤다. 히로시는 놀라 고개를 들었다가 이내 다시 떨구고는 힘없이 가로저었다. 단게는 마음이 진정되지 않았다.

"부족함 하나 없이 남보다 호사스러운 생활을 하는데 뭘 더 바라? 내가 지금까지 어떤 마음으로…… 가족을 위해 도대체 어떤……."

나오는 말을 제어할 수 없었다. 내가 무슨 말을 하는 걸까. 누구에게, 무엇 때문에 화내는 걸까. 히로시는 어깨를 떨며 죄송하다고 조그맣게 중얼거렸다.

그날 밤 히로시는 침대에서 울면서 '나도 의사가 되고 싶었다'라고 했다고 한다. 되고 싶다가 아닌, 되고 싶었다. 사유리에게 그렇게 털어놓았다고 한다.

애초에 대화가 많은 부자 사이는 아니었지만, 그 뒤로 히로시와 이야기할 기회는 부쩍 줄었다. 집단괴롭힘은 이내 수습되었지만 히로시는 곧바로 반항기에 돌입했다. 중학생이 된 뒤로는 단게와 눈도 마주치려 하지 않았다.

필요 없다며 용돈을 거부했고, 고등학생이 되자 상의도 없이 아르바이트를 시작했으며, 지원 대학도 혼자 정했다. 기대하는 마음도 없었지만 의대에는 가려 하지 않았다. 교토 대학 법학부에 단번에 합격하더니 혼자서 하숙집까지 결정했다. 히로시가 독립해 나가던 날, 단게는 마음에 생각지도 못한 작은 구멍이 생겼다.

얼마 뒤 사유리에게서 담관암이 발견되었다. 다행히 조기에 발견하여 수술은 성공했다. 하지만 그 무렵 자율신경 실조증 증상이 나타나 그 영향으로 사유리는 눈에 띄게 무기력해졌다.

히로시는 이따금 사유리에게 전화를 걸어 "다음 휴일에는 꼭 갈게요"라며 기운을 북돋는 듯했다. 사유리는 연락을 받으면 며칠쯤 기운을 되찾았다가도 이내 다시 어둠에 휩싸이듯 얼굴에서 생기가 사라졌다.

대학 4학년에 올라가기 직전인 3월. 새 학기를 코앞에 둔 시기에 히로시는 연락도 없이 병원을 찾아왔다.

"조만간 교토 하숙집을 정리하고 이쪽에 집을 얻을 거예요. 학점은 대부분 땄으니 문제없어요."

단게는 아무 소식도 듣지 못했는데, 히로시는 재학중에 사법시험에 합격한 상태였다. 올봄부터 이 년간 연수를 거칠 예정이고 그 후에는 요코하마 시내에서 법률사무소를 찾아볼 생각이라고 했다.

자택에서 그리 멀지 않은 야마테의 연립주택에 짐을 넣은 날 밤, 히로시가 낯선 여자를 데리고 와 더 놀라고 말았다.

"저희 결혼하려고요."

이미 이야기를 들은 데다 본 적도 있는지 사유리는 활짝 웃었다.

"처음 뵙겠습니다. 고니시 가나코라고 합니다."

가나코는 예의 바르게 허리 숙여 인사하며 교토 방언이 섞인 말투로 이름을 밝혔다. 말투는 세련되고 어딘지 모르게 여유마저 풍겼지만 표정에는 아직 어린 티가 남아 있다.

"올해 스물셋입니다. 저도 대학에서 법학을 공부했고, 아드님과는 2학년 때부터 만났습니다."

그 말을 들으면서도 단게의 시선은 어느 한 점에 못 박혔다. 시선을 천천히 가나코의 얼굴로 옮긴다. 히로시의 입이 먼저 움직였다.

"물론 낳을 거예요."

도전적인 뉘앙스는 없었던 것 같다. 그 말을 되새기며 시선을 가나코의 배로 되돌렸다. 사 개월쯤 되었을까. 왜 그렇게 서두르는지 의문이었다. 하지만 단게는 '그러냐'라고만 답했다.

아마 계산이 작동했으리라. 금쪽같은 외아들이 돌아왔고 염원하던 손자까지 생긴다고 한다. 누워만 있을 수는 없다. 어머니이자 할머니로서 지금이야말로 기운을 차릴 때다. 그래서 사유리가 분발해 주기를 순간 기대했다.

실제로 사유리는 그날을 기점으로 몰라볼 만큼 기운을 되찾았다. 그때부터 세상을 떠나기까지 반년이 단게 가족에게 가장 평온한 시간이었다. 한 가지 욕심을 말하자면 손자 얼굴을 보여주고 싶었는데, 그 점이 못내 안타까웠다.

어머니 유해 앞에서 눈물 참는 모습을 보며 단게는 비로소 히로시가 서둘러 귀향한 이유를 알았다. 사유리에게 죽음이 임박했음을 알고 어머니와 보내는 마지막 시간이라고 생각한 것이다. 그래서 거북한 아버지와도 얼굴을 마주했다. 실제로 히로시는 칠일재를 마치자 다시 단게의 눈을 보지 않았다.

가나코가 그런 두 사람 사이를 이어주려 했다.

"아버님께 아이를 제일 먼저 보여드리고 싶어요."

두 사람은 집에서 차로 이십 분 거리에 있는 대학병원에서 출산하기로 했다. 그래도 출산할 때에는 함께 있어달라고 했다.

"다른 곳에서 낳는 건 정말 무례하다고 생각해요."

그렇게 말해준 가나코에게는 고맙지만 애초부터 함께할 생각은 없었다. 히로시가 원할 리 없기 때문이었다.

가나코가 그런 속내를 알아채고 꾸민 일이라고는 생각하지 않는다. 하지만 예정일이 어느 정도 지나 슬슬 걱정이 들던 9월 14일 늦은 밤, 집 앞에서 자동차 브레이크 소리가 들리더니 얼굴이 새파래진 히로시가 침실로 뛰어 들어왔다.

"양수가 터졌나 봐요. 병원까지 못 버틸 것 같아요. 미안하지만, 아버지."

"가나코는?"

"차에 있어요."

"당장 진찰실로 데려와."

단게는 찬물로 얼굴을 적시고 뺨을 찰싹 때렸다. 진찰실 형광등 아래 가나코는 진땀을 흘리며 고통스러워하고 있었다. 초산이라 그나마 안심했지만 자궁은 이미 10센티미터 이상 벌어져 있었다. 즉시 분만대로 옮겨 배에 힘을 주게 하고, 흰 가운을 걸친 히로시에게는 가나코의 손을 잡아주라고 했다.

십 분도 안 되어 심야의 진찰실에 건강한 남자아이의 울음소리가 울려 퍼졌다.

아이의 몸을 정성스레 닦아내어 부부에게 안겨준 뒤, 단게는 세면대 거울로 자기 얼굴을 노려봤다. 등 뒤에서 들리는 울음소리에 조바심이 났다.

마음을 진정시키려 재차 뺨을 때리고는 천천히 고개를 돌렸다. 젊은 부부가 아이를 둘러싼 채 얼굴을 붉게 물들이고 있다.

"오세요, 아버지."

단게는 당장이라도 울음이 터질 듯한 히로시를 향해 자연스럽게 발걸음을 옮긴다. 아아, 사유리의 눈을 쏙 빼닮았구나. 가장 먼저 그런 생각이 들었다.

"아버님이 이름을 지어주셨으면 좋겠어요."

가나코가 아이를 안은 채 속삭였다. 성명학은 몇 안 되는 취미 중 하나다. 언젠가 단게가 별 뜻 없이 그런 이야기를 꺼내자 가나코는 장난처럼 "그럼 이름은 할아버지한테 받아야겠다" 하고 배를 어루만지며 웃었다.

그날은 단게도 농담으로 흘려들었다. 그런데 아이를 품에 안은 가나코는 웃지 않는다. 문득 옆을 보니 히로시도 힘없이 고개를 숙이고 있다. 혹시 몰라 가슴에 담아둔 이름이 자연스럽게 입 밖으로 나왔다.

"쇼……는 어떨까?"

"쇼? 어떤 한자요?"

"'비상飛翔' 할 때 '상翔' 자다. 세상을 향해 날아오르라는 뜻인데 어떠니. 너무 요즘 이름 같은가."

자획을 따지기도 했고, 일생을 좁은 세상에서만 보낸 단게가 자신의 바람을 한껏 담은 이름이기도 했다.

얼굴이 붉어진 단게를 보며 가나코가 활짝 웃었다.

"아뇨, 정말 근사해요. 단게 쇼, 네 엄마란다."

히로시도 "뭐야, 언제 또 생각해뒀대"라며 겸연쩍은 표정을 지었다. "자, 할아버지한테도" 하고 가나코가 쇼를 건넸다. 쇼는 엄마에게서 떨어졌음을 눈치채자마자 큰 소리로 울었다.

지금껏 해온 일을 부정하고 싶지 않다. 물론 이 일을 향한 자부심과 열정 또한 변치 않는다.

그렇게 마음속으로 되뇌는데 돌연 눈시울이 뜨거워졌다. 숱한 탄생의 순간을 함께했을 때도, 마찬가지로 생명의 씨앗을 묻어버렸을 때도 낯빛 하나 달라지지 않던 자신이 말이다.

쇼를 품에 안은 순간, 단게는 가슴속에서 무언가가 요동치고 있음을 확실히 느꼈다.

그 뒤로 단게는 도저히 임신중절수술을 할 수 없었다. 병원을 이어받았을 때처럼 소문이 퍼졌으리라. 중절을 희망하는 여성 수는 점점 줄어들었다. 물론 아무것도 모르고 내원하는 여성도 어느 정도 있었다.

쇼의 첫돌 잔치 다음 날, 다나카 히카루가 처음으로 병원을 찾아왔다. 거리에 옅은 안개가 끼고 9월인데도 쌀쌀하던 아침이었다.

"아이가 생긴 것 같아요. 지워주세요."

감정 없는 눈으로 말하는 소녀에게 단게는 묵묵히 초음파 검사기를 댔다. 과연 콩알만 한 생명이 자리 잡고 있었다.

"파트너는? 같이 안 왔니?"

진료 기록을 적으며 무덤덤하게 묻자 히카루는 모호한 표정을 지을 뿐 입을 열지 않았다.

단게는 젊은 간호사를 내보내고 히카루와 단둘이 마주했다. 보험증으로 열일곱 살이라는 건 알았지만 고등학생은 아닌 듯했다. 퇴근길일까. 몸을 타이트하게 감싼 싸구려 치마 정장에서 술과 향수가 뒤섞인 냄새가 진동한다.

한참 정적이 흐른 뒤 히카루가 쥐어짜는 목소리로 중얼거렸다.

"보호자도 파트너도 없어요. 못 낳아요."

자신에게 이르듯 고개를 끄덕이고는 강한 어조로 말을 잇는다.

"전 십칠 년이나 살면서 한 번도 태어나기 잘했다는 생각이 든 적 없어요. 정말 단 한 번도요."

계속 말해보라는 듯한 단계를 보더니 히카루는 자조하듯 고개를 갸웃거렸다. 그러고는 더듬더듬 신상에 관해 털어놓았다.

철이 들었을 때 새아버지의 성폭력이 시작되었다. 어머니 미치코는 히카루의 SOS를 계속 모른 체했다. 히카루는 신경계에 지병이 있어 심하게 흥분하면 의식을 잃는 일이 많았다. 그래도 어머니는 도와주지 않았고 새아버지의 학대 역시 그치지 않았다.

집 안에서는 늘 새아버지의 폭력에 지배당했고 어머니는 비위를 맞추느라 정신없었다. 그래도 단둘이 있을 때면 어머니는 꼭 "사랑한다"라며 안아주었다. 그런데 두 사람이 이혼하자 어떻게 된 일인지 히카루는 새아버지에게 맡겨졌다. 어머니는 어느 순간 동네에서 모습을 감추더니 두 번 다시 히카루 앞에 나타나지 않았다.

새아버지가 재혼한 뒤에도 학대는 계속되었다. 오히려 전보다 횟수가 늘고 요구하는 내용도 심해져갔다.

새어머니가 데려온 동갑내기 남자애는 좁은 집 안에서 곧 이상한 낌새를 눈치챘다. 두 사람이 열 살이 됐을 무렵, 그 아이로 인해 새아버지와의 관계가 친구들 사이에 알려졌다. 군마 현의 작은 동네에 순식간에 소문이 퍼졌다.

친하게 지내던 초등학교 친구들이 차가운 눈길을 보내기 시작했다. 중학생이 되자 끔찍한 집단괴롭힘으로 변했다. 열네 살 때는 처음으로 손목에 칼을 댔다. 하지만 그때 인근에서 큰 화재가 일어나

집까지 불길이 뻗쳤다.

정신을 차리고 보니 방금 죽으려 하던 자신이 나이프를 든 채 몸을 피하고 있었다. 우스꽝스러운 모습에 울며 웃다가 구경꾼 틈에 섞여 진화되는 광경을 지켜봤다. 그리고 히카루는 자기 인생에 처음으로 행운이 찾아왔음을 알았다. 대낮부터 만취해 거실에 있던 새아버지가 미처 피하지 못해 불바다 속에서 타죽은 것이다.

살 집이 사라지고 가족을 잃은 대신 히카루는 오랫동안 바라던 것을 얻었다. 누구에게도 구속받지 않는 자유와 인간으로서 살아갈 권리였다.

이튿날 히카루는 피난소에서 나와 도쿄를 향해 걸었다. 견딜 수 없이 증오하던 새아버지가 허무하게 죽었다. 그런 인간 말종을 위해 훌쩍훌쩍 울고 있다. 그런 자신이 무엇보다도 미웠다.

"뭐, 흔히 있는 이야기죠."

히카루는 피식 웃고는 이야기를 이어갔다. 우에노에서 스카우트되어 호스티스를 시작했고 훗날 요코하마로 흘러든 이야기. 아케보노초에 있는 가게에서 일하다 알게 된 종업원과 연인이 된 이야기. 동거하자 남자가 폭력을 행사하기 시작한 이야기. 임신 사실을 알더니 히카루 앞에서 모습을 감춘 이야기.

단게는 어떤 감정을 느껴야 할지 알 수 없었다. 물론 마음 아프지만 한편으로는 주간지를 읽는 듯한 미심쩍은 기분도 들었다. 본인 말처럼 '흔히 있는 이야기' 같아서였다.

다만 이야기를 절실히 풀어내는 말투가 흔한 열일곱 살과 달랐다.

"하지만요 선생님, 거의 처음으로 기쁘다는 생각이 들었어요. 임신 테스트기에 반응이 떴을 때 또 그 사람한테 얻어맞을 줄 알면서도 기뻤어요. 하지만 키울 자신은 없어요."

더 내원할 사람이 없어 다행이었다. 단게는 조용히 펜을 움직였다.

"정말로 지우고 싶은 거면 시간이 별로 없어. 얼른 이 병원을 찾아가거라."

히카루는 단게가 내민 메모를 의아하게 바라보다 고개를 갸웃거렸다.

"선생님이 해주시는 거 아닌가요?"

"미안하지만 난 이제 못 해."

"그래도……."

"미안하구나."

히카루는 할 말이 남은 듯했지만 더는 잡고 늘어지지 않았다. "그렇군요" 하고 작은 소리로 말하고는 정중히 허리 숙여 인사했다.

히카루는 문앞에서 다시 한번 이쪽을 돌아보았다.

"역시 지우는 게 낫겠죠?"

단게는 엉겁결에 고개를 돌렸다. 예전 같으면 망설임 없이 "너 스스로 결정할 일이야"라고 말했으리라. 틀린 말도 아닐뿐더러 자기 인생을 책임질 수 있는 건 결국 본인밖에 없지 않은가.

그런데 전혀 다른 말이 입 밖으로 나왔다. 머릿속에는 사유리를 문병하는 히로시의 모습이 있었다.

"내가 해줄 수 있는 말은, 단 한 사람에게라도 큰 사랑을 받으면 그 아이는 제대로 된 삶을 산다는 거다. 진심으로 언제까지나 사랑해줄 수 있겠니? 그런 각오가 되어 있어? 난 중요한 건 자신감이 아니라 각오라고 생각한다."

자기 인생이 잘 풀리지 않는 원인을 아이 탓으로 돌리는 어머니도 많다. 아이를 향한 애정이 때로 빗나간다는 것도 경험으로 알고 있다. 그래도 단게는 말하지 않을 수 없었다.

히카루는 의외라는 듯 고개를 갸웃거리더니 엷은 미소를 지었다.

"저 역시 아무도 원하지 않은 아이였으니까, 아이가 뭘 원하는지는 누구보다도 잘 알아요."

"원하는 거?"

"네. 제가 살아 있는 동안엔 '네가 필요해'라고 계속 말해줄래요. 못 본 척하지도 외면하지도 않을 거고요. 무책임하게 들릴지 모르지만, 각오라면 누구에게도 지지 않아요."

"아니, 아주 어머니다운 감정이야."

"이름도 생각해뒀어요. 집단괴롭힘이 시작된 열 살 때부터요."

"이름?"

"네, 여자아이 이름요. 신기하게도 여자아이라는 상상밖에 안 들었어요. 제가 지켜줄 수 있는 건 여자아이뿐이라고 생각했어요."

단게는 말없이 고개를 끄덕였다. 히카루는 그런 단게를 마지막으로 바라보며 살짝 한숨을 쉬고는 조용히 방에서 나갔다.

그것으로 끝이라고 생각했다. 소개한 병원에서 아이를 지우고 아무 일도 없던 것처럼 밤의 세계로 복귀했을 테니 히카루가 다시 나타나는 일은 없으리라 믿었다.

하지만 석 달쯤 지난 12월 어느 날. 십 년 가까이 근무중인 베테랑 간호사가 진찰실 문을 노크했다.

"선생님, 다나카 히카루라는 분 아세요? 진료 기록이 안 보여서요."

"아아, 기억해요. 괜찮으니 들어오시라고 해요."

의아하다는 듯 고개를 갸웃거리는 간호사의 안내를 받으며 히카루가 들어왔다. 그날과는 달리 청바지 차림이었다. 눈에 띄게 부른 배가 시선을 빼앗았다.

울컥하여 따져 물으려던 단게는 순간 숨을 삼켰다. 히카루의 표정이 흡사 다른 사람처럼 밝았기 때문이다.

"선생님 말씀을 머릿속에서 줄곧 되새겼어요. 나한테 각오가 있나 그 생각뿐이었죠. 그랬더니 낳자는 생각이 들었어요."

히카루는 단어 하나하나를 곱씹듯 말했다.

"낳겠다는 거지?"

"저 결혼해요. 이런 절 받아들이겠다는 사람이 생겼거든요."

"결혼?"

"네. 하지만 괜찮아요. 그 사람한테 다 털어놓았어도 의지할 생각은 없어요. 이 아이는 제가 지킬래요. 그러니까 선생님, 진찰해주실 거죠?"

고작 석 달 만에 히카루는 제법 어른스러워진 듯 보였다. 그사이에 무슨 일이 있었다는 말인가. 누구와 어떤 과정을 거쳐 결혼에 이르렀는가. 묻고 싶은 건 많지만 악령에서 벗어난 듯 후련해 보이는 히카루에게 필요 이상의 간섭은 할 수 없었다.

그날 이후 히카루는 정기적으로 병원을 찾았다. 병원 밖에서 남편으로 보이는 남자를 본 적도 있다. 놀랍게도 어린아이를 유모차에 태우고 있었다. 물론 히카루와 얻은 아이는 아닐 것이다.

남편은 단게가 멋대로 상상하던 것과는 다른 모습이었다. 금발로 염색하지도 않았으며 어리지도 않았다. 히카루보다 띠동갑 이상 연상으로 보였고 늘 고급 재킷을 차려입은 채 아이에게 포근한 미소를 지었다. 저런 사람이라면…… 하며 마음을 놓게 되는 남자였다.

"조금 과음하는 구석이 있지만, 요즘은 끊으려고 열심히 노력중이에요."

히카루의 밝은 모습에 이끌려 단게의 의심은 점차 사라졌다. '다나카'에서 '노다'로 성은 바뀌었어도 히카루는 멋지게 변모했다. 산달인 4월을 두 사람은 손꼽아 기다리게 되었다.

그리고 그날은 예정보다도 한 달 일찍 찾아왔다.

"노다라고 합니다. 밤늦게 죄송합니다. 저기, 아내 상태가……."

아무도 없는 집에서 잠자리에 들려 할 때였다. 수화기 너머로 허둥대는 남자 목소리가 들렸다.

유모차 미는 모습을 떠올리며 단게는 전화로 출혈 여부를 확인한다. 조산이긴 하지만 문제없다는 말로 일단 안심시킨 다음, 병원으로 오라고 지시했다.

이내 단게의 병원으로 이끌려 온 히카루는 입술이 새파래진 남편과 달리 매우 침착했다.

"빠른 생일이 됐네요. 안쓰러워서 어떡하죠."

정말로 미안해하는 미소를 띠며 히카루는 직접 출산복으로 갈아입었다. 출산은 일곱 시간 정도 소요됐다. 체구가 가녀린 히카루에게는 분명 부담이었으리라.

1986년 3월 26일 오전 6시 20분. 포근한 아침 햇살과 새들의 지저귐 속에서 2.48킬로그램의 작은 여자아이가 태어났다.

"봐, 엄마를 쏙 닮았어."

단게는 느낀 그대로 말했으나 히카루는 정색하며 부정한다.

"안 돼요, 절대 안 돼. 이렇게 눈매가 사나운 절 닮으면 불쌍하다고요."

히카루는 그렇게 과민반응하더니 이내 눈물을 글썽인다. 조심스럽게 아이를 품에 안더니 점차 목소리가 커진다. 아이도 덩달아 울먹였다.

안으로 들인 남편은 히카루의 등을 쓰다듬었다. 겨우 오열이 잦아들자 히카루는 아이의 뺨에 손을 댄다. 그러고는 무언가 기도하듯 입을 연다.

"유키노, 태어나줘서 정말 고마워."

"유키노?"

단게가 되묻자 히카루는 펜으로 쓰는 시늉을 했다.

"네. 행복할 '행幸'에 곧 '내乃'를 써서 유키노. 행복했으면 해서요. 제가 행복하게 해주고 싶어요. 바보 같은 소망일지도 모르겠지만."

"아냐, 그렇지 않아. 음, 좋은 이름이야."

단게는 고개를 크게 끄덕이며 그 이름을 메모지에 적었다.

노다 유키노.

과연 나쁘지 않다. 이름을 이룬 자획을 보니 밝고 대범한 사람이 될 것임을 시사한다.

괜한 취미를 가졌다고 자조하는 한편, 안도하며 메모지를 찢으려 했다. 그러다 손을 멈칫했다.

눈이 휘둥그레진 채 자기도 모르게 다른 이름을 적는다.

다나카 유키노田中幸乃.

이번에는 전혀 다른 결과가 도출되었다. 총획 십구 획은 병약과 불화를 암시한다. '인격이름 둘째 글자와 셋째 글자의 총획으로 점친다'은 십이 획으로, 고독과 정신적 불안을 나타냈다.

단게는 한참이나 멍하니 이름을 바라본 뒤에야 겨우 정신을 차렸다. 그러고는 세차게 고개를 가로저었다.

아니, 그렇지 않아. 성명학은 재미로 보는 거야. 어머니의 사랑과 각오가 진짜야. 애당초 왜 결혼 전 성으로 알아본단 말인가. 경솔하기 짝이 없다.

단게는 생각을 떨치려 창밖을 보았다. 소중한 생명의 탄생을 축복하듯 벚꽃이 흩날린다. 아름다운 봄날 아침이었다.

단게는 조용히 메모지를 찢었다. 그리고 이번에야말로 휴지통에 던져 넣었다.

***

그 뒤로 이십 년 이상이 지났다. 다나카 유키노의 사형 판결을 알리는 기사를 재차 읽으며, 단게 다케오는 답 없는 질문을 끝없이 되풀이했다.

등을 구부려 다시 한번 신문 속 여자와 목숨을 잃은 가족의 사진을 응시한다. 자신의 변심으로 세상에 나온 아이와 잃어버린 세 사람의 목숨.

만약 그때 히카루의 바람대로 임신중절수술을 했으면 세 모녀의 행복은 이어졌을까.

어떤 장면이 뇌리에 떠올랐다. 젊은 어머니가 제 자식에게 손찌검하는 장면이다. 운명이 돌고 돌아, 히카루가 뭐라고 소리치며 연약한 유키노를 때리고 있다.

"이 아이는 제가 지킬래요."

히카루의 그 각오를 믿고 싶었다. 그것은 산부인과 의사로서의 자기 삶을 긍정하는 일이기도 했다.

하지만 그 흔하디흔한 폭력적 이미지가, "뭐, 흔히 있는 이야기죠"라던 잠긴 목소리가 언제까지고 머리를 떠나지 않았다.

イノセント・デイズ

2장

"양부의 거친 폭력에 시달렸으며……."

다나카 유키노에게 사형 판결이 내려진 다음 날. 구라타 요코는 미우라 반도의 고지대에 서 있었다. 서쪽으로 사가미 만灣이 한눈에 보이는 드넓은 공동묘지. 외아들 렌토의 손을 꼭 잡은 요코는 오랜만에 찾은 아버지의 묘를 내려다본다.

"우아, 예쁜 곳이네요. 엄마, 바다가 반짝거리네요."

막 다섯 살이 된 렌토는 성묘는 뒷전이고 눈 아래 펼쳐진 바다에 정신이 팔려 있다. 유치원에서 '5세 반'으로 올라간 무렵부터 말투가 이상해졌다. 유치원에서 유행하는 말투인가 싶었는데 쓰는 사람은 렌토뿐인 듯하다.

"그러네. 반짝거리네."

"다음엔 여름에 오자고요."

"그래. 그땐 동생이랑 함께 오자."

요코가 배를 어루만져 보이자 렌토도 눈을 가늘게 뜨고 흉내 낸다. 두 사람이 손꼽아 기다리는 여자아이는 삼 개월 뒤에 태어난다.

정성스레 묘석을 닦고 꽃을 바친다. 렌토도 두 손을 모으고 '나무 나무'라고 중얼거린다. 요코는 그 모습을 보고 피식 웃는다. 그만 집에 가자며 부르니 렌토는 의아한 듯 고개를 갸웃거린다.

"여기엔 우리 할아버지가 계시나요?"

부드러운 목소리가 고막을 울린다. 요코는 "맞아. 오이마치에 계신 할아버지 말고, 엄마의 아빠"라고 대답했다. 렌토는 여전히 의문이 풀리지 않은 표정이다.

"엄마는 형제가 없나요?"

"있었어. 여동생이 있었어."

"그 사람은 어디 있어요?"

"죽었어. 엄마가 아홉 살 때."

의외로 예리한 구석이 있는 아이다. 렌토는 무언가 탐색하듯 요코의 얼굴을 올려다보다 이내 단념한 듯 숨을 내뱉는다.

"그렇군요. 그럼 엄마의 여동생도 이 안에 있겠네요."

렌토가 묘석을 쓰다듬었다. 어제는 흐르지 않던 눈물이 왈칵 솟는다. 꾹꾹 참으며 하늘을 올려다보았다. 귓가에 언젠가 아버지가 한 말이 되살아난다. "네가 언니잖니" 하고 야단치던 날의 목소리가 들렸다.

요코는 하늘에서 렌토에게로 시선을 돌렸다가, 천천히 가방을 바라본다. 바다에라도 던져버리려고 가져온 물건이 들어 있다.

　동생이…… 다나카 유키노가 준 손때 묻은 테디베어가 불안해 보이는 얼굴을 빼꼼 내밀고 있다.

＊＊＊

　요코는 어머니 히카루를 무척 좋아했다. 다정한 아버지를 신뢰했다. 그리고 부모님보다도 여동생 유키노를 더 마음속 깊이 사랑했다. 요코하마 야마테에 있는 노다 가족의 집에는 늘 화창한 햇살이 쏟아졌고 거실에는 네 식구의 웃음소리가 넘쳐났다.

　다만 한 가지, 유키노는 몸집이 작고 어릴 때부터 병약했다. 네 살 때는 폐렴이 심해져서 사경을 헤맨 적도 있다. 흥분하면 의식을 잃는 지병이 있어 즐거운 일을 앞두면 금방 몸 상태가 나빠졌다.

　요코가 초등학교 4학년, 유키노가 3학년에 올라가기 직전인 3월 26일. 유키노가 여덟 살이 되는 생일이기도 했다. 이날은 야마테에 사는 남자아이 둘과 몇 년에 한 번 온다는 유성우를 보러 가기로 되어 있었다.

　하지만 저녁 파티에서 좋아하는 고기감자조림을 배불리 먹고 어머니가 손수 만든 케이크를 가져올 즈음, 어지간히도 기대했는지 흥분한 유키노는 잠들듯 쓰러지고 말았다.

　"아아, 또. 작년 생일 때도 그랬지."

아버지가 아이를 살포시 안았다. 안타까워하는 표정과 반대로 말투는 어딘지 모르게 느긋하다. 예전에는 유키노가 쓰러질 때마다 얼굴이 새파래졌으면서.

요코 또한 당황하지 않는다. 정신을 잃는 일이 너무 잦은 데다 같은 지병이 있는 어머니가 걱정하지 말라고 하기도 해서 언제부터인지 거의 동요하지 않게 되었다. 대부분 몇 분에서 몇십 분, 길어도 한 시간이면 유키노는 눈을 뜬다. 이날도 삼십 분쯤 지나자 깨어나 자신이 있는 곳을 확인하듯 눈을 깜빡였다.

유키노는 자기 방 침대에 누운 채 천장에 난 작은 창을 원망스럽게 바라보며 입을 열었다.

"아아, 또 쓰러졌어. 재미없게. 언니, 벌써 갔어?"

"아니, 아직. 널 두고 가겠니."

"미안해 언니. 나 병 나으면 다 같이 별 보러 가자."

전에 어머니에게서 병 이름을 들은 적 있다. 너무 어려워서 기억은 못 하지만, 정신 잃은 유키노를 안고 "미안해, 엄마 때문에"라며 무심코 보인 어머니의 표정은 지금도 잊히지 않는다.

"당연하지. 쇼랑 신이치도 네 몸이 좋아지길 기다리고 있어."

"정말? 나 둘 다 좋아. '언덕 탐험대'에 끼워줘서 기뻐."

"그래. 둘 다 기다리고 있어" 하고 요코는 고개를 끄덕였다.

언덕 탐험대란 요코의 동급생인 쇼가 만든 그룹이다. "터널 옆 동산에 비밀기지를 만들었어. 요코 너도 유키노 데리고 놀러 와"라고 불러준 것이 계기였다.

"기지까지 가려면 꽤 경사진 비탈길을 올라가야 하는데, 요코 넌 괜찮지? 문제는 네 동생인데 다 같이 도우면 어떻게든 될 거야."

쇼는 애니메이션에 나오는 히어로처럼 집단괴롭힘을 싫어하고 늘 약한 아이 편에 선다. "할아버지를 따라 의사가 돼야 하나 아버지를 따라 변호사가 돼야 하나. 고민이네" 하고 으스대면서도 마냥 농담으로 들리지 않을 만큼 성적이 우수하고 집은 유복하다.

살짝 열린 창문으로 바람이 불어온다. 침대 위에서 유키노의 머리를 쓰다듬던 요코는 쇼에게 못 간다는 말을 전해야겠다고 생각했다.

그것을 눈치챘는지 유키노가 다독이듯 중얼거렸다.

"괜찮아. 언니는 갔다 와."

"싫어. 너한테 미안하잖아."

"아니야, 보고 와. 와서 어땠는지 말해줘."

표정은 부드러워도 말투는 야무지다. 평소에는 우유부단한데 한번 말을 꺼내면 고집스러운 아이다. 몸은 약할지언정 의지까지 약하지는 않다. 요코는 그렇게 자신에게 변명했다. 밤에 쇼를 만난다는 기쁨을 여동생을 핑계 삼아 희석했다.

"그럼 진짜 간다?" 하고 확인하자 유키노는 얼굴 가득 미소를 지었다.

"언니, 같이 백 살까지 살자. 그리고 둘이서 별 많이 보자."

거리는 유성우를 보려는 사람으로 북적였다. 덕분에 혼자 걷는 밤길을 무서워하는 일 없이 집에서 달려 십 분 거리인 터널에 금방 다다랐다.

어둠 속에서 두 사람을 만나자 요코는 기쁨을 감추지 못하고 쇼와 이야기를 나눴다. 그 때문에 "근데 유키노는?" 하는 목소리를 알아듣기까지 한참이 걸렸다.

목소리의 주인공은 요코와 쇼를 몇 발짝 뒤따라 걷던 사사키 신이치. 신이치는 요코와 쇼보다 한 학년 아래로, 유키노와 동갑이다. 렌즈 두꺼운 안경을 쓰고 늘 앞머리를 늘어뜨리고 있다. 키가 작고 말랐으며, 쾌활하지는 않아도 쇼에게 뒤지지 않을 만큼 정의감이 강한 아이다. 특히 유키노에 관해서는 누구보다도 똑 부러지게 나선다.

유키노는 걸음이 느려 늘 친구들에게서 뒤처진다. 하지만 언덕 탐험대 멤버들은 유키노의 속도에 맞춰 걷는다. "우리만이라도 유키노를 기다려주자"라는 신이치의 한마디가 계기였다.

"아, 맞다. 유키노는 오늘 못 와."

요코가 얼른 신이치 쪽을 뒤돌아본다. 들뜬 마음을 들킨 것만 같았다.

"왜?"

"파티 때 또 쓰러졌어."

"괜찮은 거야?"

"응. 나올 때 이미 아무렇지도 않았어. 별이 뜬 하늘이 어땠는지 말해달랬는걸."

요코는 애써 밝게 설명했다. 쇼도 "그렇구나. 아쉽다. 우리가 선물 준비했는데"라며 웃음을 보였지만 신이치의 표정은 밝지 않다.

십 분 정도 산을 더 올라 비밀기지에 도착하니 주위를 둘러싼 키 큰 벚나무가 번화가 네온사인을 차단하고 있었다. 올려다보면 분명 하늘에 별이 가득할 텐데 그러기에는 용기가 필요했다. 신이치의 표정이 너무 어두울뿐더러 유키노에 대한 배신행위 같았다.

다들 말없이 발로 땅만 차고 있다. 무거운 침묵의 시간을 보낸 뒤 신이치가 말했다.

"아무래도 유키노가 가여워."

그러고는 끼어들 틈조차 주지 않으려는 듯 강한 어조로 말을 잇는다.

"우리 넷이 언덕 탐험대야. 한 사람이라도 빠지면 의미 없어."

잠시 침묵이 흐르더니 쇼가 헤벌쭉 웃는다.

"맞아. 오늘은 돌아가자. 별은 유키노가 나으면 보기로 하고."

결국 세 사람 모두 한 번도 하늘을 올려다보지 않았다. 힘들게 오른 경사 길을 내려와 다시 도로로 나온 뒤 "요코는 여자니까"라며 쇼와 신이치가 집 앞에 데려다줄 때까지도 계속 그랬다.

"그럼 우린 가볼게. 유키노한테 인사 전해줘."

쇼가 손을 번쩍 드는데 신이치가 "쇼, 선물"이라며 붙든다.

"맞다. 까맣게 잊고 있었네. 자, 이거."

쇼가 등에 멘 백팩에서 선물 꾸러미를 꺼냈다. 받아들던 요코는 문득 2층 방으로 시선을 돌렸다.

"괜찮으면 올라갔다 갈래? 직접 건네줘."

요코가 쇼에게 꾸러미를 돌려주며 말했다. "그건 좀 그래. 아줌마한테 들키면 야단맞을 거야"라며 쇼는 고개를 가로저었으나 요코도 물러서지 않았다.

"괜찮아. 내가 이미 안 들키고 나왔는걸. 안 들키게 들어가면 돼."

"그러네. 유키노한테 직접 건네주자."

신이치가 먼저 마음을 먹었는지 쇼의 등을 두드렸다. 쇼는 힐끔 돌아보더니 "나쁜 녀석들"이라며 짓궂게 미소 지었다.

세 사람은 눈짓으로 신호하며 계단을 올랐다. 소리 나지 않게 방문을 열자 아니나 다를까, 유키노가 침대에서 천장에 난 작은 창을 바라보고 있다. 밤하늘의 푸르스름한 빛을 받은 동생은 평소보다 더 가냘파 보였다.

놀라서 벌어진 유키노의 입을 살짝 막으며 요코가 속삭였다.

"다들 너랑 같이 별을 보고 싶대. 그러니까 넷이서 하늘 보자."

침대에 요코와 유키노가, 바닥에 쇼와 신이치가 누워 천창을 올려다본다. 아무도 입을 열려 하지 않았다. 묻고 싶은 말이 많을 텐데 유키노 또한 말없이 밤하늘을 바라보았다.

얼마나 그러고 있었을까. 소리가 날까 봐 꼼짝도 하지 않을 무렵, 창밖으로 한 줄기 빛이 스친다.

"앗! 봤어, 방금?"

쇼가 목소리를 낮춰 묻는다. 눈앞 가득 펼쳐지는 밤하늘이 아닌 제한된 크기의 창을 보고 있어 다행이었다. "응, 봤어" 하고 신이치가 말하니 "나도 봤어" 하며 유키노도 흥분을 감추지 못했다.

그 뒤로 오 분쯤, 차례차례 별이 떨어졌다. 베란다로 나가면 별을 더 많이 볼 수 있음을 알면서도 아무도 먼저 말을 꺼내지 않았다. 분명 함께 같은 광경을 보고 싶었으리라. 적어도 요코는 그랬다.

반짝이는 눈으로 밤하늘을 올려다보던 쇼가 누구에게랄 것도 없이 속삭였다.

"누군가 슬퍼하면 다 같이 돕기. 이건 언덕 탐험대의 약속이야."

분명히 유키노를 가리키는 말이리라. 그런데 당사자인 유키노가 "응, 그러자. 내가 모두 지켜줄게"라고 맨 먼저 찬성했다. "나도. 나도 모두를 지킬 거야" 하며 신이치도 곧바로 동조한다.

나도 무슨 말이든 해야지. 요코는 조바심을 내며 쇼의 옆얼굴을 멍하니 보고 있었다. 그 순간, 방 안에 섬광 같은 빛이 쏟아졌다. 흐릿하던 모두의 윤곽이 뚜렷이 떠오른다.

무슨 일이 일어났는지 몰랐다. 급히 올려다보니 창밖에 빛의 잔상이 꼬리를 물듯 남아 있었다.

"아…… 우아아아! 다들 봤어?"

갈수록 목소리가 커지는 유키노의 물음에 "응, 봤어" "나도 봤어. 지금 건 엄청났어" 하고 신이치와 쇼도 멍한 표정으로 고개를 끄덕거렸다.

요코 혼자 놓치고 말았다. 게다가 탐험대의 맹세도 말하지 못했다.

"저기, 얘들아……."

요코가 겨우 입을 열려는 순간 또다시 방 안이 밝아졌다. 이번에는 조금 전처럼 환상적인 것이 아니다. 천장 형광등이 켜진 것이다.

"아니, 얘들이. 뭐 하는 거니?"

심장이 콩닥거렸다. 어머니가 문 앞에 서 있다. 가녀린 몸, 물결치는 연갈색 머리칼. 숨이 멎을 듯 하얀 피부. 요코가 동경해 마지않는 가늘고 째진 눈.

표정은 엄했으나 어머니는 미소 지은 듯 보이기도 했다. 진심으로 화난 것 같지는 않았다. 그 증거로 사 인분의 머그잔과 접시와 케이크를 올린 쟁반을 들고 있다.

어머니는 먼저 쇼와 신이치에게 전화하고 오라며 재촉했다. 두 사람이 나가는 모습을 확인하고는 홍차를 따르고 케이크를 나눈다. 유키노가 미처 먹지 못한 생일 케이크다.

머그잔에서 피어오르는 김을 바라보는데 두 사람이 돌아왔다. "우아, 맛있겠다" 하고 외치는 쇼를 어머니는 나무라듯 바라본다.

"죄송해요, 아줌마. 꼭 넷이서 별을 보고 싶었어요. 제가 말을 꺼냈어요."

사실은 그렇지 않은데도 쇼가 대표해서 사과했다.

"어머니는 뭐라시니?"

"이십 분쯤 뒤에 데리러 온대요."

"신은?"

"우리도 그 정도 걸린댔어요."

"그래. 그럼 그때까지 같이 케이크 먹으면서 기다릴까? 너희, 아무리 몰래 해도 다 알아. 숨어서 할 거면 하지 마."

어머니는 그제야 빙긋이 웃었다. 방 안의 긴장이 풀린다. 누가 먼저랄 것도 없이 "잘 먹겠습니다!" 하고는 입안 가득 케이크를 오물거린다.

"와, 맛있다! 이거 뭐예요? 아줌마가 만들었어요?"

쇼가 눈을 반짝이며 묻자 어머니는 반색한 표정으로 "맛있니?" 하고 되묻는다. 다 함께 있을 때면 늘 이렇다. 어머니와 쇼는 같은 눈높이에서 대화한다.

"엄청 맛있어요! 요코는 좋겠다. 아줌마가 예쁘고 젊어서. 근데 아줌마 몇 살이에요?"

"스물다섯이야."

"우아! 역시 젊어! 이름은 뭐예요?"

"히카루. 가타카나로 쓰는 히카루야. 노다 히카루."

쇼의 눈이 휘둥그레진다. 천천히 고개를 돌리고는 신이치를 지나 요코를 본다. 쇼가 무슨 생각을 하는지 말하지 않아도 안다. 요코도 그것이 불만이니까. 히카루도 유키노도 다 예쁜 이름인데 왜 나만 '요코'야?

뾰로통하게 그런 의문을 표출할 때면 어머니는 꼭 아버지에게 난감한 눈빛을 보낸다. 아버지도 시선을 피했다가 이내 뭔가 떠오른 듯 "왜? 근사하지 않아? 아빠가 지어준 이름인데" 하며 엉뚱한 소리를 한다.

아버지는 아무것도 모른다. 애당초 '아빠가 지어줬다'라는 점이 불만이다. 유키노는 이름뿐 아니라 모든 부분에서 어머니의 유전과 센스가 느껴진다. 한편 요코는 확실히 아버지의 피를 짙게 물려받았다. 건강의 상징 같은 까무잡잡한 피부, 큰 체격을 감출 수 없는 딱 벌어진 어깨. 감기조차 걸리지 않는 튼튼한 체질마저 원망스러웠다.

그리고 또 한 가지 결정적인 불만이 있다. 어머니의 말버릇이다. 어머니가 유키노와 단둘이 있을 때 하는 대화를 요코는 몇 번인가 들었다.

"유키노, 늘 힘들게 해서 미안해. 엄마를 용서해줘."

"왜? 나 별로 안 힘들어."

"그래, 고마워. 그래도 유키노는 엄마를 닮았잖니."

마냥 응석 부리는 유키노와 머리칼을 부드럽게 쓰다듬는 어머니. 둘만의 비밀을 공유하는 듯한 장면을 목격할 때면 요코는 여지없이 심사가 뒤틀렸다.

"저기, 쇼. 선물……."

기어드는 신이치 목소리에 요코는 제정신을 차린다. 쇼는 "또 깜빡했다"라며 혀를 내밀고는 백팩에서 판 모양 꾸러미를 꺼내 유키노에게 건넨다.

"우아, 열어봐도 돼?"

남자아이 둘이 고개를 끄덕이자 유키노는 포장지를 푼다. 서른 가지 색이 든 크레파스가 나왔다.

"유키노, 그림 그리는 거 좋아하지? 신이 골랐어."

쇼의 말에 신이치는 쑥스러운 듯 코끝을 긁는다. 유키노는 기쁜 일이 있으면 미간을 찡그린다. 어머니는 그런 유키노의 머리를 쓰다듬는다. 어머니의 버릇이었다.

"맞다, 엄마도. 잠깐만 기다려."

어머니는 그대로 방을 나갔다가 일 분쯤 뒤에 돌아왔다. 손에 종이 가방이 들려 있다. 모두의 시선이 모인 가운데 나온 것은 분홍색 테디베어다. 가족끼리 쇼핑하러 갔을 때 요코하마의 백화점에서 발견하고 유키노와 함께 예쁘다며 신나게 떠들던 물건이다.

"웅? 선물은 벌써 받았는데."

유키노는 곤혹스러운 표정으로 중얼거렸다. 어머니는 태연하게 미소 짓는다.

"그건 아빠가 준 선물. 이건 엄마는 주는 거야. 유키노는 늘 열심히 하니까. 아빠한텐 비밀이다?"

요코는 불편한 감정이 싹틈을 느꼈다. 물론 오늘은 유키노의 생일이다. 머리로는 그렇게 이해하면서도, 줄곧 갖고 싶던 봉제인형이 눈앞에 보이자 갖고 싶다는 마음을 억누를 수 없었다.

그걸 눈치챘는지 어머니가 생각지도 못한 말을 했다.

"그리고 이건 요코 거. 너도 아빠한텐 비밀이다?"

어머니는 또다시 봉제인형을 꺼냈다. 유키노 것과 똑같은 테디베어다. 깜짝 선물에 요코보다 유키노가 더 기뻐했다. "잘됐다, 언니! 나랑 똑같은 거야" 하고 환성을 울린다.

그때 아버지가 1층에서 기타를 들고 왔다. 황급히 봉제인형을 침대 밑으로 밀어 넣었다.

"뭐야, 아빠만 쏙 빼놓지 마."

아버지가 농담하듯 말했다. 쇼가 장난스럽게 "아저씨, 한잔하고 계세요? 오늘은 점잖빼기 없기예요. 자자, 한 잔 더" 하며 술 따르는 시늉을 한다. "오오, 쇼. 같이 마실래?" 하고 되받아치자 어머니가

"여보!" 하고 나무란다.

일제히 웃음이 터졌다. 농담으로 받았겠지만, 요코는 어머니의 본심을 안다. 아버지는 술버릇이 좋지 않아서 요코 자매가 철들 무렵에는 이미 술을 끊은 상태였다. 언젠가 부모님이 지난 일을 떠올리며 나누는 대화를 들은 적 있다.

아버지는 불만스러운 표정으로 입을 삐쭉거리다 마지못해 연주 자세를 잡는다.

"그럼 데리러 오실 때까지 같이 노래 부를까?"

쇼를 중심으로 천장을 바라보며 다 함께 〈별에게 소원을〉을 불렀다. 요코는 '유키노'라는 이름을 동경하는 또 하나의 이유를 생각했다. 요코는 '행복'이라는 말을 좋아한다. 귀여운 동생, 예쁜 어머니, 다정한 아버지, 무척 좋아하는 친구들이 있다. 늘 지켜주는 사람이 있어 행복했다.

"11월에 또 유성우 내린대. 다음엔 꼭 다 같이 보러 가자."

신이치가 타이르듯 중얼거렸다. 그의 시선이 유키노에게 향해 있음을, 요코만 눈치채고 있었다.

4학년 1학기를 마치고 여름방학이 시작되니 반 친구들 가운데 학원을 다니기 시작한 아이도 나타났다. 하지만 탐험대 멤버 중에는 아직 없었다. 사립중학교 입시를 준비한다는 쇼도 "아직 일러. 지금은 초등학교 생활을 즐겨야지" 하며 코웃음 쳤다.

여름방학에는 매년 가는 가족 여행을 떠났다. 성묘를 겸한 여행지 미우라 반도에서 작은 해프닝이 일어났다. 호텔 체크아웃 때 자매가 저마다 가져온 테디베어 중 하나가 없어진 것이다.

요코는 유키노가 잃어버렸다고 확신했다. 지난밤에 아버지와 함께 근처 편의점에 갔을 때 유키노는 봉제인형을 소중하게 안고 있었다. 가지고 돌아온 기억이 없다.

요코의 주장에 유키노는 눈을 부릅뜨고 반발했다.

"내 거야! 여기 왼손에 얼룩이 있는 게 내 거야!"

"웃기지 마. 내가 포도주스 흘리는 거 너도 같이 봤잖아. 내놔."

"싫어. 절대 안 돼. 내 물건 빼앗지 마. 언니 바보!"

표정에서 여느 때와 다른 강한 의지가 느껴져 요코는 순간 흠칫했다. 하지만 어머니에게 받은 소중한 봉제인형을 눈앞에 두고 쉽게 물러설 수는 없다. 결국 드잡이가 벌어지자 아버지가 끼어들었다. 그러고는 망설이는 기색도 없이 쏘아붙였다.

"요코, 넌 언니잖아. 인형 같은 건 양보해야지."

아버지의 매서운 눈빛은 요코에게만 향했다. 너무 분하고 속상해 자기를 두둔해주길 바랐건만 어머니는 나무라듯 유키노 쪽을 보고 있었다.

아아, 또. 순간 생각했다. 또 이런 조합이다. 아버지와 나. 어머니와 유키노. 왜 항상 이런 식으로 나뉠까.

천천히 시선을 되돌리자 유키노의 얼굴이 창백하게 돌변했다. 호흡을 가다듬으려 애쓰고 있다. 정신을 잃을 때의 전조임을 알기에 요코는 더는 아무 말도 할 수 없었다.

유키노와 화해하지 못한 채 여름방학이 끝나고 새 학기를 맞았다. 요코는 미묘한 분위기 변화를 감지했다. 친하던 반 친구가 왠지 자신을 피하는 듯했다.

유키노도 같은 느낌을 받은 모양이다. 방과 후 귀갓길에 우연히 만난 유키노가 생각지도 못한 질문을 했다.

"저기, 언니. 후처가 뭐야? 호스티스는?"

여동생의 입에서 갑작스레 나온 말에 허를 찔린 기분이었다. 정확한 뜻은 몰라도 단어가 주는 수상쩍은 분위기는 느껴졌다.

"누가 그래?"

"그냥. 다들 날 보고 웃는 것 같아. 후처 자식이라고."

"누가 그러는지 모르겠는데 그런 말은 무시해. 아니면 신이랑 상의하든가."

"아아, 맞다. 그럴게."

대답은 그렇게 하면서도 유키노는 표정이 어두웠다. 그리고 이날 집에 오는 길에 자매를 더욱 혼란스럽게 하는 일이 벌어졌다. 늘 공원 앞에 모여 수다 떠는 아주머니들이 자매를 보자마자 시선을 피한 것이다.

가끔 어머니도 무리에 끼어 이야기 나누던 사람들이고, 신이치의 어머니도 있다. 당연히 서로 잘 아는 사이인데다 평소에 만나면 인사 정도는 나눴다.

유키노가 불안한 듯 손을 꼭 잡으며 물었다.

"괜찮아?"

요코가 말없이 고개를 끄덕였다. 그러자 유키노는 방금 전에 일어난 일 따위는 잊었다는 듯 활짝 웃었다.

"테디베어 그냥 언니 줄게."

"주다니 무슨 말이야? 내 거라고 인정하는 거니?"

"아니, 그건 아니야."

"그럼 필요 없어. 네가 인정하기 전까지는 안 받을래."

"그래도…… 언니랑 화해하고 싶어서."

유키노는 조심스럽게 요코를 올려다보며 결심한 듯 말을 이었다.

"그럼 같이 놀까? 테디베어, 같이 갖고 놀자."

슬쩍 내려다보니 유키노의 이마에 땀이 맺혀 있다. 결코 손을 놓지 않으려는 듯 요코와 발걸음을 맞춰 걷고 있다. 가슴이 뜨끔했다.

"응, 알았어. 그러자. 그래도 잊지 마. 그건 내 거야."

"아이참, 언니는 정말 고집불통이라니까."

비로소 웃는 유키노를 보고 정신이 바짝 들었다. 이 아이는 내가 지켜줘야 해.

등 뒤로 아주머니들의 눈길을 느끼며 요코는 다시금 다짐했다.

그날을 기점으로 자매를 향한 차가운 시선은 그 수를 더해 갔다. 특히 유키노는 험한 꼴을 당하는 모양이었다. 오랜만에 손을 잡은 그날 이후, 학교에서 돌아오면 별말 없이 침대에 누워 있을 때가 많았다.

누구와 상의해야 할지도 몰랐다. 아니, 사실은 알면서도 털어놓을 용기가 나지 않았다.

어머니도 확실히 이상해 보였다. 자매가 새 학기에 맞닥뜨린 문제와 무관하지 않은 것 같아 요코의 마음은 더 침울해졌다.

따가운 햇볕이 조금씩 누그러지고 거리의 풍경이 윤곽을 되찾아가던 어느 날, 요코는 주방에 있는 어머니에게 겨우 말을 붙였다.

"저기, 엄마……."

작은 창으로 비쳐든 석양이 주방을 붉게 물들이고 있었다. 그 속에서 부엌칼을 든 어머니의 모습은 그림처럼 아름다웠지만, 요코는 손바닥에 땀이 번졌다. 어머니는 도마를 계속 두드리고 있었다. 양배추는 이미 잘게 썰렸건만 칼질은 멈출 줄 몰랐다.

태어나서 처음으로 어머니를 보고 무섭다고 느꼈다. 요코는 소리 안 나게 뒤로 돌아 쏜살같이 집 밖으로 나갔다. 갈 곳은 한 군데밖에 없었다. 길가에서 아주머니들이 수다 떠는 모습이 눈에 들어왔지만 요코가 먼저 못 본 척했다.

터널 옆 비밀기지에서 신이치와 쇼가 나무를 타며 놀고 있었다. 요코를 확인한 두 사람의 반응은 정반대였다.

"야, 요코! 뭐야, 너 온다고 했던가?"

쇼가 만면에 미소를 띠고 손을 흔드는 한편, 신이치는 어색한 듯 시선을 피한다. 두 사람이 나무에서 내려오자 요코는 있는 그대로 설명했다. 최근에 받은 이상한 느낌을 모두 털어놓은 뒤 물었다.

"얘들아, '후처의 자식'이 무슨 뜻이야? 아는 게 있으면 알려줘."

뜻밖에도 신이치는 당황했고 쇼까지 난감한 표정을 지었다.

"제발. 유키노도 힘들어한단 말이야. 아는 게 있으면 말해달라고."

잠시 후 쇼가 꺼내놓은 대답은 요코가 바라던 것과 달랐다.

"누가 뭐라고 하는지 모르지만, 아줌마는 좋은 사람이야. 그건 내가 장담해."

"아니야! 그런 말을 듣고 싶은 게 아니라고!"

"그렇지만 내가 아는 건 그것뿐인걸. 아줌마는 좋은 사람이야!"

그러자 신이치가 힘없이 미소 지으며 두 사람 사이에 끼어들었다.

"저기…… 난 그만 갈게."

그 말을 확인하는 데 잠시 시간이 걸렸다.

"왜 이래. 도망가지 마."

신이치는 뒤도 돌아보지 않고 걷는다. 억울하고 불안한 마음으로 뒷모습을 노려보고 있으니 눈물이 왈칵 솟았다.

쇼가 살짝 한숨을 쉬고는 요코의 어깨에 손을 올렸다.

"요코, 지금은 견뎌. 시시껄렁한 소문은 금방 사라질 테니까."

나뭇잎 사이로 두 사람에게 쏟아지던 햇살이 바람에 흔들린다. 쇼의 목소리는 언제나 그렇듯 다정했지만, 문제를 뒷전으로 미루고 있다는 생각만 들었다.

요코가 울음을 참으며 집으로 돌아오니 현관에 가죽이 벗겨진 빨간 하이힐이 놓여 있었다. 어머니 신발이 아니다. 어머니는 이렇게 품위 없는 신발은 신지 않을뿐더러 손상된 채 두지도 않는다.

현관 앞 계단에 유키노가 불도 켜지 않고 쓸쓸히 앉아 있다.

"뭐해? 너 누워 있어야……."

유키노가 입에 검지를 갖다 댄다.

"엄마가 혼나고 있어. 무서운 아줌마가 와 있어."

"무서운 아줌마?"

그렇게 되뇌며 요코는 거실문으로 시선을 옮겼다. 소리는 들리지 않는다. 하지만 불온한 낌새는 느꼈다. 순간, 여기 있으면 안 된다는 생각이 들었다.

요코는 유키노를 데리고 2층으로 올라갔다. 해가 지고 평소 저녁 식사 시간을 지나 오후 8시쯤 되어서야 1층에서 소리가 들렸다.

요코는 곧장 내려가려는 유키노를 제지하고는 창문으로 바깥 상황을 살폈다. 몸집 작은 여자가 현관에서 나온다. 유키노가 말한 '무서운 아줌마'와 좀처럼 맞아떨어지지 않았다. 흰 여름용 외투를 걸친 뒷모습이 이십대로 여길 만큼 젊어 보였기 때문이다.

여자는 가로등 앞에서 멈칫하더니 이쪽을 돌아보았다. 요코는 황급히 커튼 옆으로 몸을 숨겼다. 하얀 가로등 불빛에 비친 여자는 멀리서 봐도 짙은 화장이 눈에 띄었다. 한껏 젊게 차려입었지만 이십대가 아닌 것만은 틀림없다.

여자는 어째선지 미소를 짓고는 다시 등을 돌렸다. 미심쩍은 느낌이 순식간에 가슴에 퍼지더니 이내 확실해지면서 온몸을 관통한다. 왼쪽 다리를 질질 끄는 저 걸음걸이. 요코는 언젠가 본 기억이 있다.

여름방학이 끝나기 직전, 신이치와 공원에서 이야기 나누던 여자다. 처음에는 옅은 분홍색 민소매와 미니스커트 차림이 신경 쓰였을 뿐이다. 하지만 여자는 뒤늦게 공원에 온 요코를 보고 얼굴빛이 달라졌다. 그러고는 도망치듯 그곳을 떠났다.

신이치는 "길을 묻기에 가르쳐줬다"라고 말할 뿐이었다. 뒤이어 쇼가 도착했고 다른 이야기를 하느라 정신 팔리는 바람에 그 이상은 묻지 않았다. 까맣게 잊었는데 다리를 질질 끄는 특이한 걸음걸이는 기억에 또렷이 남아 있었다.

유키노의 손을 잡고 계단을 내려가자 어두운 방 안에서 어머니가 숨죽여 울고 있었다. 멍하니 바라볼 수밖에 없던 요코와 달리 유키노는 어머니에게 다가갔다.

"엄마, 울어? 울지 마. 괜찮아. 내가 지켜줄게."

등을 부드럽게 쓰다듬는 유키노를 보고 있으니 왠지 어머니를 빼앗겼다는 느낌이 밀려왔다. 요코도 얼른 다가가 어머니의 등을 어루만졌다. 어머니는 놀란 눈으로 자매의 얼굴을 번갈아 보다가 둘 다 꼭 안아주었다.

"미안해. 엄만 너희 둘 엄마니까, 절대 아무 데도 안 갈게."

말의 의미를 알 수 없었다. 하지만 어머니는 아무것도 묻지 말라는 듯 고개를 흔들고 눈물을 닦았다.

"아아, 미안 미안. 밥해야겠다. 뭐 먹고 싶니?"

"고기감자조림!" 하고 금새 활짝 웃는 유키노에게 요코는 핀잔을 주었다.

"번거롭잖아. 그냥 간단한 거 먹어."

"난 고기감자조림이 제일 좋단 말이야."

"그래, 해줄게. 조금만 기다려."

한 시간쯤 뒤에 돌아온 아버지와 함께 오랜만에 네 사람이 한 식탁에 앉았다. 아버지는 평소보다 늦은 저녁식사를 의아해했지만 어머니가 계속 눈짓하며 아무 말도 못 하게 했다.

요코를 제외한 모두가 별것 아닌 화제를 찾아 이야기하고 웃었다. 언제 울었냐는 듯 어머니도 웃음 짓는다.

오랜만에 온 가족이 함께한 식탁은 전에 없이 활기가 돌았다. 그 활기가 침묵을 거부하기 위해 만들어졌을 뿐이라고 생각하니 요코는 섬뜩한 느낌이 들었다.

어머니는 집에 찾아온 중년 여자에 관해 말해주지 않았다. 그렇다면 한 번 더 신이치에게 물어야겠다고 생각하던 차에 그 사건이 일어났다. 여자가 찾아온 지 몇 주 뒤였다. 아버지는 언제 실신할지 모르는 지병이 있다는 이유로 운전을 못 하게 했는데, 그런 어머니가 교통사고를 낸 것이다.

폭우가 내리던 저녁, 살짝 한기가 도는 집에서 아버지의 전화를 받았다. 그 순간, 요코는 자신이 소중히 해온 세상이 산산이 깨졌음을 민감하게 알아차렸다.

택시를 타고 사고 현장 근방을 지나 병원에 도착했다. 병원은 온통 적막에 휩싸여 있었다. 어머니가 목숨을 걸고 싸우는 열기는 어디에도 없었다.

자매의 모습을 확인하고도 아버지는 힘없이 고개를 끄덕일 뿐이었다. 손상이 심하다는 이유로 시신을 볼 수 없었다. 그때부터 요코의 기억은 모호해진다. 현실인지 꿈인지, 유키노가 어떤 표정을 지었고, 자신이 무엇을 느꼈는지 파악하기 어려웠다.

그 뒤로는 기억에 또렷하게 새겨진 일이 얼마 없다. 그중 하나는 밤새 빈소를 지킬 때 어머니를 피하던 동네 아주머니들이 찾아와 다른 사람처럼 눈물 흘리던 일이다.

아버지는 촉촉해진 눈으로 예의를 갖춰 감사 인사를 했다. 그 옆에서 유키노도 목 놓아 울고 있었다. 요코는 눈물이 나지 않았다. 손수건으로 눈가를 훔치는 아주머니들을 냉소하며 "당신들 때문이야"라고 입만 움직였다. 찬 공기에 입술이 말라 여기저기 갈라졌다.

아버지는 경찰, 병원, 장의사 측과 대화를 나누며 자질구레한 일을 묵묵히 해냈다. 그나마 아버지가 아버지답게 있어주어서 요코에게 힘이 되었다. 하지만 아버지의 마음도 확실히 망가져 있었다.

칠일재를 올린 날 밤, 어째서인지 아버지 쪽 사람뿐이던 친척과 회사 관계자가 모두 돌아갔다. 그 덕에 사고 이후 처음으로 가족끼리 식사를 했다.

어머니만 빠진 테이블에서 아버지는 자매가 전에 본 적 없을 만큼 만취했다. 애당초 아버지가 술 마시는 모습조차 요코에게는 처음이었다. 빈소에서도 주위 사람에게 따라주기만 할 뿐 자신은 결코 입에 대려 하지 않았다.

그런 아버지가 물을 마시듯 술을 들이부었다. 요코는 어찌할 바를 몰랐다. 말려줄 어머니는 이제 없다.

요코는 유키노의 손을 잡고 2층으로 올라가려 했다. 하지만 아버지가 허용하지 않았다.

"요코, 도망가지 마. 가족이잖아?"

긴박한 분위기를 찢는 비굴한 웃음소리가 귓가를 울린다.

"요코, 엄마 병 이름이 뭐랬지?"

아버지는 혼잣말처럼 뭐라고 중얼거리더니 말을 이었다.

"미안하다. 강제로 면허를 빼앗아야 했는데. 내 잘못이다. 다 내
잘못이야."

아버지가 처음으로 자신을 '나'라고 부르고 있었다. 아버지는 참
회와도 같은 그 말을 시작으로 계속 지껄여댔다. 느닷없이 어머니를
비난하는 폭언을 내뱉는가 싶더니 뒤이어 후회하며 흐느껴 운다. 여
리고 섬세하며, 못 미덥고 더할 나위 없이 처량하다.

등을 둥글게 구부린 아버지의 모습이 꼭 보호해주어야 할 어린아
이 같았다. 요코의 가슴속에서 "용서해주고 싶다"라는 신기한 감정
이 싹텄다. 어머니 역할을 대신해야 한다는 마음도 함께 솟았다.

알아차리기라도 한 것처럼 아버지의 말 또한 조금씩 응석처럼 변
해갔다.

"요코, 날 용서해주겠니?""요코는 엄마가 해준 햄버그를 좋아했
지""엄만 늘 요코가 귀엽다고 했어""요코가 딸이라서 좋았다고도
했지""요코를""요코가 말이야"…….

아버지는 어째서인지 요코에게만 이야기했다. 문득 시선을 떨어
뜨리자, 유키노가 새파래진 얼굴로 어딘가 한 점을 보고 있었다.

"괜찮아?"하고 요코가 물었다. 유키노는 고개를 갸웃거릴 뿐 아

무 대답도 하지 않았다.

"됐어. 위층으로 가자. 안 그래도 요즘 몸이 별로 안 좋았잖아."

유키노는 들은 척도 하지 않고 천천히 아버지에게 다가갔다. 바닥에 주저앉은 아버지가 불안한 눈빛으로 눈앞에 선 유키노를 올려다본다. 두 사람의 시선이 한참 교차했다. 견디지 못하고 먼저 시선을 피한 아버지는 깊은 한숨을 내쉬었다.

"그만해. 그런 차가운 눈으로 보지 마."

요코는 아버지야말로 줄곧 차가운 얼굴을 하고 있다고 생각했다. 유키노는 아버지 곁을 떠나지 않았다. 오히려 자세를 낮춰 바닥에 앉은 아버지와 눈높이를 맞췄다.

귀에 익은 상냥한 목소리가 방 안에 감돌았다.

"아빠, 울지 마. 나도 이제 안 울 테니까. 용서할게. 내가 아빠를 용서할게. 그러니까 제발 울지 마."

유키노가 축 늘어진 아버지 어깨에 손을 올렸다. 아버지의 몸은 떨림이 멈출 줄 모른다. 유키노는 물러서지 않고 등을 감싸 안으려 했지만, 아버지는 성가시다는 듯 손을 뿌리쳤다. 그러고는 천천히 주먹을 쥔다.

순식간의 일이었다. 요코가 말릴 새도 없이 둔탁한 소리가 사방의 벽을 진동시켰다. 한참 뒤에야 제정신이 들었다. 왼쪽 눈두덩을 감싼 채 말없이 웅크린 유키노의 모습이 비로소 눈에 들어온다.

아버지는 잔에 남은 술을 단숨에 들이켜더니 쓰러져 있는 유키노를 내려다보았다.

"나한테 필요한 사람은 네가 아니야. 히카루야."

그 말이 천천히 귀에 번진다. 아버지가 하는 말의 의미는 모르겠다. 다만 유키노가 듣게 해서는 안 될 것 같아 요코는 무릎을 꿇고 유키노를 품에 안았다.

유키노는 멍하니 "미, 미안. 미안해요"라고 말했다. 그러고는 천천히 요코의 얼굴을 올려다본다.

"언니, 미안해"

한마디를 더 남기고는 얼굴이 창백해지더니 잠들듯 의식을 잃었다. 제단에 놓인 어머니의 영정이 가슴을 스쳤다. 어머니에게서 유키노한테만 유전된 병. 요코는 작은 몸집이 더 가벼워진 듯한 착각에 휩싸였다.

예전에, 실신하는 순간 기분이 어떤지 물었을 때 유키노는 해맑게 웃으며 대답했다.

"몸이 따뜻한 공기에 휩싸여. 기분 좋아. 눈앞이 새하얘지면서 천국에 있는 것 같아."

유키노를 품에 안은 채, 요코는 비굴하게 웃는 아버지를 노려보았다. 쇼가 말한 '탐험대의 약속'이 뇌리를 스친다.

괜찮아. 내가 지켜줄 테니까…….

그 마음에 거짓은 없었다. 하지만 아버지가 남긴 "필요한 사람은 네가 아니야"라는 말이 그 위를 덧칠하듯 요코의 마음을 지배했다.

그날 밤 이후 아버지의 눈은 늘 흐리멍덩했다. 아버지의 나약함을 맞닥뜨릴 때마다 요코는 신이치와 쇼가 더 좋아졌다.

그래서일까. 어느 날 저녁, 아직 눈두덩의 멍이 사라지지 않아 학교를 쉬던 유키노가 갑자기 "쇼랑 신이 보고 싶어"라는 말을 꺼내자 가슴이 설렜다.

"몸은 괜찮아?"

요코의 물음에 유키노는 힘차게 고개를 끄덕였다. "정말이지?" 하고 거듭 물어도 고개를 끄덕이는 것을 확인했을 때는 이미 손을 잡아끌고 있었다.

유키노의 걷는 속도에 맞추기가 답답했다. 어머니의 장례를 치른 뒤 첫 만남이다. 비밀기지에서 두 사람의 모습이 보이자 요코는 웃음을 참을 수 없는 지경이 되었다. 하지만 남자아이들의 반응은 전혀 달랐다. 신이치가 유키노의 얼굴을 차갑게 바라보며 멍하니 입을 벌렸다.

"누가 이랬어?"

평소와 달리 가시 돋친 말투였다. 유키노가 난감한 표정을 짓자 요코는 순간 멈칫했다. 직감적으로 보호해야 할 대상이 아버지임을 깨닫는다.

"아니야. 계단에서 넘어졌어."

드라마 대사 같은 말이 입에서 나온다.

"거짓말" 하고 신이치가 비웃듯 시선을 내리깐다.

"거짓말 아니야."

"거짓말 맞아! 아저씨가 그런 거야. 다들 그렇다고 해. 모르는 사람이 없어!"

거칠게 돌변하는 신이치의 뺨을 요코는 엉겁결에 올려붙였다.

"다들이 누구야? 누가 무슨 말을 하는데? 이상한 소리 하지 마!"

신이치는 뺨을 감싼 채 고개를 떨구면서도 늘어뜨린 앞머리 너머로 요코를 날카롭게 쏘아본다. 그 도발적인 표정에 몸이 더욱 달아오른다. 요코는 또다시 오른손을 쳐들었으나 간발의 차로 유키노가 팔을 붙들었다.

"정말이야! 언니 말이 맞아. 그러니까 모두 사이좋게 지내!"

유키노는 그대로 울음을 터뜨렸고, 신이치의 눈도 덩달아 발개졌다. 말없이 지켜보던 쇼마저 코를 훌쩍인다. 그 와중에 이번에도 요코 혼자만 눈물이 나지 않았다. 밤새 빈소를 지킬 때와 마찬가지다. 왜 나만 소외감을 느끼는 거지.

"쇼, 말해줘. 무슨 일이 있었어? 우리더러 누가, 뭐라고 하는데?"

매달리는 심정으로 물었지만 쇼는 고개를 가로저을 뿐이다.

"아무튼 지금은 견뎌. 소문은 금방 사라질 거야. 유키노를 위해 네가 힘내."

"그래도……."

"걱정하지 마. 분명 곧 끝날 테니까."

쇼는 단언하듯 말했지만 마음이 우울한 날은 그 뒤로도 계속됐다. 현재 상황을 움직일 무언가가 일어나기를 기대하면서도 그 무언가가 일어날까 봐 무서웠다. 이대로는 끝나지 않으리라는 예감이 늘 따라다녔다.

그래서 그 전화가 걸려왔을 때 요코는 혐오감을 느낌과 동시에 안도하는 기분도 들었다. 비밀기지에서 쇼와 신이치를 만나고 며칠 뒤의 일이었다.

"다나카 미치코라고 합니다."

이름에서 아무것도 기억나지 않았지만 요코는 금세 알아차렸다. 언젠가 공원에서 신이치와 이야기를 나누던, 그리고 집에서 어머니를 울린 그 여자다.

"다나카 미치코 씨."

한 글자 한 글자를 가슴에 새기듯 되뇌었다. 여자는 무덤덤하게 "요코 맞지? 안녕? 아버지 계시니?" 하고 용건을 알렸다.

부재중이라고 전하자 여자는 맥없이 물러났다. 차가운 침묵이 일순간 수화기를 타고 흐른 뒤 여자는 영혼 없는 투로 덧붙였다.

"삼가 애도를 표하마."

어른들은 아무 말도 하지 않았지만, 요코는 어머니가 사고 전에 이 여자를 만나려 했으리라 짐작했다. 헛소문을 낸 사람은 이 여자가 아닐까 하는 의심도 있었다. "삼가 애도"라며 남 이야기를 하는 듯한 말투에서 앞으로 무슨 일이 일어나리라는 예감은 확신으로 바뀌었다.

아니나 다를까. 여자는 바로 며칠 뒤 또다시 집에 찾아왔다. 아버지 역시 여자의 존재를 알고 있던 모양이다. 일순간 당황한 표정을 지었으나 이내 집으로 들였다.

2층에서 잠든 유키노가 눈치채지 않도록 요코는 거실문에 귀를 기울였다. 여자의 코맹소리만 들려온다. 내용은 요 며칠 요코의 귀에도 절로 들어오던 험담과 동질의 것이었다.

학대에 관해선 앞으로…….

재판이라는 방법도…….

양육비만 준다면…….

손찌검을 한다는 소문도…….

요코는 듣고 있을 수 없게 되었다. 도망치듯 2층으로 올라가 잠든 유키노를 말없이 안았다. 잠시 뒤 방문을 거칠게 노크하는 소리가 들렸다.

벌떡 일어난 유키노와 함께 문 쪽을 보니 뺨이 붉게 물든 여자가 서 있었다. 여자는 요코에게는 눈길도 주지 않고 곧장 유키노에게 다가간다.

"아아, 유키노" 하고 호들갑스럽게 통곡한다. 그저 자신에게만 심취한 것 같아 요코에게는 그 모습이 섬뜩해 보였다.

하지만 유키노는 무언가를 확인하듯 눈을 끔뻑이더니 갑자기 여자의 등을 쓰다듬기 시작했다. 필시 본능적으로 팔을 뻗었으리라. 착각해도 이상하지 않을 만큼 여자의 몸집은 왠지 어머니를 많이 닮았다.

여자는 놀란 듯 고개를 들었다.

"유키노, 미안하다. 난 네가 필요해. 이제 내가 의지할 사람은 너밖에 없구나."

노래진 치아를 내보이며 여자는 아버지와 정반대의 말을 입에 담는다. 가족의 아픈 부분을 흙발로 짓밟고 들어온 것 같아 요코는 차마 똑바로 바라볼 수 없었다.

아버지와 여자 사이에 어떤 대화가 오갔는지 모르지만, 하룻밤이라는 기한을 달아 유키노는 여자에게 맡겨졌다.

요코는 집요하게 이유를 추궁했다. 아버지는 "때가 되면 말해주겠다"라는 말만 되풀이했지만, 더는 무언가를 미룰 수는 없었다.

아버지는 술병으로 손을 뻗으려 했으나 요코가 허용하지 않았다. 술병을 빼앗아 주방 개수대에 내리쳤다. 산산이 조각난 유리 파편을 바라보며 요코는 그날 밤 일을 입 밖에 냈다. 유키노에게 손찌검한 만행을 아버지에게 들이대야 했다.

아버지는 금시초문이라는 듯 눈이 휘둥그레졌지만, 한참 뒤에 "알았어, 알았다니까"라고 되풀이하며 고개를 저었다.

그러고는 처량한 눈빛으로 요코를 바라보며 괴로운 듯 숨을 내뱉었다. 자신이 다그치고 있지만 요코는 대강 상상할 수 있었다.

아버지는 봇물 터지듯 이야기를 쏟아냈다. 요코의 친어머니가 출산하자마자 사망한 이야기. 히카루와 요코하마에 있는 음식점에서 알게 된 이야기. 열일곱 살이던 어머니의 배 속에 유키노가 있었다는 이야기. 그것을 알고도 아버지가 모든 것을 떠맡으려 한 이야기. 어머니가 아버지를 받아들여준 이야기. 아까 그 여자는 유키노의 외할머니라는 이야기. 어머니와 요코는 친모녀가 아니었다는 이야기. 친자매가 아니라는 이야기…….

"하지만 우린 정말 서로 사랑했어. 물론 유키노도 사랑하고. 그건 사실이야. 믿어줘."

고개를 떨군 아버지의 말에 거짓은 없으리라. 우리는 분명 행복했고, 가족임을 의심한 적은 한 번도 없다.

그래서 더욱 용서할 수 없었다. 피는 섞이지 않았을지라도 우리는 분명 가족이었다. 모녀이고 자매였다. 사고 탓이 아니다. 술에 취해 벌인 난폭한 행동이 소중했던 것을 모조리 부쉈다. 어머니뿐 아니라 사랑스러운 동생까지, 아버지는 내게서 빼앗으려 하고 있다.

아버지는 어깨를 축 늘어뜨리고 어린아이처럼 울음을 터뜨렸다. 여느 때보다 가냘파 보이는 몸을, 요코는 있는 힘껏 마구 때렸다.

유키노도 지금쯤 그 여자에게서 같은 이야기를 듣고 있을까. 그럼 유키노는 앞으로 어떻게 되는 걸까?

아무리 유키노의 웃는 얼굴을 떠올리려 해도 어째서인지 떠오르지 않았다.

다음 날 요코는 쇼를 공원으로 불러냈다. 쇼라면. 쇼만은…… 그렇게 가슴속으로 애원하며 털어놓은 말은 그에게 거의 와닿지 못했다.

쇼는 괜스레 땅만 차며 귀찮다는 듯 머리를 긁적였다.

"그건 우리가 어쩔 수 없어. 어른들이 정할 문제야."

"무슨 소리야? 힘들 땐 다 같이 돕자며."

"하지만 우린 아직 어리잖아. 어쩔 수 없는 일들이 많다고."

요코는 다음 말이 나오지 않았다. 그때 유키노가 그 여자 손에 이끌려 언덕길을 올라오는 모습이 시야에 들어왔다. 분명 이쪽을 봤을 텐데 유키노는 모른 척하고 걷는다.

쇼에게 작별 인사도 없이, 요코는 망연자실한 표정으로 유키노를 쫓았다. 집으로 달려가 보니 현관 앞에서 아버지와 여자가 이야기를 나누고 있었다. "한동안은 군마 쪽에서……" 하는 목소리를 무시하고 2층 방으로 뛰어들었다. 유키노가 무표정하게 집을 나설 준비를 하고 있었다.

급박한 전개를 따라갈 수 없었다. 요코는 아무 말도 못 한 채 그저 등 뒤에서 유키노를 끌어안았다.

유키노의 표정은 달라지지 않았다. 입에서 나온 말도 딱 한마디뿐이다.

"이거, 언니 가져."

유키노는 왼손이 얼룩진 분홍색 테디베어를 내밀었다. 하나하나가 인생을 결정지을 중요한 국면일 텐데 아무렇지도 않게 눈앞을 스쳐 지나간다.

삼십 분쯤 뒤 유키노는 준비를 마쳤다. 떠날 무렵에 해주고 싶은 말이 산더미 같았지만 요코는 아무 말도 할 수 없었다.

테이블 위에 놓인 어머니 사진을 힐끗 보고는 유키노가 먼저 입을 열었다.

"나도 엄마랑 같은 병으로 죽겠지?"

"무슨 바보 같은 소리야. 그럴 리 없어."

"어떻게 알아?"

"좋은 일이 생길 수도 있잖아."

"그런 일 없어."

"있어."

"어떤 일?"

"그러니까, 예를 들면……."

요코는 어떻게든 기분을 북돋우려 했다.

"오히려 목숨을 구한다든……."

하지만 거기서 말이 끊어졌다. 스스로 말하고도 어이가 없었다. 그런 일이 있을 리 없다. 유키노도 시시하다는 듯 코웃음 쳤다.

현관에서 아버지가 기다리고 있었다. 고개를 푹 숙인 아버지의 "정말 미안하다"라는 말에 유키노는 고개를 살짝 가로저었다.

여자의 손에 이끌려 집을 나서자 쇼와 신이치가 기다리고 있었다. 유키노는 두 사람에게 힐끗 눈길을 줄 뿐 말없이 걸음을 뗐다.

여자는 자신의 속도로 앞서 걸었다. 유키노는 질질 끌려가듯 힘껏 뒤쫓는다. 제발 그 아이가 걷는 속도에 맞춰줘…….

그렇게 마음속으로 외친 뒤 요코는 떨리는 목소리를 짜내려 했다. 하지만 한 남자아이의 목소리가 먼저 울려 퍼졌다.

"네 편이야! 나만은 언제까지나 네 편이라고!"

쇼와 신이치 중 누가 한 말인지는 알 수 없다. 언덕 아래로 삼켜지기 직전, 유키노는 딱 한 번 이쪽을 돌아보았다. 쇼와 신이치는 마음이 놓인 듯 손을 흔들었지만 요코는 홀로 숨을 삼켰다.

여동생의 그런 얼굴은 처음 보았다. 무언가에 겁먹은 표정, 사람을 의심하는 듯한 공허한 눈빛. 요코가 아는 유키노에게서, 중요한 무언가가 통째로 사라지고 말았다.

"누구야, 쟤……?"

그런 말이 절로 새어 나왔다. 11월, 사자자리의 유성우가 관측되던 날에 벌어진 일이었다.

여동생의 모습이 언덕길 너머로 사라지자, 어머니의 사고 이후 한 번도 나오지 않던 눈물이 뺨을 타고 흘렀다.

***

구라타 요코는 여동생의 존재를 하루도 잊은 적 없다. 하지만 하루하루가 정신없이 지나고 어릴 적 추억이 조금씩 퇴색되면서, 어딘가에 존재할 유키노라는 사람의 현실감이 사라져갔다.

그래서 뉴스로 처음 그 사건을 알았을 때도 신기하리만큼 동요하지 않았다. 이내 기억이 되살아나고 매스컴 보도에 시선이 고정되었지만 무언가 행동에 나서려 하지도 않았다. 매정하게 들릴지 몰라도 수없이 많은 거짓말 같은 사건들 속에 완전히 묻혀버리고 말았다.

다만 그중 두 건의 보도는 요코의 마음을 어수선하게 했다. 그 착한 어머니는 무책임한 호스티스로, 삼 년 전 세상을 떠난 아버지는 음주 상태에서 학대를 일삼은 양부로 재단한 것이었다.

아버지는 그날로 술을 끊었고 이후로 한 방울도 입에 대지 않았다. 술을 끊은 일로 그날의 만행을 용서할 수는 없지만, 마지막 순간까지 스스로 죄를 받아들이고 살다 갔다는 것은 틀림없다.

아버지는 유키노에게 딱 한 번 손찌검을 했다. 그 사실은 누구보다도 요코가 잘 안다. 그런데도 매스컴에서는 끊임없이 "양부의 집요한 학대"라고 알려댔다. 누군가가 흥밋거리로 퍼뜨렸다고밖에 볼 수 없다. 도대체 누가? 그 시절 동네 아주머니들의 멸시 섞인 표정이 지금도 눈에 선하다.

바다에서 불어오는 바람이 살을 엔다. 저도 모르게 손에 힘이 들어가는 바람에 렌토가 "엄마, 아파요" 하고 얼굴을 찡그린다.

"응? 아아, 미안해."

그렇게 말하며 요코는 재차 가방으로 시선을 떨어뜨렸다. 그리고 십수 년의 세월만큼 노랗게 변색한 테디베어를 꺼냈다.

왼손 부분에 여전히 얼룩이 남아 있다. 요코는 "할아버지가 외로워하실 거야" 하고 변명처럼 중얼거리고는 봉제인형을 헌화 옆에 살짝 두었다.

"백 살까지 살자."

그렇게 천진난만하게 말하던 여동생의 인생이 곧 막을 내린다. 그 사실에 말 못 할 공포를 느꼈다. 하지만 그날과 달리, 이제 눈물은 요코의 뺨을 타고 흐르지 않는다.

イ
ノ
セ
ン
ト
・
デ
イ
ズ

3장

"중학교 시절에는 강도치사 사건을……."

다나카 유키노의 사형 판결을 알게 된 날, 오조네 리코는 무거운 십자가에서 해방된 듯한 착각이 들었다.

사 년 전 가을의 일이다. 판결 속보를 전하는 저녁 뉴스 프로그램을 보고 있으니 무언가 또 다른 감정이 싹텄다. 하지만 그 '무언가'가 무엇이었는지 지금껏 생각나지 않는다.

"그럼 오조네 선생님을 모시겠습니다. 학생 여러분, 박수로 맞아주시기 바랍니다."

교감 선생의 손짓에 리코는 무대 뒤에 마련된 자리에서 일어선다. 그 순간 강단 뒤편의 큼지막한 현수막이 눈에 들어왔다.

오조네 리코 선생님 강연회 : '지금'을 사는 각오

리코는 헛기침을 한 번 하고는 체육관을 가득 메운 팔백 명 가까운 학생과 마주한다.

"고마야마 고등학교 학생 여러분, 처음 뵙겠습니다. 오조네 리코입니다. 대부분의 학생에게 제 이야기는 따분하리라 생각합니다. 그런 학생은 눈치 보지 말고 주무세요. 하지만 이 중에는 오늘 인생이 바뀔 사람이 있을지도 모릅니다. 그런 학생에게 방해되지 않게 코는 골지 말아주십시오."

아아, 이토록 한 사람 한 사람의 얼굴이 다 보이는구나. 아직은 단상에 설 때마다 그런 신선한 경이를 느낀다.

대놓고 자는 아이, 스마트폰을 들여다보는 아이, 친구와 장난치는 아이, 진지한 눈으로 봐주는 아이. '학생'이라고 뭉뚱그리게 되지만, 당연히 각자 보이는 얼굴이 다르다. 몰개성이란 있을 수 없다.

리코가 육십 분 동안 해주고 싶은 말은 언제나 하나다. 각오를 가지고 '지금'을 살았으면 한다는 것. 죽을 때 후회하지 않을 만한 결심을 바로 지금 해야 한다고, 어떻게든 전하려 애쓴다.

매번 그렇듯 학생들에게서 열기 따위는 느껴지지 않는다. 하지만 리코는 겉으로만 그렇다는 것을 안다. 나중에 학교 측에서 보내오는 강연 후기에는 놀랄 만큼 뜨거운 말들이 적혀 있다.

리코는 정해진 시간에 이야기를 마쳤다. 박수가 잦아드는 타이밍에 맞춰 교감 선생이 묻는다.

"그럼 질의응답 시간입니다. 질문 있는 학생 있습니까?"

여기서부터는 언제나 흐름이 같다. 대개는 학생회장이 머리를 쥐어짰을 게 빤한 질문을 던질 뿐이다. 거기 답하는 사이에 예정된 시간은 대략 채워진다.

오늘도 같은 흐름으로 진행됐다. 그런데 평소와 다른 것이 하나 있었다. 강연을 마무리하려는 교감 선생을 물고 늘어지듯 여학생 한 명이 손을 들었다.

"오, 오조네 선생님, 하나…… 하나만 더 묻고 싶습니다."

검은색 교복 무리 속에서 일어선 소녀를 본 리코는 '앗' 하는 소리를 흘렸다. 온몸 근육이 경직됐다는 것을 스스로 알 수 있었다.

병적일 만큼 하얀 피부에 노인처럼 꾸부정한 등, 껑충한 키, 계속 흔들리는 눈동자. 언뜻 보아도 질의응답에서 손을 들 타입이 아닌 것 같은데 소녀는 열심히 자기 이야기를 꺼내놓는다.

"제, 제겐 크게 후회되는 일이 있습니다. 그, 그 일을 돌이킬 수 있을지 불안합니다. 선생님 말씀을 들으니 정말 무, 무서워졌습니다."

그리고 결심한 듯 소녀가 고개를 들었다.

"오, 오조네 선생님은 그런 경험 없으신가요?"

기어드는 목소리로 물은 순간, 리코는 수수께끼 하나가 풀린 듯했다. 느닷없이 무릎이 후들거리기 시작했다. 뚫어질 듯 TV를 바라보는 저열한 자신의 얼굴이 돌연 가슴을 스친다.

그렇다. 잊고 있었던 것이 아니다. 다나카 유키노의 사형 판결 소식을 들은 날, 가장 먼저 가슴에 스친 것은 "이젠 벗어났다"라는 구역질 나는 안도감이었다.

"저, 저는, 그러니까 전……."

리코의 목소리는 거기서 끊어졌다. 체육관에 정적이 감돈다. 수많은 의심의 눈초리를 밀어내듯 소녀가 눈을 치켜뜨고 보고 있다.

직전까지 쭈뼛거리던 모습은 온데간데없이, 그 검은 눈동자는 리코를 마음속까지 꿰뚫어 보는 듯했다.

***

"리코, 너 소년법이 뭔지 알아?"

오조네 리코가 읽고 있는 문고본에 옅은 그림자가 드리운다. 고개를 드니 같은 반인 야마모토 사쓰키가 웃음을 띤 채 서 있다.

"아아, 사쓰키. 안녕?"

리코는 조건반사적으로 애교를 떤다. 사쓰키는 리코의 손을 내려다보더니 어이없다는 듯 한숨을 쉬었다.

"또 책 봐? 이번엔 뭐 읽어?"

점심시간, 요코하마 시립 오기하라 중학교 옥상에는 웬일인지 다른 학생은 보이지 않는다. 자신이 꺼낸 '소년법'에 관한 별다른 언급도 없이 사쓰키는 당연하다는 듯 다른 화제로 넘어간다.

사쓰키가 말을 걸어주어 지금도 그저 기쁘다. 하지만 여전히 긴장으로 몸이 굳어버리고 만다. 경직을 풀어주듯 부드러워진 5월의 바람이 뺨을 쓰다듬는다. 사쓰키의 찰랑대는 머리칼이 흩날리자 샴푸향이 리코의 코끝을 간지럽힌다.

"준 에어? 이건 뭐야? 재미있어?"

사쓰키가 책을 낚아챈다.

"응, 《제인 에어》야. 재미있어. 약간 소녀 취향이긴 해도."

"흠. 무슨 내용인데?"

"흔히 말하는 '신데렐라 스토리'야. 불행하던 여자가 인생을 개척해서 마지막엔 좋아하는 사람하고 맺어져. 남을 힘을 빌리지 않고 자기 힘으로 이룬다는 점이 특색이야. 그 책은 특히 번역이 잘 돼서 벌써 몇 번이나 읽었는지 몰라."

자기 취미에 관심을 보여 기뻤는지 그만 말이 빨라진다. "흠, 나도 뭔가 읽어볼까" 하고 사쓰키는 누구보다 짙은 검은색 머리칼을 매만지며 고개를 갸웃거린다.

예쁘장한 옆얼굴을 바라보며 리코는 새삼 신기해한다. 사쓰키는 왜 내게 친근하게 굴까. 무리 한가운데서 늘 불만 없는 표정으로 웃고 있는 사람이면서. 나 같은 애는 아무 도움도 안 될 텐데.

"어, 오늘 게이코랑 요시에는?"

리코는 그제야 눈치챈 척하며 물었다. 두 사람은 사쓰키와 초등학교 시절부터 친구다. 리코를 포함한 네 사람은 오기하라 중학교 1학년 때부터 같은 반이었지만, 그 무렵에는 거의 아무 접점도 없었다. 리코는 2학년이 되어 뒤늦게 무리에 들어갔다.

"그냥, 같이 안 왔어. 왜 그런 걸 묻니?" 사쓰키는 늘 흐느적거리는 말투다.

"아니, 어떻게 된 건가 해서어."

덩달아 말끝을 늘여 대답하며 리코는 조금 마음이 놓였다. 단둘이

96

있을 때와 다른 아이도 함께 있을 때, 사쓰키의 행동은 딴판이다. 쉽게 말해 전자는 상냥하고 후자는 가시 돋쳐 있다. 물론 리코는 전자의 사쓰키가 좋을뿐더러 본래는 마음씨 착한 아이라고 생각한다.

리코는 설레하며 사쓰키와 계속 수다를 떤다. 대부분 패션에 관한 이야기다. 사쓰키와 친해지기 전까지 리코는 화장은커녕 옷도 어머니의 안목에 맡겼다. 지금은 날마다 패션잡지를 체크한다. 사쓰키가 가르쳐준 신세계이자, 발견해준 새로운 자신이다.

"아, 그러고 보니 내 생일 얼마 안 남았어. 생일 파티할 거니까 리코 너도 와."

흐느적거리는 말투가 사라졌다. 이럴 때는 진지한 이야기를 꺼내거나 기분이 언짢거나 둘 중 하나다.

"아아, 그렇구나. 축하해. 실은 5월 며칠인지 전부터 궁금했어."

"5월인 건 어떻게 알았어?"

"아니, 이름이 사쓰키음력 5월을 이르는 말라서."

"아, 그렇구나" 하고 사쓰키는 시시하다는 듯 시선을 돌린다. 사쓰키가 자신의 이름을 좋아하지 않는다는 것은 안다. 언젠가 조금 더 요즘 이름 같으면 좋겠다고 심각한 표정으로 말했다.

그때는 아직 서먹했고 주위에 다른 아이도 있어서 말하지 못했지만, 리코는 줄곧 전해주고 싶은 말이 있었다.

"난 사쓰키라는 이름 좋아. 예뻐. 여리고 섬세하고. 나는 리코잖아. 성은 오조네. 발음이 우스꽝스럽다는 말을 대체 몇 번이나 들었는지 몰라."

사쓰키는 못 참겠다는 듯이 웃음을 터뜨렸다. 그것만으로도 리코는 몸부림칠 만큼 기뻤다. 울보에 교실에서는 전혀 눈에 띄지 않는 존재이지만 사쓰키와 함께 있을 때만큼은 강해질 수 있다. 리코는 새삼 실감한다.

오늘은 사쓰키를 점심시간 내내 독차지할 수 있었다. 수업 시작 십 분 전을 알리는 종소리가 울릴 무렵, 등 뒤에서 "아, 겨우 찾았다!" 하는 소리가 들려왔다.

사쓰키와 함께 뒤돌아보니 게이코와 요시에가 앞다투어 이쪽으로 달려왔다.

"아, 리코도 있었어?"

요시에가 헐떡이며 입을 연다. 틀림없이 마음에 없는 말이다. 두 사람은 여전히 자신을 받아들이지 않고 있다. 사쓰키를 따를 뿐이다.

"응, 조금 전에 우연히 만났어!"

리코도 속내를 들키지 않게 말한다.

"근데 너희 어디 있었어? 찾았잖아." 사쓰키 또한 농담조이면서도 평소 같은 말투로 입을 비죽거린다.

두 사람에서 네 사람이 되어도 알맹이 없는 대화는 계속되었다. 분위기가 바뀐 것은 체육복을 입은 3학년생들이 교정으로 나왔을 때다. 리코가 남몰래 동경하는 도야마 미쓰히로 선배가 있었다.

"어라, 도야마 선배 아냐?" 하는 목소리에 퍼뜩 현실로 되돌아왔다. 게이코가 짓궂게 웃고 있다. 요시에도 하얀 이를 드러냈다.

"하하하. 우아, 오늘도 앞머리에 힘 좀 줬네."

"염색도 하셨어. 3학년에 데뷔라니 창피하지도 않나."

"그러게. 그래도 저 선배 의외로 인기 많대. 나쁜 소문도 들리고."

"흠, 그렇구나. 뜻밖이네."

그냥 하는 이야기야. 딱히 나와는 상관없어. 그렇게 믿으려는 찰나, 끈적끈적한 두 사람의 시선이 거의 동시에 이쪽을 향했다. 요시에가 입을 열었다.

"아니, 리코는 취향이 참 별나다니까."

"누가 아니래. 아주 팍 꽂히셨어."

게이코가 맞장구치자 사쓰키는 손뼉을 치며 좋아했다. 리코도 덩달아 웃음 짓는다. 뭐가 그렇게 즐겁다고. 절대 아무에게도 말하지 말라고 사쓰키에게 당부했을 텐데.

"아아, 수업받기 싫다. 그냥 땡땡이칠까?"

사쓰키의 푸념을 들으며 다 함께 뭉그적뭉그적 일어선다. 그때 시야 구석에 낯익은 모습이 포착됐다.

음울하게 앞머리를 늘어뜨린 채 촌스러운 안경 너머로 불안한 눈빛을 보낸다. 얼굴은 부자연스러울 만큼 창백하고, 키는 여기 있는 누구보다 크다.

"흥, 또 쟤야. 뭘 봐!"

게이코가 사쓰키의 마음을 대변하듯 쏘아붙인다. 하지만 그녀는 눈 하나 까딱하지 않는다. 너한테는 볼일 없다는 듯 리코만 바라보고 있다.

리코는 아이들이 눈치채지 못하게 살짝 고개를 가로저었다. 다나카 유키노는 무언가를 확인하듯 고개를 끄덕였다.

손에는 문고본을 들고 있다. 며칠 전 리코가 빌려준 에밀리 브론테의《폭풍의 언덕》이다.

그날은 방과 후 동아리 연습이 길어져서 귀가 준비를 할 무렵에는 해가 완전히 저물어 있었다. 주위에 짙은 그림자가 깔리고 상공의 구름이 근처 번화가의 네온을 반사했다.

리코는 공원으로 발길을 재촉했다. 약속 시각을 한 시간 이상 넘겼다. 보나마나 돌아갔으리라 생각하던 터라 등 뒤에서 "리코" 하는 목소리가 들렸을 때는 진심으로 놀랐다.

"뭐야! 유, 유키노?"

입에서 괴성에 가까운 소리가 터져 나왔다.

"아, 놀라게 해서 미안해. 그럴 생각은 없었는데."

유키노는 원망 섞인 말을 하기는커녕 작은 목소리로 사과했다. 기다리고 있으면 꼭 사과해야지. 직전까지 그렇게 생각하던 것도 잊은 채 리코는 버럭 화를 냈다.

"놀라게 하지 좀 마! 그렇게밖에 말 못 해?"

"미, 미안해. 정말 미안해, 리코."

"아, 몰라!"

그러고는 앞서 걸어간다. 유키노가 따라오는 기척이 없다. 신경쓰여 몇 미터쯤 가다가 뒤돌아보니 제자리에서 땅을 차며 몸만 흔들고 있다.

"빨리 와! 가자, 유키노."

리코가 손짓하자 유키노는 터질 듯한 웃음을 짓는다. 아아, 귀여워. 리코는 평소와 같은 마음을 품는다.

유키노는 마음이 놓이는지 입을 연다.

"미안해, 리코. 점심시간에 하마터면 말 걸 뻔했어. 마침 《폭풍의 언덕》 상권을 다 읽었거든. 그래서 나도 모르게 말 걸고 싶었어."

"술술 읽혀?"

"응. 더 어려울 줄 알았는데."

"그렇지? 그것도 번역이 잘 돼 있대."

"응. 시험 삼아 도서관에 있는 걸 읽어봤는데 전혀 머릿속에 안 들어오더라."

유키노는 늘 리코의 마음을 간지럽히는 말을 한다. 원래는 이쯤에서 폭풍처럼 소설 토크가 시작되어야 한다. 그런데 오늘은 좀처럼 궤도에 오르지 않는다. 《폭풍의 언덕》이라는 멋진 스토리를 공유할 수 있는 날인데도 대화에 집중이 잘 안 된다.

이유는 알고 있다. 유키노의 "하마터면 말 걸 뻔했어"라는 말이 마음에 걸려서다.

리코는 불편한 감정을 느낄 수밖에 없었다. "학교에선 절대로 말 걸지 마." 그것은 평소 유키노에게 입이 닳도록 한 말이었다.

유키노와 친해진 것은 사쓰키가 말을 걸어준 때와 거의 같은, 막 2학년에 올라간 무렵이었다.

처음에 리코는 유키노를 좋아하지 않았다. 아니, 교내에서 유키노를 좋아하는 아이는 없을 것이다. 음울한 성격에 눈에 띄지 않고, 아무도 상대해주지 않는 기묘한 아이. 그런 인식이 퍼져 있었다.

하지만 먼저 말을 붙인 사람은 리코였다.

"아,《제인 에어》다."

가끔은 사쓰키 무리와 떨어져 혼자 있고 싶기에 옥상으로 올라간 어느 점심시간이었다. 리코가 갑작스럽게 말을 걸자 유키노는 읽고 있던 문고본을 황급히 감췄다.

"그 책 좋지! 나도 좋아해. 그거 어디서 나온 거니?"

"어디라니……" 하고 말하는 유키노의 목소리가 떨렸다. 으흠, 목소리가 이렇구나. 그렇게 신기해하던 기억이 있다.

수상쩍은 행동거지가 답답했는지 리코는 유키노에게서 책을 낚아챘다. 책에는 도서관 스티커가 붙어 있었다. 무척 오래된, 리코가 꺼리는 출판사에서 나온 것이다.

"애, 여기서 잠깐만 기다려. 금방 돌아올 테니까 기다려!"

어리둥절해하는 유키노를 세워둔 채 리코는 교실로 달려갔다. 사물함에 자신이 좋아하는 번역본이 있다. 그것을 꼭 유키노에게 읽히고 싶었다.

그날은 억지로 책을 들이밀었을 뿐이다. 그리고 일주일쯤 지난 어느 날 방과 후, 학교 정문 앞에서 유키노가 리코를 기다리고 있었다.

"저, 저기, 잠시만요. 오, 오조네 양."

바람 소리에 묻힐 듯한 목소리였다. 뒤돌아보자 시선을 피한 채 고개 숙여 인사했다. 의아해하는 동아리 친구들을 먼저 보내자 유키노는 "무, 무척 재미있었어요"라며 가방에서 빌려준 책을 꺼냈다. 순간 할 말을 잃은 리코는 이내 웃음을 터뜨렸다.

"'요'는 뭐야. 같은 학년인데."

유키노의 가녀린 어깨를 두드린 그날부터 두 사람은 급속도로 가까워졌다. 어느새 유키노에게서 존댓말이 사라졌고, '오조네 양'이라는 호칭도 '리코'로 바뀌었다. 유키노와 함께하는 시간은 사쓰키 무리와 어울릴 때와 마찬가지로, 리코의 학교 생활을 장식하는 중요 요소 중 하나였다.

하지만 그런 둘의 관계에 돌연 어두운 그림자가 드리웠다.

"쟤 되게 이상하지 않아? 분명 뭔가 있어."

이번에도 옥상에서였다. 함께 도시락을 먹던 사쓰키가 툭 내뱉은 말을 리코는 잠시 이해하지 못했다.

"응, 좀 그래."

"그나저나 쟤 맨날 저기 있더라."

요시에와 게이코도 서로 짠 듯이 고개를 끄덕인다. 사쓰키는 두 사람을 시시하다는 듯 보더니 차가운 눈길을 원래 있던 곳으로 되돌린다. 시선이 향한 곳에는 유키노가 있었다.

"쟤, 다카라초에서 다닌대. 근데 옛날부터 산 건 아닌 거 같아. 다카라니시 초등학교 나온 애들은 아무도 쟤 모른대. 말이 돼? 그럼 최근에 이사 온 거잖아."

사쓰키는 단숨에 말들을 쏟아냈다. 리코가 다니는 오기하라 중학교에는 세 군데 초등학교 졸업생이 모인다. 유복한 가정이 많은, 리코가 나온 만에이 초등학교. 중산층이 많은, 사쓰키 무리가 나온 미네우치 초등학교. 그리고 노동자의 거리 다카라초를 통학 구역으로 둔 다카라니시 초등학교.

"저렇게 무슨 생각하는지 모를 못난이일수록 눈 돌아가면 무슨 짓을 할지 모른다니까."

"아아, 알 것 같아."

"절대로 엮이면 안 돼. 리코 너도 알았지?"

게이코와 요시에가 실실 웃는다. '못난이'라는 말에 울컥했지만 리코는 곧바로 고개를 끄덕일 수 없었다. 올해 '미스 오기하라'로 유력시되는 사쓰키는 그렇다 치더라도 게이코와 요시에보다는 단연코 유키노가 훨씬 매력적이다.

처음으로 그들에게 반발심이 싹텄다. 하지만 사쓰키가 먼저 입을 열었다.

"알았지, 리코? 대답해야지."

말투는 농담조인데 눈은 웃지 않는다. 하고 싶던 말이 목구멍에서 사라졌다. 리코는 "응" 하고 대답했다.

다음 날 리코는 아무도 없는 옥상으로 유키노를 불러내 고개를 숙였다.

"미안해, 유키노. 앞으로 학교에선 말 걸지 말아줘. 이런 말 해서 정말 미안해."

시선을 내리깐 리코에게 유키노는 이유를 묻지 않았다. 그저 상냥하게 웃고는 시선을 항구 쪽으로 돌릴 뿐이었다.

학교에서 대화를 금지한 이후, 리코는 유키노가 더욱더 사랑스럽게 느껴졌다. 연락처를 교환하고 거의 매일 밤 통화했다. 방과 후에는 몰래 만나 좋아하는 소설 이야기를 했다. 유키노가 집에 놀러 오기도 했고 어머니와도 친해졌다.

리코는 문득 마음속에 있는 무언가를 깨달았다. 유키노의 매력은 나만 안다는, 우월감 비슷한 감정이었다.

내게 주는 사람과 내가 주는 사람. 나를 지켜주는 사람과 내가 지켜야 할 사람. 사쓰키와의 관계와는 정반대이지만 유키노 또한 나를 강하게 해주는 소중한 친구 중 하나다.

"정말 가도 돼? 이 늦은 시간에."

그러려고 공원에서 한참 기다렸으면서. 리코의 집을 눈앞에 두고, 유키노는 새삼 불안한 듯 시선이 허공을 떠돈다.

등을 떠밀어 일부러 유키노에게 초인종을 누르게 했다. 분명 직전까지 짜증을 내고 있던 모양이다. 어머니는 뚱한 표정으로 문을 열었다가 유키노를 보고 부드럽게 미소 지었다.

저녁 식탁에는 형형색색의 반찬이 차려져 있었다. 먹음직스럽다고 느끼기도 전에 머릿속에서 만국기가 펄럭였다.

"잇츠 어 스몰 월드, 그런 분위긴데?"

리코의 농담에는 아무 반응 없던 유키노의 목에서 꼴깍하는 소리가 난다.

"고기감자조림이다."

"응?"

"고기감자조림이 있어."

어제 먹고 남은 고기감자조림이 부끄럽다는 듯 테이블 구석에 놓여 있다.

"그게 뭐 대단한 음식이라고 그러니?"

리코가 말을 잇지 못하자 그제야 유키노의 얼굴에 웃음이 번진다. 아버지가 출장으로 안 계신 날을 노려 이전부터 계획한 저녁식사 자리다. 유키노는 고기감자조림을 정신없이 입에 넣었다. "정말 좋아하는구나" 하고 어머니도 흐뭇한 표정을 지었다. 다른 반찬이 대부분 접시에 남아 있는데 고기감자조림 그릇만 순식간에 비었다.

평소에 거의 술을 마시지 않는 어머니가 벌써 맥주를 두 병째 땄다. 그러고는 즐거운 표정으로 입을 열었다.

"유키노, 형제는 어떻게 되니?"

아아, 또 시작이네. 리코는 고개를 절레절레 흔든다. 전에 사쓰키가 왔을 때도 어머니는 집요하게 질문 공세를 퍼부었다. 어디 사는지, 한 달 용돈은 얼마인지, 부모님은 뭐 하시는 분인지, 남자친구는 있는지…….

눈에 띄게 표정이 일그러지던 사쓰키와 달리 유키노는 무덤덤하게 묻는 말에 답했다.

"없어요. 외동이에요."

"그래. 그럼 언제든 놀러 오렴. 리코도 혼자라 걱정되는 게 한두

가지여야지."

"그만 좀 해, 엄마."

듣기 민망해진 리코가 대화에 끼어든다.

"내가 틀린 말 했니? 유키노가 있으면 마음이 놓여서 그래."

불쾌한 표정을 짓는 리코를 개의치 않고 어머니는 또다시 유키노와 마주한다.

"유키노, 만약 리코가 나쁜 길로 빠지려고 하면 네가 잡아주렴. 엄마가 슬퍼할 거라고, 슬퍼할 사람이 있다고. 심한 말을 해도 좋으니까 말이야."

아무래도 술에 취한 모양이었다. 평소보다 웃음이 많아진 어머니와 대조적으로 리코의 마음은 우울해졌다. 어머니의 말 속에서 사쓰키의 모습을 보았기 때문이다.

어머니는 모처럼 놀러 온 사쓰키에게 온갖 질문을 퍼부으면서도 끝까지 탐탁지 않아 했다. 그런 점에서 유키노는 성격, 행실, 말투까지 모든 것이 어머니가 좋아할 만한 포인트를 정확히 짚고 있었다.

하지만 어머니는 아직 모른다. 유키노가 다카라초에 산다는 사실을 알아도 같은 말을 할 수 있을까. 옛날부터 아무 설명도 없이 "절대 가까이 가선 안 돼"라고 하던 곳이다. 그런데도 변함없이 "놀러 오렴"이라고 할 수 있을까.

"부탁할게, 유키노."

어머니는 같은 말을 거듭하며 왠지 생색내듯 머리를 숙였다. 유키노는 모호한 웃음을 지었다. 그 옆얼굴을 바라보고 있으니 그날 맡은 쉰내가 코끝에서 되살아났다.

어머니는 무슨 생각을 하게 될까. 리코는 재차 생각해본다. 금쪽 같은 딸이 재미 삼아 다라카초를 방문했다는 사실을 알면 과연 뭐라고 할까.

다카라초는 주위와 단절된 거리였다. 리코는 '여기부터 다카라초'라는 명확한 경계를 본 듯했다. 그다지 넓지 않은 거리에는 '××장'이라는 비슷한 이름을 단 싸구려 숙박업소가 늘어섰고, 중심부로 갈수록 요금이 저렴해진다. 리코가 본 것 중 가장 싼 요금은 'TV 완비 800엔'이었다.

유난히 많은 자판기, 셔터 내린 술집과 상점, 생소한 외국어가 적힌 입간판과 거리 한가운데에 떡하니 자리 잡은 '다카라초 종합노동복지회관'이라는 건물……. 다카라초에는 한때 번화했던 자취가 남아 있을 뿐 지금은 어디에도 활기가 없다.

그런데 거리는 사람으로 넘쳤다. 사람은 있는데 활기가 없다. 길가에 있는 사람은 대부분 나이든 남자였다. 여럿이 둘러앉아 술을 마시는 경우도 있지만 대개 길가에 앉은 채 꼼짝도 하지 않았다. 흐리멍덩한 눈길을 보내는 그들이 도대체 무엇을 하고 있는지 리코는 짐작조차 할 수 없었다.

운 나쁘게도 계절에 어울리지 않게 후덥지근한 날이었다. 이마에 땀이 흐른다는 사실을 자각했을 때, 말로 표현할 수 없는 시큼한 냄새가 코를 스쳤다.

"냄새나지? 난 꽤 익숙해졌는데."

유키노가 미안하다는 듯 입을 열었다. 리코는 순간적으로 아니라며 손을 내저었다. 유키노는 꿰뚫어 보았는지 말을 이었다.

"이것도 많이 나아진 거래. 다들 옛날엔 더 심했다고 그러더라."

"있잖아."

이야기를 가로막듯 말이 튀어나왔다. 리코가 유키노의 귀에 속삭였다.

"여기 뭐야? 무슨 거리야?"

리코는 유키노에게서 천천히 얼굴을 돌렸다. 요코하마의 중심가가 엎어지면 코 닿을 거리에 있다. 미나토미라이부터 차이나타운, 요코하마 스타디움, 모토마치, 야마테 언덕까지 모두 걸어서 갈 수 있다. 그런 주요 관광지와 가까운 장소로 다카라초는 어울리지 않는다는 생각이 들었다.

유키노는 잠시 리코를 바라보다 어깨를 살짝 들썩이며 숨을 내쉬었다. 그러고는 걸음을 떼며 "나도 잘은 모르는데" 하고 운을 뗐다.

다카라초는 '도야가이일용직 노동자들이 모여 사는 일본의 슬럼가'라고 불리는 구역이라고 했다. 매일 오전 5시에 그날의 구인 정보를 가진 업자가 온다. 그것을 노리고 노동자도 아침 일찍 몰려든다.

요코하마 지역 특성상 항만과 관련된 육체노동 구인이 많다고 한다. 그렇다면 아무래도 젊고 체력 있는 사람 순으로 일을 주게 된다. 장기불황 탓에 나이 든 사람은 일거리를 구할 수 없다고 유키노는 말했다.

"여기 있는 사람들도 마찬가지야. 아마 오늘 아침에 일을 못 구했을 거야. 그럼 온종일 할 게 없잖아. 안됐지."

유키노는 길바닥에 누운 노인에게 눈길을 보내더니 말끝에 살짝 힘을 주었다. 약한 노인을 노리는 브로커 같은 사람이 있다는 것. 그들이 회사에서 주는 돈을 가로챈다는 것. 일자리를 못 구한 사람을 헐값에 부린다는 것. 하지만 노인들은 그런 일이라도 얻어야 겨우 그날 끼니를 해결할 수 있다는 것. 이곳은 그런 동네라며, 유키노는 지켜본 사람처럼 설명했다.

"그리고 말이야."

끝으로 우울하게 숨을 내뱉더니 문득 발걸음을 멈췄다. 주상복합 건물 1층, 아직 문을 열지 않은 스낵바가 보인다. 여기저기 덧댄 차양에 적힌 '미치코'라는 글자만 유독 새로워서 유키노의 눈에는 묘하게 부자연스러워 보였다.

"우리 할머닌 그런 사람들을 상대로 장사해. 난 그런 아저씨들 덕에 학교에 다닐 수 있어. 웃기지?"

유키노는 자연스럽게 스낵바 안으로 발을 들였다. 영업시간 전인데 한 여자가 카운터에서 술을 마시고 있다. 옆에 앉은 남자가 서툰 일본어로 무언가 재잘거린다.

"다녀왔어요, 미치코 씨."

유키노는 리코를 돌아보며 "우리 할머니야. 함께 살아" 하고 태연하게 말했다. 리코는 무엇에 놀라야 할지 갈팡질팡했다. 열악한 환경인지, 할머니 이름을 함부로 부르는 것인지, 아니면 여자가 '할머니'라는 단어로는 연상할 수 없을 만큼 젊고 요염한 분위기를 풍기는 것인지.

여자는 이쪽을 힐끔 보더니 이내 시시하다는 듯 남자에게 고개를 되돌렸다. 남자가 리코와 유키노에게 끈적거리는 시선을 던진다.

리코는 살짝 고개 숙여 인사하고는 계단을 뛰어 올라갔다. "정말 꼴 보기 싫은 아이라니까"라고 하는 목소리가 뒤따라왔으나 뒤돌아볼 수 없었다.

방으로 뛰어 들어갔다. 목이 칼칼한데 유키노가 가져온 보리차에 입도 대지 못했다. 꺼림칙했다. 유리잔 표면의 물방울 자국에, 살짝 이가 나간 테두리에 생활 형편이 묻어나 도저히 입을 댈 수 없었다.

창밖으로 다카라초 골목이 내다보였다. 해가 저물어가면서 가게 앞 백열전구가 켜지고, 어디에선가 사람들이 쏟아져 나온다. 일을 마치고 오는 사람이 있는가 하면, 이 시간이 되어서야 셔터를 여는 가게가 있다. 목청껏 외국어로 소리치는 사람이 있는가 하면, 아이들도 보인다. 이곳은 밤의 거리라는 생각이 들었다. 잃어버린 활기를 되찾은 듯 모두 발걸음이 힘차다.

다시 이곳에 올 일은 없겠지. 땅거미 진 거리를 바라보며 리코는 생각했다. 하지만 유키노는 별개다. 오래된 스티커가 덕지덕지 붙은 책장에는 책이 거의 없었다. 내가 선물해주자. 이 책장을 유키노와 함께 채우는 거야.

덧없이 흐르는 시간에 초조해하는 유키노를 향해 고개를 끄덕였다. 그 순간, 책장 깊숙한 데 감춰둔 낯선 상자가 보였다.

리코는 아직 그 상자가 무엇인지 몰랐다.

그날 밤은 홀로 책을 펴고 있었다. 5월 연휴가 지나고 처음 맞는 토요일. 연일 몰아치던 강풍이 물러가고 요코하마 하늘에도 수많은 별이 빛났다.

계단 아래쪽에서 종일 기다리던 전화가 울렸고, 곧바로 노크 소리가 들렸다. "리코, 전화" 하고 어머니는 단어 두 개를 나열했다.

어머니 표정을 보고 누구인지 단번에 알았다. 계단을 뛰어 내려가 아무렇게나 놓인 수화기를 집어 든다. 리코가 "여보세요"라고 채 말하기도 전에 사쓰키의 성난 목소리가 귀를 때렸다.

"뭐가 '여보세요'야! 왜 아직도 안 와!"

전에 없이 말투가 험악했다. 목소리뿐 아니라 사쓰키 자체가 어딘지 모르게 이상하다.

"생일 파티 할 거니까 오라고 했잖아. 어떻게 된 거야아, 리코오. 네가 그렇게 매정한 애였다니 섭섭하네에"라고 코멘소리로 귀를 간지럽힌다. 잊은 게 아니다. 그날 이후 파티에 대해 말해주지 않아서 사쓰키에게 먼저 이야기를 꺼낼 수 없었을 뿐이다.

"바로 갈게" 하고 전화를 끊은 뒤 리코는 방으로 돌아가 옷장에서 시폰 소재 분홍색 원피스를 꺼냈다. 연휴에 모토마치로 놀러 갔을 때 사쓰키가 골라준 옷이다.

원피스 위에 데님 재킷을 걸치고 잠시 망설이다가 화장도 했다. 가능한 한 부모님에게는 보이고 싶지 않아 거실문 너머로 "잠깐 나갔다 올게. 금방 올 거야" 하고 짤막하게 말했다. 어머니는 진저리 난다는 표정으로 "데려다줄 테니 기다려"라며 어이없다는 듯 한숨을 쉬었다.

차 안에서 어머니는 한 마디도 하지 않았다. "오늘 사쓰키 생일인데 깜빡 잊고 있었지 뭐야. 화났나 봐"라는 말이 아무렇지도 않게 나옴을 자각한다.

개운치 않은 마음을 품은 채 사쓰키의 집에 도착했다. 어디에나 있을 법한 아파트. 부모님은 일찍이 이혼했고, 간호사인 어머니와 단둘이 산다고 들었다.

"미안해, 엄마. 정말 금방 올게."

진심으로 사과하는 리코에게 어머니는 마지못해 고개를 끄덕였다.

"올 때 전화해. 다시 데리러 올게."

엘리베이터를 타고 올라가 현관문 앞에서 초인종을 누른다. 문 반대편에서 "열려 있어!" 하는 사쓰키의 목소리가 들리자 선물을 등 뒤에 감췄다. 사쓰키와 아이들이 어느 방에 있는지는 곧바로 알 수 있었다. 그곳 말고는 인기척이 전혀 없다.

살짝 숨을 가다듬고 방문을 노크했다. 천천히 문을 열자 담배 연기에 눈이 따가워졌다. 빈 맥주캔이 여기저기 나뒹군다. 짓궂은 웃음이 리코를 둘러싼다. 세 친구 사이에 오기하라 중학교의 남자 선배 두 명이 섞여 있었다.

"뭐야, 그거?" 하고 사쓰키가 즐거운 표정으로 턱을 까딱했다. 감춰져 있어야 할 선물이 오른손에 드러나 있다.

"아, 선물. 마음에 들지 모르겠지만."

열 권 정도로 추린 셰익스피어 작품집을 준비했다. 용돈이 허락하는 범위에서 손에 넣기는 쉽지 않았지만, 언젠가 "재밌는 책 있으면 알려줘"라고 한 말이 마음에 남아 있었다. 하지만 이런 상황에서 기쁘게 받아줄지 자신은 없다. 될 수 있으면 단둘이 있을 때, 사쓰키가 상냥할 때 주고 싶었다.

아니나 다를까, 포장지를 뜯은 사쓰키는 "흠" 하고 흥미 없다는 듯 중얼거렸다. "이게 뭐야. 너 범생이야?" 하며 게이코가 그중 한 권을 침대로 던지고는 천박하게 웃는다.

"근데 오늘 리코, 왠지 괜찮은데에? 원피스 잘 어울려어" 하고 요시에가 나른한 말투로 화제를 돌렸다.

"그렇지이? 내가 골라줬어. 이 정도면 남자들도 보고 좋아하겠지?" 하고 사쓰키는 자랑하듯 빙긋 웃었다.

친구들은 당연하다는 듯 리코에게 술을 권했다. 거절할 수 없어서 웃는 얼굴로 잔에 입을 댔다. 태어나 처음 마셔본 맥주는 맛이 지독했다. 이내 피가 몸을 타고 도는 소리가 들리고 머리가 지끈거렸다.

그보다 극심한 것은 강렬한 고독감이었다. 모두 무엇 때문에 웃는지 알 수 없다. 무슨 이야기를 하는지 이해할 수 없다. 다만 한 가지, 자신이 이 자리에 어울리지 않는다는 것은 판단할 수 있었다.

줄곧 어머니 얼굴이 머릿속에 있었다. 눈꼬리가 처진 채 슬픈 표정을 짓는 어머니 얼굴. 리코는 빠져나갈 타이밍을 계속 엿보았다. "괜찮아? 안색이 안 좋다"라는 사쓰키의 말이 천재일우의 기회였다.

"저기, 미안해, 애들아. 나 속이 좀⋯⋯."

리코가 말하려는 찰나에 현관문 열리는 소리가 들렸다. "어, 왔나?" 하고 게이코가 짓궂은 미소를 지었다. 이내 소리 없이 등 뒤의 문이 열렸다.

"왔구나, 인기남!"

기성에 가까운 사쓰키의 목소리, 모두 크게 웃는 소리에 리코도 그제야 뒤돌아본다.

"시끄러워 이것들아."

그는 짐짓 혀를 찼다. 어느 순간부터 예감하고 있었다. 그래서 리코는 그런 모습을 보고도 별로 놀라지 않았다. 차가운 눈으로 리코를 내려다보는 사람은, 줄곧 동경해온 도야마 선배였다.

모두 술이 들어가는 속도가 부쩍 빨라졌다. 도야마도 차례차례 맥주를 비워간다. 얼마나 지났을까. 어느샌가 방 안은 간접조명만 켜진 채 성숙한 분위기를 자아내고 있었다.

요시에와 선배 한 명이 주위 시선에도 거리낌 없이 애정행각을 벌이기 시작한다. 리코는 그제야 자신이 느낀 고독감의 정체를 알아냈다. 이것이 이 사람들에게는 '보통'이다. 자신과는 가치관이 전혀 다르다. 어머니의 얼굴이 아른거린 것은 그 때문이었다.

"저기, 잠깐 화장실 좀 갔다 올게요."

리코는 잠긴 목소리로 누구에게랄 것도 없이 말하고는 방을 나왔다. 어둠에 익숙해진 눈에 화장실 형광등은 무척 눈부시고 생생하게 느껴진다.

변기에 앉아 리코는 고개를 푹 숙였다. 사쓰키의 시선이 가슴을 스친다. 조소하는 요시에와 게이코의 얼굴이 되살아난다. 집에 가야겠다는 생각에 고개를 세차게 흔들었다. 나중에 아무리 싫은 말을 듣더라도, 미움을 사더라도 집으로 돌아가야 한다.

리코는 무지근한 머리를 들어 올렸다. 휴지걸이에 손을 가져간 순간, 화장실 문의 잠금장치가 소리도 없이 방향을 바꾸었다.

리코는 벌어진 입을 다물지도 못한 채 눈이 휘둥그레졌다. 천천히 열린 문 너머에 도야마가 있었다. 잠금장치를 여는 데 썼는지 손에 10엔짜리 동전을 쥐고 있다. 온몸을 관통하는 공포감 탓에 도야마의 "아, 미안"이라는 말은 너무도 공허하게 들렸다.

반사적으로 일어나 팬티를 올리려 했다. 도야마가 밀고 들어와 리코의 팔을 거칠게 붙잡았다. "싫어, 아파" 하고 저항하는 리코의 입을 막으려는 듯 강제로 키스하려 든다. 그 바람에 뒤통수를 벽에 찧었다. 어지럼증을 느꼈지만 정신을 잃을 수 없어 어떻게든 몸을 가누려 애썼다.

도야마와의 힘 차이는 확연했다. 리코는 곧바로 제압당했다. 그의 왼손은 입을 세게 누르고, 오른손은 다리 사이로 파고든다.

도야마가 귓가에 속삭였다.

"좋아, 오조네. 학교에서 볼 때보다 예뻐. 옷도 화장도 훨씬 나아."

눈물이 주르륵 흘러내렸다. 도야마의 목소리를 태어나서 처음 들은 느낌이다. 저항할 기력이 사라져간다. 그것을 눈치챘는지 도야마가 손에서 힘을 풀었다. 그러고는 리코의 어깨를 부드럽게 안아 부

축하듯 화장실에서 나왔다.

고개를 들어보니 어둑한 복도에 사쓰키가 있었다. 긴 생머리는 그
대로인데 앞머리는 이치마쓰 인형괴담 소재로 자주 쓰이는 일본 인형처럼 가
지런히 잘랐다. 언제 잘랐을까. 지금껏 알아보지 못했다.

곁에 선 남자가 사쓰키에 머리칼에 얼굴을 파묻은 채 냄새를 맡
고 있다. 일순간 자신을 도와주리라 생각했다. 사쓰키의 표정이 그
어느 때보다 차가운데도 리코는 왠지 마음이 놓였다.

"웃어, 리코. 울지 마."

리코를 타이르는 사쓰키의 목소리가 공기를 타고 흐른다. 리코는
하라는 대로 미소를 지었다. 언제나 그렇다. 사쓰키만이 리코에게
길을 제시해준다. 사쓰키가 하는 말은 절대적이다. 함께 있으면 강
해질 수 있다.

"오늘은 너한테 소중한 날이야. 좋아하는 사람과 할 수 있으니까
그것만으로도 행복한 거야."

사쓰키는 부드러운 웃음을 거두더니 도야마에게 무언가 건넸다.
리코는 숨을 삼킨다. 유키노의 책장에 있던 것과 똑같은 상자다. 그
것이 무엇인지 지금은 이해할 수 있다.

"살살해. 함부로 다루면 용서 안 할 거야. 얘한테 상처 주면 가만
안 둘 줄 알아."

사쓰키의 머리칼에 얼굴을 묻고 있던 남자가 불렀느냐는 식으로
이쪽을 보았다. 도야마는 기세에 눌린 듯 고개를 끄덕였다. 사쓰키
는 씩 웃고는 건너편 방을 가리켰다.

"저기 써도 돼. 첫 경험이 엄마 방이라 분위기가 안 잡힐 수도 있지만, 어차피 당분간 안 오니까."

번쩍 들려 침대에 옮겨졌고, 정신을 차려보니 어느새 아끼는 원피스가 벗겨지고 있었다.

알몸이 된 리코를, 도야마는 사쓰키의 충고를 지키듯 정말 부드럽게 끌어안았다. 표정은 진지했으며 그래서인지 무척 얼빠져 보이기도 했다.

머릿속에서 사쓰키의 말이 반복 재생됐다. 웃어, 웃어……. 리코는 자신을 타일렀다. 울지 마, 울지 마……. 이건 폭력이 아니야. 사쓰키 말대로 좋아하는 사람 품에 안겨 있어. 싫어할 이유는 어디에도 없어. 나는 분명 행복해.

리코는 도야마에게 미소 지어 보였다. 도야마의 목젖이 꿀꺽하더니 눈썹이 볼썽사납게 쳐졌다. 머리 위로 피임도구 상자가 딩군다. 그것이 잠에 빠져들기 직전 리코의 마지막 기억이었다.

젖빛유리 너머로 칵테일 라이트가 비쳐든다. 잠에서 깼을 때 도야마의 모습은 보이지 않았다. 맞은편 방에서 떠들어대는 소리도 들리지 않는다. 살짝 열린 창으로 봄날 밤의 냄새가 불어온다.

여전히 머리는 무거웠다. 아랫배의 통증을 모른 척하고 몸을 일으키려는데 누군가가 리코의 뺨을 쓰다듬었다.

엄마……? 일순간 그런 생각이 들었다가 이내 아닌 것 같아 숨을 삼켰다. 샴푸 향이 코를 간질인다.

"리코, 너 소년법이 뭔지 알아?"

뺨에서 목덜미까지 천천히 더듬으며 사쓰키가 말했다. 리코는 꿈을 꾸는 것인지 의심했다. 분명 꿈이다. 장소는 학교 옥상. 부드러운 봄철의 바닷바람을 맞으며 사쓰키가 꺼낸 법률 이야기가 조금 따분해서 리코는 그만 졸고 말았다. 지금은 그날의 연장인 것이다.

리코는 필사적으로 머릿속에서 떨쳐내려 했다. 아랫배에 느껴지는 통증을, 현실적인 칵테일 라이트를, 저 멀리 들리는 사이렌 소리를, 꿈에는 어울리지 않는다며 애써 외면하려 했다.

그런데도 여느 때보다 무덤덤한 사쓰키의 목소리가 순식간에 모든 것을 삼켰다.

"몇 년 전에 어디 중학교에서 벌어진 사건 기억해? 한 아이가 다른 아이의 목을 자른 끔찍한 일 말이야. 그 사건 때문에 이 나라의 법이 바뀌었어. 열다섯 살 이하는 어떤 죄를 지어도 용서받았는데 지금은 열세 살 이하가 됐지 뭐야. 너희 참 운이 없다며 웃던 선배가 있었어. 하지만 별일 아냐. 왜냐면⋯⋯."

사쓰키는 숨을 한 번 내쉬고는 주저 없이 말을 이었다.

"난 오늘 열네 살이 됐어. 그러니까 리코, 만일 내가 잡혀갈 것 같으면 날 대신해줘. 괜찮아. 네가 잡혀갈 일은 절대 없을 테니까."

턱에 닿았던 차가운 손길이 아쉬운 듯 멀어진다. 그 순간 스위치 소리와 함께 형광등이 켜졌다.

"방금 어머니한테 전화 왔어. 지금 이리로 오고 있대. 피곤해서 잠든 것 같다고 말해뒀어."

리코의 정신이 단번에 현실로 되돌아왔다. "엄마?" 하며 넋 나간 표정을 짓자 사쓰키가 꼭 안아주었다.

"네가 내 친구로 있어주기면 하면 문제없어. 날 믿어."

일깨워주듯 말하는 사쓰키에게 리코는 고맙다고 했다.

사쓰키만이 주는 전능감에 흠뻑 취해 몸을 내맡기며 진심에서 나온 말이었다.

그날 밤 이후 리코는 사쓰키 무리와 함께 있는 시간이 점점 늘었다. 학교에서는 게이코와 요시에까지 넷이서 붙어 다녔고, 방과 후에 부르면 동아리 활동을 빼서라도 어디든 함께했다.

교복 허리 부분을 접어 미니스커트로 고쳐 입기도 했다. 머리 모양도 사쓰키를 따라 요염한 스타일로 바꾸고, 안경 대신 콘택트렌즈를 꼈다. 도야마를 만나면 리코가 먼저 말을 걸기도 했다.

무엇보다 리코는 웃을 일이 많아졌다. 사쓰키 무리와 함께 있으면 두려울 것이 없었다. 물론 함께 있다고 해서 나쁜 길로 빠지지는 않았으며, 오히려 자신이 감시자로서 그 아이들을 억제하는 면도 있다고 생각했다. 어찌 됐든 어둠 속에서 들은 사쓰키의 목소리, "네가 열세 살인 동안은……"이라는 말은 밝은 태양 아래서는 아무것도 아닌 환영처럼 느껴졌다.

새로운 환경에 적극적으로 몸을 던지는 한편, 리코는 많은 것에서 멀어져갔다. 동아리나 학원 친구들과 멀어져서 힘들진 않았다. 하지만 책은 놓을 수 없었다. 아니, 이야기의 힘이 더욱더 필요했다.

어린 시절부터 어머니가 책만은 아낌없이 사주었다. 한 권을 다 읽고 감상을 들려주면 그다음 책을 고르기 위해 함께 서점에 갈 수 있었다. 지금은 함께 가지 않지만 그러한 습관은 여전히 집안에 남아 있다.

리코는 새 책을 눈에 띄는 대로 샀다. 《햄릿》《맥베스》《죄와 벌》《카라마조프 가의 형제들》《모비 딕》《노인과 바다》《안나 카레니나》《바람과 함께 사라지다》……. 이미 가진 책이더라도 번역자가 다르면 망설임 없이 집어 들었다.

눈으로 따라가기 바쁜 묘사도 많았고, 이해가 안 가는 부분도 적지 않았다. 그래도 리코는 계속해서 읽어갔다. 급히 읽어야 할 이유가 있다면, 유키노의 존재였다. 리코는 다 읽은 책을 다음 날 유키노에게 건네주었다. 그럴 때마다 유키노는 난감한 표정을 지었다. 하지만 억지로라도 쥐여주면 리코 못지않은 속도로 독파했다.

이야기를 갈구하는 것과 마찬가지로 리코는 유키노라는 사람이 필요했다. 사쓰키 무리와 있으면 분명 즐거웠지만, 함께하는 시간이 늘면 늘수록 어째서인지 더 유키노를 찾게 되었다.

우울한 장마 끝에 겨우 맞이한 여름방학은 학원 특강으로 순식간에 끝나버렸다. 새 학기를 맞아 오랜만에 만난 사쓰키가 이런 말을 건넸다.

"리코, 곧 있으면 네 생일이잖아. 파티 안 해?"

별다른 뜻은 없었으리라. 겁먹을 이유가 없는데도 다리가 바르르 떨리기 시작했다.

"우리 집에서는 아마 못 할 거야."

"왜애애?"

"엄마가 그런 거 싫어하셔서. 미안해. 넌 날 초대해줬는데."

사실 어머니는 파티를 열고 싶어했다. 리코 또한 방금까지도 사쓰키를 초대할 생각이었다. 왜 입에서 이런 거짓말이 나오는지 알 수 없다.

"흐음, 그렇구나아. 뭐 어머니가 그러시다니까. 그럼 선물만 준비할게."

그냥 넘어가준 사쓰키를 바라보다가 리코는 슬그머니 시선을 내리깔았다. 잊으려 애쓰던 그날 밤의 기억이 되살아난다.

아아, 그랬구나. 리코는 그제야 이해할 수 있을 것 같았다. 나는 마음속으로 기다려온 것이다.

열세 살이 끝나는 날을, 줄곧 기다리고 있었다.

그 뒤 생일까지 일주일 동안 리코는 계속 거짓말을 했다. "리코, 지금이라도 파티 계획 세우자아" 하는 요시에에게 "아무래도 엄마가 허락 안 해주셔서"라며 난처한 표정을 지어 보였다.

"그럼 또 우리 집에서 할까?" 하고 사쓰키가 묻자 "미안. 그날은 가족끼리 식사해야 해. 내키진 않지만"이라며 아무렇지도 않게 새로운 거짓말을 했다.

리코가 사실을 말한 이는 한 사람뿐이다. 유키노에게는 모든 것을 털어놓았고 파티에도 초대했다.

"유키노, 혹시 괜찮으면 내일 우리 집에서 밥 먹을래? 내 생일 축하해줘."

생일 하루 전날, 늘 만나는 공원에서 유키노는 뛸 듯이 기뻐하며 그러겠다고 했다. 이를 제지하듯 리코는 힘주어 말을 이었다.

"그 전에 약속해줘. 내일 일은 절대 아무한테도 말하지 마. 그리고 우리 집에 올 때도 다른 사람 눈에 안 띄게 했으면 좋겠어. 부탁이야, 유키노. 약속해줄 수 있어?"

"응, 고마워. 약속할게."

다음 날, 아직 해가 지기 전인 오후 6시. 초인종이 두 번 울렸다. 문을 열자 검은 모자를 푹 눌러 쓰고 동그란 선글라스를 쓴 유키노가 있었다.

"앗, 변장?"

"응, 혹시 몰라서."

유키노는 심각한 얼굴로 반응한다. 이 아이는 늘 진지하다. 제멋대로인 나를 위해 한껏 노력해주었다. 그런 줄 알면서도 리코는 눈물을 흘리며 깔깔 웃었다.

뒤이어 아버지도 귀가하여 이날 밤은 넷이서 식탁에 둘러앉았다.

"느닷없이 파티를 하겠다고 해서 제대로 준비도 못 했잖니."

어머니는 홀로 투덜댄다. 오늘 아침에서야 유키노를 초대하겠다고 말하면서 리코는 요리를 두 가지 요청했다. 하나는 리코가 좋아하는 블루베리소스 치즈케이크. 또 하나는 고기감자조림이다.

유키노는 그날 밤에도 잘 먹고 잘 웃었다. 평소에도 이런 표정을 짓는다면 친구가 더욱 많으리라. 그 웃는 얼굴을 독점하면서도 리코는 의문스러웠다. 유키노는 자신이 짊어진 그림자의 의미를 여태껏 설명해준 적 없었다.

어째서 할머니와 사는지. 어째서 부모님은 안 계시는지. 왜 다카라초에 사는지. 바로 전에 살았다던 군마 현에서의 생활은 어땠는지. 넌지시 질문을 던져봐도 다 어물쩍 넘긴다. "그냥 여러 가지로" 하고 얼버무리면 더는 물을 수 없게 된다.

식사를 마친 뒤 어머니가 거실 조명을 끄더니 케이크에 초를 꽂아 가져왔다. 그러자 아버지가 기타를 안고 아르페지오 주법으로 아무렇게나 무언가 연주하기 시작했다. 촛불에 흔들리는 유키노의 얼굴에 우울한 그림자가 드리워진다. 왜 그럴까. 유키노는 불안한 표정으로 아버지의 기타를 바라보고 있다. 리코는 여기 있으면 안 되겠다고 직감했다.

"아빠, 창피하니까 그만해. 케이크 가지고 올라갈게. 유키노, 얼른 가자."

유키노는 리코의 제안에 순순히 따랐다. 방 안에 틀어박혀 둘이서 말없이 케이크를 먹었다. 찻주전자에 담긴 홍차를 다 마실 무렵에야 유키노는 차분해진 듯 보였다. 이내 "아 참" 하고 무언가 생각난 듯 빙긋 웃는다.

유키노는 가방에 손을 쑤셔 넣더니 무언가 꺼냈다. '사키 고서점'이라는 로고가 들어간 포장지가 보였다. 있으나 마나 하게 달린 리본 탓에 오히려 투박함이 두드러졌다.

"미안해. 용돈이 얼마 없어서 새건 못 샀어. 리코가 좋아할 만한 걸 여러 군데 찾아다녔어. 원래는 포장지도 바꾸고 싶었는데."

유키노는 변명처럼 말했지만 그런 것은 아무래도 상관없다. 당연히 기쁘다. 유키노가 선물해주는 책이 기쁘지 않을 리 없다.

리코는 열어봐도 되느냐고 과장스럽게 물은 뒤 포장을 뜯었다. 다섯 권의 책이 드러나자 진심으로 놀라 "어?" 하는 소리가 나왔다.

"스누피?"

유키노는 여전히 긴장한 표정이다.

"원래는 열 권짜린데. 미안, 조만간 다 채워줄게."

"됐어, 괜찮아. 근데 왜 스누피야?"

"리코는 이미 뭐든 읽었을 테니까. 그래서 헌책방 주인한테 물어봤어. 무서워 보이긴 해도 책에 대해 잘 알 것 같아서."

"뭐라고 물었는데?"

"친구 중에 번역가가 되고 싶어하는 애가 있는데, 걔가 좋아할 만한 책 없냐고. 그랬더니 아줌마가 단번에 이 책을 꺼내주더라."

리코는 입이 떡 벌어졌다. 분명 리코의 꿈은 번역가이다. 하지만 누구에게 밝힌 적은 없다. 어머니도 모를 것이다.

"그 번역자, 다니카와 슌타로라는 시인이래. 미국 만화를 그 시인이 번역했다는 점이 흥미롭다고 그랬어."

"어떻게?"라는 말이 무심결에 튀어나왔다. 고개를 갸우뚱하는 유키노에게 리코는 몸을 내밀었다.

"어떻게 알아? 내가 번역가가 되고 싶어한다는 걸 어떻게?"

유키노는 뭔가 했네, 하는 표정으로 고개를 움츠린다.

"그야 알지. 번역에 이만큼 집착하는 중학생이 또 있겠어? 리코는 영어 수업에도 엄청나게 열중하니까 분명 멋진 번역가가 될 거라고 늘 생각했어."

"잠깐만. 네 멋대로…… 너무하잖아. 가장 보이고 싶지 않은 부분을 들킨 기분이야. 너무해. 정말 못됐어. 그럼 네 꿈도 말해줘."

"음…… 하지만 난 그런 거 없어."

"이것 봐, 치사하게."

"정말이야. 난 장래에 대해 상상이 잘 안 돼. 왠지 무서워. 미래를 그려보는 게."

말은 여느 때처럼 힘없지만 표정은 심각했다.

"난 그만 갈게. 너무 늦게까지 있으면 미안하니까."

일어서려는 유키노를 리코가 붙들었다.

"저기, 유키노, 미안. 나한테 이십 분만 시간을 줘. 전부터 해보고 싶은 게 있어."

"해보고 싶은 거?"

"화장이나 옷 말이야. 내가 좀 서툴지 모르지만, 한 번만 해보게 해줘."

"응? 아, 그렇지만……."

여느 때와 달리 주저하는 유키노를 리코는 억지로 앉혔다. 자신에게 할 때보다는 쉽지 않았지만, 블러셔를 바르고 립스틱을 칠하며 십오 분 만에 머릿속에 있던 화장을 완성했다.

다음으로는 옷장에서 어울릴 만한 옷을 찾는다. 틈만 나면 거울을 보려는 유키노의 팔을 툭툭 치며 리코는 큰맘 먹고 그 옷을 집어 들었다. 사쓰키 생일 이후 한 번도 입지 않은 분홍색 원피스.

리코에게 무릎까지 오는 옷인데 키 큰 유키노가 입으니 미니가 된다. 긴 다리가 더욱 강조되어 예상보다 잘 어울렸다.

눈을 내리깐 유키노의 어깨에 손을 올리고 "다 됐어" 하고 속삭였다. 고개를 든 유키노의 뺨이 금세 홍조를 띤다.

"봐, 예쁘지? 이럴 줄 알았어. 허리를 좀 더 꼿꼿이 펴봐. 그럼 더 예쁠 거야. 그다음은 굳이 말하자면 눈이랄까. 유키노는 속쌍꺼풀이라 눈에 잘 안 띄거든."

눈에 관해 이야기하자 유키노의 얼굴이 침울해졌다. 하지만 "어른 되면 같이 성형하면 되지 뭐" 하고 농담으로 넘겼더니 금세 웃음이 덧칠되었다.

리코는 거울로 시선을 되돌렸다. 유키노의 어깨 너머로 자신의 얼굴이 비친다. 아아, 그래. 난 오늘 열네 살이 됐지. 벗어났어…….

느닷없이 그런 생각이 들면서 눈앞의 광경이 흐려졌다. "어라?" 하는 순간, 눈물이 왈칵 쏟아졌다.

리코가 갑자기 울음을 터뜨리자 유키노는 당황했다. 하지만 이내 부드러운 미소를 입가에 머금었다. "괜찮아. 응, 울어도 돼" 하고 어린아이를 달래듯 중얼거렸다. 그 한마디에 기분이 한없이 들떴다. 유키노는 리코를 꼭 안아주었다.

얼마나 그러고 있었는지는 알 수 없다. 겨우 마음이 정리될 즈음 리코는 그날 밤에 있었던 일을 털어놓기 시작했다. 자신의 어리석음을, 나약함을, 경박함을, 부주의함을 남김없이 이야기했다. 그래도 유키노라면 용서해주리라는 믿음이 마음 어딘가에 있었다.

유키노는 리코의 손을 꼭 잡아주었다. 화장한 얼굴이 제법 성숙해 보였으며, 의식적으로 등을 펴고 있는 것만으로 정말 예뻐 보인다. 언니가 생긴 듯한 착각을 느끼며 리코는 이야기를 이어갔다.

"내겐 유키노가 필요해. 잘 보이려 애쓰지 않아도 되니까. 날 인정해주니까. 정말 유키노가 필요해."

조용히 이야기를 마치려 하는데 유키노는 왠지 눈이 휘둥그레져 있었다. 놀란 듯 잡았던 손을 놓더니 고개를 세차게 흔든다. 그러고는 "난 말이야……" 하고 느닷없이 입을 열었다.

유키노의 말은 거기서 끊어졌다. 어딘가 한 점을 응시하며 보이지 않는 누군가에게 물음을 던지는 듯하다. 이야기해도 돼? 안 돼? 이 아이는 적이야? 내 편이야? 그런 마음의 소리를 리코는 들었다.

잠시 뒤 그 입에서 넘쳐 나온 것은 소녀와 어머니의 이야기였다. 리코와는 대조적으로 유키노는 물 흐르듯 자신의 이야기를 했다. 자조 섞인 미소를 짓다가, 무언가 후회하듯 얼굴을 찡그리다가 하면서.

"사실 나도 엄마와 똑같은 지병이 있어. 지금도 심하게 흥분하면 의식을 잃기도 해. 그 병 때문에 장래를 상상할 수 없는 건지 몰라. 오래 살 수 있을 것 같지 않아."

당혹스러움을 감추지 못하는 리코를 개의치 않고 유키노는 말을 잇는다.

"군마에서의 생활은 전혀 잘 풀리지 않았어. 그야 그렇겠지. 한번 제멋대로 버린 곳인걸. 주위 사람들 눈이 정말 차가웠어. 그래서 미치코 씨는 아는 사람을 찾아다녔고, 그 결과가 다카라초야. 요코하마가 싫어서 반대했지만 소용없었어. 결국 중학교에 입학할 때쯤 이사 오게 됐어."

그렇게 된 거야. 내 얘기는 여기서 끝. 유키노는 마지막에 익살 떨듯 미소를 지어 보였다.

리코는 무슨 말을 해줘야 할지 몰랐다. 가슴은 아팠으나 울지는 못했다. 자기 일로는 그토록 흘러넘치던 눈물이 어째서인지 전혀 나오지 않는다.

"그럼 언니랑 아빠는 지금도 야마테에 있어?"

가장 먼저 튀어나온 의문이었다. 유키노는 모호하게 고개를 갸웃거린다. 리코는 얼굴을 바싹 내밀었다.

"있을지도 모른다는 거지? 그럼 한번 가보자. 네가 살던 집을 찾아가보자."

그 순간 유키노는 몹시 불쾌한 표정을 지었다. 하지만 리코는 물러서지 않는다. 그만한 가치는 있으리라. 절망뿐인 이야기 속에서 그것이 유일한 희망의 씨앗임이 틀림없다.

"절대로 쓸데없는 짓은 하지 마, 리코."

유키노가 정색하며 못을 박는다.

"알았어."

"정말이야. 무슨 짓 하면 정말 용서 안 해."

"용서 안 한다니?"

"친구 그만할 거야."

여느 때와 달리 강한 어조로 한 말이 가슴에 박혔다. 그렇지만 리코는 야마테에 갈 생각이었다. 결과가 어찌 되더라도.

상황이 지금보다 심해지리라는 것을 리코는 상상하지 못했다.

그러나 결국 리코가 야마테를 찾아가는 일은 없었다. 정작 '쓸데없는 짓'을 한 사람은 유키노였다.

다음 날 점심시간, 리코는 학교 옥상에서 여느 때처럼 세 사람과 도시락을 펴놓고 있었다. 사쓰키 무리와의 대화는 늘 그렇듯 시시했고, 리코 역시 어제저녁의 일은 없었다는 듯 살랑살랑 부는 바람을 맞고 있었다.

그런 네 명 위로 문득 그림자가 드리워졌다. 사쓰키가 가장 먼저 알아챘다.

"뭐야, 너. 무슨 볼일 있어?"

사쓰키의 목소리가 살짝 떨렸다. 게이코와 요시에도 얼굴을 든다. 유키노의 모습을 확인했을 때 리코는 일순간 모든 것을 파악했다.

"저기, 야마모토" 하고 유키노는 사쓰키를 성으로 불렀다. 사쓰키 외의 모두가 허를 찔린 듯 입을 오므린다. 유키노는 딱 잘라 말했다.

"오조네에게 사과해줄래?"

하나같이 넋 나간 얼굴이 되었다. 유키노는 기죽지 않고 고개를 가로저었다.

"네 생일 때 있었던 일로 오조네는 정말 상처받았어. 넌 머리가 좋으니까 진작 알아챘다고 봐."

부탁이니까 사과해줘. 거듭 말한 뒤 유키노는 깊이 머리를 숙였다. 리코는 눈을 감은 채 듣고 있었다. 입술을 깨물고 오로지 누군가가 정적을 깨주기를 기다렸다.

사쓰키가 그 역할을 맡았다. 돌연 큰 소리로 웃기 시작했다.

"하, 재밌네. 진짜 재밌어, 다나카 유키노. 알았어. 사과할게. 리코, 미안해. 난 전혀 눈치 못 챘어. 네가 상처받았을 줄 몰랐거든. 정말 미안해."

말문이 막힌 리코를 무시한 채 사쓰키는 다시 유키노를 보았다.

"유키노, 그렇게 서 있지 말고 앉아. 도시락 없어? 같이 먹자. 둘이서 속닥거릴 거 없었는데 말이야."

리코는 그 말을 어떻게 받아들여야 할지 몰랐다. 사쓰키는 리코와 유키노의 관계를 알고 있었단 말인가. 그렇다면 왜 지금껏 모르는 척했을까.

유키노가 리코에게 시선을 보냈다. 그걸 눈치챈 사쓰키가 미소를 지어 보였다.

"괜찮으니까 앉아."

"그래도……."

"내가 괜찮다잖아."

따지지 말라는 말투다. 머뭇머뭇 앉는 유키노에게 사쓰키는 계속해서 말을 건넨다. 어느 때보다 즐거워 보이는 얼굴이라 흡사 이곳에 둘밖에 없는 듯했다.

　이 일을 계기로 리코를 둘러싼 환경이 달라졌다. 사쓰키가 리코보
다 유키노를 아끼게 된 것이다.

　유키노에게는 분명 그런 '소유욕'을 자극하는 힘이 있다. 사쓰키
도 그것을 알게 됐을까. 처음 두 사람이 옥상에서 함께 있는 모습을
목격했을 때, 리코는 "야아아, 나 따돌리지 마아" 하고 농담처럼 말
하면서도 소중한 것들을 한꺼번에 잃을까 봐 애가 탔다.

　겨우 공기가 가을다워진 10월 초. 유키노가 감기 때문에 결석한
어느 날 점심시간. 옥상에서의 화제는 유행하는 휴대용 게임기에 관
한 것이었다. 사쓰키는 아끼던 게임기가 고장 났는지 제대로 플레이
할 수 없다며 투덜거렸다.

　"새걸 사면 그만이지마안, 어디서 파는지도 모르겠고."

　혼잣말처럼 중얼거린 사쓰키에게 리코가 저도 모르게 말했다.

　"그럼 내가 사 올까?"

　"사 오다니, 어디서?"

　사쓰키의 눈빛이 민감하게 변한다. 품귀 현상이 계속되면서 사회
문제로도 번진 게임기다. 리코도 어디서 구해야 할지 몰랐지만, 무
언가를 되찾을 수 있을 것 같다는 예감이 들었다.

　"나, 알아. 아마 구할 수 있을 거야."

　사쓰키의 얼굴이 밝게 핀다. 게이코와 요시에는 못마땅하다는 표
정을 지으면서도 맞장구를 치고 있다. 리코는 "내게 맡겨. 어떻게든

해볼게" 하고 생색내는 것도 잊지 않았다.

그날부터 리코는 요코하마를 온통 뒤지고 다녔다. 하지만 소문을 듣고 아침 일찍 찾아간 가전제품 판매점에도 없었고, 완구점마다 전화해봐도 역시 구할 수 없었다.

결국 게임기를 마련해준 사람은 아버지였다. 아키하바라에 있는 암거래 잡화점에서 정가의 열 배 가까운 가격으로 구해온 것이다. 크게 기뻐하는 리코를 보고 아버지는 "힘들어서 혼났다"라며 목을 주물렀다. 사쓰키와 약속한 날에서 이미 삼 주 넘게 지나 있었다.

예쁘게 포장한 게임기를 가져가자 사쓰키는 기성을 지르며 달려들었다. 떨떠름한 표정을 짓는 요시에와 게이코 앞에서 리코는 전에 경험한 적 없는 우월감을 맛보았다.

그러면서 점점 우쭐해졌다. "아, 사쓰키, 돈은 됐어" 하고 의도하지도 않은 말이 나온다.

"네 생일 때 준 선물이 별로였잖아. 이걸로 조금 체면이 섰지 뭐."

말이 쉴 새 없이 터져 나온다. 사쓰키가 황홀한 표정을 짓는다. "고마워, 리코. 정말 기뻐" 하고 이름을 불러주는 것만으로도 뿌듯했다.

리코와 사쓰키 사이에 또다시 친밀한 관계가 형성되었다. 사쓰키는 적극적으로 리코에게 응석을 부렸고, 리코 또한 어떻게든 그 마음에 답하려 했다. 갖고 싶은 것이 있다고 하면 손에 넣으려 애썼으며, 용돈으로 감당할 수 없는 물건이면 망설임 없이 부모님에게 도움을 구했다.

어느새 유키노는 또다시 무리에서 이탈해 있었다. 리코와 사쓰키는 더욱더 친밀도를 높여갔다. 방과 후에는 리코만 사쓰키의 집에 초대받아 시간을 보내기도 했다. 사쓰키는 "애들한텐 비밀이야"라는 말을 꼭 덧붙이고는 액세서리며 옷, 화장품 따위를 주었다. 물론 기쁘기는 했지만 그렇게 되면 리코도 보답하지 않을 수 없다.

사쓰키의 요구는 도를 더해갔다. 크리스마스를 눈앞에 둔 무렵에는 아무리 발버둥 쳐도 사쓰키가 원하는 것을 마련할 수 없는 지경이 되었다. 책이며 게임, 때로는 사쓰키에게서 받은 옷과 액세서리까지 팔 수 있는 물건은 죄다 팔았다. 어머니 지갑에서 돈을 꺼낸 적도 있다. 한동안은 모른 채 넘어가다가 어느 날 어머니가 불안한 기색으로 물었다.

"너 학교에서 집단괴롭힘 당하는 건 아니지?"

돈을 꺼내 갔느냐고 묻기는커녕 '집단괴롭힘'이라는 말을 꺼냈다. 리코는 저도 모르게 웃음이 터졌다. 어머니는 심각한 표정을 풀지 않는다.

"웃기만 하면 어떻게 아니. 솔직히 대답해."

"무슨 집단괴롭힘이야. 대체 누가? 사쓰키랑 애들이?"

"그야……."

"엄마, 이러지 좀 마. 절대 그런 일 없으니까."

리코는 진심이었다. 집단괴롭힘 따위 있을 리 없다. 이머니는 워낙 걱정이 지나치다. 리코가 머리를 물들이거나 화장할 때마다 어머니는 기가 막히다는 표정을 짓는다. 그러고는 "무슨 고민 있니?"라며 불안한 듯 묻는다. 잘못 짚어도 한참 잘못 짚었다. 시대가 달라졌다는 말을 몇 번이나 했는지 모르겠다.

"근데 너 요즘 좀 이상해. 책 읽는 모습도 별로 안 보이고. 정말 책은 사는 거니?"

"사고 있어."

"정말이지? 믿는다?"

"자꾸 왜 이래. 믿으나 마나, 날마다 평소처럼 지내고 있다고."

무심코 시선을 가져간 책상 위 거울에 부쩍 세련되어진 얼굴이 비친다. 사쓰키가 찾아준 새로운 자신이다.

그래, 난 그저 즐거울 뿐이야. 어머니에게 다시 한번 고개를 끄덕이며 리코는 마음속으로 되뇌었다.

어머니의 의심은 그럭저럭 받아넘겼지만 크리스마스 선물로 생각해둔 백은 조를 수 없게 되었다. 퀸스스퀘어에서 사쓰키가 눈을 반짝이던 물건으로, 5만 엔이 넘는 가격표가 붙어 있었다.

할 수 없이 리코는 현금화할 속셈으로 아버지에게 도서카드를 부탁했다. 하지만 크리스마스이브 저녁식사 자리에서 "이걸로 또 책 맘껏 볼 수 있겠구나"라는 생색과 달리 고작 5천 엔짜리를 받았다. 작년 크리스마스에는 3만 엔짜리 더플코트를 선물해주었기에 당연히 올해도 그 정도로 어림잡았건만 기대가 어긋났다.

그날 밤 리코는 좀처럼 잠이 오지 않았다. 눈을 감으면 무리에서 따돌림당하는 자신의 모습이 아른거렸다. 사쓰키와의 약속은 연말까지다. 겨울방학 전에는 줄 수 있다고 큰소리를 쳐놓았지만, 리코는 있는 그대로 털어놓는 것 말고 다른 방법이 생각나지 않았다.

또 한 주가 시작된 월요일, 사실은 점심시간까지 기다릴 셈이었지만 리코는 2교시가 끝난 뒤 행동을 시작했다.

사쓰키는 쉬는시간마다 게이코와 요시에를 데리고 화장실에 간다. 아무도 사용하지 않는 B동 4층에 있는 여자 화장실이다.

리코는 호흡을 가다듬고는 안으로 들어섰다. 이내 세 사람의 목소리가 들려왔다. 누가 누구인지 파악하지는 못해도 이야기 내용은 전해졌다.

"정말? 너무했다" "자기가 그러겠다는걸" "좋겠다, 다 해주는 애도 있고" "걘 내 거야" "유키노도 있으면서" "걔네 집은 가난하잖아" "하긴" "근데 너 오늘은 뭐 받아?" "응? 캐시에서 나온 백?" "왜?" "뭐가?" "네 취향도 아니잖아" "아아, 팔려고. 가격이 안 내려가는 브랜드거든" "판다고?" "팔아야지. 취향도 아닌데" "너 참 무섭다" "아니, 그럴 거면 처음부터 돈으로 달라고 하지" "그럼 걔가 불쌍하잖니" "왜?" "걘 나한테 선물하는 게 좋은 거야. 딱히 갈취하는 건 아니라고" "으아, 역시 무서워" "하하하. 무섭긴 해"…….

도망가야 해, 도망가야 해, 도망가야 해……. 다급한 마음과는 달리 리코는 꼼짝도 할 수 없었다. 세 사람은 L자형 화장실의 구석진 부분인 청소도구 보관함 앞에 서 있다.

"앗" 하고 게이코가 리코를 알아보았다. 요시에도 금세 얼굴이 파래진다. 뒷걸음질 치는 두 사람과 대조적으로 사쓰키는 태연하다. 처음부터 리코가 있다는 것을 알았다는 듯 표정조차 바뀌지 않는다.

사쓰키는 오히려 리코에게 다가가며 말했다.

"백은 가져왔어?"

리코는 고개를 크게 가로젓는다. 눈물을 애써 참으며.

"더는 안 되겠어, 사쓰키. 나 이제 돈 없어. 게다가 이런 얘기까지 들었는데, 앞으로는 아무것도 안 줄 거야."

사쓰키는 당황하지 않았다. 가소롭다는 듯 코웃음 치고는 어깨에 걸친 가방으로 손을 가져간다. 두툼한 패션잡지를 꺼내더니 무덤덤하게 입을 열었다.

"팔려고 했던 건 사과할게. 쓸모없는 물건이거든. 그래서 말인데, 리코. 내가 정말로 갖고 싶은 건 이거야. 당장 달라고는 안 해. 겨울방학 끝날 때까지 기다려줄게. 그러니까 부탁해, 리코. 우린 '절친'이잖아."

잡지로 시선을 떨어뜨리자 그나마 남아 있던 힘마저 풀려버렸다. 펼쳐진 페이지에는 리코도 아는 유명 브랜드의 백이 실렸고, 사쓰키가 손으로 가리킨 물건에는 '18만8천 엔'이라고 적혀 있다.

하지만 힘이 풀린 이유는 다른 데 있었다. 그 페이지에 사진이 꽂혀 있었기 때문이다. 도야마가 덮친 상태에서 알몸이 된 리코가 웃고 있다. 무방비한 표정이 고스란히 드러나서 사진 자체가 불결하게 느껴졌다.

"부탁할게, 리코."

못을 박는 사쓰키의 목소리에 리코는 입술을 꽉 깨물었다. 이런 판국에서 아무 말도 되받아치지 못했다. 받아치기는커녕 "응" 하고 비굴하게 답했다.

이 사람이 없으면 안 된다. 유키노가 있으면 상냥해질 수 있지만, 사쓰키가 없으면 강해질 수 없다.

눈물이 저절로 흘러내렸다. 분한 마음도 잊은 채 리코는 홀로 화장실에서 마냥 울었다.

겨울방학 내내 리코는 대부분의 시간을 유키노와 보냈다. 유키노가 점심쯤 집으로 찾아오고, 방에서 함께 공부한다. 지치면 산책하러 나갔다가 돌아와 다시 공부. 그러다 해가 저물면 거의 매일 저녁도 함께 먹었다. 어머니가 그러라고 했다.

리코가 유키노와 함께 있어서 어머니가 마음을 놓았다고 생각한다. 실제로 유키노와 단둘이 있을 때만은 사쓰키와의 일을 잊을 수 있었다.

하지만 그런 현실도피도 새해가 밝을 때까지였다. 해가 바뀐 뒤 리코는 나날이 우울해졌다. 백을 마련할 수도 없을뿐더러 그것을 어떻게 말해야 할지도 모르겠다. 새 학기가 시작되면 가혹한 집단괴롭힘을 당하지 않을까. 불안한 마음이 폭발할 것 같았다.

1월 3일 밤에도 리코는 유키노와 공부하고 있었다. 유키노는 평소와 조금도 달라 보이지 않는다. 하지만 고민이 없다는 것만으로도 얼굴이 맑고 투명해 보였다.

"나, 찾은 것 같아. 유키노의 꿈."

완전히 허전해진 책장을 바라보며 리코가 말했다. "내 꿈?" 하고 유키노가 미간을 찡그린다. 리코는 고개를 살짝 끄덕이고는 줄곧 마음속에 있던 이야기를 했다.

"응. 일러스트 그리는 일을 하면 어떨까. 전부터 그림 그리는 거 좋아했잖아."

두 사람은 교환 일기를 한 적이 있는데 유키노는 꼭 그림을 그려주었다. 중학생 특유의 귀여운 풍이 아니라 사실적이고 본격적인 그림이었다.

특히 요코하마의 하늘이 수많은 별로 뒤덮인 그림을 보았을 때 리코는 숨을 삼키고 말았다. 그림 속에는 바람에 흔들리는 큰 벚나무가 있고, 하늘에서 춤추듯 흩날리는 꽃잎만이 분홍색으로 물들어 있었다.

"유키노, 괜찮지 않아? 그런 미래도 상상이 안 가?"

유키노의 눈빛이 심각했지만 리코는 개의치 않고 말을 이었다.

"그럼 같이 일할 수 있어. 늘 함께 있을 수 있다고. 그 스누피 책이 힌트를 줬어. 내가 번역한 책에 유키노가 그린 일러스트를 넣는 거야. 함께 책을 찾아서 온 세상을 여행하고, 우리가 가지고 돌아온 책을 일본에 소개하자. 번역자는 나, 그림은 너로."

이야기하는 도중 리코는 눈물을 흘렸다. 유키노는 더 크게 울고 있었다. 꿈같은 이야기를 하고 있으니 외려 현실로 되돌려졌다. 부드럽게 미소 짓는 유키노와 상의해보면 어떨까 생각했다. 해결해주기를 바라서가 아니다. 그저 유키노가 들어주었으면 했다.

하지만 차마 그럴 수 없었다. 지난번과 마찬가지라는 생각이 들었다. 어리석고 나약하며 한없이 경박한 자신. 유키노마저 나를 경멸한다면 정말 기댈 곳이 없어진다.

유키노의 시선에서 벗어나고픈 마음에 리코는 생각나는 대로 화제를 바꿨다.

"내일 오랜만에 쇼핑이라도 할까? 가끔은 우리도 머리 식혀야지."

"거꾸로 된 거 아냐? 이런 얘길 했으면 열심히 공부하자고 심기일전해야지."

"에이, 어쩌다 나가는 건데 뭐. 데이트야, 데이트."

"리코도 참."

유키노는 해맑게 웃었다. 날이 맑으면 좋겠다. 멍하니 생각하며 리코는 커튼을 젖혔다.

유키노가 그린 그림만큼은 아니지만, 겨울 하늘에 별 몇 개가 반짝이고 있었다.

다음 날 유키노는 점심 전에 왔다. 리코가 준 분홍색 원피스를 입고 더플코트를 코디한 다음 붉은색 긴 목도리를 감았다. 여느 때보다 등이 꼿꼿하다는 것을 본인은 분명 의식 못 하고 있다.

리코는 유키노를 일단 집으로 들여 화장을 해주었다. 나란히 한껏 멋을 부리고 거리를 걸으면 학교에서의 두 사람 모습을 상상할 수 있는 이는 없으리라.

리코도 분홍색 원피스를 차려입고 그 위에 더플코트를 걸쳤다. 페어룩 같아 쑥스럽긴 해도 기쁜 마음이 훨씬 크다. 잠시 망설인 뒤 붉은색 목도리까지 목에 둘렀다.

서로 바짝 붙어 여러 곳에 들렀다. 무언가를 살 마음은 없어도 예뻐 보이는 옷은 죄다 입어보았다. 유키노에게 어울릴 만한 옷은 보이는 족족 입혔다.

해외 브랜드숍에서 유키노가 옷 입고 나오기를 기다리는데 점원 언니가 "예쁘다" 하고 말을 건넸다.

"자매? 페어룩이 잘 어울리네. 목도리도."

검은색 바지 정장을 입은 유키노가 "이상하지 않아?" 하며 쑥스러운 듯 피팅룸 문을 열었다. 처음으로 성숙한 모습의 유키노를 본 리코의 입가에 미소가 번진다. 그렇지만 점원의 반응은 정반대였다.

"응, 이상해. 그런 건 전혀 안 예쁘잖아. 어차피 몇 년 있으면 싫어도 입어야 할 텐데. 지금은 최대한 귀엽게 입어야지."

유키노와 마주 보다가 동시에 크게 웃었다. 기분 좋게 쇼핑몰에서 뛰어나오니 하늘은 이미 석양에 물들어 있었다. 거리를 수놓는 갖가지 네온사인과 어슴푸레한 하늘의 대비가 아름답다.

"저거 타보고 싶어."

이날 처음으로 유키노가 먼저 하고 싶은 것을 말했다. 손으로 가리킨 곳에는 코스모월드의 대관람차가 보인다.

"응, 가자!"

리코는 유키노의 손을 잡고 대관람차까지 달려갔다. 다행히 그리 붐비지 않아 오 분쯤 뒤에 둘은 손을 맞잡은 채 곤돌라에 올랐다.

"처음 타봐. 어렸을 땐 많이 봤는데."

유키노는 종종 놀라운 말을 아무렇지 않게 한다.

"유키노, 요코하마에서 태어났다며? 그게 말이 돼?"

"응, 여기서 나고 자랐어. 〈요코하마 시의 노래〉도 부를 수 있는걸. 우리나라는 섬나라, 아침 해가 빛나는 바다에……."

시민이라는 증거라도 되는 양 노래하면서도 유키노는 그다지 즐거워 보이지 않았다. 눈 아래 요코하마 시가지가 펼쳐진다. 휘황찬란한 미나토미라이의 네온사인, 법원 등이 늘어선 관청 지구, 노게에 있는 동물원, 이세자키초와 아케보노초의 환락가, 유키노가 사는 다카라초까지. 예전에 바다였을 땅 위에는 많은 불빛과 그림자가 혼재되어 있다.

유키노는 멍하니 한 방향을 바라보고 있다. 리코는 그곳이 어디인지는 묻지 않아도 알 수 있었다. 전에 살았다던 야마테의 언덕이다. 맞잡은 유키노의 손바닥에 땀이 밴다.

"배고프다."

그 손을 꼭 쥐며 리코가 말했다. 유키노는 제정신이 든 것처럼 뺨이 발그레 물들었다.

"응. 뭐 좀 먹고 돌아갈까?"

곤돌라에서 내릴 때는 손을 놓았지만 둘은 서로 바싹 붙어 걸었다. 정처 없이 사쿠라기초의 고가 밑을 지나 노게 쪽으로 걸어간다. 눈에 익은 글씨가 눈에 들어왔다.

"어? 여긴……."

오래된 간판에 눈을 고정한 채 리코는 무심코 말했다. '사키 고서점'은 유키노가 생일 선물로 스누피 책을 사다준 헌책방이다.

리코는 유키노의 얼굴을 올려다보았다. 유키노는 의아해하는 눈빛으로 가게 앞을 바라보다 "신?" 하고 중얼거렸다.

가게 안에서 또래로 보이는 남자아이가 나오고 있었다. 어깨 품이 지나치게 넓은 피코트를 입었는데 반대로 청바지는 기장이 짧다. 투박한 검은 테 안경을 쓰고 앞머리를 거추장스럽게 늘어뜨렸다. 학교에서는 본 적 없는 남자아이다.

"아는 애야?"

"응? 아, 아니야. 아는 애랑 좀 닮아서."

"흠, 그렇구나. 그보다 여기 사키 고서점 말인데……."

화제를 바꾸면서도 리코는 남자아이가 신경 쓰였다. 언젠가 유키노가 해준 어린 시절 이야기에는 남자아이가 두 명 등장한다. 그중 한 사람 이름이 분명 '신이치'였다. 그런데…….

도망치듯 멀어져가는 등을 바라보며 리코는 무의식적으로 고개를 흔들었다. 이야기 속 두 남자아이는 정의감이 강하고 행실이 바르며 외모도 좋은 것 같았다. 자신감 없게 눈을 이리저리 굴리는 여드름투성이 남자아이와는 너무도 동떨어져 있다.

유키노 또한 신경 쓰는 기색 없이 이내 밝은 미소를 되찾았다.

"맞아. 스누피 여기서 샀어."

"잠깐 들어가볼래?"

"응, 그러자."

또다시 서로 손을 잡고 사키 고서점 안으로 들어갔다. 밝은 손발이 시릴 만큼 추운데도 유키노의 손바닥에는 여전히 땀이 약간 배어 있었다.

가게 안은 난방이 전혀 되어 있지 않아 바깥보다도 공기가 차가웠다. 건조한 공기는 헌책 특유의 곰팡내로 가득했다. 라디오나 TV 소리도 들리지 않는다. 형광등이 지지직대는 소리만 귀에 들어왔다.

한동안은 유키노와 마찬가지로 책을 둘러봤다. 무심코 책등이 누렇게 변색한 《제인 에어》를 집어 들었다. 리코가 지금껏 본 적 없는 출판사에서 나온 것으로, 판권을 보니 '1967년'이라고 쓰여 있다.

오랜 세월만큼 상태가 나빠서 망설였지만 오늘을 기념하고자 사기로 마음먹고는 계산대로 향했다. 이변을 눈치챈 것은 그때였다. 왜 지금까지 몰랐을까. 점원이 어디에도 보이지 않는다. 난잡하게 책을 쌓아둔 가게 안에는 리코와 유키노 둘뿐이다.

리코는 의미 없이 책을 다른 한 손으로 바꿔 들면서 열쇠가 꽂힌 금전등록기를 보았다. 퍼져 있던 시야가 한 점으로 집중된다. 이곳에 자신밖에 없는 듯한 기묘한 감각에 사로잡힌다.

사쓰키와의 약속이 가슴을 스쳤다. 새 학기 시작까지 앞으로 사흘. 사실대로 말하며 이젠 한계라고 사과할 셈이었지만, 아직 할 수 있는 일이 남은 걸까. 리코는 문득 생각했다.

세뱃돈 액수가 올해 처음으로 10만 엔을 넘었다. 그리고 눈앞에는 갈색으로 변색한 금전등록기. 아무리 지우려 해도 실망하는 사쓰키의 얼굴을 떨쳐낼 수 없다.

열어보기라도 해. 머릿속에서 누군가가 속삭인다. 딱히 훔치는 건 아니잖아. 잠깐 열어볼 뿐이야.

리코는 계산대 안으로 발을 들였다. 입안에 도는 시큼한 침을 애써 삼킨다. 꽂힌 채로 둔 열쇠를 돌려보았다. 차가운 소리를 울리며 서랍이 간단히 열렸다. 눈이 금전등록기 안으로 빨려든다.

멍하니 현금을 집어 든다. 지폐만 8천 엔에 잔돈이 얼마 더해졌다. 물론 백은 살 수 없지만 신기하게도 낙담하지는 않았다. 다만 그제야 제정신이 들었다. 도대체 내가 뭘 하는 걸까. 그러고는 지폐를 금전등록기에 다시 넣으려는, 그때였다.

"역시 너였구나. 다카라초에 산다고 할 때부터 예감이 안 좋더니. 줄곧 수상하다 했어."

느닷없이 등 뒤에서 누군가가 오른손을 붙잡았다. 핏줄이 툭툭 불거진 손. 꿈속에 있는 듯한 부유감과 무척이나 윤곽이 또렷한 현실감이 한데 뒤섞인다.

"고개 돌려봐! 오늘은 용서 안 해. 네가 지금껏 한 짓 다 알아. 경찰 부를 거니까 여기 그대로 있어!"

여자의 단호한 목소리가 멎음과 동시에 손도 함께 떠나갔다. 리코는 영문을 알 수 없었다. 역시? 줄곧? 다카라초? 오늘은? 한 짓? 무엇 하나 이해되지 않는다.

나와 누군가를 혼동하는 건가? 그렇다면 어서 오해를 풀어야 해. 애당초 훔칠 생각조차 없었어. 돈을 금전등록기에 되돌려놓으려던 참이었어. 그래, 어서 그 사실을 알려야 해……

리코는 숨을 크게 들이마시고는 용기 내어 뒤돌아보려 했다. 그런데 그 직전에 여자는 이런 말을 중얼거렸다.

"하, 세상이 어떻게 되려고. 도대체 애 교육을 어떻게 한 거야. 지금까지 훔쳐 간 거 부모한테 다 받아낼 테다."

걸걸한 목소리를 듣는 순간 온몸의 세포가 소리를 내듯 튀어 올랐다. 어머니의 얼굴이 뇌리를 스친다. 어릴 적부터 늘 내 편이 되어 주던 어머니의 얼굴.

안 돼, 엄마만은 알게 하고 싶지 않아. 리코는 망연자실하여 천장을 올려다본다. 오늘뿐만이 아니다. 중학교 2학년이 되고 나서 일어난 모든 일을 알게 하고 싶지 않다. 사쓰키 무리에게 실컷 이용당하고, 유키노를 실컷 이용해온 자신의 비열함을 알게 하고 싶지 않다. 비열한 내 본성을 알게 하고 싶지 않다.

안 돼, 안 돼, 안 돼, 안 돼, 안 돼, "안 돼, 안 돼, 안 돼, 안 돼……." 어느 순간부터 목소리를 내고 있음을 알아채고 제 손을 꽉 깨문다.

숨을 죽이고 천천히 고개를 돌렸다. 노파의 구부정한 등이 시야에 들어왔다. 해야 해. 그런 생각이 든 순간, 리코는 소리 없는 비명을 지르며 노파를 냅다 밀쳤다.

노파는 쌓아 올린 책더미에 머리부터 처박혔다. 굉음과 함께 다량의 먼지를 날리며 수많은 책이 바닥으로 무너져 내린다.

책이 몸에 부딪힐 때마다 노파는 신음을 냈다. 바닥에 엎드린 그녀의 몸이 일정한 리듬으로 경련했다.

홀로 있었을 흑백 세상에 서서히 빛깔이 돌아온다. 리코는 털썩 주저앉는다. 울컥 올라오는 위액을 겨우 삼켰다. 순간적으로 흔적을 남겨서는 안 된다는 생각이 들었다.

왼손에 든《제인 에어》를 가방에 쑤셔 넣었다. 증거인멸. 이 판국에 그런 생각을 하는 자기 자신이 무서워져서 몸이 떨렸다.

인기척에 고개를 들자 어째서인지 유키노가 서 있다. 그랬다, 이 아이도 함께 있었다. 이제 틀렸어. 끝장이야. 도망칠 수도 없어.

그런 심정을 헤아렸다는 듯 유키노는 힘주어 고개를 끄덕였다.

"도망치자, 리코. 어머니가 슬퍼하실 거야. 너한텐 슬퍼할 사람이 있잖아."

리코는 더더욱 꼼짝할 수 없다. 도망가야 해……. 유키노가 그렇게 말해준 거라면 지금 당장 도망가야 한다. 강박감과 도망칠 수 없다는 체념이 번갈아 가슴속에 밀려든다. 결국 리코는 움직일 수 없었다. 어느 날 밤과 똑같다. 달아날 기운이 남아 있지 않다.

그 자리에 앉은 채 리코는 소리를 지르며 머리를 감싼다. 사쓰키의 눈이 되살아난다. 어머니가 슬퍼하는 얼굴이 떠오른다. 그리고 언젠가 어둠 속에서 듣던, 악마와도 같은 속삭임이 리코의 가슴을 스쳤다.

리코는 입을 반쯤 벌린 채 멍하니 고개를 들었다. 어째서인지 실실 웃음이 난다. 자신과 비슷한 옷차림을 한 사람이 시야에 들어오자 "저기, 유키노" 하는 목소리가 자연스레 나온다. 넋 나간 표정을 짓는 친구에게 리코는 강한 어조로 딱 잘라 말했다.

"너 소년법이라고 아니?"

웃음을 꾹 참았다. 이 얼굴만큼은 절대로 보여서는 안 되기에 리코는 또다시 고개를 떨군 채 더욱 빨리 말을 쏟아냈다.

"넌 3월생이지? 아직 열세 살이잖아? 그러니까 괜찮아. 절대로 잡히지 않아. 다 용서해줄 거야."

비굴한 웃음은 그칠 줄 모르고, 급기야는 목소리로 나오고 말았다. 자신이 정상이 아님을 이해할 수 있었다. 그래, 이상한 건 나야. 지금이라면 아직 되돌릴 수 있어. 그러니 어서 사과하자. 노파에게, 사쓰키에게, 어머니에게, 유키노에게.

머릿속으로 되뇌었지만 마음과 몸은 완전히 괴리되어 있다. 정신을 차리고 보니 리코는 바닥에 이마를 조아리고 있었다.

"부탁이야, 유키노. 의지할 사람이 너밖에 없어. 나한텐 네가 필요해. 그러니까 제발 도와줘."

긴장과 적막이 가게 안에 감돈다. 몇 초로도 몇 분으로도 느껴지는 침묵이 흐른 뒤 넙죽 엎드린 리코의 어깨에 유키노의 희고 섬세한 손이 얹어졌다.

"응, 그래. 리코에겐 슬퍼해줄 사람이 있잖아. 지금껏 네 도움을 많이 받았으니까. 날 필요로 해주었으니까."

유키노는 손을 천천히 떼고는 발길을 돌렸다. 유키노가 몸을 돌린 방향에는 반쯤 열린 장지문이 보인다. 한층 높은 문 안쪽으로도 책이 산처럼 쌓여 있고, 그 사이에 검은 전화기가 놓여 있다.

"알았어, 리코. 어서 도망가."

"그렇지만……."

"어서 가. 난 구급차를 부를게. 이 할머니가 걱정돼. 넌 도망가."

리코는 재촉에 못 이겨 몸을 일으켰다. 하반신에 힘이 풀렸던 일이 거짓말인 것처럼, 힘차게 밖으로 걸어 나간다.

마지막으로 뒤돌아보니 이미 계산대에 유키노는 없었다. 어디선가 "오기하라 중학교 2학년 C반……" 하고 자신감 없는 목소리가 들려온다.

가게를 나선 순간 냉기로 몸이 경직되었다. 어찌 된 일인지 아까 나간 남자아이가 달려가는 모습이 눈에 들어왔다. 유키노가 '신'이라고 부르던 남자아이다. 무언가에서 달아나듯 정신없이 내달리고 있었다.

그 뒷모습을 리코는 멍하니 바라보았다. 그가 인파 속으로 사라지자 비로소 리코는 목격당했을지도 모른다는 공포감에 휩싸였다.

개학하기까지 며칠 동안 리코는 내내 떨었다. 수없이 연락해봤지만 유키노는커녕 할머니도 전화를 받지 않았다.

다카라초에도 몇 번 들러보았으나 '미치코'는 늘 불이 꺼져 있었다. 그리고 새 학기가 시작되자마자 리코는 자신이 범한 최대의 실수가 무엇인지 깨달았다.

유키노에 관한 소문이 이미 파다했다. 소름 끼치게도 학생들은 대부분 "설마 걔가"라는 반응이 아니라 "뭐 걔라면" 하는 표정을 짓고 있었다. 제대로 알지도 못하면서, 아무것도 모르면서.

불량기 있는 남자아이들도 이런 대화를 나눴다.

"C반 다나카 유키노, 교도소 갔대."

"말이 돼? 소년원이 아니고?"

"아니야. 아동자립 어쩌고 하던데. 옛날의 교호원 비행청소년을 수용 및 감독하던 시설 말이야."

"경험자라 그런지 빠삭하구나."

"웃기지 마. 딱히 경험한 건 아니야. 뭐, 어쨌든 개가 여기로 돌아오는 일은 없겠지."

"하긴 중딩이 강도살인이라니. 웃을 일이 아니지."

"뭐? 죽였어?"

"아닌가?"

"상해겠지. 강도상해일걸. 어느 쪽이든 웃을 일은 아니지만."

"그나저나 개가 그런 애였나?"

"몰라. 돈이 급했던 거 아닐까?"

"왜?"

"그거잖아. 다카라초."

"아, 그래? 그럼 역시 강도인가?"

"장난 아니지?"

"그러게. 장난 아니네."

소문이 소문을 부르면서 이미 무엇이 진실인지 알 수 없게 되었다. 저마다 제멋대로 떠들어대는 말에 제동이 걸리지 않았다. 현실이 덧칠되는 현장을 날마다 목격하는 것 같아 리코는 아예 눈을 가리고 싶은 지경이었다.

다만 그 안에는 명백한 사실 또한 존재했다. 리코가 소년법을 오해한 것도 그중 하나다. 리코는 열세 살 이하는 어떠한 범죄를 저질러도 용서받는다고 생각했다. 교도소든 소년원이든 아동자립지원시설이든 교호원이든 유키노와는 상관없다고 믿었다. 새 학기가 시작되면 유키노는 아무에게도 알려지지 않은 채 학교로 돌아와 평범하게 생활할 수 있으리라 믿어 의심치 않았다.

아무리 집으로 전화해도 받지 않았으며, 며칠이 지나고 몇 주가 흘러도 유키노는 학교에 나오지 않았다. 소문은 오래전에 사그라지고 화제는 입시나 연애 이야기로 바뀌었다.

유키노에게 마음을 쓰던 이는 리코 외에 한 사람뿐이다. 2학년 종업식을 목전에 둔 어느 날, 책상에 엎드려 있던 리코 위로 그림자가 드리워졌다.

"너 제법이구나."

천천히 고개를 드니 사쓰키가 팔짱을 끼고 서 있었다. 내려다보는 눈, 악의적으로 웃는 얼굴. 온몸의 세포가 순식간에 터졌다.

리코는 말없이 일어서서 사쓰키의 뺨을 힘껏 갈겼다. 교실은 일순간 잠잠해지고 마른 소리만 메아리쳤다.

사쓰키는 벌게진 얼굴에서 웃음을 거두지 않았다. 그러고는 주저 없이 리코의 뺨을 쳤다.

"까불지 마, 리코. 나한텐 그 사진이 있으니까."

일순간 허를 찔린 리코는 깊게 한숨을 내쉬었다. 뜨끔해서가 아니라 아무렇지도 않아서다. 이미 저지른 잘못 앞에서 사진 따위야 어찌 되든 상관없었다.

자세히 보니 사쓰키는 게이코와 요시에 말고 또 다른 여자아이 하나를 곁에 두고 있었다. 이야기해본 적 없는 옆 반의 그 아이는 불안해하며 사태의 흐름을 지켜보고 있다. 자신을 대신하고 있다는 생각이 드니 웃음이 났다.

"알 게 뭐야. 뿌리고 싶으면 뿌려. 그러니까 앞으로 '우리' 일에 상관하지 마. 내버려두라고."

미간을 찌푸린 사쓰키를 보고 있으니 그날 일이 떠올랐다. 귓속에 노파의 외침이 되살아난다. "네가 지금껏 한 짓 다 알아"라는 말을 떠올릴 때마다 온몸에 소름이 돋는 느낌에 휩싸인다. 유키노가 그랬을 리 없다. 리코는 그 가게에 처음 들렀다. 그럼 도대체 누가?

모든 것이 두려웠다. 유키노는 지금 어디에 있고, 무엇을 하고 있나. 정말 입을 다물고 있어줄까. 그녀의 미래는 어떻게 될까. 뛰어간 남자아이는 무엇을 봤을까. 그날 나는 얼마큼의 각오로 그런 잔혹한 말을 내뱉었나.

생각해도 답이 나오지 않는 의문만 떠오른다. 한때 친구라고 믿었던 여자를 노려보며, 리코는 공포로 몸을 떨기 시작했다.

***

사건에서 넉 달쯤 지난 중학교 3학년 초봄, 자신이 짊어진 십자가를 인식하게 됐다. 평소처럼 찾아간 다카라초의 '미치코'가 텅 비어 있었다.

"야반도주했대. 지금 무서운 형씨들이 눈에 불을 켜고 찾고 있어. 학생도 이런 덴 오지 않는 게 좋아."

길가에 있던 남자가 한 말을 듣고 리코는 사건 이후 처음으로 울었다. 울고 또 울고 오열하며 용서를 빌었다. 등으로 무게를 느꼈지만, 그 아이에게서 벗어날 수 있지 않을까 하는 기대감 또한 느꼈다.

리코는 인생을 새로 시작할 기회라고 판단했다. 야마모토 사쓰키 무리와 결별한 직후 처절한 집단괴롭힘이 시작됐으나 자업자득이라 받아들이고 공부에 매진했다.

덕분에 제1지망이던 학군 밖 현립 고등학교에 진학했고, 국립대학교 영어학부에도 단번에 합격했다. 대학원생 시절까지 육 년 동안 쫓기듯이 공부를 계속했다.

졸업 후에는 일본어 학교의 강사라도 되자고 생각하고 있었는데, 세미나 교수의 강력한 추천을 받아 도쿄의 신설 사립대학에서 비상근 강사 자리를 얻었다. 누가 보아도 화려한 경력임이 틀림없다. 리코가 단계를 밟아갈 때마다 어머니는 눈물을 글썽이며 기뻐했다.

그러나 리코의 마음이 채워진 적은 한 번도 없었다. 본래 꿈이 번역가임을 알게 된 교수가 출판사 몇 군데를 소개해주었다. 그중 한 곳에서 사립대학으로 간다는 정보를 접하고 연락을 주었으나 리코는 개운치 않은 기분만 더해갔다.

무엇을 해도, 무엇을 실현하려 하더라도 그녀의 그림자에 전율했다. 아무리 용서를 빌어봐도 닿지 않으니 더 침울해졌다. 그날 밤의 찬 공기는 한 번도 잊은 적 없다. 등에서 느껴지는 무게감도 해마다 늘어가기만 했다.

그래서 유키노가 저질렀다는 방화 사건 때문에 얼굴도 모르는 TV 기자가 "중학교 시절 친구로서 한 말씀"이라고 의뢰했을 때 망설임 없이 승낙했다. 승낙하여 어떻게든 유키노를 지키고자 애썼다.

인터뷰가 시작되자마자, 리코는 기자가 '불량서클에 있던 소녀 이야기'를 원한다는 것을 알았다.

물론 그 점을 인정할 수 없기에 유키노를 있는 그대로 설명했다. 더는 인생에 무거운 짐을 지울 수 없었다. 모든 것을 안다는 듯한 기자의 이상야릇한 웃음을 있는 힘껏 물리쳤다.

"그런 잔혹한 사건을 일으킬 사람이 아닙니다. 정말 마음씨 착하고 친구를 아끼는 아이였어요."

그 말 앞뒤의 언급은 보기 좋게 편집되었다. 뉴스에서 모자이크 처리된 자신을 보았을 때, 헬륨가스를 마신 듯 우스꽝스러운 목소리를 들었을 때 리코는 소리 내어 웃고 말았다.

이상하게도 수긍이 가는 기분이었다. 결국 나는 곧잘 접하게 되는 범죄자상을 덧그린 데 지나지 않는다. 이런 알맹이 없는 대사, 놀랄 것 없는 증언을 뉴스에서 얼마나 많이 보고 들었던가.

등에 진 십자가는 더 무거워졌다. 거부하려 해도 더는 힘이 남아 있지 않다. 무력한 자신을 저주하고 싶었다.

TV를 끄고 컴퓨터를 마주했다. 책상 위에 번역중인 그림책이 놓여 있다. 여행지에서 발견한 〈Funny Eleanor〉라는 오래된 동화를 바라보다가 '아니, 이건 아니야' 하고 리코는 고개를 흔들었다. 저주 해야 할 것은 무력함이 아니다. 오늘이 되도록 그날의 진상을 밝히 지 못한 자신의 비굴함을 저주해야 한다.

누군가가 있기를 바랄 수밖에 없었다. 지금의 그녀를 지탱해줄 사 람, 유키노를 필요로 하는 사람이 어딘가에 있기를 간절히 바랐다.

문득 언젠가 그녀에게서 들은 두 명의 히어로가 생각났다.

하지만 그 까마득한 기억은 헌책방 앞에서 달려가던 소년의 그림 자에 맥없이 삼켜져버렸다.

イノセント・ディズ

4장

"죄 없는 과거 교제 상대를……."

다나카 유키노의 모습이 법정 안에 녹아들었다. 핫타 사토시는 반가움을 주체할 수 없었다. 몇 년 만에 보는 뒷모습은 예전과 조금도 다르지 않았다.

언론에서 한창 보도되던 '성형 신데렐라'라는 말이 머릿속에서 싹 사라졌다. 병적으로 흰 피부도, 늘씬하게 큰 키도 그 시절과 똑같다. 눈을 내리깔고 있으면 여전히 가련한 소녀처럼 보인다.

겨우 방청을 하게 된 1심 나흘째. 법정 안으로 칸막이가 들어오더니 재판장이 마지막 증인을 불렀다.

검찰 측 증인으로 증언대에 선 이는 가네시로 요시미. 십대 때 유키노와 아동자립지원시설에서 일정 기간 함께 지냈다는 여자다. 음성변조기를 사용한 것처럼 맥 빠진 목소리가 엄숙한 분위기의 법정

156

에 울린다.

"저어, 제가 두 사람을 잘 아는 건 아니지만, 게이 짱이 어쩐지 불쌍해서……."

검찰 측 심문에는 어떻게든 응했지만, 변호인 측 질문에는 확연하게 목소리가 불안정해진다.

"아, 죄송합니다. 정리를 좀 해보죠. '게이 짱'은 피해자의 유족인 이노우에 게이스케 씨를 말씀하시는 거죠? 그리고 증인은 피고인과 이노우에 씨의 관계에 대해선 잘 모르시고요?"

"뭐, 두 사람 모두 잘 알고 둘 다 좋아하는데요. 요즘엔 별로 안 만나서……."

"만나지 않은 기간은 어느 정도입니까?"

"그게 그러니까 일 년인가 이 년인가."

"중요한 사항입니다. 어느 쪽입니까?"

"그게…… 삼 년쯤 되나……."

결코 의욕 있어 보이지는 않는 변호인이 어이없다는 듯 숨을 푹 내쉰다. 증인이 무언가 발언할 때마다 여기저기서 실소하는 소리가 들린다. 누구 한 사람 강한 의지를 가진 이는 보이지 않았다. 판사도, 검찰도, 변호인도, 방청인도, 그리고 피고인인 유키노도.

"그렇지만 이노우에 씨는 빚도 열심히 갚았는데 불쌍해요. 가족이 살해당해야 할 만큼 나쁜 사람이 아니에요."

증인이 말을 하면 할수록 분위기가 차가워진다. 결국 특별한 증언을 남기지 못한 채 퇴정을 명령받았다.

당연하다는 마음이 사토시의 가슴에 퍼졌다. 자신의 존재를 인정받은 듯한 기분이었다. 저런 여자는 유키노에 대해 이야기할 수 없다. 게이스케도 잘 모른다. 두 사람이 사귀고 헤어진 경위를 밝힐 수 있는 이는 자신뿐이다.

술렁이기 시작한 방청석에 눈길도 주지 않은 채 재판장은 안경을 벗었다. 그러고는 내일 오후 3시 30분에 판결을 선고하겠다고 무표정하게 알린 다음 폐정을 선언했다.

처음 본 재판은 어설픈 코미디 같았다. 그런 생각이 강하게 들었다. 증인의 경박한 말투 때문이 아니다. 명백히 재판 자체에 흥미가 없어 보이는, 유키노의 싸늘한 얼굴 때문이었다.

방청석에 앉은 채 사토시는 눈을 감았다. 유키노의 미소가 뇌리를 스쳤다. 언제 본 모습일까. 어두컴컴한 방에서 유키노는 사토시를 향해 쓸쓸히 웃었다.

그날도 웃었을까. 그녀와의 첫 만남은 사 년 전 여름이었다.

* * *

"사토시, 이쪽은 내 여자친구 다나카 유키노. 지난달부터 사귀어. 잘 부탁해."

부름에 응해 찾아간 시부야의 카페는 담배 연기로 자욱했다. 연일 계속되던 호우가 끝난 7월의 끝자락, 초등학교 시절부터 친구인 이노우에 게이스케가 다나카 유키노를 소개했다.

"아, 핫타입니다. 잘 부탁해요. 나이가……?"

"스물? 우리보다 세 살 아래야." 여자에게 질문했는데도 어째서인지 게이스케가 대답한다.

"그렇구나. 잘 부탁해요."

재차 무뚝뚝하게 반응한 뒤 핫타 사토시도 담배에 불을 붙였다. 스무 살을 넘으면 반드시 끊겠다고 마음먹었건만 벌써 삼 년이나 지나고 말았다. 끊을 수 있겠다는 기미조차 없다.

연기를 내뿜으며 유키노를 힐끗 보았다. 핏줄이 비쳐 보이는 하얀 피부에 앞머리를 일자로 자른 긴 머리, 고양이처럼 옆으로 긴 눈. 오래된 일본 인형을 연상시켰다. 화려한 것을 좋아하는 게이스케의 취향으로 보이지는 않는다.

"다, 다나카 유키노예요."

겉모습에서 상상되는 것과 달리 목소리는 꽤 나직하다. 유키노는 눈도 마주치지 않고 인사를 했다. 자신감 없이 등을 구부리고, 입술을 파르르 떨고 있다.

거의 게이스케 혼자 떠들고 있었다. 그래서 도중에 휴대전화를 받으러 게이스케가 말없이 자리에서 일어서자 돌연 두 사람 사이에 긴장감이 돌았다.

"이제야 좀 지나간 것 같네요."

기다려도 말을 걸어줄 낌새가 보이지 않아 할 수 없이 사토시가 입을 열었다.

"네?"

"장마요. 오늘 아침 일기예보에서 그러더라고요."

"아, 아아, 그, 그래요?"

유키노는 그 이상 대답하려 하지 않았다. 가게 안에 흐르는 컨트리풍 음악이 들린다.

"어, 유키노 씨라고 했죠? 어디 출신이에요?"

주문한 아이스커피를 입에 대며 사토시가 말을 이었다.

"구, 군마 쪽요."

"쪽이라뇨?" 자기도 모르게 웃음이 터졌다.

"군마예요."

"그렇구나. 도쿄에는 언제?"

"언제라기보단 어릴 적부터 여러 곳을 전전해서……."

"그렇구나. 흐음."

유키노는 더 고개를 숙였다. 방금 만났는데 이렇게까지 거부당해야 하나. 자기 혼자 마음을 쓰는 것이 어처구니없어서 사토시는 창밖으로 눈을 돌렸다.

애를 태우듯 시간이 지지부진하게 흘렀다. "어때, 좀 어둡지?" 하고 웃으며 돌아온 게이스케가 일순간 구원자처럼 느껴졌다. 그런 마음은 유키노 쪽이 더 강했는지 주인과 재회한 강아지처럼 안도한 표정을 짓는다.

"나도 시간 엄청 걸렸어. 애가 워낙 소심해서 말이야. 본인은 마음 써주는 거겠지만 그게 상대를 더 피곤하게 한다니까."

사토시는 재차 유키노를 바라보았다. 한마디로 말하면 과거가 느껴지지 않는 여자였다. 여고를 나왔을 것 같다거나, 형제가 있어 보인다거나 하는 낌새가 없다.

"요즘은 어떻게 지내? 그건 그렇고 일자리는 정했어?"

게이스케는 낮부터 맥주를 들이켜며 화제를 바꾼다. 한 달 만의 만남이다. 사토시가 삼수 끝에 요코하마 시내의 국립대학에 합격하고, 게이스케가 간호 전문학교를 졸업하고 프리터가 된 뒤로는 매일같이 어울린 적도 있었다. 고작 한 달이 지났을 뿐인데 무척 긴 기간처럼 느껴진다.

"응, 결정했어." 사토시는 살짝 고개를 끄덕였다.

"진짜? 어디?"

"야마가타 물산. 상사야."

"오오, 대박. 뭐 하는 데인지는 몰라도 엘리트 느낌 팍팍 나는데?"

"그래? 아니, 일자리 결정됐다고 전에도 말했잖아. 너 그때도 똑같이 말했어. 엘리트 같다고."

게이스케가 즐겁다는 듯 빙긋 웃었다. 둘은 초등학생 시절부터 함께였다. 중학교 시절 추억은 거의 공유하고 있을 것이다. 사토시의 휴대전화 주소록 등록 건수가 적다는 점을 생각해보면 유일한 친구라고 부를 수 있으리라.

그렇지만 사토시 쪽에서 먼저 전화한 적은 거의 없었다. 만나자고 하는 사람은 늘 게이스케라서 그가 불러내지 않으면 만날 기회는 극단적으로 줄어든다.

게이스케의 연락이 끊기는 이유는 정해져 있다. 새 여자친구가 생겼을 때다. 그 기간도 거의 변함없이, 몇 주에서 길어야 몇 달이다. 요즘 연락이 좀 뜸하다 싶을 무렵이면 으레 전화가 와서는 "사토시, 요즘 나한테 차가운데? 놀자" 하고 코맹맹이 소리를 낸다.

그렇게 불려 나가보면 대개 새 여자친구가 함께 있다. 그리고 대부분의 경우 게이스케는 그 여자에게 싫증이 나 있다. 권태감을 타파하려고 불러낸 것인지, 단순히 단둘이 있기 싫어서 불러낸 것인지는 알 수 없다. 다만 보나마나 여자친구에게 사토시는 훼방꾼일 뿐일 테니 한 번도 환영은 받지 못했다.

그리고 몇 번 함께 어울려 이제야 조금 친해졌다 싶을 때 게이스케는 여자친구에게 이별을 통보한다. 익숙해지긴 했지만 "이젠 좋아하지 않는데 어떡해" 하며 웃어넘기는 그의 인간성을 의심한 적도 많다.

분명 이 여자에게도 그렇게 하리라. 아니나 다를까 게이스케는 사토시에게만 말을 건넸다. 하지만 유키노의 태도는 지금까지의 여자들과는 조금 달랐다. 대화에 끼지도 않고 재미없어하지도 않는다. 따분한 듯 휴대전화를 보거나 머리칼을 만지작거리지도 않는다. 그러라고 명령받은 것처럼 고개를 푹 숙인 채 앉아만 있다.

오랜만에 옛이야기로 꽃을 피웠다. 게이스케는 전문학교 졸업과 동시에 고향인 가미오오카 지역을 떠나 무사시코스기의 오래된 연립주택을 빌렸다. 자격을 취득해 가와사키 시내의 노인복지시설에 취직한 것까지는 좋았으나 반년도 지나지 않아 그만두고 말았다.

"간병 일은 돈이 안 돼. 미래도 없고 말이지. 달리 나한테 맞는 게 있을 거야."

그렇게 프리터 생활에 돌입했지만 모델 스카우트도, 정수기 판매도, 호스트 비슷한 일도 그리 오래 하지 못했다.

그 대신 파친코에 열을 올렸다. 폐점 직전까지 데이터를 모으고 아침 일찍 줄을 선다며, 무척 노력하는 것처럼 진지하게 말하지만 별로 결과가 따라주지 않는다. 집세가 밀릴 뻔한 적도 한두 번이 아니어서 번번이 사토시가 대신 내주었다. 그 액수가 50만 엔이 넘을 것이다.

둘이서 추억담을 나눌 때도 유키노는 끼지 않았다. 장마가 지난 이후라 햇볕이 따가운 날인데도 따뜻한 코코아를 주문하여 김이 올라오는 컵에 조심스럽게 입을 갖다 댔다.

그 모습이 보기 좋았다. 순간, 사토시는 유키노의 움직임을 넋 놓고 보고 있었다.

"너희 둘 왠지 닮았어."

게이스케가 느닷없이 꺼낸 말에 사토시는 엉겁결에 "뭐?" 하고 반응했다. 게이스케는 고개를 끄덕이려다 말고 신이 난 듯 어깨를 흔들어댔다.

"얘랑 얘기하고 있으면 가끔 너하고 얘기하는 것 같은 착각이 든단 말이지."

"무슨 뜻이야?"

"글쎄. 아무튼 그럴 때가 있어. 왠지 차분해져, 같이 있으면."

낯간지러운 말을 하더니 게이스케는 자리에서 일어났다. 언제나처럼 계산서를 두고 간다. 살짝 한숨을 쉬고 손을 뻗으려는데 유키노가 잽싸게 먼저 계산서를 집었다.

"응? 아니, 됐어요. 내가 낼게."

자신도 모르게 유키노가 입은 옷에 시선이 갔다. 양판점에서 자주 보는 흰색 긴소매 니트에 카키색 슬림 팬츠. 도무지 돈에 여유가 있을 것 같지 않다.

"이러지 마세요. 제가 낼게요. 괜찮아요." 유키노는 과도하리만큼 고개를 젓는다.

"그럴 순 없는데."

"정말 괜찮아요. 부탁이에요. 제가 내게 해주세요."

지금껏 상상할 수 없던 단호한 어조에 압도되는 것 같았다. 멀리서 게이스케의 목소리가 날아왔다.

"야, 빨리 해. 영화 시작하겠어."

이때 처음으로 유키노와 눈이 마주쳤다. 유키노가 황급히 시선을 다른 곳으로 돌린다. 안타깝다. 제아무리 헌신한들 곧 버려질 텐데. 아무리 좋게 보려 해도 유키노는 게이스케의 취향이 아니다.

조금 전 '닮았다'라는 말이 귓속에서 되살아난다. 어떻게 아무렇지 않게 사람에게 상처를 줄 수 있을까.

십 년 넘게 사귄 친구의 생각을 아직도 이해할 수 없었다. 사토시는 자신의 무력함과 맞닥뜨린 기분이었다.

본인은 분명 잊었겠지만 사토시는 게이스케가 처음 자신에게 건 넨 말을 기억한다.

"너 죽으려고 그러지?"

초등학교 6학년 가을. 트럼펫 소리가 들리는 방과 후. 아무도 없을 거라 제멋대로 확신한 옥상에서 갑작스럽게 목소리가 들려왔다. 깜짝 놀라 돌아보니 같은 반이던 게이스케가 있었다.

"바보냐? 죽으면 다 끝이야. 너 그거 알아? 스스로 목숨을 버리는 게 제일 멍청한 짓이라고."

"어, 어째서……."

"아무도 널 불쌍하다고 안 할 거고 어차피 금방 잊히겠지. 죽어서 복수할 셈인가 본데 말도 안 되는 짓이야."

사토시는 아무런 대꾸도 할 수 없었다. 사실 당장 이 자리에서 죽을 수 있지 않을까 생각하던 참이었다.

게이스케는 엉덩이를 툭툭 털며 사토시에게 다가왔다. 거의 이야기해본 적 없는 반 친구의, 본 적 없는 잔뜩 성난 표정.

"죽어봤자 의미도 없고 비웃음만 살걸."

어깨에 올라간 손에서 열기가 전해진다. 솔직히 말해 멀리하고 싶은 아이였다. 늘 교실 뒤편에서 무리를 이뤄 뭐가 그리 즐거운지 친구들과 큰 소리로 웃어댄다.

사토시가 이젠 괜찮다는 식으로 고개를 끄덕이자 그제야 게이스케는 손을 뗐다.

"아무리 힘들어도 그런 모습 보이면 안 돼. 근성을 보여야지."

그때까지 보이던 열띤 시선이 안타까워하는 표정으로 급변했다. 그러고는 무언가 읽어내려는 듯 사토시의 눈을 지그시 바라본다.

"돌아가셨지? 네 아버지."

느닷없는 말에 사토시는 불의의 일격을 맞았다. 하지만 말려들지 않으려고 당당하게 나갔다.

"맞아. 우리 아버지는 멍청한 짓을 했어. 제멋대로 괴로워하다 제멋대로 죽었어. 남겨진 우릴 힘들게 했어."

게이스케는 뜻밖이라는 표정을 지었다. 사토시는 결코 시선을 피하려 하지 않았다. 아마도 근성을 보이고 싶었을 것이다.

시즈오카에서 5학년까지 살던 사토시의 성은 핫타가 아닌 고사카였다. 어디에나 있을 법한 평범한 가족의 어디에나 있을 법한 평범한 생활. 그것은 경찰에서 걸려온 전화 한 통으로 무참히 깨졌다. 가족 몰래 진 빚 때문에 괴로워하던 아버지의 자살. 그날 일은 물론 충격이었으나 죽음이라는 사실 이상으로 사토시를 괴롭힌 것은 아버지가 죽은 방식이었다.

아버지는 집단 배기가스 자살이라는 최후를 선택했다. 그것도 '다이얼 Q2'라는 전화 서비스로 알게 된 생판 모르는 여자의 호출을 받고서. 사는 곳도 나이도 성별도 다른 네 사람은 누마즈에 모인 다음 렌터카를 타고 후지산으로 향했다. 그리고 각자 유서를 고이 품은 채 임도 옆에 세운 차 안에서 죽었다.

충격적인 자살은 매스컴에게 좋은 먹잇감이 되었다. 연일 자택까지 들이닥치던 어른들의 추악한 얼굴을 사토시는 똑똑히 기억한다.

급히 경찰서로 달려가던 때부터 눈물과 호기심이 한데 섞인 장례식을 거쳐, 친구들에게 제대로 인사도 못 한 채 도망치듯 요코하마로 이주해 성을 바꿀 때까지. 너무나 숨 가쁘고 기억도 혼란스러웠지만 한 달 정도밖에 되지 않는 기간이었다.

괴로움은 새로운 환경에서도 사라지지 않았다. 새 학교에서 무조건적으로 환영받은 것은 처음 일주일 정도였다. 그 뒤로는 또다시 호기심 어린 눈초리에 노출되었다. 틀림없이 어딘가에서 정보가 새어 알려졌으리라. 멀찌감치 떨어져 관찰하는 반 친구들의 눈초리. 어떤 의미에서는 기자들의 눈빛보다 더 잔혹했다. 게이스케가 그 중심에 섰으리라 생각했다.

둘 사이에 찬바람이 스쳐 지나갔다. 지금껏 누구에게도 밝힌 적 없던 비밀을, 사토시는 모두 털어놓았다. 심지어 제일 심하게 비웃었을 거라고 의심하던 상대에게.

"말해두는데, 난 동정 따위 안 해." 이야기를 끝까지 들은 게이스케의 첫마디였다. 그러고는 천천히 일어나서 앉아 있는 사토시를 돌아본다.

"우리 아버지도 죽었어. 뉴스거리가 되진 않고 평범하게."

사토시는 놀라지 않았다. 게이스케는 아무 말도 하지 않았으나 역시 자살이었음을 바로 알 수 있었다. 아버지는 분명 비웃음을 당했다. 기자들에게, 어른들에게, 다른 이도 아닌 사토시 자신에게 비웃음을 당했다. 게이스케의 "죽어봤자 비웃음만 당할 뿐이야"라는 말에서 사토시는 설득력을 느꼈다.

게이스케도 분명 비슷한 경험을 했으리라. 다만 사토시처럼 힘든 표정을 짓지 않을 뿐이다. 그런 생각이 들었다. 사토시가 무의식적으로 말했다.

"날 사토시라고 불러줄래?"

일순간 어리둥절해하더니 게이스케는 배를 쥐고 웃었다. 그러고는 "그럼 너도 게이스케라고 불러!" 하고 큰 소리로 말한 뒤 무언가 확인하듯 고개를 끄덕였다.

"인간은 아무도 자기를 필요로 하지 않으면 죽는대. 아버지 편지에 그렇게 적혀 있더라고. 엄청나게 뻔뻔하지? 아버지가 필요하지 않을 리가 없는데 말이야."

곱씹듯이 말하더니 게이스케는 다시 진지한 얼굴이 되었다.

"내가 널 필요로 해줄게. 그러니까 너도 날 필요로 해. 내가 널, 아니 사토시를 절대 죽게 내버려두지 않을 거야."

그 말이 천천히 가슴에 번졌다. 눈물이 울컥해서 겨우 참았던 기억이 난다. 여기서 끝났으면 분명 훈훈한 미담으로 두 사람 사이에 남았을 것이다.

하지만 게이스케는 거기서 그치지 않았다. 이내 장난스러운 미소를 지으며 가방을 뒤지더니 "그런 의미에서" 하고 중얼거리며 녹색 작은 상자를 꺼냈다.

"피울래? 우정의 담배."

사토시는 숨을 꼴깍 삼켰다. "응, 피울래" 하고 답한 뒤 매캐한 연기를 꾹 참고 빨아들이던 날부터, 사토시는 게이스케와 함께 살아왔다. 중학교 때까지는 법에 저촉될 짓을 했다거나 이용당하고 있다고 느낀 적도 적지 않다. 성인이 된 후에도 관계를 이어오고 있지만, 걸핏하면 안하무인으로 행동하는 게이스케가 꽤나 버거웠다.

하지만 그날의 말은 지금도 귓가에 남아 있다. 내가 널 필요로 해줄게.

그때 친구의 눈빛에 거짓은 없었다. 입 밖에 낸 적은 없지만, 사토시 또한 게이스케를 필요로 하며 지내왔다.

유키노를 소개받은 날을 기점으로 사토시는 또다시 게이스케와 어울리게 되었다. 놀랍게도, 예년보다 더웠던 여름을 지나 방울벌레 우는소리가 멎고 초목이 마르는 겨울이 찾아올 때까지 게이스케는 유키노와 헤어지지 않았다.

유키노는 조금씩이나마 사토시에게 마음을 열게 되었다. 이전보다 잘 웃었으며 인사를 먼저 건네기도 했다. 게이스케가 사는 연립주택에 초대받을 때면 요리를 해주었고 전부 맛있었다.

그렇다고 게이스케와 관계가 순탄하지만은 않았다. 유키노의 표정은 분명 행복해 보이는데 피부 곳곳에 파란 멍이 들어 있었다. 언제부터인가 눈에 띈 멍 자국이 사토시는 자꾸 신경 쓰였다. 하지만 애써 그 이야기를 입에 담으려 하지 않았다.

몇 년 전 재혼한 어머니는 새 남편과 조용히 지내고, 여동생과는 거의 연락하지 않는 상태가 이어졌다. 대학교 4학년, 연말연시이지만 달리 갈 곳이 없는 사토시는 나카야마에 있는 연립주택에서 TV를 보며 지냈다.

새해가 밝은 지 얼마 지나지 않은 1월 3일, 본가에 귀성해 있어야 할 게이스케에게서 전화가 왔다.

"뭐하냐?"

"그냥 TV 보고 있어."

"파친코 가자."

"어, 또?"

게이스케와는 연말에도 파친코에 갔다. 그날은 게이스케가 연거푸 지는 바람에 2만 엔 정도 빌려주었다.

"뭐 괜찮은데, 돈은 있어?"

"오늘은 있어. 걱정하지 마."

"어디서 났는데?"

"세뱃돈? 아니, 네가 뭔 상관이야. 아무튼 늘 가던 가게에서 먼저 하고 있을게. 빨리 와."

일방적으로 전화가 끊어지자 사토시는 절로 한숨이 나왔다. 오늘만이 아니다. 유키노와 사귀기 시작하면서 게이스케는 주머니 형편이 눈에 띄게 좋아졌다. 사토시에게 빌려가는 액수도 극단적으로 준데다 심지어 밥을 사주기도 했다.

가와사키에 있는 파친코에서 게이스케를 쉽게 찾을 수 있었다. 사토시는 먼저 재떨이로 시선을 돌린다. 지는 횟수가 늘면 게이스케가 피우는 담배 양도 많아진다. 아직 꽁초가 하나밖에 없어서 일단 마음을 놓았다.

"왜 이제 와. 어디서 할래?"

아니나 다를까, 게이스케의 목소리가 가벼웠다. 옆자리에 앉아 사토시도 투입구에 1천 엔짜리 지폐를 흘려 넣는다.

"어때? 잘 돼?"

그리 관심은 없지만 일단 물었다. 그리고 생각난 김에 "아, 새해 복 많이 받아" 하고 덧붙였다.

게이스케는 새해 인사는 생략한 채 자랑하듯 어깨를 으쓱거렸다.

"괜찮은 거 같아. 2천 엔으로 무작정 당겨봤는데, 뭐 그건 먹혔어도 수박이랑 체리가 합산 확률이 높아서 지금은 설정 5 이상 나올 것 같아."

게이스케는 기세 좋게 레버를 당겼지만 좀처럼 터지지 않았다. 1천 엔짜리 지폐가 녹듯이 사라져간다. 담배에 불을 붙이고 비벼 끄는 페이스가 점차 빨라진다.

요란한 소리를 내는 이 기계는 오로지 돈을 삼키기 위해 존재하는 듯 했다. 오늘은 운이 안 따르나 보다. 이제 그만해야겠다고 생각했지만 게이스케는 그럴 생각이 없는 듯했다. "데이터는 좋은데 말이야, 데이터는" 하고 실속 없는 소리만 반복했다. "담배 좀 줘"로 시작된 빈대짓도 결국에는 "돈 좀 빌려줘"로 바뀌었다.

이미 2만 엔은 잃었다. 출처 불명의 돈도 다 떨어졌고, 눈에 핏발이 서는 등 크게 말아먹는 패턴으로 들어섰다. 알고 있지만 말려봐야 소용없다.

말없이 건넨 1만 엔도 순식간에 사라졌다. 1만 엔 더, 1만 엔 더.

말하는 족족 돈을 건네다 보니 마침내 사토시의 지갑도 비었다.

"사토시, 1만 엔만 더 빌려줘. 이제 끝이 보여. 꼭 갚을게. 오늘 안에 갚는다니까."

게이스케의 얼굴에 멋쩍은 기색은 보이지 않는다. 오로지 분노에 사로잡혀 있을 뿐이었다.

"나도 이제 없어."

아무래도 오늘은 너무 당했다. 사토시는 지갑을 눈앞에서 열어 보였다. 돌연 게이스케의 눈이 한곳에 고정된다. 발끈하기 전에 반드시 나타나는 징조다.

"그럼 잽싸게 ATM 갔다 와!"

게이스케는 슬롯머신 아랫부분을 발로 찼다. 소음에 싸인 가게 안이라 다행이었다. 주변에 앉은 몇몇이 이쪽을 돌아보았으나 점원에게까지는 알려지지 않았다.

"알았어. 갔다 올게."

사토시는 표정 하나 안 바꾸고 자리에서 일어났다. 신년 휴일에도 돈을 인출할 수 있는 편의점에서 차가운 캔커피와 담배도 샀다.

가게로 돌아가 1만 엔과 담배를 건넸으나, 게이스케는 기계를 노려볼 뿐 고맙다는 말 한 마디도 하지 않았다.

결국 이날은 폐점 시간까지 가게에 있었다. 놀랍게도 게이스케는 직후에 잭폿을 터뜨려 폐점할 때까지 계속 메달이 나왔다.

빌린 4만 엔을 갚고도 수중에 4만 엔 이상이 남는 대역전이었다.

그렇다면 지금껏 빌려준 돈도 조금은 갚아주면 좋으련만, 그 말을 해서 기분을 언짢게 할 수는 없다. 애당초 돌려받을 수 있을 거라 생각하지도 않았다.

"미안했어, 사토시."

돈을 아무렇게나 호주머니에 쑤셔 넣으며 게이스케가 말했다. 오랜만에 듣는 목소리다.

사토시는 "뭐가?" 하고 시치미를 뗐다. 게이스케가 멋쩍게 웃으며 "아니, 태도가 글러 먹었단 말이지. 난 이래서 탈이야. 금방 욱하질 않나" 하고 얼굴을 붉힌다.

눈꼬리에 웃음 주름이 잡힌다. 많은 친구 중 사토시에게만 보이는 표정이다. 다른 친구와 있을 때 게이스케는 늘 신경이 곤두서 있다. 고집불통에 지기 싫어하는 성격. 불량소년 시절의 버릇이 그대로라서 우쭐대다가 실패할 때가 많은데도 절대 자기 잘못은 인정하지 않는다. 쑥스럽게 사과하는 상대는 사토시뿐이다.

그럴 때의 게이스케는 무척 애교스럽다. 친구 관계가 오래 이어진 이유는 이 표정에 있지 않을까 하고 사토시는 생각한다.

"됐어. 배고프다."

"응, 뭐 좀 먹고 갈까. 내가 쏜다."

"당연하지."

찬 바람이 불어온다. 잔뜩 움츠린 채 쇠고기덮밥 가게로 향하는 도중, 게이스케가 "아, 이런" 하고 멈춰 서더니 휴대전화를 꺼낸다.

이쪽을 등진 채 누군가와 통화하기 시작했다. 추위와 공복감에 약간 짜증을 내며 기다리는데 게이스케가 전화를 끊더니 생각지도 못한 말을 꺼낸다.

"오늘 유키노가 집에 오기로 했어. 요리해놓고 기다린대."

"정말? 그럼 난 그냥 갈게."

"같이 가자. 걔한테도 그런다고 했어."

"그럼 난 집에 못 가잖아."

"자고 가면 되지."

"그 좁은 데서?"

"전골을 해놨나 보던데?"

게이스케가 도발하는 투로 잘라 말했다. 일순간 따뜻한 식사 장면이 뇌리를 스친다. 사토시가 무엇보다 가정적인 요리에 굶주렸다는 것을 게이스케는 물론 알고 있다.

"늘 너한테 신세 지는데 가끔은 나도 대접 좀 해보자."

게이스케는 그러면서 미소 지었다. 정말 기분이 좋은 모양이었다. 편의점에서 맥주와 추하이탄산수와 과즙을 섞은 증류식 소주를 바구니 가득 담아 당연하다는 듯 계산까지 했다.

자정을 넘어 연립주택에 도착하니 유키노가 마중 나와 있었다. 사토시를 보더니 "새해 복 많이 받으세요" 하며 머리를 숙였다. 당장 무릎이라도 꿇을 것만 같은 정중함에 어안이 벙벙해져서 사토시는 선뜻 맞인사를 하지도 못했다.

주방이 딸린 세 평쯤 되는 방은 된장과 김치 냄새로 가득했다. 작은 고타쓰 위에서 전골 냄비가 소리를 내며 끓고, 그 주위를 둘러싸

듯 갖가지 요리가 차려져 있다. 너무 많이 만들었다는 유키노의 요리는 하나같이 맛있었다.

그중에서도 고기감자조림이 일품이었다. 전골과 함께 나올 음식이 아니라고 생각했으나 맛은 유달리 뛰어났다.

"우아, 뭐야 이거. 엄청 맛있어."

사토시는 혼잣말처럼 되풀이한다. 칭찬받는 게 쑥스러운지 유키노는 고개를 푹 숙였다. "고기감자조림은 누가 만들어도 똑같아요" 하고 그녀답지 않게 힘주어 말하고는 매실주가 담긴 잔을 입으로 가져간다.

한밤의 술자리는 무척 즐거웠다. 사토시는 평소와 달리 말이 많았으며, 유키노 또한 입가를 가리며 곧잘 웃었다. 의외로 술이 센지 유키노는 얼굴색 하나 변하지 않았다.

그런 유키노를 이미 맥주를 세 캔 이상 비운 게이스케가 부추기기 시작했다.

"왜 이래, 유키노. 더 마셔. 사토시가 재미없어하잖아."

알코올로 얼굴이 붉어진 게이스케의 목소리가 울릴 때면 방 안에 긴장감이 감돈다. 게이스케의 나쁜 버릇이다. 기분이 좋은 건 그렇다 치더라도 그만큼 입이 거칠어진다. 그렇지 않아도 파친코에서 돈을 크게 따서 어느 때보다 기분이 한껏 올라 있다.

"나 잘 못 마셔."

유키노가 부드럽게 거부해도 게이스케의 폭언은 그치지 않는다.

"마실 수 있어. 해보지도 않고 포기하지 마."

"하지만 많이 마시면, 나 그거 있잖아."

"그게 뭔데."

"그러니까 지병이……."

"알 게 뭐야. 근성을 보이라고, 근성."

게이스케는 잔에 추하이를 따라 억지로 유키노의 입에 들이댄다.

"제발 이러지 마."

얼굴을 돌리는 유키노를 도울 생각은 없었으나 사토시는 얼결에 끼어들었다.

"지병이라니?"

그 순간 유키노는 새파랗게 질리고 게이스케는 혀를 찼다. 흥이 가신 눈초리로 유키노의 얼굴을 보더니 내뱉듯이 말했다.

"걸핏하면 정신을 잃어. 뭐 어쩌고 하는 병 때문에 흥분하면 정말 의식이 날아가버린다니까. 웃기시네. 그게 다 정신력이 약해서 그런 거야."

"정신력이나 그런 게 아니에요."

슬픈 표정으로 웃는 유키노의 목소리는 기어들어갈 듯했다. "이게 어디서 말대꾸야" 하며 게이스케가 달려들려 했다. 사토시는 유키노를 도울 요량으로 "그만해. 마실 만큼 마시면 되지" 하고 어물쩍 말렸다. 게이스케는 놀란 눈으로 사토시와 유키노를 번갈아 보더니 "너희 뭐야. 기분 나쁘게. 아, 짜증 나" 하고 거친 말투로 중얼거렸다.

그 뒤로도 게이스케의 감정은 사그라들지 않았다. 있는 대로 폭언을 퍼붓고 혼자 웃을 만큼 웃다가 어느새 잠들어버렸다.

176

이미 오전 2시를 지났다.

"미안해. 유키노도 그만 자. 난 어디 만화카페 같은 데 가서 잘 테 니까."

사토시가 접시를 개수대로 가져가며 말했다. 처음부터 그럴 생각 이었다. 유키노가 곤혹스러운 표정으로 고개를 저었다.

"이러시면 곤란해요. 저 사람 일어나면 제가 혼나요."

유키노 말도 맞다. 잠든 게이스케를 내려다보다 사토시가 먼저 제 안한다.

"그럼 설거지라도 내가 할게. 신세만 지는 것도 좀 그렇잖아."

"그것도 곤란해요. 핫타 씨는 어서 샤워하세요. 수건이랑 잠옷은 꺼내놨어요. 게이스케 씨 거라 죄송해요. 전 이부자리 펼게요."

"아니, 그래도……."

"제발요. 그게 제일 마음이 놓여요. 부탁이에요."

간곡히 부탁하니 사토시도 따를 수밖에 없었다.

몇 번이고 몸을 뒤척이며 차가운 이불 속에서 눈을 질끈 감고 있 었다. 샤워하는 소리가 잠든 게이스케의 숨소리를 지우듯 들려온다. 긴장감이 가슴에 자리 잡는다. 유키노가 나오기 전까지는 잠들고 싶 었으나 눈이 말똥말똥해지기만 한다.

꽤 긴 시간이 지난 뒤 유키노가 욕실에서 나왔다. 조심스러운 발 소리가 들린다. 몸은 게이스케가 잠든 침대 쪽을 향해 있다. 살짝 눈 을 뜨자 유키노가 이불 속으로 들어가는 모습이 보였다. 몸에 붙는

운동복 실루엣이 몸매를 두드러지게 한다. 호리호리해서 의외로 큰 신장이 더 강조되었다.

얼마 후 잠든 유키노의 숨소리가 들렸다. 그 뒤로도 몇 번이나 몸을 뒤척이다가 겨우 사토시도 꾸벅거리기 시작했다. 시간이 얼마나 흘렀을까.

"안 돼. 하지 마, 제발."

속닥거리는 목소리가 방 안 공기를 갈랐다. 눈앞의 침대가 부스럭부스럭 흔들린다. 일순간 자신이 어디에서 무엇을 하고 있는지 판단이 잘 서지 않았다.

"괜찮아. 잠들었어. 알았으니까 조용히 해."

사토시는 그제야 자신이 있는 곳이 파악되었다. 그리고 집에 돌아가지 않은 것을 깊이 후회했다. 두 사람이 귀를 쫑긋 세우고 있음이 느껴진다. 옴짝달싹도 못 하고 침을 삼키는 것조차 조심스럽다.

"그래도."

"시끄러워. 잠자코 내가 하라는 대로 하면 돼."

"미안해. 아무래도 안 되겠어."

"조용히 하라고. 이걸 확 그냥."

파이프 침대가 퉁 소리를 냈다. "아파" 하는 소리가 이어진다. 얼마 뒤에 흐느껴 우는 소리가 들렸다. 그 사이사이로 숨죽여 말하는 게이스케의 목소리가 공기를 타고 흐른다.

"울지 마. 잠자코 내가 하자는 대로 하면 된다고."

침대가 삐걱거릴 때마다 유키노의 힘들어하는 숨소리가 새어 나왔다. 충동을 누를 수 없어 사토시는 천천히 눈을 떴다. 유키노의 오른쪽 다리가 침대 밖으로 미끄러져 내려와 있다. 달빛에 비친 종아리는 흡사 조형물처럼 희고 아름다웠다.

유키노의 다리는 일정한 리듬을 새기며 흔들렸다. 점차 두 사람의 숨결이 합치되어 간다. 침대의 기계적인 흔들림에 에로티시즘은커녕 불쾌함조차 들지 않는다.

그저 왠지 가슴이 쥐어뜯기고 소중한 무언가를 유린당하는 기분이었다. 이 세상에 혼자 남겨진 듯한 기묘한 고독감에 휩싸였다.

얼마 동안 숨죽이고 있었을까. 두 사람이 행위를 마쳤음을 눈치채지 못했다. 어느샌가 이불의 흔들림은 사라지고 방 안에 다시 적막감이 돌아왔다. 냉장고 기계음만 희미하게 들렸다. 사토시는 차가운 공기를 인식했다.

"미안해, 유키노. 내가 정말 미안해."

한참 정적이 흐른 뒤 게이스케의 목소리가 들렸다. 사토시는 들어본 적 없는 음색이다. 잠시 뒤 게이스케가 울고 있다는 것을 알았다.

"아니야, 괜찮아. 제멋대로 굴어서 나도 미안해."

분명 한두 번 있던 일이 아니리라. 유키노의 말투는 어린아이를 달래는 듯하다. 두 사람의 관계가 당연한 것처럼 역전되어 있다.

"넌 제멋대로 군 거 없어. 알고 있는데 도저히 잘 안 돼."

"괜찮아. 알았으니까 울지 마."

"미안해, 유키노. 잘해볼게. 올해야말로 제대로 살 테니까 나 버리지 마."

"응, 안 버려. 버리긴 누가. 잘해보자. 둘이서 잘해보자."

"정말 미안해, 유키노. 고마워."

"아니야. 나야말로 고마워."

이젠 헤어져야 한다고 생각했다. 유키노가 게이스케를 끌어안는 기척이 났을 때 사토시는 그렇게 확신했다. 게이스케와 교제를 지속하기에 유키노는 너무 무방비하다. 자신을 보호할 수단이 없는 여자에게조차 게이스케는 인정사정없다. 그는 마음속 깊이 침투한다. 그리고 어느새 당근과 채찍으로 사람의 선량한 마음을 아무렇지도 않게 이용한다. 악의는 없다. 악의가 없기에 악질적이다.

게이스케에게서만 위안을 얻으면서도 그와 함께 있으면 한없이 외로워질 때가 있다. 이 녀석에게마저 버림받으면 나에게는 아무것도 남지 않는다. 나를 이해해주고 필요로 해주는 사람이 없어진다. 사토시는 그걸 자각하는 만큼 각오도 서 있었다.

너희 둘 왠지 닮았단 말이야. 유키노를 처음 만난 날 게이스케는 분명 그렇게 말했다. 그 말을 지금이야말로 부정하고 싶었다. 닮았을 리 없기 때문이다. 어제오늘 나타난 여자가 그런 각오를 감추고 있을 리 없다. 연인이랍시고 상대가 부리는 응석에 행복해하며 이 관계는 확고하다고 착각할 뿐이다. 그러기에 헤어져야 한다. 게이스케에 의해 너덜너덜해지기 전에 몸을 빼야 한다.

다음 날 아침, 사토시보다 일찍 일어나 있는 유키노는 무척 행복해 보였다. 주방에서 프라이팬을 쥐고 콧노래를 흥얼거렸다.

"아, 좋은 아침이에요. 죄송해요. 저 때문에 깨셨나요?"

유키노가 흠칫 놀라 몸을 떨었다. 사토시는 지난밤 일이 가슴을 스쳤다. 유키노도 마찬가지이리라. 쑥스러운지 고개를 푹 숙인 채 "커피 타드릴게요" 하고 여느 때처럼 자신감 없는 표정을 짓는다.

"아, 괜찮아. 지금 갈 거야."

"네? 아니, 아침식사를……."

"아니야. 할 일이 있거든. 미안해. 게이스케한테 인사 전해줘."

그 말을 남기고 사토시는 서둘러 방에서 나갔다. 현관을 나서자마자 담배에 불을 붙였다. 등 뒤로 문 열리는 소리가 났으나 돌아보지 않았다.

"올해야말로 제대로 살겠다"라던 침대 속 맹세를 사토시는 분명 들었다. 하지만 약속은 온데간데없이 게이스케의 생활은 그대로였다.

취직은커녕 파친코만 다니는 방탕한 나날. 쩨쩨한 승패에 일희일비하며 날이 갈수록 짜증만 늘었다. 한동안 만나지 않았어도 유키노와의 관계가 어떨지 뻔히 상상되어 사토시는 마음이 가라앉았다.

4월에 사토시가 취업한 뒤 게이스케는 응석이 더 심해졌다. 업무 중이건 밤중이건 가리지 않고 전화가 울렸다. 들어보면 종잡을 수 없는 내용뿐이었다. 다만 말에서 초조함이 묻어났다. 자기 혼자 지금까지와 변함없는 생활을 하고 있다는 것에 제아무리 게이스케라도 조바심을 냈다.

황금연휴에는 거의 매일 함께 파친코에 갔다. 게이스케의 폭주는 멈출 줄 몰랐다. 그 격정이 고스란히 유키노에게 향하리라는 것은 게이스케의 말 곳곳에서 감지되었다. 도와주고 싶었지만 사토시 자신도 새로운 환경을 따라가기 벅차서 좀처럼 그럴 만한 여유가 생기지 않았다.

장마철을 앞둔 무렵 사토시는 문득 게이스케에게서 연락이 끊겼음을 알았다. 얼마 전 "이제 나도 취업해볼까"라고 말했던 터라 구직활동을 하고 있겠거니 생각했건만 기대는 여지없이 배신당했다. 8월로 접어들자마자 맞은 토요일, 게이스케가 오랜만에 연락해 시부야에 있는 카페로 불러냈다. 나가 보니 곁에 처음 보는 여자가 앉아 있었다.

"미카라고 해. 사귄지 얼마 안 됐어. 잘 부탁해."

게이스케는 이쪽으로는 눈길도 주려 하지 않았다. 미카라는 여자도 "처음 봬요" 하고 툭 던지는 말투로 인사했다.

사토시는 말문이 막혀 아무런 대꾸 없이 게이스케를 노려보았다. 딱히 특별한 일도 아니다. 지금까지 몇 번이나 양다리 걸친 여자를 소개받았던가. 하지만 이번만큼은 의미가 달랐다. 사토시와 게이스케 여자친구의 사이가 이렇게 돈독한 적은 없었다.

유키노와 우정이 싹트고 있었다. 사토시는 진심으로 그녀가 행복하기를 바랐다. 정작 그걸 모를 리 없는 게이스케는 따분해하는 미카의 비위를 맞추느라 여념이 없다.

"사토시는 어떤 타입이야?"

금색 머리칼을 만지작거리며 미카는 딱 봐도 관심 없는 투로 질문했다. 나이는 한 살 아래라고 한다. 드세 보이는 커다란 눈동자, 저

럼함을 요란한 색상으로 상쇄하는 옷. 하나같이 게이스케의 취향과 맞아떨어지니 영 꺼려진다.

사토시는 못마땅해서 거의 입을 열지 않았다. 당연히 제대로 된 대화가 이어지지 못한 채 모임은 일찌감치 끝났다.

인사도 대충 하고 그 자리에서 두 사람과 헤어져 역으로 걸어가는데 개찰구 앞에서 휴대전화가 울렸다. 통화 버튼을 누르자 게이스케의 성난 목소리가 귓가에 울렸다. 실례라는 둥 그게 친구로서 할 짓이냐는 둥 어느 말도 가슴에 와닿지 않았다. 하지만 그저 게이스케를 진정시키고자 사과했다.

"됐고, 너 거기서 기다려!"

그렇게 고함치던 게이스케는 혼자서 역으로 왔다. "그 사람은?" 하고 물었다. 일부러 '여자친구'라고 부르지 않은 사토시에게 게이스케는 "난들 아나!" 하고 내뱉었다. 그러고는 도요코 선으로 이어지는 계단을 오른다. 게이스케를 내버려둘 수 없어서 사토시도 뒤따라갔다.

전철 안에서도 시종 말이 없었다. 게이스케는 귀에 이어폰을 꽂았고, 사토시도 말을 걸려 하지 않았다. 무사시코스기에 도착한 뒤로도 계속 그 상태였다. 결국 두 사람은 침묵으로 일관한 채 역에서 이십 분 정도 떨어진 게이스케의 연립주택에 도착했다.

게이스케가 열쇠도 쓰지 않고 문을 열자 안에서 "어서 와" 하는 목소리가 들렸다. 오후 5시를 지난 시각이었다.

"아아, 핫타 씨. 오랜만이에요."

사토시를 확인하자마자 유키노의 얼굴에 안도하는 미소가 번졌다. 왜 여기 있는 걸까. 처음 보는 여자는 '사토시'라고 부르는데, 유키노는 왜 아직도 '핫타 씨'인가. 그런 생각이 들어 사토시는 "앗" 하고 중얼거렸다.

게이스케는 잔뜩 언짢은 표정을 지으며 "야, 유키노. 맥주가 없잖아! 당장 사와!" 하고 고함을 질러댔다. 왼쪽 눈가에 커다란 멍이 들고 입술이 부은 유키노는 "네" 하고 고분고분 대답하고는 앞치마를 두른 채 집을 나섰다.

"저 상처는 뭐야, 게이스케. 아무리 그래도……."

사토시가 침묵을 깨고 말했다. 게이스케는 아무 대답도 하지 않는다. 짜증스럽다는 듯 담배에 불을 붙였다가 비벼 끄고는 이내 다시 불붙인다.

게이스케는 얼마 뒤 유키노가 돌아오자 낚아채듯 맥주를 빼앗더니 단숨에 들이켰다. 유키노도 말없이 요리를 시작한다. 고타쓰 위에 속속 반찬이 차려진다.

밖은 아직 밝았다. 계절도 시간도 분위기도 그날과는 전혀 다른 저녁이다. 공통점이라고는 세 사람이 함께 있다는 사실과 고타쓰 위에 놓인 고기감자조림뿐이었다.

아무도, 무슨 말도 하지 않는다. 오래된 에어컨 소리만 귓가에 맴돈다. 흡연량도 그렇고, 맥주를 마시는 속도를 봐도 게이스케는 분명 정상이 아니다. 유키노는 입술이 파래져 있을 뿐 게이스케의 얼굴을 보려 하지 않는다.

사토시는 대화의 실마리를 모색했다. 어떻게든 게이스케가 제정신을 차릴만한 화제를, 유키노를 구할 수 있는 테마를 필사적으로 떠올렸다. 그리고 찾아냈다. 줄곧 궁금했던 것이다.

"이제 와서 새삼스럽지만, 두 사람은 어디서 만났어? 전부터 궁금했던 건데."

사이좋던 시기를 떠올리게 하는 건 타이밍이 나쁘지 않다고 생각했다. 방 안 공기가 민감하게 바뀌었다. 하지만 사토시가 기대하던 것과는 달랐다. 게이스케는 입을 헤벌리고 있고, 유키노 또한 화들짝 놀라 얼굴을 든다.

"뭐야, 사토시. 정말 듣고 싶어?"

게이스케가 짓궂은 미소를 지으며 유키노의 얼굴을 들여다본다.

"그만해." 유키노는 목소리를 쥐어짰다.

"왜? 네가 좋아하는 사토시가 묻는데? 감출 게 뭐 있어."

"그만하라니까."

"시끄러워! 내가 왜 그만해야 하는데!"

"안 돼! 제발 말하지 마."

"그러니까 왜냐고 묻잖아! 이게 어디서 까불어! 넌 닥치고 비위만 맞추면 돼!"

게이스케의 눈이 한곳에 고정되었다. 뒤이어 서랍장을 힘껏 걷어찼다. 방 안에 큰 소리가 울리고 유키노는 머리를 한껏 감싼다. 두 사람이 무슨 말을 하는지 알 수 없다. 말려야 한다…… 하지만 그 마음은 이내 비열한 호기심의 소용돌이에 삼켜진다.

"사토시, 가네시로 유코라고 기억해? 마키 중학교 동창."

"응? 아, 그래. 물론 기억하지."

생각지도 못한 곳에서 생각지도 못한 이름이 나와서 사토시는 순간 당황했다. 유코는 학교 폭력으로 유명한 지역의 중학교에서도 단연 독보적인 여자아이였다.

불량청소년끼리 마음이 맞았는지 게이스케와 유코는 늘 함께했었다. 사귀던 시기도 있었으리라. 생각해보면 기가 세고 화려하던 유코는 게이스케의 취향과 맞아떨어진다.

여전히 차가운 눈초리로 유키노를 내려다보며 게이스케는 말을 이었다.

"걔한테 요시미라고 아주 꼴통인 여동생이 있어. 나도 꽤 귀여워해줬는데 말이지, 걔랑 같이 있었다더라고."

"뭐가?"

"유키노 말이야."

"어디서 같이 있었다고?"

"글쎄. 소년원이나 교호원? 잘은 몰라도 그런 데야. 요시미가 거기서 애를 마음에 들어했다나."

"뭐? 무슨 말인지 통 모르겠어."

유키노의 호흡이 점차 거칠어진다. 게이스케는 아랑곳하지 않고 마구 몰아붙인다.

"야, 유키노. 네가 설명해봐. 왜 소년원 같은 데 있었는지."

"미안해. 제발 그만해, 게이스케 씨."

"말해. 그렇게 좋아하는 사토시가 기다리잖아."

"그러니까 나, 난……."

유키노는 확실히 상태가 이상했다. 힘겹게 숨을 내쉬고 있다. 제정신이 든 사토시가 "됐어, 그만해" 하고 나서려 했다. 하지만 그보다 먼저 게이스케의 손이 유키노를 향해 뻗어갔다.

게이스케는 유키노를 끌어당기더니 앞머리를 힘껏 움켜쥐었다. 그러고는 눈을 감은 채 괴로워하는 유키노의 얼굴을 강제로 들어 올려 귓가에 속삭였다.

"쓰러지면 진짜 죽여버린다. 근성을 보여, 근성을."

괴로운 표정이던 유키노가 희미하게 미소 지었다. 눈을 내리깔고 무언가를 확인하듯 고개를 끄덕이더니 어찌 된 일인지 그대로 조용히 잠들고 말았다. 작은 숨소리를 내기 시작했다.

사토시는 눈앞에서 벌어진 일을 이해할 수 없었다. 사토시에게서 새어나온 "어?" 소리와 게이스케의 "쳇" 소리가 한데 겹쳤다. 품에서 잠든 모습을 거추장스러운 듯 내려다보더니 게이스케는 유키노를 바닥에 내팽개쳤다.

그러고는 유키노의 지갑을 뒤져 지폐 몇 장을 꺼낸 다음 사토시에게 눈길도 주지 않고 집을 나서려 했다.

"자, 잠깐만. 어떻게 된 거야?"

마른 입술을 애써 열었다. 그런데도 게이스케는 돌아보지 않는다.

"말했잖아. 흥분하면 쓰러진다고. 괜찮아. 늘 있는 일이야."

"늘 있는 일이라고? 병원에 안 데려가도 돼?"

"괜찮다고! 그렇게 걱정되면 네가 같이 있던가. 병원이든 어디든 알아서 데려가!"

게이스케는 얼굴을 새빨갛게 물들인 채 서둘러 집을 나선다. 문이 거칠게 닫히는 소리가 들리더니 이내 에어컨 소리가 귓가에 맴돈다.

해는 진작 저물었다. 방에는 어둑한 그림자가 드리워진다.

사토시는 전등을 켜지 않고 유키노를 조심스럽게 침대에 눕혔다. 때마침 머리맡으로 비쳐든 가로등 불빛에 유키노의 새하얀 피부가 드러난다.

잠든 얼굴은 무척 평온하고, 행복을 곱씹는 듯했다. 이것이 병이라니 믿기지 않는다. 처음 보는 유키노의 편안한 표정에 마음이 떨린다. 고결한 무언가를 보는 기분이었다.

사토시는 조용히 유키노를 바라보았다. 빨려 들어가듯 저도 모르게 뺨으로 손을 가져가 엄지손가락을 입가에 대보았다. 입술이 무척 차가웠다. 잠에서 깰 기색이 없는 유키노의 머리칼을 한동안 쓰다듬었다.

간접조명만이 비추는 방에서 유키노가 눈 뜨기를 마냥 기다렸다. 삼십 분쯤 지나서야 이불 부스럭거리는 소리가 들렸다.

천천히 눈을 뜬 유키노는 의문스럽게 눈을 깜빡이더니 필사적으로 자신이 있는 곳을 확인하는 듯 보였다. 죄책감에 휩싸여 "괜찮아?" 하고 묻자 천천히 사토시를 돌아보았다. 그러고는 무언가 알아챈 듯 여느 때처럼 힘없는 미소를 지었다.

"불 켤까?"

"괜찮아요. 아직 어질어질해서요. 게이스케 씨는요?"

"미안. 밖에 나갔어."

"그렇군요. 핫타 씨가 사과할 일이 아니에요."

"그 녀석의 응석을 너무 받아주지 마, 유키노."

스스로 생각해도 설득력 없는 말이었다. 유키노는 일순간 허를 찔린 얼굴을 하더니 잠시 뒤 왠지 흐뭇한 미소를 지었다.

"응석을 받아주는 게 아니에요. 응석부리는 건 오히려 나예요."

"그렇지만 이대로 가다간 네가 망가질 거야."

"어째서요?"

"어째서라니. 알잖아? 헤어지는 편이 나아. 아니, 헤어져야 한다고 봐. 게이스케한테 그만 농락당하라고. 네 몸이 못 버텨."

사토시는 애원하듯 말했다. 한동안 신기한 무언가를 바라보듯 하던 유키노의 눈동자에 점차 분노가 어린다. 적대심을 드러내는 강렬한 표정에 사토시는 순간 멈칫한다.

유키노가 먼저 고개를 돌렸다. 체념 섞인 한숨을 내쉬더니 "그 사람은 줄곧 혼자이던 내게 손을 뻗어줬어요. 그 사람한테 기대는 사람은 나예요" 하고 조금 전 말에 덧붙였다.

고개를 갸웃거리는 사토시를 외면한 채 유키노의 시선은 천장으로 향했다. 그리고 어둑한 방 안에서 조용히 이야기를 꺼냈다.

"정말 그 사람뿐이에요. 이런 날 필요로 해주는 사람은."

"필요로 해?"

"네. 그 사람만이 나와 이어지려 해줬어요."

"그렇지 않아. 왜 그렇게 자신이 없어."

"지금껏 수없이 매달리고 버림받고 믿고 배신당하기를 되풀이했으니까요. 어린 시절에도, 중학교 시절에도, 시설에 있을 때도, 나와서도. 다시는 아무도 마음속에 들이지 않겠다고 마음먹었는데…… 게이스케 씨가 그걸 비집어 열어줬어요."

유키노는 웃음 띤 얼굴을 푹 숙였다.

"이게 마지막 기회라는 생각에 그 사람에게 마음을 내맡겼어요."

"무슨 뜻이야?"

"그 사람에게까지 버림받으면 더는 살아 있을 가치가 없어요."

거침없는 한마디 한마디에 뚜렷한 윤곽이 있다. 이 사람이 과연 유키노인가 싶어 놀랍기는 했다. 하지만 마음속에 꽂히는 말은 없었다. 독단과 단정이 심한 데다 일방적이기까지 했다.

무엇보다 게이스케를 사랑하는 이유가 되지 않는다. 그저 필요한 사람이 되는 것이 살아가는 이유라면, 상대가 꼭 게이스케여야 한다는 법은 없지 않은가.

사토시는 자신에게 유키노를 사랑스럽다고 느끼는 마음이 있음을 확인했다. 다시 한번 입술을 만지고 싶은 충동이 들었지만 움직일 수 없었다. 마음을 전할 수도 없다. 유키노만큼 의지가 강하지 않은 자기 자신이 답답하기만 했다.

"결혼이라도 할 거야?"

사토시가 분위기를 바꾸고자 하는 일념으로 말했다.

"설마 그럴 리가요."

"어째서? 그런 꿈 같은 거 없어?"

"꿈이나 미래 같은 걸 생각하면 무서워져요. 몇 년 뒤의 일도 상상이 안 가요. 지금 이 순간만이라도 게이스케 씨가 봐주기만 하면 행복해요."

더는 무언가 입에 담을 수 없었다. 그 어떤 말도 이 자리에는 어울릴 것 같지 않았다.

"난 게이스케 씨와 헤어지지 않아요. 절대로요."

유키노가 스스로 타이르는 말을 되풀이할 때, 사토시는 눈앞에 있는 그녀와 동화되는 느낌이 들었다. 내가 유키노라면 어떻게 할까. 게이스케에게 쉽사리 버림받는다면? 강한 의지가 벌레처럼 짓밟힌다면? 죽일 것인가. 아니, 그렇지 않다. 내가 죽을 것이다. 아무도 날 필요로 하지 않는 세상에 미련 따위 없다고 단정 짓고서.

"유키노, 우리 연락처 교환할까?"

"네? 하지만 그건……."

"괜찮아. 나는 절대로 안 걸게. 부적 대신이야. 정말로 힘들 때 연락할 수 있는 상대가 있으면 어떨까 해서."

고타쓰 위에 놓인 휴대전화를 집어 억지로 유키노에게 쥐어주었다. 어리둥절해하는 유키노와 연락처를 교환하며 사토시는 그제야 해주고 싶던 말을 할 수 있었다.

"죽으면 안 돼."

그 밖의 말은 생각나지 않는다. 유키노의 반응을 살피지 않고 사토시는 단숨에 내뱉었다.

"무슨 일이 있어도 죽으면 안 돼. 스스로 목숨을 끊는 것만은 용서 못 해. 그게 가장 못난 짓이야. 내가 용서 안 해."

천천히 고개를 들어 올린 유키노의 얼굴에서 체념 어린 웃음기가 사라졌다. 그저 멍하니 사토시를 바라보다 "네"라는 한 마디와 함께 고개를 끄덕였다.

유키노가 연락하는 일은 없었지만 별로 걱정되지는 않았다. 조금씩이나마 게이스케의 마음이 또다시 유키노에게 기울어가고 있음을 알았기 때문이다.

미카 이야기는 거의 꺼내지 않게 되었다. 유키노를 향한 반성을 몇 번이고 입에 담는가 하면, 파친코를 그만두었으며, 놀랍게도 사토시보다 먼저 담배까지 끊었다. 가을에는 노인 요양원에 취업도 했다. 불평불만은 여전했으나 어떻게든 그만두지 않고 일을 계속해나갔다.

하지만 유키노를 마지막으로 본 지 반년쯤 지난 1월 3일 밤. 한동안 연락이 없던 게이스케가 전화를 걸어왔다.

"이런저런 일이 있어서, 어쩌다 보니까 미카랑 사귀게 됐어. 좀 이따 유키노를 만나기로 했거든. 미안한데 너도 와줄래?"

게이스케의 말에는 머뭇거림이 묻어 있었다. 사토시는 뺨을 얻어맞은 듯한 충격 탓에 생각대로 말이 나오지 않았다.

"내, 내가 왜?"

"부탁이야, 사토시. 같이 있어줘."

"그러니까 왜 그래야 하느냐고 묻잖아."

잠시 침묵이 흐른 뒤 이유가 나왔다. 사토시는 반론할 수 없었다.

"걔한테 몹쓸 짓만 했잖아. 혼자 만나기 무서워."

밖은 구름 한 점 없이 쾌청했다. 정월의 청명한 하늘 아래, 시부야 역에서 만난 게이스케는 얼굴이 너무 초췌했다.

들어보니 미카에게 유키노와의 관계를 들켰다고 한다. 미카는 화를 내며 게이스케를 닦달했다. 그러면서도 헤어지자고 하지 않고 유키노와 연을 끊으라고 했다는 것이다.

유키노와는 어젯밤 이미 전화로 이야기했다. 세 시간 가까이 설득했으나 도통 들으려 하지 않기에 오늘 만나자고 약속했다. 사토시와 함께 온다고는 알리지 않았다. 게이스케는 말하기도 지쳤다는 투로 설명한다.

"그 여자 얘기도 했어?"

사토시가 짜증스럽게 묻자 게이스케는 힘없이 고개를 저었다.

"말 안 할 거야?"

"어떻게 말해. 말해봐야 의미도 없고."

"의미가 있고 없고 문제가 아니잖아. 회피하지 마."

"걔 분명 회까닥할 거야. 미카한테까지 위해를 가할지도 모른다고. 넌 몰라. 걔가 얼마나 무서운 앤지."

"알아."

사토시는 딱 잘라 말했다. 게이스케는 의아하다는 듯 눈살을 찡그렸다. 그날 밤 유키노의 감정 어린 눈빛을 회상하며 사토시는 떨어지지 않는 입을 열었다.

"정말 이렇게 해야겠어?"

"들켰는데 어떡해."

"왜 '들키다'가 '유키노와 헤어지다'가 되는 건데."

"시끄러워. 나도 다 생각해보고 결정한 거야."

결국 게이스케의 마음을 돌리지 못한 채 유키노와 처음 만난 카페에 도착했다. 유키노는 먼저 와 기다리고 있었다. 눈 밑에 그늘이 지고 얼굴은 평소보다 더 창백하다.

사토시는 새삼 오지 말아야 할 곳에 왔음을 절실히 느꼈다. 유키노는 사토시에게 눈길도 주지 않는다. 인사는커녕 존재조차 시야에 들어오지 않은 모양이었다.

"늦어서 미안해."

애써 아무렇지 않은 척하는 게이스케의 목소리에도 유키노는 굳은 표정을 풀지 않았다. 커피잔을 입에 댄 채 "어제도 말했지만, 헤어지고 싶어"라는 경박한 목소리를 코웃음으로 받아넘긴다.

"이해가 안 가요."

그것이 유키노의 입에서 나온 첫마디였다. 게이스케는 "헤어져줘" "이젠 널 좋아하지 않아"라고 하고는 고개를 숙인다. 분명 게이스케 나름대로 성의를 보인 것일지도 모른다. 그 전에는 대화의 자리는커녕 아무렇게나 내뱉는 말로 연인 관계를 끝냈다. 그 점을 생각하면 게이스케에게 유키노가 각별했음이 엿보인다. 하지만 유키노는 절대 수긍하지 않았다. 이해가 안 간다며 게이스케에게 계속 이유를 추궁한다.

먼저 조바심을 낸 쪽은 게이스케다. 도중에 맥주를 주문하더니 끊었던 담배를 사토시에게서 낚아챘다. 늘 그렇듯 불을 붙였다 끄기를 반복하며 점차 말수도 줄어갔다.

그 한심한 모습을 바라보던 유키노의 얼굴에 조금씩 평소 같은 상냥함이 번지기 시작했다. 불안감 섞인 시선을 들더니 유키노는 질문 내용을 살짝 바꾸었다.

"게이스케 씨, 다른 여자가 생겼나요?"

공기가 민감하게 바뀌었다. 사토시는 차라리 솔직히 밝혀야 한다고 생각했다. 유키노가 최대한의 양보를 보여준 셈이다. 무언가 감을 잡고 하는 말이 틀림없었다. 게이스케가 털어놓기 쉽도록 분위기를 깔아주는 것이다. 어쩌면 마지막 호의일지도 모른다.

그 짐작이 틀렸음을 사토시는 이내 깨닫게 되었다.

"그게 아니야. 난 처음부터 다시 시작하고 싶을 뿐이야."

"정말요?"

"응."

"정말? 내 눈 보고 말해요."

"정말이야. 믿어줘."

유키노는 말없이 게이스케의 눈을 바라보았다. 서서히 긴장감이 자리를 지배한다. 잠시 뒤 유키노는 그제야 고개를 끄덕였다. 그러고는 숨을 내쉬듯 중얼거렸다.

"게이스케 씨가 나 말고 다른 사람을 지키려 한다면, 아마 용서할 수 없을 거예요. 전부 다 지워 없애고 나도 죽을래요."

말을 마치기 무섭게 부드럽게 미소를 지었다. 그 각오가 진심이라고 증명하는 것 같았다.

"뭐, 뭐야. 너 좀 이상해."

게이스케는 눈동자가 촉촉해져 있었다. 말투에도 여느 때와 같은 박력이 없다. 유키노의 웃음기는 가실 줄 모른다.

"이해를 못 하겠어요."

"그만 좀 해. 네가 말하는 그런 거 아니라니까."

"아니요. 난 이해가 안 돼요."

또다시 결론 없는 입씨름이 시작되었다. 재차 짜증을 내는 쪽은 게이스케다. 그는 자신의 손바닥을 바라보다 입술을 꽉 깨물었다. 그러고는 인내가 한계에 다다른 듯 쏘아붙였다.

"이젠 너 같은 애 필요 없어. 제발 아무 말 말고 내 앞에서 사라져 줘. 네 얼굴도 보고 싶지 않아."

사토시의 등에 식은땀이 밴다. 게이스케가 유키노라는 존재를 부정하는 말을 입에 담았다. 당연히 그녀 역시 그 말의 의미를 알 텐데 차가운 미소가 얼굴을 떠나지 않는다. 눈물도 분노도 드러내지 않는다. 그저 이해를 못 하겠다는 말만 기계처럼 반복한다.

게이스케는 "오늘은 이만 갈게. 내 생각엔 변함없어"라는 말을 남기고 자리에서 일어섰다. 그가 계산서를 집어 드는 모습을 사토시는 놓치지 않았다.

마지막으로 돌아본 게이스케는 불안해 보이는 표정을 짓고 있었다. 그렇지만 오늘의 아픔 따위는 금방 잊으리라. 유키노와 함께 기억 저편으로 치워버리는 것이 고작이다. 늘 자기중심적이고, 자신에게 기대려 하는 인간의 마음을 아무렇지 않게 어지럽힌다. 왜 아무도 부정하지 않을까? 그럴 권리가 자신이나 유키노에게 없다는 것은 알고 있다. 게이스케를 이 지경이 될 때까지 방조한 인간은 모두 같은 죄다.

유키노는 가만히 앉아 있었다. 결국 마지막까지 그녀는 사토시에게 눈길을 주지 않았고, 사토시 또한 마지막까지 한 마디도 꺼낼 수 없었다.

유키노가 게이스케와의 관계를 이어가길 원한다면 한 번은 물러설 필요가 있었다. 울며 매달리는 여자에게 게이스케는 이상하리만큼 냉담했다. 반대로 게이스케가 다시 만나자고 한 옛 연인은 하나같이 이별을 순순히 받아들인 타입이었다.

하지만 그런 밀고 당기기가 가능할 리 없는 유키노는 게이스케에게 계속 전화를 걸었다고 한다. 밤낮을 가리지 않고 휴대전화가 울리고, 약속도 없이 무사시코스기에 있는 연립주택을 찾아온 적도 있다고 한다.

"걔 완전 제정신이 아니야. 스토커라니까. 날 죽일지도 몰라."

두 사람이 헤어지고 반년쯤 지난 어느 날, 얼굴이 핼쑥해진 게이스케가 상의를 해왔다.

"걱정 마. 절대로 살인은 안 날 테니까."

그렇게 단언하자 게이스케가 의아한 눈초리로 바라보았다. 사토시는 그 시선을 외면하고 묻는다.

"지금도 설명할 생각 없어?"

"무슨 설명? 미카 말이야?"

"그래."

"이제 와서 무슨. 절대 안 해. 그럼 미카를 쫓아다닐 거라고."

그렇게 말하는 것도 무리는 아니었다. 깊은 한숨이 절로 나온다.

"너, 걔한테 돈 빌렸다며?"

놀라 고개를 든 게이스케를 향해 사토시는 고개를 끄덕였다.

"하다못해 갚는 성의라도 보여줘. 사죄 편지도 첨부해서 말이야. 혹 무슨 일이 생기면 그래야 법적으로 너한테 유리해질 테니까."

"법적으로? 무섭게 왜 이래. 빌린 돈이 150만 엔이나 되는데 어떻게 갚아? 생활비만 해도 빠듯하단 말이야."

"한 달에 3만 엔이라도 좋으니 갚아. 없을 땐 내가 대신 내줄게."

"뭐? 너 뭐야. 짜증 나네. 그렇게 걔가……."

"잔말 말고 하라는 대로 해! 사람 죽는 꼴 보는 것보다는 낫잖아. 이러쿵저러쿵하지 말고 갚겠다고 해!"

그렇게 소리치면서도, 그런다고 유키노가 편안해질 리 없음을 사토시는 알고 있었다. 그녀에게 필요한 건 돈 따위가 아니다. 새로운 연인이 있든 말든 관계 없다. 이 세상 어디에도 존재하지 않을, 순순히 물러날 수 있을 만한 설명이 필요할 뿐이었다.

게이스케에게는 그 이상 반박할 기운이 없었다.

"네가 써주면 그렇게 할게."

"뭐?"

"편지 말이야. 내가 써서 그 녀석을 설득할 자신이 없어. 옮겨 적을 테니까 뭐라고 써야 할지만 가르쳐줘."

절망하기에 앞서 사토시는 고개를 끄덕였다. 유키노에게 필요한 마음을, 하다못해 그것과 가까운 말을 적을 수 있는 사람은 자신뿐이라고 확신했다. 물론 게이스케를 위해서가 아니라 앞으로 살아가야 하는 유키노를 위해서다. 편지를, 빚 변제를 성의 표시로 받아주면 좋으련만.

사토시의 바람을 비웃듯 유키노의 스토킹은 점점 더 심해졌다. 유키노가 주위를 맴돌수록 게이스케는 구원을 찾아 미카에게 더 빠져들었다. 다행히 유키노의 행위는 발각되지 않았으며, 나날이 의존이 심해지는 게이스케를 미카 또한 따뜻하게 받아주었다.

임신 사실을 알았을 때도 미카는 당황하지 않았다. 게이스케 역시 동요를 감추며 상황을 받아들이려 애썼다.

"나도 나카야마로 이사해도 될까? 미카가 아이를 가졌어. 유키노한테는 도리를 다할 생각이야. 나, 이번에야말로 하나부터 다시 시작하려고. 이젠 그 녀석 연락 안 받을래."

수화기 너머에서 열띤 목소리로 말하던 게이스케는 얼마 뒤 사토시가 사는 곳에서 도보로 십오 분 정도 떨어진 연립주택으로 미카와 함께 이사했다.

미카의 변모는 놀라웠다. 머리칼을 어깨 길이로 자른 뒤 검은색으로 염색했다. 화장도 차분한 색조로 달라져 있었다. 놀란 사토시의 시선을 느낀 미카는 쑥스러운 듯 "엄마가 된다는 자각이랄까요" 하며 처음으로 존댓말을 썼다.

협박이 통했을까. 아니면 성의 표시일까. 게이스케는 꼬박꼬박 변제를 이어갔다. 돈을 몇 번 융통해주기는 했지만 손에 꼽을 정도였다. 미카는 조금씩 배가 불러왔으며, 만날 때마다 얼굴이 더 평온해졌다. 게이스케도 불평 한마디 없이 일하며 아버지가 될 준비를 하고 있었다. 톱니바퀴가 꽉 맞물리면서 유키노의 그림자는 완전히 사라졌다. 그리고 몇 개월 뒤 두 사람은 예쁜 쌍둥이 여자아이를 가족으로 맞았다.

출산 당일, 사토시는 누구보다도 먼저 병원으로 불려 갔다. 회사를 조퇴하고 달려온 사토시를 보자마자 게이스케는 말없이 안겼다. 미카는 "아이참, 나 아직 배 아프단 말이야" 하고 볼멘소리를 하며 웃었다. 그런 어머니 곁에서 쌍둥이는 같은 방향을 보고 잠들어 있었다. 어린 시절 게이스케를 쏙 빼닮은 귀여운 여자아이였다.

차디찬 1월 어느 날의 일이었다. 네 사람이 함께한 가족의 모습은 무척 아름답고 그럴듯했다. 이때 사토시는 이야기 하나가 일단락되었음을 알았다. 자신과 게이스케의 관계에 얽힌 이야기가.

실제 이 무렵을 경계로 게이스케는 연락이 줄어갔다. 게이스케에게서 분리된 자신은 아무것도 아니라는 현실을 새삼 마주하면서도 사토시 역시 먼저 연락하지는 않았다. 이번에는 자신이 의존을 끊을 수 있기를 바라며 눈앞의 일에 몰두했다. 유키노는 좀처럼 머릿속에서 떠나지 않았지만 사토시 또한 착실하게 다음 단계로 나아갔다.

쌍둥이의 이름은 아야네와 하스네라고 지었다. 첫돌을 눈앞에 둔 어느 날 밤, 오랜만에 게이스케가 사토시의 집으로 찾아와 단둘이 술을 마셨다.

오랜만에 나누는 대화는 그칠 줄 몰랐다. 하지만 게이스케는 어째서인지 안색이 썩 좋지 않았다. 입에서는 온통 가족의 행복한 에피소드만 나오는데 왠지 표정과 대화 내용이 맞물리지 않는다.

"왜 그래? 무슨 일 있어?"

"응? 아, 아니야."

"거짓말 마. 기운이 없잖아."

게이스케는 맥주를 입에 대며 말하는 사토시의 눈치를 살폈다. 사토시가 말없이 재촉하자 그제야 고개를 살짝 떨어뜨리며 조용히 입을 열었다.

"사실은 상황이 안 좋아."

"안 좋다고? 뭐가?"

"아니, 그게……."

게이스케는 잠시 머뭇거리다가 얼굴을 붉히며 쥐어짜듯 말을 이었다.

"미카가 유키노의 일을 알아버렸어."

사토시는 그만 눈살이 찡그려졌다. 될 수 있으면 듣고 싶지 않았지만, 게이스케는 봇물 터지듯 사정을 털어놓기 시작했다. 한동안 사토시 지시에 따라 인터넷뱅킹으로 변제를 이어간 일. 그러다 딱 한 차례 역 앞 ATM에서 송금한 일. 그 이후 또 집요한 스토킹이 시작된 일. 사실을 알게 된 미카가 울며 게이스케를 나무란 일. 미카의 친정에서 빚을 대신 갚아준 일. 그래도 유키노가 단념하지 않자 경찰에 알린 일. 그러자 경찰에서 '경고'를 해준 일…….

상상할 수 있는 범위에서 최악의 전개였다. 이야기가 끝나자마자 사토시는 "이 멍청한 자식아!" 하고 고함쳤다.

게이스케의 어깨를 냅다 밀치고는 선반 위에 놓인 휴대전화로 손을 뻗었다. 주소록에서 '다나카 유키노'를 찾아 주저 없이 전화를 걸었다. 통화연결음은 울리는데 도통 전화를 받지 않는다.

"지금 유키노 사는 데 알아?"

벌써 몇 번째인지 모를 통화연결음을 들으며 사토시가 물었다. 게이스케가 머뭇거리자 "당장 가겠다는 게 아냐. 혹시 몰라서 그래. 가르쳐줘" 하고 재촉했다.

게이스케는 침울한 표정으로 휴대전화를 열더니 테이블 위 메모장에 주소를 적었다. '도쿄 도 오타 구……'라고 적힌 글씨를 멍하니 바라보며, 사토시는 앞으로 무슨 일어나려는 것인지 애써 상상해보았다.

내가 유키노라면 어떻게 할까. 사태는 이미 상상이 미치지 않는 곳에 다다랐다.

나라면 뭘 하려고 할까. 사토시는 도저히 밝은 이미지는 그릴 수 없었다.

두달 이상이 지난 3월 29일, 유키노에게서 뜻하지 않은 답신을 받았다. 부재중 전화는 오후 8시 14분이라고 찍혀 있었다.

회계연도 말이라 업무가 몰려서 사토시는 온종일 쫓기듯이 거래처를 응대하고 있었다. 유키노가 전화했음을 안 것은 이미 심야라고 할 수 있는 시간대, 귀갓길 택시 안에서였다.

"기사님, 저기 편의점 앞에서 세워주세요."

집까지는 아직 더 가야 했으나 안절부절못한 사토시는 나카야마 역 근처에서 내렸다. 한참 동안 착신 이력을 뚫어지게 보았지만, 아무래도 시간이 너무 늦다. 내일 다시 전화해보면 되리라. 그렇게 자신을 타이른 사토시는 휴대전화를 넣고 편의점에서 맥주를 몇 개 산 뒤 집을 향해 걸었다.

자신의 집과 게이스케가 사는 연립주택의 딱 중간쯤에 자그마한 어린이 공원이 있다. 휴일 낮에는 아이와 함께 나온 이들로 붐벼 따뜻한 분위기가 가득한 곳인데 한밤중에 지나기는 처음이다. 적막함에 싸인 주변을 흰 가로등 불빛만이 황량하게 비춘다.

근처 불량청소년일까. 공원에 있던 소년 여섯 명이 사토시에게 시선을 던진다. "어이, 거기 아저씨" 하고 동시에 날아오는 목소리를 외면하자 얼마 안 있어 줄줄이 사라졌다.

사토시는 차디찬 벤치에 앉아 한숨을 푹 쉬었다. 하루의 피로를 절실히 느낀다. 담배 한 개비를 꺼내 조용히 연기를 빨아들였다. 그것만으로는 부족하여 아까 산 맥주를 이십 분에 걸쳐 비웠다. 그러고 나서 겨우 무거운 몸을 일으키려 할 때였다. 그 순간 이상야릇한 불안감이 들었다.

문득 고개를 드니 앞에 벚나무가 있었다. 아직은 쌀쌀한 밤바람을 맞으며 봉오리가 터질 듯한 벚꽃이 소리를 내며 흔들린다. 곧 만개할 벚나무와 불어 닥치는 북풍이 무척 어긋난 조합처럼 느껴졌다.

사토시는 일어서지 못하고 또다시 빨려 들어가듯 휴대전화를 열었다. 이번에는 주저 없이 통화 버튼을 눌렀다. 반드시 받으리라는 기대는 여지없이 빗나갔다. "전파가 닿지 않는 곳에 있거나……" 하는 무미건조한 안내 음성이 귀에 들어온다.

전화를 끊고 나서야 제정신이 들었다. 이미 오전 1시가 되려 한다. 이런 시각에 전화를 건 자신이 새삼 부끄러워 아무도 없는 공원에서 쓴웃음을 지었다.

하지만 전화를 걸기 전과는 기분이 사뭇 달랐다. 사토시는 이번에야말로 벤치에서 일어나 공원을 걸어 나선다.

업무의 피로가 거짓말처럼 사라지고 발걸음이 한결 가볍다. 걷는 도중 사토시는 유키노만을 생각했다. 그녀가 모든 것을 용납하고 완전히 수긍할 리는 없다. 하지만 그 누구도 아닌 그녀 자신을 위해 더는 게이스케와 엮이게 할 수 없다.

유키노는 사토시에게 전화를 해주었다. 지금이라도 늦지 않다. 이제는 인연을 끊어야 한다. 바라건대 앞만 보고 살아가기를. 그 말을 직접 해주자. 게이스케뿐 아니라 나도 유키노를 필요로 하는 사람이라고. 전화 말고 직접 눈을 보며 말해주자.

코트 안주머니에서 담뱃갑을 꺼냈다. 피우고 싶은 충동을 누르고는 아직 반 이상 남았지만 수풀 속에 버렸다. 몸이 훌쩍 가벼워진 듯한 착각에 휩싸인다. 긴 속박에서 해방된 기분이었다.

멀리서 사이렌 소리가 들렸다. 게이스케에게서 전화가 올 때까지 사토시는 내내 웃음을 띠고 있었다.

사이렌 소리가 점점 가까워진다. 전화가 울리는지도 까마득히 모르고 있었다. 사토시는 휴대전화를 손에 쥔 채 고개를 돌렸다.

칠흑 같은 거리 저편에, 태양처럼 타오르는 불기둥이 치솟고 있었다.

* * *

경찰은 핫타 사토시를 몇 번이고 찾아왔다. 임의출두를 요청받았으나 사토시는 한사코 거절했다. 경찰은 뜻밖에도 강경한 수단을 쓰지 않았다. 고개를 가로젓는 사토시를 보더니 허탈할 만큼 쉽게 물러갔다.

매스컴의 취재에도 당연히 응하지 않았다. 기자들이 제멋대로 해석해 입맛대로 보도하리라는 것을 매우 잘 안다. 어느 쪽도 두둔할 수 없었다. 이노우에 게이스케에게 유리한 발언도 할 수 없을뿐더러, 방화라는 잔인한 수법으로 무고한 생명을 셋이나 앗아간 다나카 유키노를 용서하고 싶지도 않았다.

나흘째에야 법정 방청에 성공한 사토시는 판결이 선고되던 날도 회사에 휴가를 냈다.

전날까지와 사뭇 달리 법정 앞에 몰려든 인파를 보자 기분이 상했다. 이 가운데 누구 한 사람이라도 유키노에게 눈길을 주었다면 틀림없이 막을 수 있는 사건이었다. 경찰에 압수된 그녀의 일기장에는 '필요'라는 단어가 빈번하게 나왔다. 그런 보도를 접할 때마다 사토시는 무거운 무언가를 짊어진 듯한 기분이 들었다.

판결 선고일에도 방청에 당첨되었다. 사토시는 당연하다고 느꼈다. 둘의 운명을 끝까지 확인하는 것은 자신에게 부여된 의무라는 생각마저 들었다.

재판은 미리 깔아놓은 레일 위를 그대로 따라가는 것처럼 몹시 무미건조했다. 누군가가 죽고 사는 현장에 와 있다는 열기가 없다. 있는 것이라고는 언제나 그렇듯 호기심 어린 눈초리뿐이었다. 모두 다 유키노는 자신과 전혀 다른 생물이라고 확신하고 있다. "어디에나 있을 법한 평범한 여자"라고 언급한 캐스터조차 경박한 표정을 짓는다.

재판장의 판결 이유는 산을 오르듯 천천히 진행되다가 무언가를 계기로 단번에 언덕을 굴러 내려갔다.

유키노는 가만히 고개를 숙인 채 앉아 있다. 꾹 참고 견디듯 주먹을 쥔 모습과 처음 카페에서 만난 날의 모습이 겹쳐진다.

판결 이유부터 꺼내는 부분에서 결과는 대략 예상되었다. 그런데도 유키노의 뒷모습을 응시하고 있으려니 갑자기 눈시울이 뜨거워졌다. 아무것도 안 하려고 했으면서. 손 내밀어주지도 않았으면서.

사토시는 위선자처럼 눈물을 흘리는 자신이 실망스러웠다.

유키노의 인생이 하나하나 법정에 새겨졌다. 잔혹한 사건을 일으키고도 남을 만큼 비참했던 인생.

개정 약 한 시간 뒤, 재판장은 눈을 천천히 내리깔았다. 빠뜨린 말이 없는지 확인하듯 고개를 끄덕이고는 "주문!"이라고 외친다.

"피고인을 사형에 처한다!"

고함에 가까운 소리를 지르며 정장 차림의 남자들이 일제히 뛰쳐나갔다. 그 상황을 시야 한구석에 밀어둔 채 사토시는 한시도 유키노에게서 눈을 떼려 하지 않았다.

기도하듯 손을 모으고 유키노를 바라보았다. 아니, 실제로 이쪽을 좀 보라고 기도했다. 이걸로 끝일 리는 없다. 머지않아 2심도 진행될 것이다. 당장 오늘내일 형이 집행될 것이 아니라면 뒤돌아보게 해야 한다.

그 바람이 통했는지 유키노가 천천히 고개를 돌렸다. 숨을 삼킨 사토시는 이내 깊이 실망했다.

유키노는 방청석을 보고 미소 지었다. 미소 지은 것은 맞지만, 그 상대는 자신이 아니다. 유키노는 엉뚱한 방향으로 시선을 보내며 하얀 이를 드러냈다.

사토시는 처음으로 유키노에게서 눈을 떼어 그 시선이 향하는 곳을 쫓았다. 얼굴을 감추려는 것인지 마스크를 쓴 젊은 남자가 있었다. 남자는 유키노가 뒤돌아본 순간 시선을 피해 도망치듯 법정을 빠져나갔다.

넌 누구냐?

사토시는 마음속으로 물었다.

유키노의 인생에 또 다른 남자가 있단 말인가?

쫓아야겠다는 강한 일념은 유키노가 법정을 나설 때 들끓은 큰 술렁임 속에 묻히고 말았다.

"예상대로네요" 하는 여자의 목소리에 의식이 되돌아온다. TV에서 자주 보는 여자 아나운서가 상사로 보이는 남자에게 감상을 말하고 있다.

남자는 지친 기색으로 자기 어깨를 주물렀다.

"이걸로 유족의 마음이 조금 풀리면 좋으련만. 아직 몸져누워 있다고 했나? 남편 인터뷰도 땄으면 좋겠는데."

싫은데도 보도 내용이 귀에 들어왔다. 하지만 그 내용을 전부 긍정할 수 있는 건 아니다. 조금씩 사실이 왜곡되었고, 게이스케에게는 아무 잘못이 없는 것처럼 다뤄졌다. 죄 없는 과거의 교제 상대······. 게이스케가 그런 식으로 불리는 사실에 사토시는 지금도 석연찮은 마음을 지울 수 없다.

하지만 어쩔 수 없는 살인이란 존재하지 않는다. 설령 복수라고 할지라도 유키노는 소중한 목숨을 셋이나 앗아갔다. 그것만큼은 각색할 수 없는 사실이다.

속으로 몇 번이나 그렇게 되뇌어도 마음을 추스를 수 없었다. 사건이 벌어진 3월 29일 밤, 도움을 바랐을 유키노의 전화를 못 받았다. 사토시는 한스러웠다. 그리고 또 하나······.

유키노는 스스로 죽는 길을 택하지 않았다. 칼날을 상대에게 겨눴다. 그것을 마지막까지 알아채지 못한 자신의 눈을 사토시는 줄곧 원망했다.

イノセント・ディズ

5장

"계획성 짙은 살의를 봤을 때……."

다나카 유키노는 이불 속에서 반신을 일으킨 채 조용히 호흡을 가다듬었다. 머릿속 깊은 부분에 열기를 느낀다. 방 안이 눈앞에서 흔들린다. 온몸을 녹일 듯한 허탈감에 휩싸여서 커튼을 젖히기도 쉽지 않다.

누구에게도 축복받지 못한 스물네 번째 생일에서 사흘이 지났다. 내내 한 발짝도 밖에 나가지 않았다. 한동안 손대지 않던 항불안제를 다시 쓰기 시작한 것은 대략 이 년 전. 연인이던 이노우에 게이스케에게 처절하게 버림받던 무렵부터다. 오랜만에 정신과를 찾은 날 이후로 약을 손에서 놓은 적이 없다.

특히 최근 몇 주 동안 불안감이 극심했다. 꿈과 현실의 경계가 모호했으며 무엇을 하더라도 나른함이 따라다녔다. 삼 개월 전에 일을

210

그만둬서 해야 할 일이 없는데도 내일을 맞기가 너무 두렵다.

아침 햇빛을 상상하니 가슴이 묵직한 돌에 짓눌리는 듯하다. 이불 속으로 들어가면 이내 게이스케와 함께한 나날이 되살아나서 어젯밤에는 늘 먹는 데파스에 '해외 직구'한 SSRI를 추가로 복용했다. 평소보다 머리가 무거운 건 그 때문이리라.

무릎을 안고 바닥에 앉아 리모컨을 집어 들었다. 브라운관 TV가 번쩍 켜진다. 원색 가득한 민영방송의 뉴스 프로그램을 피해 채널을 NHK로 바꿨다. 민영방송과 마찬가지로 뉴스가 흐르고 있었다.

따옴표로 묶은 뉴스 자막이 눈에 들어온다. 그 순간 유키노는 숨을 삼켰다.

"누구든 상관없었다. 사형당하고 싶었다."

며칠 전 신주쿠에서 일어난 묻지마 살인 사건. 대낮 가부키초에 낫을 들고 나타나 네 명의 목숨을 앗아간 이십대 남자는 그렇게 진술했다고 한다. 늘 죽고 싶었다. 사람을 많이 죽이면 사형을 받을 줄 알았다. 대상이 누구든 상관없었다. 스스로 목숨을 끊을 수 없었다.

멍해진 머리를 열심히 굴리며 "왜…… 그런 짓을"이라고 애써 입을 열었다. 그렇게 하지 않으면 당장이라도 동의해버릴 것 같아 두려웠다. 비슷한 사건은 지금껏 많았을 텐데 그런 기분이 든 건 처음이었다.

물론 사람이 사람의 목숨을 빼앗는 오만한 행위는 용납될 수 없다. 하지만 마음이 어수선해졌다. 돌연 가슴을 미어지게 한 건 남자가 언급한 "줄곧 죽고 싶었다"라는 부분. 그리고 "스스로 목숨을 끊을 수 없었다'라는 말이었다.

그날 폭우 속에서 본 광경. 어머니가 일으킨 사고 현장의 모습은 지금도 뇌리에 깊이 박혀 있다. 그녀가 죽은 나이까지 앞으로 일 년 남았다는 생각이 들 때마다 포근한 기분에 휩싸인다. 하지만 희망과도 같은 따스함은 '그렇다고 내가 죽을 수 있는 건 아니다'라는 어둠에 간단히 빨려들고 만다.

어린 시절에는 백 살까지 살고 싶다는 말을 천진난만하게 했다. 그런데 어느새 미래를 상상하기 두려워하고 있었다. 언제부터 내일을 맞는다는 사실에 벌벌 떨게 됐을까.

어머니를 잃고 아버지에게서 "나한테 필요한 사람은 네가 아니야"라는 말을 들은 순간 안전하다고 믿었던 발판이 맥없이 무너져 내렸다. 그 뒤로 할머니라는 여자가 눈앞에 나타났다. 처음부터 미치코에게서는 행복의 냄새가 나지 않았다. 어머니가 자신에게 접근하지 못하게 애썼다는 것도 알고 있었다.

하지만 "의지할 사람은 너밖에 없다"라는 미치코의 한마디가 유키노의 가슴속 깊이 박혔다. 단둘이 되었을 때 덧붙인 "네가 필요하다"라는 말에서는 손을 뻗어준 느낌이 들었다.

미치코와의 생활은 순탄치 않았다. 미치코에게 연인이 없을 때는 유키노를 필요로 해주기는 했다. 적어도 그런 착각은 들게 해주었다. 그러다 한번 남자의 그림자를 느끼게 되면 전혀 딴판이었다.

특히 유키노를 대등한 여자로 보고 싸늘한 시선을 던질 때가 가장 힘들었다. 한동안 푹 빠져 있던 한국인 남자에게 "정말 꼴 보기 싫은 아이"라고 속삭이던 소리를 몇 번이나 들었는지 모른다.

그러면서 유키노가 남자에게 능욕당하는 상황은 못 본 체했다. 추잡한 것을 보는 듯한 눈초리로 "너도 히카루랑 똑같구나"라고 내뱉으며 피임도구 상자를 내던질 때면, 무엇을 느껴야 할지조차 알 수 없었다.

그래도 그 시절 유키노에게는 친구가 있었다. 오조네 리코를 대신한 일은 지금도 후회하지 않는다. 진심으로 아껴주는 부모님, 따뜻한 생활, 무엇보다도 눈부신 장래의 꿈. 리코에게는 잃을 것이 많았고 자신에게는 아무것도 없었다. 그 생각으로 힘든 조사도 견딜 수 있었다. 하나 마음에 걸리는 것이 있다면, 착하고 여린 리코가 혼자 괴로워하지 않을까 하는 점이었다. 자신 때문에 힘들어하지 않기를 바랐다.

아동자립지원시설에서는 철저히 마음을 방어하는 법을 배웠다. 시설을 나와서도 마음의 문을 잠근 나날이 계속되었다. 그럼 나는 대체 무엇을 위해 살아가는가 자문할 때쯤 그를 만났다. 게이스케는 유키노의 마음을 억지로 열어젖히려 했다. 그리고 자신의 나약함을 적나라하게 보여주었다. 몇 번이고 몸이 가벼워지는 느낌이 들었다. 이것이야말로 마지막 기회다. 굳은 각오를 가슴에 품은 유키노는 게이스케에 몸을 내맡겼다.

늘 죽고 싶었다. 하지만 그럴 수는 없었다. 어릴 적에도, 중학교 시절에도, 성인이 된 뒤에도, 지금에 이르기까지. 무언가에 절망하려 할 때마다 자신을 살려주려는 누군가가 반드시 눈앞에 나타났다.

"스스로 목숨을 끊는 것만은 용서 못 해."

강한 어조로 그렇게 말해준 이는 누구였던가. 언제든 죽을 수 있다는 중요한 선택지를 빼앗기는 것 같아 저도 모르게 발끈하던 기억이 난다.

차라리 누군가에게 심판받는다면 분명 순순히 받아들일 것이다. "사형당하고 싶었다"라는 흉악범의 농담 같은 말도 마냥 웃어넘길 수는 없었다.

한없이 되풀이되는 자문자답에서 겨우 해방되었을 때 시곗바늘은 12시를 가리키고 있었다. 내내 닫아둔 커튼 틈으로 부드러운 봄 햇살이 비쳐들었다. 오타 구 가마타의 주방 딸린 원룸 맨션에서 팔 년 가까이 살고 있지만 짐은 거의 없다.

"우아, 이 집 대박. 전혀 사람 사는 느낌이 안 나. 왜 이렇게 물건이 없어?"

처음 놀러 왔을 때 게이스케는 눈이 휘둥그레졌다.

"그래? 뭔가 부족한가?"

"뭐가 아니라 아무것도 없잖아. 옷도 없고 PC도 침대도 없고. 아, 그것도 없네. 전자레인지."

"전자레인지?"

"응. 밥은 어떻게 먹어? 그거 없으면 불편하지 않아? 다시 덥힐 수도 없잖아."

장난스럽게 말하던 게이스케는 그 뒤로 그다지 놀러 오지 않았다.

하지만 유키노는 며칠 지나지 않아 전자레인지를 사러 돌아다녔다. 게이스케에게 칭찬받고 싶다는 일념으로 구매한, 어울리지도 않는 고급가전은 여전히 용도를 모른 채 냉장고 위에 놓여 있다.

냉동실을 뒤져보니 만든 기억도 없는 고기감자조림이 용기에 담겨 있었다. 약 기운 탓인지 요즘은 기억이 모호할 때가 무척 많다. 웬일로 배에서 꼬르륵 소리가 났다. 잠시 망설이다 먼저 세안을 해야겠다고 마음먹고 욕실로 향한다.

세면대에 있는 커다란 거울은 일 년 반 사귀는 동안 그가 준 유일한 선물이다. 생일도 기념일도 아닌 어느 날 "네 얼굴을 잘 뜯어봐. 의외로 귀여운 데가 있다니까"라며 놀리듯이 웃었다.

그 거울을 보기에는 용기가 약간 필요했다. 천천히 시선을 들어 거기 비친 얼굴을 응시한다. 실망의 한숨이 절로 나온다.

삼 주 전에 성형수술을 마치고 돌아왔을 때도 같은 거울을 보며 눈물을 흘렸다. 그랬다는 것이 거짓말 같았다. 그토록 밝아 보이던 표정에서 생기가 싹 사라졌고 피부색마저 칙칙했다.

"유키노는 엄마를 닮았으니까."

그 말을 하던 어머니의 슬픈 표정이 뇌리를 스쳤다. 유키노 역시 자신의 입이, 콧날이, 얼굴선이, 무엇보다 공허한 눈동자가 싫었다. 아버지는 "그렇게 차가운 눈으로 보지 마"라며 소리 질렀다. 리코도 "굳이 말하자면 눈이랄까. 유키노는 속쌍꺼풀이라 눈에 잘 안 띄거든"이라고 지적했다.

그리고 그녀는 이렇게 덧붙였다.

"어른 되면 같이 성형하면 되지 뭐."

헌책방 사건 때문에 '같이'라는 바람은 이루지 못했지만 언젠가 수술해야겠다는 결의가 사라지지는 않았다. 고등학교에 진학하지 않고 일을 시작하여 돈을 모은 것도 그 때문이다.

엉겁결에 이야기를 털어놓자 정신과 의사는 "일종의 추형 공포증이죠. 유키노 씨는 자신이 추하다는 망상에 사로잡혀 있을 뿐이에요"라고 단정 지으려 했다. 그다지 수긍이 가지는 않았다.

자신이 주변을 불행하게 만드는 건 어머니를 닮은 얼굴 탓이라고 믿었다. 언젠가 받을 수술을 상상하면 가슴이 벅찼다. 하지만 그 실낱같던 희망은 어김없이 절망 속에 삼켜졌다.

유키노는 스토킹이 얼마나 비인도적 행위인지 잘 알았다. 잠에서 깰 때마다 전날 밤에 저지른 어리석은 짓을 후회하며 다시는 그러지 말자고 자신을 타일렀다. 그러다가도 일을 마치고 집에 돌아올 때쯤이면 늘 같은 기분이 들어 가슴을 쥐어뜯는다.

그의 목소리를 듣고 싶다. 한 번만이라도 좋으니 보고 싶다. 한번 그런 충동이 들면 걷잡을 수 없어져서 또 휴대전화를 들고 만다.

그러던 중 게이스케에게서 편지가 왔고, 매달 3만 엔씩 계좌에 이체되었다. 하지만 그런 것은 아무래도 상관없었다. 오히려 돈 몇 푼으로 목숨 걸고 전념한 세월을 부정당하는 것 같아 얼마나 울었는지 모른다.

후회와 불안, 그리고 작은 분노가 줄곧 가슴속에서 뒤엉켜 있었다. 그러던 어느 날, 게이스케는 예고도 없이 모습을 감췄다. 전화번호를 바꿨고 무사시코스기의 연립주택도 비웠다. 그가 모든 것을 버렸음을 바로 직감할 수 있었다. 자신과의 연줄을 끊기 위해 생활의 흔적까지 다 지워버렸다.

게이스케는 두 번 다시 자신에게 돌아오지 않는다. 모든 것이 끝났다. 그렇게 생각하니 머릿속이 새하얘지고 몹시 우울해졌다.

그래도 시간이 흘러 계절이 지날 때마다 유키노는 조금씩 안정을 되찾아갔다. 한데 뒤얽힌 감정 속에서 '분노'가 사라지고 언젠가부터 '안도'가 더해졌다.

게이스케에게 완전히 버림받았다. 더는 남은 미련이 없다. 그렇게 단념하는 것이 가장 잘 듣는 신경안정제였다. 얄궂게도 게이스케가 사라진 때부터 약 복용도 줄고 눈앞의 안개도 걷혔다. 정말 아무도 자신을 필요로 하지 않게 되었다. 이제 누구에게도 피해 주지 않고 조용히 세상을 떠날 수 있는 장소를 찾는 일만 남았다. 그런데…….

지금으로부터 사 개월 전, 거리가 황금빛으로 빛나기 시작하던 11월 중순. 아무리 몸이 안 좋아도 한 달에 한 번은 은행에 들렀다. 다달이 3만 엔씩 입금되기 시작한 무렵부터 정해놓은 일이었다. 통장 정리를 하고 창구에서 입금자 이름을 확인하는 것까지는 평소와 다름없는 흐름이었다.

하지만 받아든 용지에 시선을 떨어뜨린 순간, 온몸의 핏기가 싹 가셨다. 오랜만에 호흡이 흐트러지고 이마에 진땀이 맺혔다.

조요 은행 나카야마 역 지점 ATM, 이노우에 게이스케.

평소처럼 인터넷뱅킹 계좌가 아니었다. 건네받은 용지에는 그렇게 표기되어 있었다. 이 순간의 기억은 아주 어렴풋하지만 용지 위 글씨만큼은 서체까지도 선명하게 기억한다.

어떻게 역으로 갔고, 어떠한 경로를 거쳐 나카야마로 향했는지 기억나지 않는다. 간다고 해서 게이스케와 만날 수 있는 것도 아닐뿐더러 애당초 자신이 무엇을 바라고 왔는지도 알 수 없었다.

그러나 유키노는 게이스케가 돈을 보낸 역 앞 은행을 지켜보기 위해 몸을 숨겼다. 다음 날도, 그다음 날도…….

통장 정리를 한 지 이틀이 지난 일요일. 게이스케를 발견했다. 온몸에 소름이 돋아 주차장에서 뛰쳐나가려던 유키노는 필사적으로 자신을 붙잡았다. 게이스케 곁에 화려한 여자가 있었기 때문이다. 부드러운 미소를 띤 채 커다란 쌍둥이용 유모차까지 밀고 있었다.

유키노는 빨려 들어가듯 그들의 모습을 한동안 바라보았다. 영락없는 '가족의 그림'이었다.

사랑하는 사람이 곁에 있고 어여쁜 쌍둥이 자매가 웃고 있다. 분명 일란성이리라. 이목구비가 똑같은 두 아이는 장난치다 서로 손을 꽉 잡는다. 어린 시절부터 꿈꾸던 행복 넘치는 가족의 풍경. 다만 한가운데에 있는 여자만 꿈과 다르다.

도망쳐야 한다는 강박감과는 정반대로 꼼짝도 할 수 없었다. 그때 무언가에 이끌린 듯 게이스케가 이쪽을 보았다. 사람 얼굴에서 핏기가 가시는 순간을 유키노는 처음 목격했다.

일단 몸을 숨겼다가 마음을 굳게 먹고 뒤를 밟아 가족이 사는 연립주택을 알아냈다.

이날 유키노를 아슬아슬하게 지탱하던 무언가가 완전히 무너졌다. 유키노의 방은 순식간에 어지러워지고 약 복용량도 조절할 수 없게 되었다. 이불 속에 들어가면 이내 눈물을 흘렸고, 뜬눈으로 긴 밤을 새우다 다음 날이면 또 게이스케 집 근처를 맴돌았다.

자신이 당장 무슨 짓이라도 저지를 것 같아 두려웠다. 차라리 체포되었으면 했다. 경찰이 와준다면 기꺼이 출두할 생각이었다. 그러나 얼마 뒤 '이노우에 미카'에게서 100만 엔 가까운 돈과 장문의 편지가 도착했다.

'다나카 유키노 님께……'로 시작하는 종잇조각에서는 아무것도 느끼지 못했다. 상처로 너덜너덜해진 마음에 새로운 상처가 날 여지는 남아 있지 않았다.

얼마 뒤 마침내 나카야마 역 근처 경찰서로 호출되어 '경고'를 받고 '서약서'라는 종이에 사인을 요구받았다. 머리가 땅해서 무슨 말이 적혀 있는지도 알 수 없었다. 왜 체포해주지 않을까 하는 불만을 품은 채 석방되었고, 며칠 지나지 않아 또다시 게이스케의 연립주택 주변을 걸어 다녔다.

그런 유키노를 정면으로 마주해준 이는 오직 한 사람. 연립주택의 주인, 구사베 다케시다.

구사베는 그때까지도 몇 번이나 말을 걸어왔다. 그럴 때마다 잘 도망쳤지만 1월의 어느 추운 밤, 마침내 붙들리고 말았다. 유키노의 어깨에 올린 구사베의 손은 이상하리만큼 따뜻해서 차마 뿌리칠 수 없었다.

구사베는 흡사 친구를 불러들이듯 선뜻 유키노를 집 안에 들였다. 이곳 2층에 게이스케가 산다고 생각하니 나긋나긋한 말씨의 구사베의 이야기는 거의 귀에 들어오지 않았다.

꽤 오래전에 아내가 먼저 세상을 떠나는 바람에…….

남자 혼자 하는 살림이라 여러모로…….

요즘엔 이 근처도 흉흉해서…….

바로 얼마 전에 동네 불량청소년들을 혼내줬지…….

한밤중에 폭죽이라니…….

정의감 강해 보이는 노인의 이야기는 그칠 줄 모르고 이어졌다. 유키노는 구사베의 걸걸한 목소리에 점차 편안함을 느끼게 되었다.

구사베가 "그러고 보니 자네 집도 요코하마라고 했나" 하고 말했을 때였다. 어디에나 있을 법한 석유스토브 냄새가, 백열등의 은은한 빛이, 문득 예전에 살던 야마테의 집과 겹쳐지는 것 같았다.

유키노는 뚜렷한 의지도 없이 구사베에게 이야기를 꺼냈다. 내용까지는 기억나지 않는다. 다만 끝까지 듣고 난 구사베는 난처한 표정으로 어깨를 움츠리더니 천천히 미소 지었다.

"그 얼굴이 그리도 싫으면 수술을 하면 될 게 아닌가. 그 정도로 새 인생을 살 수 있다면 싼 편이지. 이노우에가 돌려준 돈 있지? 그걸 쓰면 되겠군. 사람은 말이지, 몇 번이고 새로 태어날 수 있어. 아, 물론 난 지금 그대로의 자네가 무척 매력적이라고 생각하네만."

누구나 할 수 있는 흔한 말들이 구사베의 주름진 미소에 상승 효과를 일으켜 유키노의 가슴으로 스며들었다. 나는 새 출발을 하고 싶다, 다시 한번…….

시설에서 함께 지내던 친구가 사쿠라기초에 있는 병원을 알려주었다. 찾아가 수술 날짜를 잡았다. 그날 밤 유키노는 오랜만에 약을 먹지 않은 채 고타쓰 위에 노트를 폈다.

"이해할 수 없다." "용서할 수 없다." 노트는 쓴 기억도 없는 원망과 질투의 말로 가득 채워져 있었다.

읽으면 또다시 마음이 산산조각날 것 같은 불안감 탓에 유키노는 신중하게 호흡을 가다듬으며 펜을 움직였다. 한 번만 더……. 마지막으로 한 번만 더……. 머릿속으로 외치며 눈앞에 있는 종이를 마주했다.

이제 그만 나 자신과 결별하고 싶다. 오늘로 노트와도 이별이다. 이런 가치 없는 여자를 좋아해줘서 고마워. 안녕, 게이스케 씨.

요즘은 행동 하나하나가 무척 느리다. 전자레인지로 덥힌 밥과 고기감자조림뿐인 식사를 마치면 벌써 오후 3시에 가까워지고 있다.

오후 와이드쇼에서도 신주쿠에서 일어난 묻지마 살인 사건을 속보로 전했다. 보는 것만으로도 기분이 우울해진 유키노는 며칠 만에 외출하기로 했다.

필요한 식자재를 메모지에 적어 집을 나섰다. 해가 떴는데도 바람은 3월 하순이라 생각할 수 없을 만큼 차가웠다. 무심코 벗나무를 올려다보니 기대가 어긋났다는 듯 수많은 꽃봉오리가 몸을 웅크리고 있다.

역 앞 슈퍼마켓에서 장을 보기까지는 순조로웠다. 거기서 더 나간 것이 문제였다. 전구가 나갔음을 떠올리고 가까운 할인점으로 발길을 옮겼다. 화려한 조명도, 쩌렁쩌렁 울리는 BGM도 그런대로 견딜 수 있었지만 완구 코너에서 그것을 보고 말았다.

어느 캐릭터가 그려진 장난감 상자. 그 캐릭터가 그려진 스웨트셔츠를 입고 있던 게이스케의 쌍둥이 딸이 생각났다.

유키노는 넋 나간 표정으로 상자를 집어 들고 계산대로 향했다. "두 개는 같은 상품인데 괜찮으시겠습니까?"라고 정중하게 묻는 점원에게 고개를 끄덕이고는 재빨리 계산을 마친다.

누군가 쫓아와 뒷덜미를 붙들 것 같은 느낌이 들었다. 이내 호흡도 가빠진다. 온기에서 벗어나듯 밖으로 나갔다. 해는 이미 저물기 시작했고 가게 입구에 하나둘 네온사인이 켜져 있었다.

유키노는 할인점의 커다란 봉투를 가슴에 안고 게이힌토호쿠 선에 올라탔다. 빈자리에 앉아 주위 시선을 피하듯 눈을 감은 순간 졸음이 마구 밀려왔다. 금세 잠에 빠져듦과 동시에 꿈을 꾸었다. 전에 꾼 적 없는 무시무시한 꿈이다.

자매가 즐겁게 웃고 있다.

손에는 방금 사준 장난감 상자.

똑같은 물건이건만 서로 상대 것을 빼앗으려 든다.

유키노는 저녁식사를 준비하며 아이들을 부드럽게 타이른다.

얼마 뒤에 정장을 입은 게이스케가 돌아온다.

"엄마가 또 좋은 거 사줬구나?" 그는 딸들의 머리를 쓰다듬는다.

딸들은 장난감에 정신이 팔려 아버지의 얼굴을 본체만체한다.

유키노가 식사 준비가 다 되었다고 알린다.

세 사람은 앞다투어 식탁으로 달려온다.

낡은 연립주택의 2층 맨 끝 집.

방 둘에 주방이 딸린 아담한 집.

원형 테이블 가득 차려진 요리들.

주인공은 물론 모두가 좋아하는 고기감자조림이다.

모락모락 올라오는 김이 향긋한 냄새를 풍긴다.

모두 웃는다.

누구도 불안 따위는 없다는 듯.

유키노는 그 모습을 높은 곳에서 내려다본다. 가는 눈을 더욱 가늘게 뜬 자신의 모습을 보고 있으니 이변이 일어났다.

자신의 얼굴이 부풀어 올랐다. 풍선에 공기를 주입하듯 점점 더 크게. 가족 중 누구도 그것을 알아채지 못한다.

부풀 대로 부풀어 괴물처럼 추악하게 변하더니 순식간에 터져버렸다. 그 안에서 튀어나온 것은 어째서인지 미카의 얼굴이었다.

아이들은 아무 일 없었다는 듯 미카를 '엄마'라고 부른다. 게이스케마저 "여보, 나 버리면 안 돼" 하고 아양을 떤다.

미카는 큰 소리로 웃는다. 실컷 웃더니 문득 천장을 올려다본다. 아니, 숨죽인 채 가족의 모습을 내려다보는 유키노에게 시선을 보내는 것이다.

웃음소리는 그칠 줄 모르고, 미카는 입만 움직이기 시작했다. 그녀가 무슨 말을 하는지 금세 알 수 있었다. 다나카 유키노 님께……
다나카 유키노 님께…… 다나카 유키노 님…… 다나카 유키노……
다나카…… 다나카…….

큰 진동을 느끼며 유키노는 악몽에서 해방되었다. 화들짝 놀라 주
위를 둘러보니 '히가시카나가와'라는 표지가 눈에 들어왔다.

전철에서 내려 힘이 들어가지 않는 다리로 힘들게 계단을 올라
요코하마 선으로 갈아탔다. 그제야 비로소 살짝 한숨을 돌릴 수 있
었다. 등이 축축했다. 차창으로 가정집 불빛이 보인다. 수없이 본 풍
경인데도 오늘은 유달리 선명하다.

나카야마 역에서 내린 유키노는 곧장 게이스케가 사는 연립주택
으로 향했다. 할인점 봉투를 꼭 안고 "이걸 건네주기만 할 거야" 하
고 변명하듯 말하며 삼십 분쯤 걸었다.

연립주택 주변은 잠잠했다. 풀벌레 소리도 나지 않았지만, 귀를
기울이면 어디선가 아기 울음소리가 들렸다.

건물 뒤편에 있는 밭으로 들어가 2층을 올려다본다. 게이스케의
집에만 커튼이 쳐져 있고, 그 사이로 형광등 불빛이 새어 나온다. 아
기 울음소리는 조금 전보다 커졌고, 소리치는 듯한 미카의 목소리가
뒤를 잇는다.

유키노는 눈도 깜빡이지 않고 그 방을 바라보았다. 불현듯 누군가
가 창가에 나타났다. 그 사람이 미카라는 것을 왠지 한참 동안 알아
보지 못했다.

미카는 커튼에 몸을 감추듯 서서 울적한 표정으로 밤하늘을 올려다보고 있었다. 꿈속에서의 모습은 물론이거니와 유키노가 마지막으로 봤을 때와도 분위기가 다르다. 화려한 느낌은 온데간데없고 피부가 창백했으며 얼굴이 야위었음을 멀리서도 한눈에 알아보았다. 그런데 어째서 배는 부풀어 있을까.

주먹을 꽉 쥔 손바닥에 손톱이 파고든다. 온몸의 세포가 소리를 내듯 터지더니 강렬한 악의가 가슴에 소용돌이친다. "내가 저기 있어야 하는데" 하고 유키노는 자신을 일깨우듯 중얼거렸다.

그 목소리가 닿은 것처럼 미카가 이쪽으로 시선을 돌렸다. 저쪽에서 알아보았어도 유키노는 눈을 피하려 하지 않았다. 맑고 차디찬 공기 속에서 두 사람의 시선이 교차했다.

미카가 먼저 몸을 부르르 떨었다. 그제야 제정신이 든 것처럼 눈을 반짝이더니 방 안을 잠깐 살폈다가 또다시 유키노에게 시선을 돌렸다. 그러고는 고개를 살짝 숙인다. 동정이라도 하듯. 아픔을 공유하고 있다고 말하듯.

곧바로 조금 전보다 더욱더 커다란 울음소리가 들렸다. 미카는 또한 번 유키노에게 고개를 숙이고는 무언가를 감추려는 듯 커튼을 닫았다.

찢어진 입술에서 피가 번지고 있음을 알았다. 입안에 쇠 맛이 퍼진다. 유키노는 그 순간 세상에 홀로 남겨진 듯한 외로움에 휩싸였다. 건네줄 수 있을 리 없는 선물이 무겁게 느껴진다. 이런 것을 왜 가져왔는지 의아해진다.

꿈에서 깬 것처럼 풍경에 빛깔이 돌아왔다. 그때 낯설지 않은 모습이 눈앞에 나타났다.

"이보게, 다나카."

상냥함을 띤 특유의 걸걸한 목소리가 귓가에 울렸다. 노인으로 보이지 않을 만큼 흐트러짐 없는 걸음걸이로 구사베가 다가온다.

볼 면목이 없었다. 더는 누군가에게 기댈 수는 없다. 자신에게는 그럴 만한 가치가 없다. 유키노는 고개를 꾸벅 숙이고는 그 자리에서 달아났다.

그대로 주택가를 빠져나갔다. 손에 든 봉투가 팔락팔락 소리를 낸다. 이제 한계다 싶어 멈춰 서려던 순간 가까이에 있는 어린이 공원을 발견했다. 거리보다도 어둑어둑한 공원에 사람 모습은 보이지 않는다. 안도감에 입구 근처 벤치에 앉은 유키노는 가방 속에서 약을 꺼내 물도 없이 삼켰다.

죽고 싶다, 죽고 싶다, 죽고 싶다……. 늘 품고 있던 마음이 가슴을 스친다. 어째서 죽게 내버려두지 않는가? 화풀이와도 같은 의문이 스칠 때 문득 목소리의 정체가 생각났다.

"스스로 목숨을 끊는 것만은 용서 못 해."

그렇게 말한 메마른 목소리. 그에게서 이유를 들은 기억은 없다. 유키노는 코트 주머니에서 휴대전화를 꺼내 처음으로 핫타 사토시의 번호를 찾았다. 구원이 있을지도 모른다는 기대감에 주저 없이 통화 버튼을 누른다. 하지만 사토시는 전화를 받지 않았다.

다시 걸려오기를 한동안 기다렸다. 그러는 사이 태양 아래에 있는 것처럼 졸음이 밀려왔다.

즉효임을 강조하는 약의 효과는 말 그대로 '즉시'였다. 당장이라
도 잠들 것만 같은 나른함을 견디며 고개를 들었다. 복숭앗빛 꽃을
발견했다. 거목에 단 한 송이만 피어 있는 벚꽃이다.

처음에는 환상인 줄 알았다. 또 꿈을 꾸는 건 아닌지 의심했지만,
이 늠름함이 거짓으로 보이지는 않는다. 어디선가 쏟아지는 한 줄기
빛을 받으며, 수많은 꽃봉오리 중 가장 먼저 핀 꽃은 자랑스럽게 밤
바람을 맞고 있었다.

아아, 그래. 이젠 내일을 살지 않아도 돼. 힘없이 그런 생각을 했
다. 정말로 오늘 모든 것을 잃었다. 이미 오래전에 잃은 것을 오늘에
야 인식했다. 나는 살아 있는 것만으로 민폐인 존재다. 더는 나를 필
요로 해주는 이도 없다.

오후 9시를 지난 시각이었다. 유키노는 휴대전화 전원을 껐다. 그
리고 한 걸음 한 걸음 내디디듯 역으로 향했다.

가까운 하천에 할인점 봉투를 버린 뒤 요코하마 선과 게이힌토호
쿠 선을 갈아타고 가마타 역으로 갔다. 거기서 다시 이십 분 가까이
걸어 집에 겨우 도착했다. 문을 열자 그제야 참고 있던 눈물이 흘러
내렸다.

왈칵 오열을 떠뜨리며 수납장에 손을 넣었다. 잡히는 대로 움켜쥔
데파스와 SSRI를 입에 넣고 마구 씹는다.

순식간에 멀어져가는 감각에 몸을 맡겼다. 머릿속에 복숭앗빛 광
경이 펼쳐졌다. 유키노는 이날 두 번째 꿈을 꾸었다.

인생에서 가장 빛나던 때. 눈에 비친 모든 것이 맑아 보이던 행복한 나날. 게이스케와 함께하던 시절인가? 아니다. 그보다 훨씬 오래전. 아직 삶에 아픔이 따르지 않는 세상이 있었다.

멀리 대관람차가 보인다. 오른편에는 흰 파도가 이는 항구. 랜드마크 타워도, 요트의 돛을 닮은 귀여운 형상을 한 호텔도, 바다에 걸친 태양에 물들어 있다.

벚꽃잎이 눈처럼 흩날리는 언덕 위에 한 소년이 서 있다.

흥분된 기분을 누르며 유키노가 물었다.

"넌 누구니?"

평소보다 톤이 올라간 목소리. 안경을 쓰고 빼빼 마른 남자아이가 뒤돌아보았다.

"나? 음, 난 말이야……."

그의 이름을 듣고 가슴이 미어질 듯하다. 느닷없이 눈물이 뺨을 타고 흐른다. "어라?" 하며 애써 참으려 해도 도통 멎지 않는다.

쭈그려 앉은 유키노 앞에 소년은 무릎을 꿇었다. 그러고는 유키노의 등을 두 팔로 꽉 끌어안았다.

"괜찮아, 울지 마. 부탁이야. 내가 지켜줄게."

부드럽게 속삭인 그를 있는 힘껏 뿌리쳤다.

"손대지 마!"

현실로 되돌려진 듯 유키노는 그렇게 소리 지르면서 눈을 떴다. 머리 위로는 어둠이 펼쳐져 있다. 진공 상태처럼 차가운 방. 아무도 없는 세상. 늘 그렇듯이 텅 빈 시간.

베갯머리에 놓인 시계를 본다. 또다시 의식이 녹는다. 멀리서 사이렌 소리가 들린 듯했다.

3월 30일 오전 1시 18분……. 다나카 유키노의 이십사 년에 이르는 인생은 조용히 막을 내리려 하고 있었다.

イノセント・デイズ

2부

판결 이후

6장

"반성하는 기색은 거의 보이지 않고……."

'다나카 유키노, 항소 포기'라는 인터넷 뉴스의 기사 제목을 보고 단게 쇼는 눈을 의심했다.

어둠에 싸인 인도 바라나시의 거리. 수많은 싸구려 숙박업소의 테라스에는 하나같이 알전구가 흔들린다. 어딘가에서 시타르 음색이 들려왔고, 그 소리를 지우려는 듯 쇼가 있는 인터넷카페는 외국인들의 웅성거림으로 가득했다.

초봄에 일어난 사건은 왠지 기억에 남아 있다. 자신을 버린 옛 연인에 앙심을 품고 가족 세 명을 불태워 죽인 사건. 솔직히 흔히 있는 일 같아 느끼는 바는 크지 않았다. 사건 전에 성형수술을 했다는 사실도, 직후에 자살을 기도했다는 것도 그리 와닿지 않았다.

그런데도 쇼의 시선은 기사 제목에 고정되었다. 사형 판결을 받은 사람이 항소하지 않는다는 이야기는 그다지 들어본 적이 없다. 담당 변호사의 코멘트를 찾아보았으나 인터넷상에서는 건질 게 없다.

얼마 동안 사이트를 뒤졌을까. 등 뒤에서 "쇼 씨?" 하고 부르는 소리도 한참을 알아듣지 못했다.

"아, 성형 신데렐라."

그제야 돌아보니 같은 숙소에서 지내게 된 도미타라는 대학생이 모니터를 들여다보고 있다.

"신데렐라?" 하고 묻자 도미타는 장난스럽게 고개를 흔든다.

"그렇게 부르더라고요. 신원을 감추려고 사건 전에 성형한 악마라나. 제가 요코하마에 있는 대학에 다녀서 이 뉴스는 꽤 봤죠. 역시 다카라초 출신이다 싶더라고요."

"아, 다카라초 출신이야?"

"아세요? 거기 진짜 위험한 동네예요. 대학 친구들이랑 담력 테스트라며 가봤어요. 아직도 자해공갈단이 있다는 둥 길에 시체가 뒹군다는 둥 별의별 소문이 다 있었거든요. 제가 갔을 땐 그냥 노후화된 거리였지만요."

경멸 섞인 웃음을 짓는 도미타를 나무라고 싶지는 않았다. 쇼 또한 그 동네에는 절대 가까이 가지 말라고 어릴 때부터 들었다.

피고인이 또래라는 점도 마음에 걸렸다. 다시 모니터로 시선을 돌려 화질 거친 사진을 응시한다. 불안한 듯 치켜뜬 눈과는 상반된 말끔한 표정. 같은 시대에 가까운 동네에 살던 여자.

이 몬스터는 수술하기 전에 어떤 얼굴이었을까? 문득 구경꾼이 된 듯한 호기심이 들어서 검색창에 '다나카 유키노 성형 전'이라고 쳐본다. 사건을 정리해놓은 사이트가 검색되었다. 최근에 찍은 순서대로 피고인의 사진이 올라와 있다. 사진이 과거로 갈수록 쇼의 마음은 점차 흥분되었다.

군마에 있는 초등학교 졸업앨범이 나왔을 때였다. 어린 시절의 피고인을 본 쇼는 문득 반가운 기분에 휩싸였다.

가늘고 긴 눈이 낯설지 않다. 별이 총총히 뜬 하늘의 선명한 광경이 뇌리를 스친다. 여행하며 본 수많은 밤하늘이 아니다. 바람에 흔들리는 벚꽃으로 채색된, 더욱 생생한 별의 이미지다.

피가 순환하는 소리가 들렸다. 불안하게 미소 짓는 사진 속 소녀를 눈도 깜빡이지 않고 바라보던 쇼가 저도 모르게 말했다.

"미안, 도미타. 난 그만 갈게."

도미타는 흥이 가신 얼굴로 고개를 끄덕였다.

"그래요? 조심히 가세요."

"여행 많이 다녔다고 너무 방심하지 마. 자만해서 좋을 거 없잖아? 여행에 후회는 남기지 말자."

거기까지 말하자 도미타는 그제야 쇼의 이변을 알아챈 듯했다.

"그게 무슨 말이에요? 가다뇨. 바라나시를 떠난다고요?"

"그래. 호텔에 돌아가면 바로 출발할 거야."

"정말요? 어디로 가는데요?"

잠깐 뜸을 들이더니 쇼는 자신에게 말하듯 속삭였다.

"일본."

도미타의 입이 딱 벌어진다.

"왜요?"

"모험을 좀 하고 싶어서."

"네? 일본에서요?"

"언젠가 또 보자. 각자 여행 잘하고."

쇼는 빙긋 웃었다. 목적지가 보이지 않는 대모험……. 분명 일본에 그것이 있으리라는 흥분을 쇼는 확실히 느꼈다.

쇼가 일본을 떠난 지 일 년 반이 지났다. 사쿠라기초에 있는 작은 여행사 대리점에서 홍콩행 티켓을 샀고, 가능한 한 육로를 이용해 콜카타까지 간 것이 반년 전. 소문과 다르지 않게 인도의 잡다한 분위기는 흥미로웠다. 네팔로 나와 비자를 갱신한 뒤 다시 인도에 입국해 한 달 전쯤 갠지스강이 흐르는 성지 바라나시로 왔다.

언젠가 세계를 여행하고 싶다는 것은 어릴 적부터 꿈이었다. 학창 시절 탐독하던 여행기의 영향도 있으나, 히노데초에서 산부인과를 운영하는 할아버지의 말이 직접적인 계기가 되었던 것 같다.

"난 네가 넓은 세상을 많이 봤으면 좋겠구나. 할아버지는 평생 좁은 동네에서만 살았거든. 돌아와서 네가 본 것을 모두 다 말해주렴."

'쇼'는 그런 할아버지의 바람으로 지어진 이름이라고 한다. 세상을 향해 날아오르라는 의미가 담긴 이 이름이 인생에 적잖은 영향을 주었을 것이다.

할아버지가 일하는 모습을 줄곧 동경했다. 쇼가 병원에 오면 할아버지도 활짝 웃으며 많은 것을 가르쳐주었다. 특히 인상에 남은 말이 있다.

"네가 장차 어떤 일을 하든 절대로 잊어선 안 되는 게 있다. 상대가 무엇을 바라는지 진지하게 상상하려무나."

"상상요? 그냥 이야기를 들으면 되잖아요."

아직 초등학생 시절이었다. 쇼는 느낀 대로 말했고, 할아버지는 그런 손주를 바라보다가 어깨를 살짝 으쓱거렸다.

"인간이란 꽤 복잡한 생물이라서 말이다. 생각하는 걸 다 말로 할 수는 없어. 하지만 언젠가 네가 만날 누군가는 네가 뭐라고 해줄지 기대할 거야. 그런데 잘 설명할 수 없어서 생각지도 못한 말을 할 수도 있지. 그러니 그 누군가를 진솔하게 대하고 그가 바라는 게 무엇인지 상상해주어야 한단다."

할아버지는 분명 무언가 회상했다. 쇼에게도 짚이는 데가 있었다. 어릴 적부터 남매처럼 지내던 친구와 막 헤어진 무렵이었다. 진정으로 그 아이의 마음을 상상해보았느냐고, 그렇게 따져 묻는 것 같아 할아버지의 말에 가슴이 쓰렸다.

할아버지가 일하는 모습은 쇼의 눈에 눈부셔 보였다. 반면에 아버지가 어떤 일을 하는지는 거의 알지 못했다. 대규모 변호사 사무실에서 일하던 아버지는 쇼가 초등학교 6학년에 올라갈 때쯤 독립하여 요코하마 역 근처에 자신의 성채를 차렸다.

이제 쉬는 날도 늘고 저녁도 함께 먹을 수 있으리라. 그런 기대를 배신하듯 독립한 뒤로 아버지는 더 바빠졌다. 아침에 일어나면 이미 모습이 보이지 않았으며 휴일에도 없을 때가 많았다. "덕분에 이렇게 풍족한 생활을 하잖니"라는 어머니 말은 이해할 수 있었지만, 그렇다고 아버지를 동경할 이유는 되지 못했다.

누구와도 어렵지 않게 이야기할 수 있어도 아버지를 대하기는 쉽지 않았다. 가나가와 현 최고라고 불리는 중고통합형 사립학교에 합격하여 축구부 활동에 매진하면서부터는 더욱 먼 존재가 되었다.

고등학교에 들어간 뒤에도 좋은 성적을 유지했으며, 동아리 활동에도 열을 올렸다. 1학년 겨울에 나눠준 진로희망서에는 망설임 없이 '국립대학 이과계'라고 표시할 생각이었다. 물론 할아버지의 뒤를 이어 의사가 되기 위해서였다.

그에 대해 누구와도 상의하지 않았고 알릴 생각도 없었다. 어머니가 새해가 밝자마자 학창시절 친구들과 교토로 여행을 떠난 날 밤. 축구부 연습이 없어 집에서 홀로 배달시킨 돈가스 덮밥을 먹고 있는데 전화가 울렸다. 아버지였다. 아버지는 귀가할 수 없게 됐다며 미안한 듯 말하고는 갈아입을 옷을 가져다달라고 부탁했다.

귀찮지만 쇼는 셔츠와 손수건을 가방에 넣고 자전거에 올라탔다. 야마테에서 요코하마 역까지는 자전거로 삼십 분쯤 걸린다. 언덕에서 내려다보는 네온사인이 흔들렸다. 어렸을 적에는 친구들과 보는 이 경치를 무척 좋아했지만 언제부턴가 아무 느낌도 들지 않았다.

살을 에는 듯한 추위를 견디며 요코야마 역에 도착하니 오후 8시가 지나 있었다. 아버지의 사무실은 하마볼요코하마 시에 있는 복합쇼핑몰 뒤편 주상복합건물에 있다. 빈말로도 호화롭다고 할 수 없는 건물이었다. 전혀 추위를 막아줄 것 같지도 않고 형광등도 깜빡거린다. 멋대로 머릿속에 그리던 '변호사 사무소'의 모습과는 달랐다.

사무실에는 손님이 와 있는 듯했다. 칸막이 너머로 실루엣이 흔들리고 무언가 심각한 목소리가 들린다. 짐만 놓고 가려고 했는데 아버지가 칸막이에서 얼굴을 내밀어 "잠깐 기다려"라고 하기에 그 말에 따랐다.

삼십 분쯤 지나서야 자리에서 일어선 이는 젊은 여자였다. 발갛고 촉촉해진 눈으로 기쁜 듯 활짝 웃더니 어째서인지 쇼에게도 고개 숙여 인사했다.

쇼는 그 몸짓이 낯설지 않았다. 할아버지 병원을 찾아온 여자들도 어린 쇼에게 같은 표정을 보였다.

"미안하다. 밥이라도 먹으러 갈까?"

여자가 돌아가는 모습을 지켜본 아버지는 무덤덤하게 말했다. 태연한 척하지만 틀림없이 쑥스러움을 꾹 참고 있다.

"아니, 이미 먹었어요." 쇼도 뺨이 실룩거렸다.

"그러지 말고 같이 가자. 고기 먹을래?"

"아니, 됐어요. 방금 그 사람 뭐예요? 울고 있던 거 같은데."

아버지는 허를 찔린 듯 입을 오므린다. 그러고는 괜히 물었나 후회하던 쇼에게 미소를 지어 보인다.

"쇼, 너 묵비의무라고 아니?"

"네?"

"말할 수 없어. 변호사는 고객에 관해서는 아무리 사소한 것도 밝힐 수 없지. 사랑하는 가족에게도 말이야."

아버지는 평소보다 기분이 좋아 보였고 말도 많았다. 돌아갈 타이밍을 놓친 쇼에게 또다시 미소 짓고는 화제를 바꿨다.

"요즘은 어떠냐? 학교는 재미있고?"

"그냥 뭐. 슬슬 진로도 정해야 하고."

"진로?"

"이과인지 문과인지. 국립인지 사립인지. 어느 정도 정하긴 했지만요."

"그렇군. 열여섯 살인데 벌써 그런 중대사를 정해야 한단 말이지. 학생도 힘들겠구나."

아버지는 짐짓 중얼거릴 뿐 정작 중요한 것은 묻지 않는다. 생각해보면 아버지는 한 번도 쇼의 결정을 두고 이러쿵저러쿵한 적 없다. 사립 중학교 입시도 어머니와 단둘이 정했고 학원도 등록한 뒤에 알렸다.

"저기, 이 일 재미있어요?"

쇼가 넌지시 물었다. 아버지 얼굴에 뜻밖이라는 기색이 감돈다.

"변호사 말이냐? 즐겁고말고. 아버지는 매일 가슴이 설레는걸."

"후회 같은 건 한 적 없고요?"

"후회? 전혀. 왜 그런 걸 묻지?"

아버지는 일단 그렇게 말하더니 이내 의도를 알았다는 듯 고개를 끄덕거렸다.

"아아, 그래. 할아버지 말이냐. 유일하게 마음이 걸리는 게 그 부

분이야. 옛날엔 그렇게 느낀 적 없는데 요즘 들어 이런 생각이 조금
은 들더구나. 할아버지의 뒤를 잇지 않은 게 잘한 걸까, 하고. 어울리
지 않게 말이지."

그 뒤로도 무난한 대화가 한동안 이어졌다. 십 분쯤 지나 쇼는 "이
만 가볼게요" 하고 손을 흔들었다. 아버지가 눈치를 살피듯 그 모습
을 바라본다.

"혼자서 괜찮겠니? 같이 갈까?"

"네? 그게 무슨 말이에요? 당연히 괜찮죠."

"왜 그렇게 거부하니. 설마 집에 여자라도 데려온 건 아니겠지?
네 엄마를 슬퍼하게 할 짓은……."

"저기, 아버지."

어이가 없어 한숨을 쉬며 쇼는 아버지의 말을 가로막았다.

"그건 말 못 해요. 묵비의무거든요."

2학년에 올라가면서 예정대로 '국립대학 이과계'를 선택하여 의
학부를 목표로 수험 공부에 매달렸다.

쇼가 이과를 단념하고 문과 쪽으로 진로를 바꾼 것은 3학년 가을
이었다. 아버지가 바란다고는 생각하지 않았으며, 자신이 정말 변호
사가 되고 싶은지도 알 수 없었다. 다만 훗날 후회하지 않으려면 이
렇게 해야 한다는 확신이 있었다.

고속 기어가 장착된 것처럼 공부에 몰두했다. 그 덕분에 쇼는 단
번에 도쿄 대학교 법학부에 합격했다. 안도의 숨을 내쉰 정도였을

뿐 성취감은 크게 들지 않았다. 다만 마지막까지 진로에 대해 알리지 않은 할아버지가 손뼉을 치며 좋아해주니 기뻤다. 아버지도 "오오, 문과에 응시했구나" 하고 농담처럼 말하면서도 기쁨은 감추지 못했다.

대학 생활은 끔찍하게 따분했지만 딱히 신경 쓰이지는 않았다. 공부 의욕이 이상하리만큼 사그라지지 않아서 입학하자마자 전문학원에 다니기 시작했다. 쇼는 대학교 3학년 때 사법시험에 합격했다. 사립 중학교 입시 때도, 도쿄 대학교에 합격했을 때도 느끼지 못한 충족감이 이때만큼은 가슴에 차올랐다.

"어떻게 된 거야. 너, 천재냐?"

본인도 학생 때 합격했으면서 아버지는 눈을 크게 뜨며 놀랐다. 할아버지도 주름진 얼굴로 웃으며 100만 엔이나 되는 용돈을 몰래 계좌에 넣어주었다.

대학을 졸업하고 곧바로 사법 연수 기간에 돌입했다. 일 년 사 개월에 이르는 과정을 마치려 할 때쯤 단게 집안에는 긴장감이 감돌았다. 슬슬 취업처를 결정해야 했다. 그러던 어느 날, 이렇다 할 대화가 없던 저녁식사 자리에서 아버지가 심사숙고한 듯 입을 열었다.

"너 취업은 어떡할 거냐."

두 사람 모두 보류해두던 화제였다. 쇼는 등을 곧게 펴고는 속마음을 들키지 않으려는 듯 고개를 저었다.

"가능하다면 '단게 법률사무소'에서 일하고 싶어요. 그래서 말인데요……."

"미리 말해두지만 바로 함께 일할 생각은 없다. 우리 사무소로 올 거면 몇 년은 밖에서 수업을 받고 와."

"수업요?"

"내 사법 연수 시절 동기가 고지마치에서 사무소 소장으로 있어. 거기서 공부하고 와라."

"아아, 그런 얘기시구나."

"한번 만나고 오지 그러냐. 푸근한 선생님이야."

아버지가 자신을 '아버지'가 아닌 '나'라고 부르게 된 건 언제부터일까. 아마도 쇼가 아버지를 좀 더 친근하게 부르게 된 시기와 그리 멀지 않으리라.

쇼는 잠시 머뭇거리다 아버지의 눈을 바라보았다.

"저기, 아버지. 그 수업 기간을 나한테 주시면 안 될까요?"

아버지가 의아한 표정으로 고개를 갸웃거리자, 쇼는 고개를 끄덕이며 단숨에 말했다.

"예전부터 세계를 여행하면서 넓은 세상을 직접 보고 싶었어요. 순진한 생각일지도 모르지만 같은 수업이라면 스스로 단련해보고 싶어요. 할아버지가 주신 돈도 있고요."

아버지의 뺨이 발갛게 물든다.

"순진하구나, 쇼. 너무 철없는 생각이다."

"알아요."

"너도 지금이 어떤 시대인지 알잖니. 자격을 땄다고 해서 변호사가 쉽게 먹고살 수 있는 시대가 아니야."

"그것도 알아요."

"아니, 몰라. 다들 얼마나 몸부림치며 일하는데."

아버지가 하는 한마디 한마디가 극히 지당하여 반론할 수 없었다. 그렇다고 생각을 바꾸고 싶지는 않다. 이해해주지 않는다면 귀국한 뒤에 자력으로 취업처를 알아보면 그만이다.

그때까지 잠자코 있던 어머니가 두둔하듯 끼어들었다.

"난 괜찮을 거 같은데."

아버지가 일순간 미간을 찡그렸지만 어머니는 아랑곳하지 않고 눈을 반짝였다.

"멋있잖아. 그야말로 시대가 다른걸. 당신도 앞으로 변호사는 해외로도 눈을 돌려야 한다고 했으면서."

"그거랑 이거랑은 얘기가 달라."

"난 괜찮다고 봐. 우린 그럴 여유가 없었지만, 다행히 쇼에겐 시간이 있잖아. 사법시험에 재수하는 셈 치고 그냥 하게 놔둬."

어린 나이에 쇼를 가진 것을 두고 하는 말이 분명했다. 아버지는 입을 굳게 다문 채 허공을 노려보았다.

한동안 정적이 흐른 뒤에 비로소 아버지가 입을 열었다. 목소리 톤이 달라져 있었다.

"철없는 생각이라는 건 알지?"

"그건…… 네, 알아요."

"돌아오면 일자리가 없을 수도 있어."

"그럼 제가 처음부터 다시 찾아볼게요."

아버지는 쇼의 눈을 지그시 바라보다가 체념 섞인 한숨을 쉬었다.

"내가 존경하는 어느 선생님이 말씀하시길, 변호사가 자기 목숨을 걸고 싸울 수 있는 안건은 평생 한 건 있을까 말까 한다더군. 인생에 일어나는 모든 일이 그날을 위한 수련이라고. 기왕 갈 거면 성장해서 돌아와라. 어머니 눈에서 눈물 나지 않을 범위에서 여러 가지 흡수하고 와."

아버지는 거의 단숨에 말하고는 기특하다는 듯 미소를 지었다.

나중에는 기분 좋게 배웅해준 부모님에게 여행중에는 거의 연락하지 않았다. 귀국할 때도 전화조차 하지 않았는데 아버지는 의아해하며, 어머니는 기뻐하며 마중 나와주었다.

쇼는 인사를 대충 마치고 유키노에 관해 이야기했다. 두 사람 모두 사건과 피고인 다나카 유키노는 보도 등을 통해 알고 있으나, 같은 동네에 살던 '노다 유키노'는 거의 기억하지 못했다.

"저 아버지 사무소에서 일할 수 있을까요? 이렇다 하게 성장하지는 않았겠지만 가능하면 함께하고 싶어요."

약간 긴장한 모습으로 머리를 숙인 그날, 쇼는 아버지와 이세자키초에 있는 고깃집에서 외식중이었다. 사무소 건과 귀국 환영보다는 유키노에 관한 이야기에 화제가 집중되었다. 아버지는 이미 법원 홈페이지에서 판결문까지 받아놓은 상태였다.

"뭔가 행동을 취할 생각이냐?"

아버지가 맥주를 입에 대며 말했다.

"아직 모르겠어요. 일단 유키노를 만나보려고요. 직접 이야기를 듣고 싶어요."

"뭘 노리는 거냐? 재심?"

"아직 모르겠다니까요. 왜 항소하지 않았는지부터 물어볼래요."

"판결에 이상하다고 느껴지는 부분이 있어?"

"갑자기 적극적이시네요. 말했듯이 아무것도 정한 게 없어요. 다만, 사건 발생 전에 항불안제를 복용했다는 보도가 있었죠. 그런데 재판에서 심신상실이나 책임능력을 쟁점으로 다툰 흔적이 별로 없어요. 그게 조금 불만이랄까요."

'이상하다'가 아닌 '불만'이라는 말이 나와 쇼 자신도 놀랐다. 아버지는 난처한 표정으로 고개를 갸웃거렸다.

"담당 변호사에게 이야기를 들으려 해도 좀 어려울 거다."

"왜요? 묵비의무?"

"그래. 재판 기록조차 보여주지 않겠지. 외부인이 관여하려는데 좋아할 변호사는 없다고 봐야 해."

"그렇겠죠. 그래도 어떻게든 해볼래요. 아무것도 안 하는 것보다는 나을 테니까요."

"미리 말해두는데, 일상 업무도 처리해줘야 한다. 왠지는 몰라도 요새 무척 바쁘거든. 불황이다 보니 단가가 낮은 우리 같은 곳으로 일이 몰리는 거겠지. 이래서야 네 할아버지 병원하고 다를 게 뭐냐."

내뱉듯이 한 말에 쇼가 웃으면서 대화가 끊겼다. 문득 고기가 구워지는 소리가 크게 들린다. 여행하면서 줄곧 그리워하던 일본식 식사인데도 이상하게도 맛이 잘 느껴지지 않는다.

까맣게 탄 고기를 바라보며 아버지는 말을 이었다.

"이 일에 꼭 나서야겠냐? 어린 시절 친구라는 이유만으로?"

아마 이것이 아버지의 본론이리라. 바라나시에서 사건 속보를 접한 뒤로 쇼 역시 줄곧 생각했다. 뉴스를 접하고 자신이 그토록 떤 이유. 어린 시절 기억을 더듬고 더듬은 끝에 어떤 장면에 다다랐다. 당시 친구들, 즉 유키노를 포함한 언덕 탐험대 멤버들 앞에서 자신이 이런 말을 하고 있다.

"누군가 슬퍼하면 다 같이 돕기. 이건 언덕 탐험대의 약속이야."

줄곧 머릿속에서 지워져 있다가 거짓말처럼 선명하게 되살아난 그날 밤의 기억은 한없이 눈부시기만 했다.

아버지에게 할 말은 따로 있었다.

"이번이 제 인생의 유일한 안건일지도 몰라요. 어쩌다 보니 미리 찾아온 건지도 모르죠. 그런 마음으로 부딪혀보려고요."

아버지는 멍하니 입을 벌리고 있다가 멋쩍은 듯 미간을 긁적였다. 그러고는 속삭이듯 한마디 했다. "네 엄마 울릴 짓만 하지 마."

인터넷에서 정보를 건질 수 있을 만큼 건진 쇼는 다음 날 바로 고스게에 있는 도쿄 구치소를 방문했다. 이곳에 오기는 사법 연수생 시절 이후 처음이다. 그날은 느끼지 못한, 찾아오는 이를 거부하는 듯한 건물의 위압감에 압도되는 기분이었다.

쇼는 자신이 생각하는 것 이상으로 긴장하고 있었다. 이틀 전까지

머물던 인도와 이곳은 갭이 너무 컸다. 북쪽에서 불어오는 강풍이 살을 에듯 찬데도 손에는 땀이 밴다.

만일 유키노와 만날 수 있다면 오늘이 가장 좋은 기회라고 생각했다. 반대로 오늘 만나지 못한다면 다시는 만날 수 없을지도 모른다. 찾아오는 횟수가 늘수록 만날 이유가 사라져버릴 것 같아서.

유키노의 방에서 압수된 일기에는 어린 시절 일도 적혀 있다고 한다. 부정적 생각만 연이어 적었지만 야마테에서 지내던 시기만큼은 밝게 빛났다고 한다. 그녀가 줄곧 누군가에게 필요한 사람이 되고자 했던 것은 자신들과 함께 지낸 경험에서 기인했을까.

오후의 구치소는 예상과 달리 면회인으로 북적였다. 쇼는 안내에 따라 면회 신청서를 제출했다. 변호사로서가 아닌 친구로서, 접견이 아닌 면회로. 첫 번째 관문은 이곳이었다. 미결수와는 비교적 쉽게 면회가 가능하지만 형이 확정된 사형수인 경우에는 '친족'이나 '중대한 이해에 관련된 용무가 있는 자'라는 조건에 부합하는 이로 한정된다.

그렇지만 자신이 '중대한 이해에 관련된 용무'가 있는지 없는지는 아무도 판단할 수 없다. 시기에 따라 기준이 미묘하게 다르다고 하는데, 쉽게 말하자면 구치소 측 자유재량에 달린 셈이다.

십 분 정도 기다리자 이름을 부른다. 또다시 손에 땀이 배는 것을 자각하며 서둘러 창구로 발걸음을 옮긴다. 담당 직원의 말투는 무척 사무적이었다.

"본인 요청에 따라 면회는 할 수 없습니다."

쇼는 허를 찔린 기분이었다. 차갑게 응대해서가 아니라 비밀주의를 고수하는 구치소에서 이유를 말해주었다는 사실이 놀라웠다.

"저, 죄송하지만, 저쪽에 제 이름이 전달됐나요? 그래도 안 되는 건가요?"

"저희는 알 수 없습니다."

"그렇군요. 그럼 됐습니다. 고맙습니다."

쇼는 머리를 꾸벅 숙였다. 분명 유키노에게 '단게 쇼'라는 이름이 전달되었으리라. 그런데도 '본인 요청'으로 거부했다면 실망감은 이만저만이 아니다.

하지만 이내 마음을 다잡았다. 숨 막히던 구치소를 나서며 뒤돌아본다. 요새를 연상시키는 거대한 건물 어딘가에 유키노가 있다. 그런 생각만으로도 기합이 바짝 들어가는 것 같았다.

어쨌든 첫 번째 화살은 날렸다. 움직일 기색이 없는 태산을 상대로 첫 번째 화살을 쏘아 맞혔다. 이게 두 번째 화살이라고 마음속으로 외치며 구치소 근처 우체통에 어젯밤에 쓴 편지를 넣었다. 면회가 이루어지지 않으면 보낼 생각이었다.

내 이름에서 조금이라도 느껴지는 바가 있으면 좋겠다. 오랜만에 언덕 탐험대 이야기를 하고 싶어. 그 시절은 정말 즐거웠으니까.

편지를 쓰는 사이 잠들어 있던 추억이 속속 되살아났다. 유키노의 기운을 북돋기 위해서가 아니라, 정말 그녀와 옛이야기를 하고 싶어졌다.

그걸 적기 시작하면 끝이 없겠다 싶어 편지를 이렇게 끝맺으며 쇼는 조용히 펜을 내려놓았다.

매주 금요일 오후에 꼭 올게. 언젠가 얼굴을 보여주면 좋겠다. 옛이야기 실컷 하자. 쇼.

편지 내용대로 쇼는 매주 도쿄 구치소로 갔다. 아무리 일상 업무가 바빠도, 아무리 컨디션이 나빠도 금요일 오후만큼은 어떻게든 시간을 냈다.

면회는 한 번도 이루어지지 않았다. 긴장하던 마음도 점차 사라지고 거절당하는 데도 익숙해졌다. 하지만 구치소에 발을 들일 때만은 '오늘이 그날'이라며 마음을 다잡았다.

유키노의 담당 변호사도 만났다. 국선 변호인을 맡은 우에노라는 육십대 남자는 아버지 말대로 못마땅한 표정을 지었다. 그렇다고 귀찮아하지도 않았으며, 몇 번 찾아가도 쇼를 사무실 안으로 들였다.

그러나 역시 '묵비의무'를 방패 삼아 정보는 주지 않았다. 주민표¹를 가져가 유키노와의 관계를 증명한 뒤 대신 편지를 전해달라고 부탁해보았지만, 실제로 전달되었는지는 확실치 않다. 이야기를 이리저리 회피하는 것 같아 쇼는 조바심만 났다.

우에노를 만난 지 사 개월이 지난 어느 날. 그날은 경찰 조사 내용을 끈질기게 묻겠다고 마음먹었다. 평소 이상으로 힘이 들어가 있던 쇼에게 우에노는 엉겁결인 듯 입을 열었다.

"그건 말이야, 다카시로 군의 안건이었거든."

일순간 불온한 공기가 감돌았다.

---

¹ 일종의 주민등록증

"다카시로 씨요?"

"아, 그게, 말하자면 난 깊이 관여하지 않았다는 말일세. 어쨌든 아무 문제는 없었다고 하더군."

다카시로. 어디선가 본 이름이다. 분명 가나가와 현의 지방신문에서 보았다. 크게 다룬 기사도 아니었고 우에노의 보조 역할을 하는 변호사라 그리 주목하지 않았는데, 알아볼 가치는 있을 듯했다.

다카시로는 요쓰야에 있는 대형 변호사 사무소 소속 변호사였다. 머리가 반쯤 센 우에노와 달리 아직 사십대 전반인 얼굴에는 매서움이 서려 있다.

다카시로는 왠지 쇼의 방문을 환영해주었다. 바쁜 시간을 쪼개어 특별히 이탈리안 레스토랑으로 데려갔다. 그러고는 "그 일에 크게 관여하진 못했지만 내가 아는 범위 안에서는 대답하지" 하며 밝은 미소를 지었다.

쇼가 다카시로에게 묻고 싶은 것은 오직 하나, 경찰 조사에 관한 것이었다.

"음, 그건 말이야……."

다카시로의 표정이 급격히 어두워졌다.

"강제 자백을 의심하나 본데 그건 아닌 것 같아. 피고인은 전면적으로 범행을 인정했다고 하고, 경찰에서 강압 수사를 한 흔적도 보이지 않아. 조사는 허탈하리만큼 간단했고 피고인 역시 순순히 조서에 사인한 모양이야."

"'비밀의 폭로피의자가 진범만 알 수 있는 사실을 자백하는 것'는요?"

"물론 있었어. 등유 담은 용기를 던진 장소지. 온다가와라는 하천이었어."

"심신상실 상태에서의 책임능력으로 다툴 생각은 해보지 않으셨습니까?"

"항불안제 복용 말인가? 물론 기소 전에 감정을 거쳤어. 하지만 정신과 의사가 특별한 이상을 인정하지 않았어. 복용량도 마찬가지고. 그래도 우에노 선생님은 정식 감정을 신청하려고 했는데 피고인이 거부했지."

"유키노가요? 어째서요?"

"글쎄. 아무튼 죗값을 치르고 싶다는 말만 했다는 건 틀림없어. 하지만 그 점이 좀……."

유창하던 다카시로의 말이 갑자기 끊어졌다.

"아니 뭐, 대단한 이야기는 아니고. 조사를 담당한 형사는 그저 희한하다고 했어. 질문에는 뭐든 솔직히 답하면서도 절대로 반성의 말은 하지 않았다는 거야. 넌지시 유도해봐도 고개를 살살 저을 뿐이라나."

"그 형사 이름을 여쭤도 될까요?"

"그럼. 명함이 있을 텐데. 꽤 우수한 형사더군."

다카시로가 빵빵하게 부푼 명함첩을 꺼내 담당 형사의 이름과 전화번호를 적었다.

받아든 메모지를 멍하니 바라보다 쇼는 정에 호소하듯 다시 입을 열었다.

"왜 이렇게 잘해주시는 거죠? 솔직히 성가셔하실 줄 알았습니다."

"우에노 선생님처럼?"

"네, 맞습니다."

"자네의 의문에 답하기 전에 내가 먼저 질문해도 될까?"

온화한 미소는 그대로인데 다카시로의 목소리에 날카로움이 서렸다.

"자네야말로 왜 이렇게까지 열심이지? 소꿉친구라는 것만으로 이렇게까지 나설 수 있을까?"

아버지와 똑같은 의문이었다. 지금도 명확한 대답은 할 수 없다. 할 수 있는 말은 딱 하나다.

"그 애와 접촉한 사람은 달리 없을 겁니다. 그 애가 줄곧 바라던 것을 가져다줄 수 있는 사람은 저밖에 없다고 생각해서요."

쇼는 솔직한 심정으로 말했다. 쇼의 눈을 살피듯 바라보던 다카시로는 그제야 익살스럽게 어깨를 움츠렸다.

"자네 질문에 답하지. 법조계 종사자로선 실격이겠지만, 우선 내가 가진 정의의 이미지에 반하지 않아서일 거야. 아, 우에노 선생님이 절대적으로 옳다는 건 의심하지 않으면 좋겠어."

다카시로는 남은 파스타를 단번에 흡입하고는 장난스럽게 미소 지었다.

"또 하나는 날 닮아서라고 할까. 자네, 여기 온 뒤로 내내 웃고 있잖아. 주위에서 '능글맞다'라는 소리 안 들어?"

"아, 듣는 것 같기도 하고요."

"그걸 자신의 무기라고 착각하지는 않고?"

말문이 막힌 쇼에게 손을 내저으며 다카시로는 활짝 웃었다.

"딱히 나무라는 건 아냐. 나도 그랬으니까. 그러다 곧 벽에 부딪혔지. 자네도 일찌감치 같은 경험을 했으면 해서 선배처럼 굴어봤어."

왠지 말려드는 기분이 들었다. 나름 같은 법조인으로서 분하기는 했지만, 그보다 속내를 털어놓고 싶은 마음이 더 컸다.

"제가 이렇게 웃게 된 건 유키노의 영향일지도 몰라요."

"오, 그래?"

"그 애 어머니가 사고로 죽고 아버지가 폭력을 행사한다는 소문이 돌 무렵, 제 얼굴에는 늘 불만이 가득했어요. 왠지 하루하루가 따분하기만 했고 사태가 빨리 안정되어 다시 다 함께 놀고 싶었죠. 근데 점점 일이 안 좋게 흘러가면서 짜증만 늘었고요."

"이해 못 하는 건 아니지만 어린애가 뭘 할 수 있었겠어."

"저도 그렇게 생각했어요. 하지만 지금 돌이켜보면 좀 더 함께 고민해줬으면 어땠을까 싶어요. 하다못해 웃어주기라도 했으면 좋았을 텐데 지레 포기하고 마냥 짜증만 냈고요. 결과적으론 최악의 이별을 했죠. 뚱한 표정 지어봤자 좋을 게 없다는 걸 어린 마음에도 알게 됐어요. 그럴 바엔 늘 웃자고 그 시절에 마음먹었어요."

다카시로는 무언가를 확인하듯 고개를 한 번 끄덕였다. 그 몸짓을 바라보며 쇼는 한마디를 덧붙였다.

"그 애들은 제 인생에서 최고의 친구였어요. 어쩌면 제게는 정말로 유키노가 필요했는지도 몰라요."

다카시로는 그 말에 대꾸하는 대신 쇼의 어깨에 손을 올렸다.

"어설픈 정의감을 풍기는 것도 아주 닮았어. 자네도 스스로 정의라고 믿는 걸 당당히 하면 돼. 물론 그 책임도 자네가 지는 거야. 절대로 남 탓하지 말고. 세상엔 온통 그런 녀석들뿐이거든."

다음 날에는 가나가와 현경을 찾아갔다. 다카시로의 말대로 형사는 나이 지긋하고 양식 있는 사내였고, 불쑥 찾아온 쇼를 성의 있게 맞아주었다.

하지만 기대한 정보는 들을 수 없었다. 흥미를 끈 이야기는 하나뿐이었다.

형사는 쇼가 내민 명함을 보면서 곰곰이 떠올리듯 중얼거렸다.

"그 애는 무조건 죽음으로 속죄하고 싶다고만 했어. 항소하지 않겠다는 뉴스를 접하고 감이 팍 오더라고. 아아, 역시나 싶었어."

일상에 치이며 지내는 사이 계절은 흘러갔다. 사형수의 수감 기간은 평균 오 년에서 칠 년. '판결 확정일부터 육 개월 이내'라는 형사소송법 규정보다 명백히 길어서 '세금 낭비'라는 비판의 목소리도 나온다. 하지만 틀림없이 제한선은 존재하기 때문에 언제 형이 집행되어도 이상할 것이 없다.

쇼가 할 수 있는 일은 제한적이었으며, 그마저도 점점 줄었다. 유키노의 중학교 동창이나 아동자립지원시설에서 함께 지낸 동료를 찾아가보아도 유용한 정보는 얻을 수 없었다. 심지어 매스컴에서 생활을 헤집어놓은 통에 그들의 거부반응은 이만저만이 아니었으며 노골적으로 꺼리기 일쑤였다.

당연히 피해자 유족에게서도 거절당했다. 이미 목격 정보를 입이 닳도록 말했을, 나카야마에 사는 노파는 노발대발하며 현관 앞에 소금을 뿌리기까지 했다.

유일하게 쇼를 받아준 이는 반쯤 탄 연립주택의 주인 구사베 다케시였다. 구사베는 유키노를 원망하지 않았을뿐더러 애정 어린 말투로 추억담을 들려주었다. 하지만 매스컴 인터뷰 이상의 정보는 나오지 않아 도리어 쇼를 낙담하게 했다.

당시 어울리던 친구에 대해서도 알아보았으나, 쇼는 혼자 사립 중학교에 진학했기에 좀처럼 그들의 발자취를 찾을 수 없었다. 유키노의 언니 노다 요코도 중학교 2학년 봄에 요코하마에서 도쿄로 이사하여 이후 소식은 알 수 없었다.

마지막 한 사람, '신이치'는 정작 쇼 자신이 성도 한자도 기억하지 못했다. 당시 살던 집에는 이미 다른 가족이 살고 있었고 공립 중학교에 진학한 초등학교 친구들에게 이런저런 아이였다고 설명해도 알지 못했다. 인터넷으로 검색하려 해보았지만 힌트가 될 단어조차 생각나지 않았다.

귀국한 지 이 년이 되었을 무렵 쇼는 무척 조바심이 났다. 아니, 조바심을 내고 자신을 닦달하지 않으면 아무 일도 없는 하루하루를 당장 받아들일 것만 같아 무서웠다.

그러던 어느 날이었다. 첫눈이 예보된 12월 14일 금요일, 쇼는 추워서 좀처럼 침대 밖으로 나오지 못하다가 어머니가 타준 뜨거운 커피를 마시며 무심코 TV를 보았다.

원전 반대 단체의 항의 시위, 나고야의 호텔에서 일어난 식중독, 연예인 경매 사기, 어젯밤 관측된 쌍둥이자리 유성우, 격화되는 시리아 내전……. 평소처럼 갖가지 뉴스를 보고 있다가 갑자기 가슴이 뜨거워졌다.

"쇼, 왜 그렇게 멍하니 있어?"

그러는 어머니를 "쉿" 하고 제지했다. "쇼, 나 어제 좀 재미있는 걸 찾았는데 말이야" 하고 분위기 파악을 못 하는 아버지에게는 "미안, 잠깐 조용히 해봐요"라고 강하게 말했다.

쇼는 채널을 이리저리 돌려보았다. 모든 방송사가 같은 뉴스를 대대적으로 다루고 있었다. 잊고 있던 기억이 줄줄이 되살아난다.

"미안해요, 아버지. 저 먼저 가 있을게요."

아침식사도 대충 마치고 집을 나섰다. 냉랭한 사무실에 도착해서는 어제 쓴 편지를 세단기에 넣고 새 편지지를 책상에 펼쳤다.

오랜만에 마음속 깊은 곳에서 말들이 솟아 나왔다. 이것이 돌파구가 되리라는 예감이 들었다. 쇼는 감정을 애써 누르지 않고 어린 시절의 추억을 빠르게 써 내려갔다.

어제 요코하마에서도 쌍둥이자리 유성우를 볼 수 있었어. 옛날 일이 많이 생각나더라. 유키노, 거기서도 별이 보이니?

이날은 일이 거의 손에 잡히지 않았다. 쌓여만 가는 사무 업무를 어떻게든 처리한 뒤, 정오를 지나 평소보다는 일찍 사무실을 나서려 했다.

아버지가 황급히 쇼를 붙들었다.

"아, 미안하다. 잠깐 이것 좀 봐줄래?"

아버지는 시선을 노트북으로 돌리더니 심각한 표정을 짓는다. "뭔데요? 나 급한데" 하고 볼멘소리를 하면서도 쇼는 순순히 모니터를 들여다보았다.

한 대형 포털사이트의 블로그를 화면에 띄워두었다. 자주 보는 밝은 포맷과 어울리지 않게 제목이 무척이나 거창하다.

"뭐예요, 이게?"

참지 못하고 소리 내어 읽었다. '어느 사형수와 함께한 나날'이라고 적힌 제목에 눈이 고정되었다.

"우연히 발견했어. 이름을 교묘히 감춘 데다 이 사형수가 다나카 씨라는 확증도 없지만, 형이 확정된 여자 사형수는 많지 않잖아?"

"누가 쓴 거예요?"

"글쎄다. 그것도 모르겠어. 남자인 건 틀림없는데 말이야."

"알았어요. 알아볼게요. 아무튼 급한 일이 있어서 먼저 가요. 고마워요."

인터넷에 떠다니는 정보는 죄다 조사했다고 자신했다. 심지어 최근에는 그것 외에 달리 할 일이 없어서 웬만한 페이지는 망라하고 있다고 생각했다.

쇼는 전철을 타자마자 스마트폰으로 아까 본 블로그를 찾았다. 그러고는 도부이세사키 선 고스게 역에 도착할 때까지 약 한 시간 동안 거의 얼굴을 든 기억이 없다. 좌석에 앉아 있을 때도, 역 중앙 홀을 걷는 동안에도 오로지 화면만 보았다.

블로그에 기록된 '사형수 A양'은 틀림없이 유키노다. A양을 이 년 정도 가까이서 봤다는 필자는 반년쯤 전 '뉘우침'이라는 글로 블로그를 시작한 이래, 하루도 거르지 않고 글을 남기고 있었다. 대부분이 장문이다. 분명 후회하는 마음이 담겨 있었고 쇼가 봐도 가슴이 미어지는 내용이 많았다.

A양과 사귀었다는 친구는 유족인 이노우에 게이스케일 것이다. 매스컴에 보도되는 것처럼 순진무구한 피해자 가족의 얼굴이 아니라, 문장 속 이노우에 게이스케에서는 인간 냄새가 느껴졌다.

고스게에 도착할 때까지 열흘 분량밖에 읽지 못했지만 오전에 밀려왔던 들뜬 감정은 이미 가셨다.

매주 걸어 눈에 익은 경치가 오늘은 조금 달라 보였다. 위화감은 구치소에 들어가려 할 때 더욱 심해졌다. 불안한 표정으로 건물을 올려다보는 여자의 얼굴이 낯설지 않았다. 반가움과 답답함이 동시에 가슴속을 맴돌았다.

"저, 혹시……."

쇼는 무의식적으로 말을 건넸다. 그 시절에 느끼던 화려한 분위기는 남아 있지 않다. 흠칫 놀라 돌아본 이는 차마 똑바로 볼 수 없을 만큼 삐쩍 마른 노파였다.

여자는 아무 말 없이 눈살을 찡그리며 의아해한다. 쇼는 확신이 들었다.

"오랜만에 뵙습니다. 유키노의 할머님이시죠?"

여자의 낯빛은 달라지지 않는다. 눈앞에 있는 사람이 적인지 자기 편인지 읽어내려는 기색이 역력하다.

"단게 쇼라고 합니다. 야마테에 살 때 유키노의 친구입니다. 할머님하고 만난 적도 있죠. 유키노가 그 하얀 집을 나가던 날에요."

쇼는 여자의 얼굴을 매섭게 바라보았다. 여자는 생각지도 않은 말을 했다.

"도저히 용기가 나지 않아요."

찬 바람이 불어와 두 사람 사이를 스친다. 무슨 말인지 알 수 없었으나 쇼는 평정을 유지했다.

"무슨 말씀이신지……."

"늘 여기까지는 온답니다. 그 애 얼굴을 보고 싶은데, 직접 만나 사과하고 싶은데 그럴 수가 없네요."

"왜요? 함께 가시죠."

"못 가요. 이제 내겐 그 애밖에 없는데, 걘 절대로 날 용서하지 않을 거예요. 내가 워낙 함부로 했으니까. 날 거부할지도 모른다고 생각하니 얼굴 보기가 무서워요."

혼잣말처럼 잘라 말하고는 여자는 그대로 발길을 돌렸다. 묻고 싶은 것이 많았는데 중요한 이야기는 하나도 듣지 못했다. 하지만 가까스로 받은 연락처는 수확이었다. '다나카 미치코'라고 적힌 오래된 명함에는 살짝 온기가 남아 있었다.

쇼는 구치소에 들어가 평소처럼 면회 신청서에 유키노의 이름과 성별을 적어 제출했다. 평소보다 훨씬 짧게 기다렸는데 창구에서 부르는 소리가 들렸다. 쇼의 마음을 알 리 없는 담당 직원이 작은 종이를 내민다. '면회 안내서'라는 제목 아래 '면회 장소 : 2층'이라고 적혀 있다. 갈망하던 날은 돌연 찾아왔다.

쇼는 멍하니 벤치에 앉은 채 주위를 둘러보았다. 자신 외에도 열 명 정도 있다. TV 소리가 황량하게 귀를 울리고 '금일 면회 가능 시간 : 이십 분'이라는 안내 벽보가 눈에 들어왔다.

십수 년 만의 재회다. 시간이 충분하다고는 할 수 없지만, 면회인이 몰리면 오 분에 그치는 날도 있기에 감지덕지해야 할 것이다.

얼마 뒤 면회 안내서에 적힌 번호가 불렸다. 엘리베이터를 타고 2층으로 올라가 또다시 안내서를 제시하자 "2번 방입니다" 하고 알려주었다. 모든 것이 처음이었다. 이 년 동안 줄곧 꿈에 나타난 것들이다. 컨베이어 벨트에 올려진 것처럼 어느새 쇼는 면회실의 파이프 의자에 앉아 있었다.

면회인과 수감인 사이를 나누는 아크릴판에 자기 모습이 희미하게 비친다. 의미 없이 머리칼을 매만진다.

십 분쯤 기다렸을까. 돌연 안쪽 문이 열리고 젊은 여자 교도관이 나타났다. 옅은 갈색으로 염색한 머리칼이 모자 밖으로 보인다. 구치소라는 장소에 어울리지 않게 현대적인 분위기를 자아내서 쇼에게는 무척 뜻밖이었다.

하지만 그런 위화감은 바로 사라지고 방 안 공기가 확 달라졌다. 교도관 등에 숨듯 스물여섯 살이 된 유키노가 서 있다.

"시간은 이십 분입니다. 말씀 나누십시오."

젊은 여자 교도관이 딱딱하게 말했다. 아니, 딱딱하게 보이려 할 뿐 깊은 관심이 있다는 것을 쇼는 알 수 있었다. 싸구려 호기심이 아닌 듯했다. 흡사 보살핌이 필요한 어린아이를 대하듯 유키노를 보는 여자 교도관의 눈길이 따뜻했다.

얇은 아크릴판 너머로, 염원하던 모습과 마주했다. 어릴 적 분위기 그대로라고 할 순 없지만 분명 그 얼굴이 남아 있다. 적어도 '악마'나 '성형 신데렐라'라고 떠들어댈 만한 극적인 변화는 느껴지지 않는다. 당시 분위기를 짙게 간직한 곳은 아이러니하게도 가장 칼을 많이 댔다는 시원스러운 눈매다.

"오랜만이야, 유키노. 잘 지냈어?"

재회 인사말을 많이 생각해뒀는데 흔해 빠진 말이 나온다. 유키노는 천천히 고개를 갸우뚱하더니 가냘픈 목소리로 말했다.

"잘 안 들려요."

"응?"

"소리가 똑똑히 안 들려요. 좀 더 크게 얘기해주면 좋겠어요."

유키노는 시선을 회피한 채, 원형으로 뚫려 있는 아크릴판의 구멍을 가리켰다. 그리움을 느끼게 만드는 목소리다.

"아아, 그렇구나. 미안해." 쇼는 말문이 막혔다가 어떻게든 목소리 톤을 한층 올렸다.

"줄곧 만나고 싶었어. 만나서 반가워. 십팔 년 만이야, 유키노."

유키노는 그저 고개를 푹 숙일 뿐 아무 대꾸도 하지 않는다. 하지만 쇼에게는 머뭇거릴 시간이 없다.

"왜 오늘은 만나줄 마음이 든 거야? 무슨 일 있었어? 안에서 힘든 일 있으면 말해."

그렇게 유도를 해봐도 유키노의 표정은 달라지지 않았다. 무언의 시간이 순식간에 큰 압력이 되어 짓누른다.

"유키노, 재심 청구할 생각은 없어?"

아직 그럴 타이밍이 아닌 줄은 알았으나 금세 벽에 부딪힌 느낌이 들었다.

"내가 책임지고 앞장설 테니까 믿어줄래? 아직 다툴 수 있는 부분은 많을 거야. 하다못해 시간은 벌 수 있어. 난 네가 보통의 정신 상태로 그런 일을 하지 않았다고 믿어. 그러니까 내게 싸울 기회를 줬으면 해."

그제야 유키노가 자조 섞인 미소를 짓더니 조그맣게 말했다.

"그런 일이란 게 뭐죠?"

"아, 그건……."

"시간을 벌 수 있다니 무슨 시간요?"

"무슨 시간이냐고? 알면서 왜 그래."

"형이 집행되기까진 얼마나 걸리나요?"

"약 육 년이라고는 하는데, 경우에 따라선 더 연장될 수도……."

"앞당기는 방법은 없나요?"

"응?" 쇼는 말문이 막혔다. 유키노는 쇼를 힘없이 바라보다가 고개를 살짝 끄덕인다.

"변호사가 되셨군요. 의사가 아니라."

잠깐의 침묵 뒤에 나온 그 말에는 유키노의 감정이 실린 듯했다. 쇼는 무의식적으로 자세를 고쳐 앉는다.

"우리 할아버지가 의사인 거 기억해? 아니 그보다 유키노, 나 기억해? 우리가 자주 놀던 야마테도 기억해?"

연거푸 던진 "기억해?"라는 질문에 유키노는 또다시 입을 굳게 다문다. 그 침묵이 오 분, 십 분처럼 느껴졌다. 하지만 쇼는 대답을 그저 기다렸다. 이미 유키노와 대면한 지 십 분이 지났다. 하지만 이제 시작이라고 자신을 설득한다.

유키노는 여전히 시선을 내리깐 채 고개를 끄덕였다.

"이 안은 비교적 자유로워요. 불만 같은 건 없어요. 담당하시는 분들도 무척 잘해주시고요. 감사하고 있어요."

유키노가 등 뒤의 교도관을 두고 한 말임을 어렴풋이 알 수 있었다. 유키노는 쇼가 대답할 틈을 주지 않았다.

"라디오도 들을 수 있어요. 어제 유성우도 뉴스로 들었어요."

처음에 쇼는 유키노가 자신이 아침에 쓴 편지 이야기를 한다고 착각했다. 하지만 오늘도 못 만나면 우체통에 넣으려 했다. 아직 부치지도 않은 편지 내용을 알 턱이 없다.

"어제는 잠이 안 와서 한참 동안 뿌연 유리가 붙은 창을 바라봤어요. 별이 보일 리 없는데도 방이 밝아졌으면 하고요."

유키노의 말에 점차 윤곽이 생긴다. 만나기로 한 이유에 대해 설명하고 있다. 쇼는 참지 못해 입을 열었다.

"나도 기억해. 그날도 겨울이었어. 다 같이 비밀기지로 별을 보러 가자고 했지. 어둠 속에서 별 하나가 꼬리를 그리며 우리가 있는 곳을 비췄어. 놀란 것도, 그러고는 다 함께 웃은 것도 또렷이 기억나."

쇼의 추억담에 유키노가 어이없다는 듯 고개를 갸웃거렸다.

"겨울이 아닌데요."

말투가 미묘하게 날카로워지자 교도관이 이쪽을 힐끗한다.

"내 생일이었어요. 3월. 그해에는 개화가 일러서 벚꽃이 만개한 봄이었어요. 거기다 비밀기지에도 가지 않았어요. 난 병으로 집에 누워 있었고 모두 문병을 왔죠. 그래서 우리 방 천창으로 하늘을 보았고요. 별이 잘 보이지 않다가 커다란 유성이 하나 나타났어요. 그런데 곧 엄마한테 들키는 바람에……."

어머니에게 꾸지람 들은 일, 케이크를 먹고 맛있어하던 일, 아버지의 기타 연주로 부른 노래, 함께 보낸 따뜻한 시간…… 멈출 줄 모르는 유키노의 이야기에 말없이 귀를 기울였다. 에피소드는 대부분 생소하지만 유키노의 목소리는 가슴에 스며들듯 편안하게 들렸다.

유키노는 억양 없는 말투로 이야기를 이어갔다. 그러다 돌연 말이 끊겼다.

"시간 됐습니다."

교도관이 천천히 얼굴을 들어 유키노에게 알렸다. 재촉을 받자 유키노는 살짝 숨을 내쉬고 일어섰다. 그대로 조용히 면회실에서 나가려는 유키노를 급히 불러 세웠다.

"미안. 잠깐만, 유키노."

뒤돌아본 유키노의 얼굴에 의아해하는 빛이 서린다. 쇼는 일순간 머뭇거리다 매달리는 심정으로 물었다.

"'신', 개 이름 기억해?"

쇼를 지그시 바라보던 유키노의 얼굴에 불만 어린 빛이 번진다.

"신이치 말인가요?"

당연하다는 듯 잘라 말하며 살짝 미소를 지었다.

"사사키 신이치. 하나도 안 변했더군요. 바로 알아봤어요."

"무슨 말이야?"

"날 봤을 거예요. 법정 방청석에서 마스크를 쓰고 있었어요. 하나도 안 변했더라고요."

유키노는 살짝 머리 숙여 인사한 뒤 면회실을 나갔다. 홀로 남은 방에 차가운 공기가 흘러든다. 뺨이 실룩거리는 것을 자각했다. 쇼는 그제야 자신이 즐겁지도 않은데 웃고 있었음을 깨닫는다.

백지 상태의 메모장에 '사사키 신이치'라고 적어본다. 드디어 대면했다는 기쁨, 재심 청구라는 말을 이끌어내지 못했다는 아쉬움보다 유키노와의 시간에서 해방되었다는 데 안도했다.

자신의 오만함을 뼈저리게 알게 된 기분이었다. 유키노와 접촉하려고 한 사람이 또 있었다. 쇼가 사건을 알기 훨씬 전부터 '신'은 그녀를 보고 있었다. 면회 이후 시간이 지날수록 더 부끄러워졌다.

이름을 알았다고 해도 딱히 할 수 있는 것은 없었다. '真一' '慎一' '新一' '伸一' 등 생각나는 한자모두 '신이치'라고 읽음를 인터넷에서 검색해도 이 사람이다 싶은 인물은 나오지 않는다. '신'이 나온 중학교에도 문의해보고 옛 친구들에게도 물어보았지만 도움될 만한 대답은 얻지 못했다.

유일하게 알아낸 것은 사사키 신이치가 중학교 시절에 집단괴롭힘을 당했다는 사실뿐이다. 하지만 그 이야기를 들려준 '신'의 동급생조차 "눈에 띄는 아이가 아니어서 별로 기억나는 건 없네요. 아마 도중에 어딘가로 전학을 갔을 거예요" 하고 미안해하는 표정으로 말했다.

유키노는 도무지 두 번째 면회에 응해주지 않았다. 유성우라는 천재일우의 기회를 살리지 못했다. 어쩐지 그 사실 하나는 확실히 알 것 같아서 씻기 힘든 후회에 휩싸였다.

상황을 좀처럼 호전시키지 못한 채 아까운 시간만 흘러갔다. 언제부턴가 편지 내용이 부실해져서 구치소에서 돌아오는 길에 차마 부치지도 못했다.

함께 사는 부모님은 쇼의 이변을 알아채지 못한 듯했으나 가끔 만나는 할아버지는 다 간파하고 있었다. 면회한 지 딱 일 년이 된 12월의 어느 날, 할아버지가 함께 식사하자며 쇼를 불렀다.

별로 내키지 않았지만 초등학교 동창생이 운영하는 초밥 가게로 할아버지를 초대했다. 마침 그 동창생 도가시 겐고가 할 이야기가 있다고 불러내서 가게에 나가 있었다.

"단골 초밥 가게라니. 너 잘나가는 모양이구나."

따뜻한 물수건으로 얼굴을 닦으며 할아버지는 놀리듯이 웃었다.

"그렇게 대단한 곳도 아니에요. 언제 망해도 이상하지 않을 가게라 가끔 와주는 거죠."

쇼는 카운터에 선 겐고에게 눈짓한다. 여자를 좋아해서 밤마다 유흥가를 배회하는 인간인데 신기하게도 옛날부터 마음이 잘 맞았다.

"악담이 심하네. 할아버님, 오랜만에 뵙습니다. 근데 저 기억 못하시죠? 못 하시는 게 저로선 다행이지만요."

"응? 자넬 본 적 있나? 어릴 적에?"

"중학교 2학년 때였을 겁니다. 당시 사귀던 여자친구의 생리가 늦어졌는데 짚이는 구석이 있었어요. 그래서 할아버님이 하시는 병원인 줄도 모르고 달려갔죠. 결국 임신은 아니었지만 그때 무지하게 야단맞았습니다. 그날은 '시끄러워, 영감탱이"하고 대들었는데 정말 죄송했습니다."

겐고는 장난스럽게 어깨를 움츠렸다. 중학교 시절에는 엄한 아버지를 향한 반발심에 머리를 금색으로 물들이고 눈썹까지 몽땅 밀어버리고 다녔다. 초등학교 시절과 너무 달라서 길에서 봐도 아는 척도 못 할 정도였다.

그랬던 녀석이 고등학교 중퇴 이후 불량한 패거리를 멀리하고 도쿄의 초밥 가게에서 실력을 닦더니 수년 전 뇌졸중으로 쓰러진 아버지의 뒤를 이어 카운터에 서 있다. 인생은 어떻게 굴러갈지 알 수 없다. 만약 겐고가 거듭나는 데 할아버지의 말이 한몫했다면 그보다 기쁜 일은 없다.

문득 그런 생각이 들면서 유키노가 떠올랐다. 유키노의 인생에 그런 존재가 있었어도 잘못된 길로 들어섰을까. 끔찍한 행위로 손을 더럽혔을까.

요즘 들어 자주 드는 생각이 있다. 아직 그녀의 어머니가 살아 있을 무렵, 비록 의붓자식이지만 유키노는 분명히 행복했다. 그 시기만 놓고 보면 자신과 유키노의 인생은 그다지 차이가 나지 않았을 것이다. 그러나 사고를 분기점으로 두 사람의 길은 완전히 갈리고 말았다.

유키노의 어머니가 그날 사고를 내지 않았으면, 아니, 차가운 비만 내리지 않았으면 가족은 당연히 건재했을 것이다. 다나카 미치코에게 빌미를 주는 일 없이 유키노는 지금도 사람들 속에서 행복한 나날을 보내지 않을까. 아니면 살인을 저지르는 인간에게는 태어날 때부터 그런 잔혹성이 잠재되어 있을까.

아무리 자문해도 답이 나오지 않는다. 그렇다고 생각을 멈출 순 없다. 차가운 면회실, 아크릴판 저편과 이편을 가르는 것은 무엇일까. 왜 범죄자를 '자신과는 다른 생물'이라고 단정 지을까. 어쩌다 비가 내리지 않아서 평범하게 살아온 것인지도 모르는데 말이다.

"표정이 왜 그래? 너 또 다나카 유키노 생각하지?"

먼 곳에서 목소리가 흔들린다. 얼굴을 들자 겐고가 어이없어하며 웃고 있다.

"아아…… 그냥 좀."

"심각해서 좋을 일 없다. 그게 네 좌우명이지?"

"그렇게 거창한 거 아닌데."

"아무튼 웃어."

"응?"

"웃으면 좋은 거 가르쳐줄게. 그러니까 웃으라고."

한때 불량청소년의 위압감은 지금도 건재하다. 말투는 농담 같았지만 쇼는 압도된 듯 시키는 대로 따랐다.

"자, 이제 됐지? 좋은 게 뭔데?"

쇼는 억지 미소를 바로 지우고 재촉했다. 겐고는 또다시 짓궂게 웃더니 등 뒤에 있는 식기장에서 스마트폰을 꺼냈다.

"널 부른 건 다른 게 아니라, 드디어 메일 답장이 와서 말이지."

"메일?"

"나 참, 네가 부탁한 일 말이야. '사형수 A양' 전 남자친구의 친구. 이름이 핫타 사토시라나. 나이는 우리보다 한 살 많은 서른 살이래."

가슴이 쿵쾅거렸다. 반년쯤 전, 자기가 뭐 도울 일 없느냐며 겐고가 채근했다. 유키노와 두 번째 면회가 좀처럼 이루어지지 않아 가뜩이나 할 수 있는 일에 제약이 있었다. 쇼는 일단 "그런 거 없어" 하며 고개를 가로저었다.

하지만 겐고는 여느 때보다 집요했다. "거짓말. 분명 뭔가 있을 거야" 하고 다그치기에 할 수 없이 일과 중 하나를 밝혔다. 아버지가 가르쳐준 블로그 '어느 사형수와 함께한 나날'의 작성자에게 정기적으로 메일을 보내는 일이었다.

"왜 갑자기?"

겐고에게서 스마트폰을 받아든 쇼는 화면을 멍하니 들여다보았다. 블로그의 현실감 있는 내용을 보건대 아마 답장은 오지 않으리라 예상했다. 실제로 몇 달 동안 계속 발송한 메일이 죄다 무시된 터라 겐고에게 맡겨도 되겠다고 생각했다.

"야, 엄청나게 고생했어. 별의별 수를 다 썼다니까."

겐고는 자랑하듯 씩 웃는다.

"뭐라고 왔어?"

"직접 읽어봐."

"머리에 잘 안 들어와서 그래."

"뭔 소리야. 암튼 일단 만나자고 하네. 인터넷 아닌 곳에서 말할 생각은 없었는데 단게 씨라면 이야기할 수 있을 거 같대."

"단게 씨?"

"아, 그냥 네 이름으로 메일 계정을 만들었거든. '단게 쇼입니다. 메일 주소를 바꿨습니다'라고 말해줬지. 나중에 주소랑 비밀번호 가르쳐줄게. 내가 지금까지 보낸 메일 쫙 읽어보고 네가 처음부터 다시 주고받으면 되잖아."

돌연 정적이 감돌고, 할아버지가 나지막이 중얼거렸다.

"쇼는 행복하겠구나. 좋은 친구에 좋은 일까지 가졌으니."

"역시 단게 의원 선생님. 사람을 잘 보신다니까. 돈 한 푼 안 되는 일이 좋은 일인지는 모르겠지만요."

"무슨 소리. 이렇게 행복한 일이 또 어디 있겠나. 나도 그렇고, 얼마나 많은 사람이 자신이 하는 일이 세상에 도움이 되는지 고민하는데. 그 점에서 쇼는 이미 목적이 명확한 일을 하는 거지."

오래전 들은, 자신이 태어난 날의 에피소드가 가슴을 스쳤다. 눈살을 찡그리며 의아해하는 겐고를 향해 할아버지는 주름진 얼굴로 활짝 웃는다.

"돈이 아니네. 돈은 나중이야. 자네도 이렇게 맛있는 방어를 이 가격에 내놓고 있지 않나. 이게 다 손님이 즐거워하는 얼굴을 보고 싶어서 그런 거겠지?"

겐고를 만족스럽게 바라본 뒤 할아버지는 천천히 시선을 쇼에게 되돌렸다.

"사람이 인생을 걸고 도전할 수 있는 일은 고작 하나 아니면 둘이야. 넌 일찌감치 그 기회를 얻은 거다."

"아, 할아버지. 저 그 얘기 알아요."

"안다고?"

"네. 언젠가 아버지에게 똑같은 말을 들었어요. 아마 사법 연수가 끝날 무렵일 거예요. '내가 존경하는 어느 분께서 말씀하셨다'라고 했죠. 그럴 거면 처음부터 할아버지라고 하지."

"음, 히로시가 말이냐." 할아버지는 곱씹듯이 말했다. 쇼는 스마트폰을 겐고에게 돌려주며 머리를 숙인다.

"나중에 한꺼번에 전송해줄래? 정말 고마워, 겐고."

"또 무슨 할 일 있으면 말해. 아, 이제 없나? 왠지 근질거리는데."

"지금은 없지만 생기면 상의할게. 네 일솜씨는 이미 아니까."

쇼가 농담처럼 대꾸했지만 겐고는 진심으로 받아들인 듯하다. "친구가 곤경에 처한 꼴을 못 보는 성미라서"라고 우쭐거렸다.

할아버지도 뒤이어 입을 열었다.

"나도 좋은 손자를 둬서 행복하구나."

이상하게도 쑥스럽지는 않았다. 다만 두 사람의 기대를 피부로 느끼며 오랜만에 몸에 힘이 잔뜩 들어가는 기분이 들었다.

두 달 후인 2월의 아주 추운 날, 블로그 작성자인 핫타 사토시를 만났다.

핫타가 지정한 시부야의 카페는 평일인데도 젊은이로 북적였다. 주고받은 메일과 블로그에 올린 글에서 점잖은 인물을 상상했던 만큼 가게 안 경쾌한 분위기는 약간 뜻밖이었다.

쇼는 약속 시간인 오후 6시보다 두 시간쯤 일찍 도착했다. 시부야에 오기 전 구치소에 들렀다 왔기 때문이다.

금요일 오후 구치소 방문은 계속하고 있었다. 돌아오는 길에 근처 우체통에 편지를 넣는 것도 변함없지만, 오늘은 넣기 직전 그만두었다. 기왕이면 핫타와 만난 일을 적어야겠다고 생각을 바꿨다.

가장 안쪽 테이블로 안내받은 쇼는 커피를 주문했다. 이노우에 게이스케에게 유키노를 소개받은 경위, 일상적으로 벌어지던 폭력, 약물 의존도 등 준비한 질문에 미비점은 없는지 메모지를 보며 확인했다. 누군가 자신을 불렀을 때는 해가 완전히 저물어 있었다.

"저, 단게 씨?"

쇼가 얼굴을 들자 카멜색 롱코트를 걸친 남자가 서 있었다. "네" 하고 대답하면서도 그가 핫타라는 것을 곧바로는 인식하지 못했다. 상상보다 훨씬 젊고, 밝은 분위기를 띠고 있었기 때문이다. 그가 내민 명함에는 유명 상사의 로고가 들어가 있다.

"뭐 마시고 있었어요?"

핫타는 천천히 코트를 벗으며 쇼의 컵을 들여다본다. 왠지 술을 마시고 싶어 석 잔째부터는 알코올이 든 아이리시 커피로 바꿨다.

사실대로 말하자 핫타는 키득 웃더니 "괜찮네요. 저도 술을 마실까요. 식사는 어떻게 하시겠어요? 여기 치킨 꽤 맛있어요" 하고 잇따라 말했다.

쉴 새 없이 쏟아지는 말에 당황해 쇼는 제대로 대꾸도 하지 못했다. 그런 심경을 핫타도 분명 눈치챘으리라.

"메일로는 너무 쌀쌀맞다고 다들 뭐라 하더군요."

일순간 허를 찔린 쇼는 순순히 고개를 끄덕인다.

"블로그에서 받은 인상하고도 다릅니다."

"그건 뭐, 내용이 내용이다 보니. 거기다 그때 일을 떠올리면 아무래도 기분이 가라앉죠. 어느 쪽이 진짜고 가짜랄 건 없습니다. 암튼 식사는 어떻게 하시겠어요?"

"아, 먹겠습니다."

"치킨 괜찮죠? 맥주도?"

핫타는 점원을 부르더니 몇 가지 요리와 맥주 한 병을 주문했다. 가져다준 맥주로 건배한 뒤 꼴깍꼴깍 들이켠다. 그러고는 무언가를 회상하듯 입을 열었다.

"이 가게에서 유키노를 처음 만났어요."

"그랬군요. 왜 시부야인가 했습니다."

"이 뒤에 큰 파친코 업소가 있는 거 알아요?"

"아뇨."

"게이스케랑 거기 자주 갔어요. 아, 게이스케는 이노우에 게이스케를 말하는 거예요. 다나카 유키노의 전 남자친구이자 사건의 피해자 유족. 블로그에서는 '친구 B'고요."

"네, 압니다."

"블로그에도 썼지만 그 녀석은 한때 엄청난 파친코 중독자였어요. 저도 맨날 어울려 다녔고요. 그러다 둘 중 한쪽이 크게 따면 가끔 여기서 치킨을 먹었죠. 그런 곳이에요."

"그랬군요. 저, 유키노를 어떻게 만났는지 기억하십니까?"

"게이스케가 새 여자친구라며 소개해줬어요."

"몇 살 때요?"

"음. 취업 전이었으니 스물둘이나 셋쯤 됐을까요. 벌써 칠팔 년 됐군요."

"첫인상은 어땠습니까?"

"좀 어두운 사람이구나 싶었죠."

"무슨 말을 나눴는지 기억하세요?"

"아니, 글쎄요. 그나저나 잠깐만요. 이런 분위기예요? 뭔가 취재당하는 느낌이 드는데요. 단게 씨, 언론사에서 나온 거 아니죠?"

핫타는 펜을 놀리는 쇼를 제지하더니 방금 받은 명함을 다시 살펴보았다.

"아, 죄송합니다. 묻고 싶은 게 워낙 많아서요."

"뭐 괜찮습니다. 그저 옛날부터 매스컴이라면 영 질색이라."

"그런가요?"

"네. 유키노 일로도 거의 취재에 응하지 않았어요. 지금껏 내가 받은 인터뷰는 딱 한 번뿐이에요. 그나마도 비교적 최근 일이고. 단게 씨처럼 블로그를 통해 메일을 보낸 사람인데 당신보다 훨씬 끈질기더군요."

그 말을 들으니 문득 생각나는 것이 있다. 유키노가 불을 지른 연립주택의 주인 구사베 다케시, 요쓰야의 변호사 다카시로 등 쇼가 지금까지 연락을 주고받는 몇몇 사람도 그런 끈질긴 기자가 있다고 언급했다.

그에 관해 물으려 했으나 핫타가 선수를 쳤다.

"매스컴의 보도 방식은 일방적이잖아요? 내가 초등학생일 때 호되게 당한 적이 있죠. 이번 사건도 그래요. 게이스케를 너무도 무고한 존재처럼 다루잖아요."

"유족이니까요. 보호받아야 할 존재라고는 생각하는데요."

"정말 그럴까요?"

핫타가 왠지 도발적으로 고개를 까딱거렸다.

"정말 그렇게 간단히 치부해도 괜찮을까요. 그건 절대적으로 죄가 없는 미카나 쌍둥이 아이들한테 해당하는 거고, 게이스케도 모든 걸 용서받아야 한다고는 생각 안 하는데요."

"블로그에도 그렇게 쓰셨죠. '심판할 생각은 없지만 내가 본 사실을 있는 그대로 전하고 싶다'라고."

"다나카 유키노가 저지른 죄를 용서하겠다는 건 절대 아니에요. 불을 지른 순간의 그녀는 분명 괴물이었겠지만, 태어나면서부터 그렇지는 않았다는 걸 난 가까이서 보고 알았어요. 그럼 괴물로 만든 건 누굴까 검증해볼 필요가 있어요. 유키노를 봐온 시간을 기록하는 건 내겐 어떤 의미에선 자기반성이었어요."

"자기반성요?"

"네. 블로그에는 나 자신에 대한 비판도 있을 거예요. 게이스케뿐 아니라 유키노를 그런 사건으로 내몬 나 역시 당사자 중 하나죠."

그랬다. 핫타가 날마다 게시물을 올리는 블로그에는 너무 비관적으로도 보이는 자기비판이 면면히 기록되어 있다.

"그렇다면 저도 그중 한 사람이라고 생각합니다."

쇼의 말을 긍정도 부정도 하지 않은 채 핫타가 말을 이었다.

"유키노는 내게 큰 짐을 지웠다고 생각해요. 내가 사건을 방관할 처지가 아니라는 걸 알게 되면서 취재에 응하겠다고 마음먹었어요."

"유키노를 만나러 가신 적은 있습니까?"

"아뇨. 지금까지도 없었고 앞으로도 없을 거예요."

"어째서요?"

"서로 오래된 상처를 핥고 싶진 않네요. 그렇다고 그녀가 한 짓을 용서하고 싶지도 않고. 벌써 몇 년이나 안 만났지만 게이스케도 내 친구니까요. 이제 와서 무슨 낯으로 그녈 봐야 할지……."

술술 나오던 말이 거기서 끊어졌다. 얼굴을 살펴보니 핫타는 쏘아보는 표정으로 어딘가 한 점을 응시하고 있었다.

"아냐, 그게 아니지."

천천히 쇼에게 시선을 되돌리더니 핫타는 왠지 미안한 듯 고개를 떨구었다.

"미안해요, 단게 씨. 전혀 그렇지 않아요. 진심을 말하면, 더는 무언가를 짊어지기 무서워요. 유키노의 일은 가족에게도 밝히지 않았어요. 내가 안 보이는 곳에서 블로그에 그런 글을 쓰는 줄 알면 분명 아내는 섬뜩해하겠죠. 세 살 된 딸도."

"따님이 있으시군요."

"네. 벌써 건방지게 구니 나중에 어떻게 될지 걱정이라니까요. 단게 씨는요?"

"전 여자친구도 없어요. 일이 바쁘다거나 그런 건 아니고 옛날부터 여자한테 인기가 없네요."

"인기 많을 거 같은데. 너무 고르느라 그런 거죠?"

핫타의 추궁을 가볍게 받아넘기자 표층적인 대화는 정체되었다. 핫타의 얼굴이 다시 진지해지더니 한 걸음 더 나아갔다. 아마 지금껏 누구에게도 밝히지 않은, 그의 고백이었으리라. 가능하면 듣고 싶지 않은 이야기였다.

"더 말하자면, 난 형이 빨리 집행됐으면 해요. 얼마나 지독한 바람인지는 알지만 도저히 그 생각을 지울 수가 없어요. 유키노가 어디선가 살아 있다는 게 무서워요. 매일 밤 꿈에 나타나는 그녀에게서 벗어나고 싶어요."

오늘 편지를 부치고 와야 했다. 핫타의 고백 이후 찾아온 기나긴 침묵을 받아들이며 쇼는 생각했다. 새로이 쓸 수 있는 내용 따위는 없다. 유키노의 죽음을 바라는 남자와 만난 일은 적을 수 없다.

그 뒤로는 무난한 대화가 이어졌다. 핫타가 유키노에 대해 언급하고 싶어한다는 걸 알면서도 쇼는 깊은 이야기를 못 하게 했다.

"언제든 또 연락해요. 오늘은 나도 기분이 좀 가벼워졌네요."

핫타는 당연하다는 듯 계산서로 손을 뻗으려 했다. 왠지 울컥해서 쇼는 반쯤 억지로 빼앗았다.

"아, 죄송해요. 이건 당연히 제가 내야죠."

막판에 어색한 침묵에 휩싸일 것만 같아 쇼는 황급히 화제를 돌렸다.

"저, 핫타 씨가 취재에 응했다는 언론사 연락처를 알 수 있을까요? 저도 뭔가 이야기할 수 있을 것 같아서요."

뭔가 힌트가 있으리라고 생각하지는 않았다. 그저 하나라도 더 기회를 원할 뿐이었다.

유키노에 대한 정보를 얻어 윤곽을 잡아냄으로써 무얼 하고 싶은 것인지는 모르겠다. 다시는 못 만날 듯한 기분도 들고, 재심 청구는 이미 물 건너간 것 같기도 하다. 하지만 이대로 끝낼 수는 없다. 하다못해 자신이 흐름에 저항하는 일 외에 무언가 활로를 찾을 수 있을 것 같지 않다.

핫타는 태연하게 손을 흔들었다.

"아니, 회사가 아니라 프리랜서 작가라고 했어요. 명함에도 집 주소가 적혀 있을 거예요."

"유명한 작가인가요?"

"아직 신인이라던데요. 나이도 젊고. 단게 씨와 비슷하지 않을까 싶은데. 이름이 뭐라고 했더라."

잠시 생각하는 듯하더니 핫타의 표정이 밝아진다.

"아, 맞다. 사사키라고 했던가. 그러니까 이름이 아마……."

"신이치?"

엉겁결에 입 밖에 내고 말았다. 그러고는 설마 그럴 리가…… 하고 자조하려는 순간 핫타가 눈을 번뜩였다.

"야, 대단한데. 맞아요, 사사키 신이치. 유명한가 보네. 인터넷으로 검색해도 안 나와서 좀 이상하다 싶었죠. 실제로 좀 이상한 사람 같기도 했고,"

"이상한 사람요?"

온몸의 피가 격렬하게 돌았다. 그렇지만 쇼는 아무렇지 않은 척 행동했다. 신이치와의 관계가 알려져도 문제 될 것은 없지만 감출 수밖에 없었다. 겨우 잡은 계기를 놓칠 것 같아 두려웠다.

핫타는 살짝 머뭇거리는 듯했다.

"사실 그 사람을 본 적이 있을 거예요. 취재에 응하기 훨씬 전에 법정에서요. 판결이 내려진 뒤에 유키노는 딱 한 번 방청석을 돌아봤어요. 그때 유키노가 눈길을 주던 쪽에 사사키 씨가 있었던 것 같은데 본인은 결코 가지 않았다며 최근에야 취재를 시작했다고 우기더군요. 말투가 어찌나 완강하던지 좀 당황스러웠어요."

틀림없다. 유키노의 이야기와 완전히 들어맞는다. 쇼는 시치미를 뚝 떼고 메모장을 폈다.

"그 사람은 면회하러 갔겠죠?"

"아니, 안 갔다던데요."

"사사키 신이치의 '신'이 어떤 한자인지 기억하십니까?"

"어, 심방변을 쓰는 '신愼'이었던 거 같은데."

"연락처를 가르쳐주실 수 있을까요?"

"집에 가서 다시 연락할게요. 그 사람도 정보를 원할 테니까요. 아, 그러고 보니 중학교 시절의 강도 사건에 대해서도 무척 알고 싶어했어요. 뭐 들은 거 없냐며."

"헌책방 사건 말입니까? 왜죠?"

"글쎄요. 뭔가 의심 가는 게 있냐고 물어도 딱히 그런 건 아니라고 말끝을 흐리더군요."

쇼의 심각해진 표정을 어떻게 받아들였는지는 알 수 없다. 핫타는 부드러운 웃음을 지으며 "빨리 생겼으면 좋겠네" 하고 말했다.

"애인요. 단게 씨는 아무리 봐도 인기 있을 것 같아서."

핫타의 목소리는 거의 귀에 들어오지 않았다. 쇼는 메모를 응시한 채 떨리는 손을 필사적으로 억누르고 있었다.

그날 밤, 집에 돌아간 핫타가 일찌감치 메일을 보냈다. 식사에 대한 감사 인사와 함께 사사키 신이치의 전화번호와 메일 주소를 알려주었다.

놀랍게도 신이치 또한 요코하마 시내에 살고 있었다. '요코하마시 가나가와 구 가미노키다이……'라는 주소를 인터넷으로 검색해 보았다. 건물 외관까지 나타나 섬뜩했지만 생활 일부를 엿볼 수 있어 고마울 따름이다.

신이치는 꽤 오래된 연립주택에 살고 있었다. JR 요코하마 선 오구치 역이 가장 가깝다. 핫타와 이노우에 일가가 살던 나카야마에서 요코하마 방향으로 다섯 번째 역이다. 우연이라고 생각하면서도 거부할 수 없는 위화감을 느낀다.

핫타에게 감사 메일을 보낸 뒤, 쇼는 스마트폰을 들었다. 가르쳐준 전화번호를 입력하고 통화 버튼을 눌렀다가 연결되기 직전에 끊었다. 그 전에 유키노에게 알려야 한다고 생각했다. 그녀가 '신이치'라는 단어를 말했을 때, 쇼는 자신이 해야 할 일이 전환되었음을 피부로 느꼈다. 그날의 기분을 떠올렸다.

쇼는 가방에서 오늘 부치지 못한 편지를 꺼내 휴지통에 버렸다. 그러고는 책상에서 새 편지지를 꺼내 펜을 놀리는 데 몰두했다. 그 사이의 기억이 쇼에게는 거의 남아 있지 않다.

한 시간쯤 지나 눈이 건조해짐을 느끼면서 제정신이 들었다. 적은 내용을 다시 읽어본다. 여느 때보다도 휘갈겨 썼고, 군데군데 오자도 있었다. 그런데도 고쳐 써야겠다는 생각은 들지 않는다. 이렇게 솔직한 심정을 그대로 적은 것은 유성우 뉴스를 본 날 이후 처음이었다.

쇼는 다시 편지지와 마주했다. 편지를 읽는 유키노의 모습을 상상해본다. 마지막 한 문장은 각오를 다지고 고쳐 적었다.

조만간 신이치를 만나게 됐어. 네게 데려갈지도 몰라. 그걸 바라니? 가르쳐줘.

그 뒤 일주일은 무척 길게 느껴졌다. 드디어 맞이한 금요일 낮, 코트를 걸치고 사무실을 나서려 하는 쇼에게 아버지가 굳은 표정으로 물었다.

"오늘이냐?"

쇼는 자신도 모르게 눈살을 찌푸렸다. 아버지에게 신이치 일은 말하지 않았을뿐더러 편지에 대해서도 밝히지 않았다.

"왜요?"

"얼굴."

"얼굴요?"

"왠지 아침부터 얼굴이 비장해서. 오늘뿐 아니라 요즘 너 좀 무섭더라. 엄마도 내 자식이 아닌 것 같다며 걱정하더구나."

"난 잘 모르겠는데요."

그러다 쇼는 말을 삼켰다. 아버지가 무심코 던진 한마디에 더 확신이 드는 것 같았다.

"응. 오늘일지도 몰라요."

"그래, 오늘이구나……. 근데 뭐가?"

자신이 말해놓고 아버지는 익살스럽게 고개를 갸우뚱한다. 코미디 영화 같은 대화에 쇼는 참지 못하고 웃음이 터졌다.

무언가 상황이 움직인다면 분명 오늘이다. 그런 예감은 강해지기만 했다. 하지만 이유를 처음부터 설명하기 귀찮아 쇼는 가볍게 받아넘겼다.

"미안해요, 아버지. 묵비의무예요."

구치소로 가는 동안 쇼는 한 가지만 생각했다. 책도 펴지 않고, 수첩도 보지 않고, 음악도 듣지 않고 오로지 유키노의 미래만을 생각했다.

구치소에 들어가 늘 그랬듯 면회를 신청하고, 접수처에서 불러주기를 차분한 마음으로 기다린다. 번호가 불렸을 때도 지난번처럼 가슴이 뛰지는 않았다. 절차를 무덤덤하게 마친 뒤 이번에는 수첩도 지니지 않은 채 면회실 문을 연다. 몇 분 안 되어 발소리가 들렸다.

지난번과 같은 여자 교도관이 문을 열었다. 고작 일 년 사이에 그녀는 조금 야위어 보였다. 갈색이던 머리칼은 검어지고 화장도 옅어졌다.

뒤이어 모습을 보인 유키노에게서는 시간의 흐름을 전혀 느낄 수 없었다. 머리 길이도, 움푹 들어간 눈 밑도, 가냘픈 몸도, 창백한 피부색도. 유키노를 유키노답게 하는 모든 요소에 쇼는 왠지 약간 부아가 났다.

쇼는 멍하니 서 있었다. 눈앞에 대치한 이는 이미 소꿉친구 '유키노'가 아니다. 수많은 이가 심판되기를 바라는 흉악범이자 죄 없는 세 사람의 미래를 빼앗은 사형수다. 유키노가 아무렇지도 않게 자신의 죄를 수용하는 모습을 쇼는 도저히 용서할 수 없었다.

"왜 넌 죄를 뉘우치려 하지 않을까."

쇼가 문득 말했다. 얼굴빛을 바꾸고 "앉으십시오"라고 하는 교도관을 무시한 채 쇼는 아크릴판에 손을 갖다 댄다.

"왜 반성하지 않아? 네가 무슨 짓을 했는지 알아? 네 죄에서 도망치지 마. 너만 죽는다고 끝날 문제가 아니야. 너한테서 벗어날 수 없는 사람이 한둘이 아니라고."

왠지 어린 시절 신이치의 모습이 뇌리를 스친다. 쇼를 똑바로 바라보던 유키노의 눈에 비하 섞인 웃음이 서린다.

"난 신이치와 만나고 싶은 생각 없어요."

차가운 정적에 온몸이 찢어질 듯 아팠다.

"오늘은 그 말만 전하러 왔어요. 다시는 오지 마세요. 편지도 하지 마세요. 지금까지 고마웠어요. 감사해요."

유키노는 허리 숙여 인사한 뒤 그대로 천천히 발길을 돌렸다. "도망치지 마"라는 쇼의 속마음은 목소리로 나오지 않았다.

쇼는 면회실에 홀로 남았다. 사태는 웃는다고 달라지지 않고 봉인한다고 호전되지 않는다. 그 점을 이해하고 자신의 무력함을 맞닥뜨린 기분이 들었으나 그다지 낙담하지는 않았다.

오히려 쇼는 각오가 굳어진 기분이었다. 판결을 받은 지 벌써 삼 년여. 시간은 그리 많이 남지 않았으리라. 하다못해 그녀가 자신과 마주하기 위해, 죄를 직시하기 위해 할 수 있는 건 하나밖에 없다.

무의식적으로 주머니를 뒤지다가 비로소 쇼는 스마트폰을 사물함에 넣었다는 사실이 생각났다. 그 몇 분도 답답하게 느껴졌다.

자신을 포함한 언덕 탐험대의 마지막 희망. 분명 구원은 그것밖에 는 없다.

신이치를 유키노와 이어주는 것이 자신의 사명이다. 쇼는 입술을 꽉 깨물었다.

7장
"증거의 신뢰성은 지극히 높으며……."

언제나 그렇듯 다나카 유키노를 생각하던 사사키 신이치는 전화
가 왔음을 알았다. 어차피 어머니이겠거니 하고 휴대전화를 열어보
니 저장되지 않은 번호였다.

첫 번째는 오후 3시 30분. 전화가 왔다는 것조차 모르고 지나간
자신을 어이없어하며 나머지 기록도 확인해본다. 두 번째는 아르바
이트 시작 전인 오후 9시, 또 한 건은 날짜가 바뀐 0시 30분이었다.

왠지 고동이 빨라졌다. 이미 오전 2시를 지나고 있다. 평소라면
결코 다시 걸지 않을 시간인데 신이치는 통화 버튼을 눌렀다.

전화는 좀처럼 연결되지 않았다. 일곱 번, 여덟 번…… 통화연결
음이 들린다. 음성사서함으로 넘어가기를 기다렸지만 결국 안내 음
성은 흐르지 않았다. 열 번째 연결음이 울리다 말고 응답이 있었다.

"헤헤헤. 신? 오랜만이네. 누군지 알겠어?"

잊을 리 없다. 목소리는 기억나지 않지만 자신을 '신'이라고 부르는 사람은 많지 않다.

"아, 응, 알지. 물론 알지."

신이치는 잠긴 목소리로 거듭 말하고는 차가운 창문에 손을 갖다 댔다. 대형 도시가스 회사의 오퍼레이터 아르바이트를 시작한 지 일 년이 지났다. 30층에 있는 휴게실에서 보이는 풍경은 미나토미라이와 빨간 벽돌 창고, 마린 타워와 요코하마 항구⋯⋯. 눈에 익은 풍경 너머, 눈을 두는 것조차 거부해온 야마테의 언덕도 보인다.

"자, 잘 있었어, 쇼?"

몇 안 되는 눈부신 추억 속에는 반드시 그의 모습이 있다. 신이치에게 가장 오래된 친구, 단게 쇼의 목소리가 귀에 쩌렁쩌렁 울린다.

"우아, 정말? 기억해주다니 기쁜걸."

쇼가 크게 웃고는 근황 보고도 없이 본론을 꺼냈다.

"신, 우리 만날 수 있을까?"

쇼는 신이치의 대답을 기다리지 않고 연거푸 말한다.

"오늘 유키노를 만나고 왔어. 너도 뭔가 하려고 하지? 그 이야기를 좀 나누고 싶어."

목소리를 들으며 신이치는 또다시 시선을 창밖으로 가져갔다. 평소에는 색깔 없는 요코하마의 거리에 순간 빛이 비친 듯 보였다. 눈꺼풀 안쪽으로 언덕 위에서 본 풍경이 되살아난다. 신이치는 보이지 않는 상대를 향해 고개를 끄덕였다.

"응, 그래. 그러자."

언제가 이런 날이 오리라 생각했다. 자기 목소리가 귀에 번진다. 다시는 되찾을 수 없으리라 생각하던 따스한 풍경이 분명 눈앞에 펼쳐져 있다.

이틀 뒤인 일요일에 쇼와 만나기로 약속했다. 통화하면서 가장 놀란 것은 쇼도 아직 요코하마 시내에 산다는 사실이었다. 집은 지금도 야마테에 있고, 직장은 신이치와 마찬가지로 요코하마 역에서 도보로 오갈 수 있는 거리라고 한다.

쇼는 오랜 꿈을 이뤄 변호사가 되었다고 한다. 아르바이트조차 오래하지 못하는 자신과의 격차 때문에 비굴한 마음이 싹트려 했지만 가슴속에 꾹 눌러두었다.

쇼는 약속 장소로 야마테를 지정했다. 신이치로서는 제안을 받아들이는 데 꽤 큰 각오가 필요했다.

그 속을 알 리 없는 쇼는 태연하게 웃으며 "유키노가 살던 집 기억해? 그 근처에 '엘리제'라는 찻집이 있어. 거기서 오후 6시 어때?"라고 말했다.

약속 당일, 쇼는 가게에 먼저 와 기다리고 있었다. 개구쟁이이던 당시 모습은 남아 있지 않다. 고급스러운 울 재킷을 입고 가죽 커버로 싼 문고본을 펼쳐 든 이 남자는 보기에도 엘리트 변호사 같았다.

"저, 저, 저기……."

볼썽사나울 만큼 목소리가 갈라졌다. 얼굴을 든 쇼의 눈에 의아해하는 빛이 감돈다. 신이치를 인식하고 부드러운 웃음을 짓기까지 간격이 있었다.

"우아, 신? 진짜 오랜만이네. 하나도 안 변했잖아."

웃으면서도 이쪽을 감정하는 듯한 시선이 날아와 박힌다.

"으, 응. 오, 오, 오랜만이야."

신이치는 쇼의 눈을 보지 않고 머리를 숙였다. 누군가와 이야기할 때는 늘 이런 식이다. 틀림없이 거동이 수상하다는 인상을 줄 것이다. 그런 생각이 들기만 해도 말이 잘 나오지 않는다. 전화로는 그럭저럭 이야기할 수 있는데 직접 만나면 어디를 봐야 할지 모르겠다.

"정말 오랜만이야, 신. 아직 요코하마에 살고 있었어?"

쇼는 전혀 신경 쓰는 기색 없이 거침없이 물어왔다.

"이, 일 년 전에 이사했어. 그 전까진 하, 하치오지 쪽에 있었어."

"그렇구나. 하치오지엔 언제부터?"

"중학교 졸업한 뒤로……. 부, 부모님 사정 때문에."

"지금은 혼자 살아?"

"응."

"그래. 아무튼 건강해 보여서 안심된다."

조금이라도 긴장을 푸는 순간 침묵에 휩싸일 것 같다. 쇼는 해맑게 웃고 있지만 보나 마나 이 자리가 불편할 것이다.

그 뒤로 한동안 쇼의 근황을 들었다. 신이치는 맞장구만 칠 뿐 먼저 말을 꺼내지는 못했다.

"신, 너는 어때?"

쇼가 돌연 화제를 넘겼다.

"아, 미안. 무슨 얘기였지?"

"무슨 일 하느냐고."

"아, 아아, 도토 가스에서 일해. 여, 여기서 빌딩이 보여."

신이치는 단숨에 말하고는 빌딩이 보이는 창으로 얼굴을 돌렸다. 하지만 쇼는 시선을 고정한 채 신이치가 생각지도 않은 말을 했다.

"역시 프리랜서 작가는 아니구나."

"응?"

"자신을 그렇게 소개했다고, 핫타 씨가 그러더라. 뭔가 물으러 갔지? 유키노의 블로그를 쓰는 사람한테 말이야."

순간 무슨 말인지 이해하지 못했다. 뒤이어 얼굴이 달아오르는 느낌이 들었다. 별 뜻 없이 한 말이라는 것을 알면서도, 신이치는 견디지 못하고 고개를 떨궜다.

친구가 사건을 일으켰습니다. 관계자와 이야기를 하고 싶은데 어떻게 하면 될까요?

인터넷 'Q&A' 사이트에 그런 글을 남긴 것이 벌써 이 년 전 일이다. 폭언을 포함한 온갖 댓글 중 신이치가 이거다 싶어 실행하고자 마음먹은 것은 "그냥 작가라고 하면 돼요"라는 답이었다.

신이치는 명함을 제작하고, 이야기를 듣고 싶은 인물의 명단을 작성했다. 그러나 실제로 행동에 옮기기까지는 제법 시간이 걸렸다.

그러다 '어느 사형수와 함께한 나날'을 발견한 일을 계기로 마침내 각오를 굳혔다. 편의점 아르바이트를 그만두고 방에 틀어박혀 있던 때라 시간만큼은 남아돌았다. 일주일에 걸쳐 모든 글을 독파한 신이치는 가슴속에 끓어오르는 무언가를 느꼈다. 본가를 나와 요코 하마에 돌아오기로 결심한 것도 그 무렵이다.

"아무튼 대단해. 작가를 자칭하려면 용기도 필요했겠지? 나보다 훨씬 추진력이 있다니까."

쇼는 진심으로 고개를 끄덕이며 말을 이었다.

"핫타 씨 얘기를 들어보니까 재심 여지가 충분해. 하다못해 시간 은 벌 수 있을 것 같아."

느닷없이 본론을 꺼내서 신이치는 어리둥절해졌다.

"시, 시간이라니…… 무슨 시간?"

쇼는 왠지 쓴웃음이 났다.

"유키노도 똑같은 질문을 하더라. 물론 사형되기까지의 시간이야. 유키노한테 거기까지는 말 못 했지만."

"아, 미, 미안한데 그, 그거 말이야, 쇼……."

처음으로 얼굴을 마주하고 이름을 불렀다. 당장이라도 닫히려는 입을 신이치는 어렵사리 연다. 줄곧 느껴오던 의문이 있었다.

"사, 사형은 왜 있는 걸까. 바, 반성하게 하려고? 하지만 걘 그런 거 안 하잖아. 그, 그리고 반성하게 해봤자 주, 주, 죽이면 의미가 없 잖아."

쇼의 얼굴에 짓궂은 미소가 번져간다.

"뭐야? 신, 너 사형 반대론자야?"

"그, 그런 건 잘 몰라."

"모른다고?"

"처음엔, 아니, 지금까진 당연히 필요하다고 생각했어."

"하지만 지금은…… 달라졌다?"

"잘은 몰라도, 내가 지, 지금은 아무튼 가해자 편이니까. 유, 유, 유키노밖에 생각할 수 없으니까 지금은 반대인 것 같아."

아니, 그런 게 아니야. 정말로 하고 싶은 말은 나오지 않고 막상 나오는 것은 치졸한 생각뿐이다. 신이치는 안타까워서 입술을 깨물었다.

그런데도 쇼는 바로 그거라는 듯 미소 지었다.

"오오, 좋은데. 제대로 이기적이야. 세계적으로 사형 폐지가 주류다, 국가에 의한 살인이다, 그런 이유였으면 실망했을 거야."

쇼는 단숨에 말하고는 천천히 창밖으로 시선을 돌렸다.

"야경 참 멋지다. 근데 요코하마에 살지 않는 사람들한텐 평이 별로 안 좋대. 배타적인 경치라나. 어쨌든 보는 시각은 하나가 아닌 모양이야."

"저, 저기 말이야, 쇼."

신이치는 침을 삼키고 다시 한번 각오를 다진다. 이런 날을 오래전부터 기다려왔을 것이다.

"파, 판결이 버, 버, 번복될 수도 있을까?"

"뭐가? 유키노?"

"응" 하고 신이치가 고개를 끄덕인 순간 공기가 얼어붙는 듯했다. 지직거리는 형광등 소리가 귀에 맴돈다. 한참 신이치를 바라보던 쇼의 눈이 도망치듯 그쪽으로 향했다.

"그런 사례가 과거에 없지는 않았지."

"어, 어떻게 하면 돼?"

"으음, 꽤 결정적인 증거가 새로 나오면 되겠지. 하지만 그런 일은 99퍼센트 불가능해."

"이, 이번이 나머지 1퍼센트일 수는……?"

"신, 우리 괜한 기대는 하지 말자. 마음은 알겠는데 그런 이유로 널 부른 건 아니야."

"난 알고 싶어."

목소리 크기를 잘 조절하지 못했다. 쇼는 눈살을 찡그리다 잠시 뒤 귀찮은 듯 한숨을 쉬었다.

"그러니까…… 특별히 신경 써서 진행되진 않았겠지만 수사는 분명 제대로 했어. 모순된 부분도 딱히 없고. 범행 시각 이전 연립주택 근처에 있던 모습도, 하천에 등유가 든 깡통을 버리는 장면도 목격 됐어. 구류 기한이 끝나기 직전의 자백이라면 강압적 조사였을 가능 성이 있지만 그렇지도 않았고. 유키노는 처음부터 죄를 인정했어. 번복될 일은 절대 없어."

"그, 그래도, 쇼. 그래도 말이야……."

대화에 익숙해져서인지, 아니면 본론이라서 그런지 속마음이 입 밖으로 넘쳐 나올 듯했다. 쇼는 말을 앞지르듯 고개를 가로저었다.

"아냐. 우리가 할 일은 그게 아냐. 내가 알고 싶은 건 그게 아냐."

네 의견은 듣고 싶지 않다는 식으로 쇼는 거듭 부정했다. 아직 하고 싶은 말이 많은데, 처음 나타난 쇼의 오만한 표정에 기분이 순식간에 사그라든다.

쇼는 냉정한 얼굴을 풀지 않았다.

"왜 자신이 지은 죄와 마주하려 하지 않는가. 내가 알고 싶은 건 그 부분이야. 우리가 아는 유키노는 그런 애가 아니었잖아. 난 도저히 이유를 모르겠어."

쇼는 일단 거기서 말을 끊더니 다시 이야기를 풀어갔다. 자신이 아는 다나카 유키노라는 인간에 관해. 그녀 인생의 분기점에 관해. 자신이 도움을 주지 못한 후회에 관해. 앞으로 하고자 하는 것에 관해. 유키노가 죄를 직시하는 것에 관해. 시간을 번다는 의미에 관해. 이야기 하나하나에 수긍할 만한 것이 많았다.

"있잖아, 신. '누군가가 슬퍼하면 다 같이 돕자'라고 얘기한 거 기억해? 언덕 탐험대 멤버들끼리 말이야."

"물론 기억하지."

"지금이야말로 우리가 나설 차례겠지?"

"마, 맞아. 그럴지도 몰라."

"유키노가 먼저 네 이름을 꺼내더라."

쇼의 말에 날카로움이 서려 있다.

"법정에서 마스크 낀 널 봤다고, 잊을 리가 없다고 그랬어. 신, 유키노랑 만나볼래? 유키노의 마음을 녹일 수 있는 사람은 너밖에 없다고 생각해. 부탁이야. 하다못해 편지라도 써줬으면 해."

자신이야말로 그녀를 진정으로 이해하고 있다고 자부하듯 쇼는 깊이 머리를 숙였다. 신이치는 이상하게 그 모습을 냉담하게 내려다보았다. 쇼의 말이 거의 와닿지 않는다. 오히려 조금 전 느낀 차디찬 마음만 커질 뿐이었다.

자신과 쇼는 서 있는 위치가 전혀 다르다. 함께 목숨 바쳐 산 정상을 목표로 한다고 믿은 동료가 사실은 다른 산에 있었다. 그것을 절감한 듯 신이치는 고독한 기분만 들었다.

"지금 그 애한테 해줄 수 있는 건 조금이라도 편안한 마음으로 마지막을 맞게 해주는 일이라고 생각해. 이대로는 보낼 수 없어."

말이 비장해질수록 신이치는 전혀 공감할 수 없었다. 사형이라는 전제를 당연하게 받아들이는 사람과 무슨 이야기를 할 수 있을까.

그 앤, 하지 않았을 거야…….

무엇보다 전하고 싶던 마음은 목구멍까지도 나오지 않았다. 뚜렷한 이유는 없지만, 벌레 한 마리조차 죽이지 못하던 유키노가 그런 짓을 했다고는 도저히 생각할 수 없다.

아니, 틀렸다. 그렇지 않을 것이다. 이 판국에도 나는 아직 책임을 회피하려 하고 있다. 나만 간직한 비밀이 있다.

눈살을 찡그리고 의아해하는 쇼에게 고개를 끄덕이고는 신이치는 계산서로 손을 뻗는다. 시야 가장자리로 요코하마의 야경이 보인다. 그날 일이 선명하게 뇌리를 스친다. 유키노를 떠올릴 때마다 어김없이 가슴을 스치는 장면이 있다.

다나카 유키노가 인생에서 사라졌다. 그 사실을 처음 맞닥뜨린 것은 유키노가 언덕길을 내려가던 다음 날 아침의 이불 속이었다.

직전까지 꾸던 악몽이 기억 속에 되살아난다. 세계가 온통 검게 덧칠되면서 모든 빛깔을 잃는 꿈이었다.

"신, 일어났니? 벌써 아침이야."

앞치마를 두른 어머니가 조용히 커튼을 열었다. 그 순간 신이치는 "앗" 하고 소리쳤다. 방에 비쳐든 아침 햇살이 정말로 검어 보였기 때문이다. 신이치는 비로소 세상이 변했음을 절실히 느꼈다.

"왜 그러니?"

뒤돌아본 어머니는 왠지 후련해하는 표정을 짓고 있다. 유키노가 동네를 떠났다는 사실을 이미 아는 것일까. 철들 무렵부터 친하게 지낸 동네 친구 유키노다. 어머니끼리도 웃는 얼굴로 인사를 나누고 서로의 집에서 차를 마신 적도 있을 것이다.

그러던 어머니가 여름방학이 끝나기 직전부터 갑자기 유키노와 놀지 못하게 했다. 에둘러, 그러면서도 강압적인 말투로 들려준 노다 가족의 이야기에는 신이치가 모르는 외설적인 분위기가 묻어 있었다.

어머니의 이야기뿐이었으면 신이치는 개의치 않았을 것이다. 하지만 이틀 뒤 그 이야기를 증명하는 듯한 사건과 직면했다. 평소 놀던 공원에서 탐험대 멤버를 기다리는데 낯선 시선이 박혔다.

얼굴을 드니 옅은 분홍색 옷을 입은 중년 여자가 미소 짓고 있었다. 신이치는 저도 모르게 고개 숙여 인사했다. 여자는 안심한 듯 하얀 이를 보이더니 왼쪽 다리를 살짝 끌며 이쪽으로 걸어왔다.

"안녕하세요. 다나카 미치코라고 해요. 아직도 덥네."

다리가 불편한 것이 가엾어 보여 신이치는 살짝 몸을 비켜주었다. 신기하리만큼 경계심이 들지 않았다. 그녀가 풍기는 분위기가 왠지 유키노의 어머니, 더 나아가 유키노를 닮았기 때문이다.

한동안 알맹이 없는 대화를 나눴다. 여자는 곧잘 싱글싱글 웃다가 신이치가 살짝 초조해지기 시작했을 무렵 돌연 정색했다.

"지금부터 내가 하는 말 아무한테도 하면 안 된다. 알았니? 약속 할 수 있지?"

머뭇머뭇 고개를 끄덕이는 신이치의 눈을 바라보며 여자는 체념 하듯 한숨을 쉬었다.

"난 네 친구 노다 유키노의 가족이란다."

여자는 왠지 눈부시다는 듯 선뜻 말을 잇지 못하는 신이치에게서 시선을 뗐다. 그러고는 잠시 생각하는 시늉을 하더니 흥분된 목소리 로 이야기를 시작했다. 그녀의 이혼으로 유키노의 어머니와 생이별 을 한 이야기. 유키노의 어머니가 젊을 때부터 물장사를 했다는 이 야기. 남자에게 의지하지 않고서는 살 수 없었다는 이야기. 유키노 의 친아버지 이야기. 자신이 얼마나 힘들게 딸을 찾았는가 하는 이 야기. 자신이 얼마나 괴로웠나 하는 이야기…….

쉽사리 믿을 만한 내용은 아니었지만 신이치는 한편 이해가 가기 도 했다. 어머니가 심각한 표정으로 하던 이야기와 상통하는 부분이 많았다.

"가끔 여기 올 테니 걔들에 대해 이것저것 알려줄래?"

"어쩌시려고요?"

"걔들을 되찾을 거야."

"되찾아요?"

"걱정하지 마. 너한테 피해 안 가게 할 테니까. 아무것도 달라지지 않아. 내 적은 그 남자야. 둘밖에 없는 가족을 못 만나게 하다니 너무하지?"

"유키노네 아빠요?"

"영 글러먹었어. 남의 약점을 빌미로 삼고 말이야. 못된 자식."

여자의 말투는 듣던 중 가장 거칠었다. 평소 유키노의 아버지를 떠올리면 도저히 수긍할 수 없는 이야기다. 하지만 여자가 왜 거짓말을 하는지 알 수 없어 가슴이 아팠다.

"나에 대해선 아무한테도 말하면 안 된다. 종종 여기 올 테니까."

여자는 허둥지둥 일어섰다. 공원 입구에 유키노의 언니 요코가 서 있다. 그녀는 요코를 힐끗 보더니 "부탁한다" 하고 당부한 뒤 서둘러 공원을 떠났다.

그날 이후 다나카 미치코는 이따금 신이치 앞에 나타나 유키노 모녀에 관해 물었다. 고자질하는 것 같아 꺼림칙했지만 유키노의 할머니라는 이유만으로 신이치도 묻는 족족 대답했다.

그러는 사이 동네에는 노다 가족에 대해 좋지 않은 소문이 퍼져 갔다. 신이치는 귀를 막고 싶었지만 새로운 이야기가 매일같이 들려왔다. 나날이 다나카 미치코의 말에 신빙성이 더해갔다. 그에 비례하듯 유키노의 부모님을 추잡하다고 느끼게 되었다. 유키노가 가여워서 견딜 수 없었다.

하지만 어머니는 같이 놀지 말라고 하고, 믿었던 쇼도 "지금은 견더"라고 말할 뿐이다. 걷잡을 수 없는 흐름 속에서 신이치 또한 유키노를 향한 말수가 줄어들었다. 마음을 말로 잘 표현할 수 없어 짜증만 늘어갔다.

유키노의 어머니가 교통사고를 일으킨 것은 그 무렵이었다. 어머니와 함께 조문 간 자리에서 다나카 미치코는 누구보다도 굵은 눈물방울을 흘리고 있었다. 조문객 앞에서 의연하게 대처하던 유키노의 아버지는 사실 요코와 유키노보다도 크게 울었다.

차갑게 내리는 빗속에서 신이치는 홀로 와 있던 그녀를 뒤쫓았다. "유키노는 괜찮은 거죠?" 하고 외치듯이 말하자 다나카 미치코가 뒤돌아보며 고개를 힘껏 끄덕였다.

"나한텐 이제 그 애밖에 없으니까. 그 애가 필요해. 목숨을 걸고라도 지킬 거야."

자신 안에 소용돌이치던 감정의 정체가 '분노'임을 안 것은 이때였다. 거역할 수 없는 현실에, 어처구니없는 죽음에, 소꿉친구의 운명에, 무엇보다도 자신의 무력함에 구역질이 나올 만큼 화가 났다.

신이치는 다나카 미치코를 믿어보자고 생각했다. 내가 유키노를 유일한 혈육과 이어줄 수 있다. 다른 어른은 모두 자기 하고 싶은 말만 하는데, 그녀만은 유키노를 염려한다. 자기한테는 유키노가 필요하다고 말한다. 그보다 더 믿음 가는 말이 있을까.

신이치는 자신이 들은 대로 전부 다나카 미치코에게 말해주었다.

유키노가 상처를 입었다는 것도, 그 일이 아버지에 의한 것이라는 사실도. 유키노를 위해서라는 마음은 흔들리지 않았다. 자신이 옳은 일을 하고 있다고 믿어 의심치 않았다.

그런데 최악의 결말이 기다리고 있었다. 눈 깜짝할 사이에 동네에 나쁜 소문이 돌기 시작했고, 유키노는 한 치의 망설임도 없는 표정으로 언덕길을 내려가버렸다.

영원하리라 믿었던 언덕 탐험대는 허무하게 공중분해 되었다. 무리 중 누가 빠져서가 아니었다. 유키노가 눈앞에서 사라졌기 때문이다. 병약한 그녀를 지킴으로써 이어져 있던 친구들은 모두 같은 상처를 입었으리라 생각한다. 유키노가 동네를 떠난 뒤, 학년이 다른 그들과 이야기를 나눈 기억조차 없다.

친구 관계만 무너진 것이 아니었다.

"동네에 소문 다 났더라."

그런 말을 아무렇지도 않게 하지만 사실상 '소문'의 중심에 자기 어머니가 있었음을 신이치는 알고 있었다.

앞으론 그 애랑 놀지 말라던 어머니의 바람은 뜻하지 않게 이루어졌다. 거기서 신이치는 이루 말할 수 없는 위화감을 느꼈지만, 정작 어머니는 유키노 일 따위는 금세 잊더니 다음으로 열중할 만한 것을 찾아왔다. 신이치의 사립 중학교 입시였다.

시키는 대로 학원에 다녔지만 신이치의 불신은 나날이 커졌다. 어머니의 말에는 늘 '자기 자신'이 없다. TV에 나올 법한 말만 한다. 왜 어머니 말을 믿었을까. 유키노가 없는 흑백의 하루하루를 살며 신이치는 더욱 의아해졌다. 위화감에서 비롯된 불신이 분노로 바뀌었다. 그리고 그 분노는 다시 폭력으로 모습이 바뀌었다. 제멋대로 점찍어 둔 사립 중학교에서 불합격 통지를 받던 날이었다.

"정말 한심해서 원." 이 말이 계기가 되었다. 주먹을 쳐들어 주저 없이 어머니의 등에 내리꽂던 순간, 외마디 소리와 함께 가슴에서 무언가 분출되는 느낌이 들었다. 유키노가 사라졌어도 어째서인지 흐르지 않던 눈물이 하염없이 흘러내렸다.

어머니는 머리를 필사적으로 막으며 "미안해, 미안해" 하는 말만 되풀이했다. 그 뒤로는 무엇을 하더라도 신이치의 눈치를 살폈다. 신이치 또한 무언가 못마땅하면 아무렇지도 않게 어머니에게 손찌검을 했다. 집안에서 힘의 균형이 완전히 허물어졌지만 그 무렵에는 그나마 학교는 다닐 수 있었다. 신이치가 방에 틀어박히게 된 데에는 명확한 이유가 있었다.

어떻게든 피해 다닐 수 있던 초등학교 시절과 달리, 중학교에서는 신이치가 혼자만의 벽을 쌓도록 내버려두지 않았다.

"전부터 느낀 건데, 이 자식 왠지 눈초리가 재수 없지?"

1학년이 막바지에 든 어느 날, 다른 초등학교에서 올라온 불량학생들이 뜬금없이 시비를 걸었다. 신이치는 눈 깜짝할 사이에 그들의 공격 대상이 되었고, 어느새 '따돌림'의 파도가 다른 반 아이들에게까지 퍼졌다.

애초에 친구가 없었으니 교실에서의 따돌림 따위는 두렵지 않았다. 얻어맞아도 집에 와서 어머니에게 똑같이 하면 크게 스트레스가 되지 않았다.

하지만 그들의 폭력은 날이 갈수록 심해졌다. 쉬는시간마다 옥상으로 불러내 이마에 칼을 들이대거나 가까이서 BB탄 총을 쐈다. 허벅지, 무릎, 심할 때는 뺨까지 바늘이나 핀으로 찌르면서 당연하다는 듯 금품도 요구했다. 입안에는 늘 피 맛이 스며 있었다.

처음에는 어머니 지갑에서 돈을 꺼냈다. 그런데 어느 무렵부터 핸드백에서 지갑이 사라졌고, 얼마 뒤에는 선반에 감춰둔 지갑에서 돈이 사라졌다. 신이치는 용서할 수 없다는 감정에 휩싸였다. 누구 때문에 이 꼴을 당하는데. 모든 분노를 주먹에 담았다. 소리치고 때리고 모진 말을 퍼붓고는 다시 때리고 돈을 빼앗았다.

물론 그런 날이 언제까지고 계속되지는 않는다. 초등학교 졸업 직전부터 일 년 가까이 참던 어머니가 결국 아버지에게 모든 것을 알렸다. 그토록 분노에 찬 아버지는 처음 보았다. 이번에는 아버지가 소리 지르며 신이치를 마구 때렸다.

약자에서 약자로 폭력이 연쇄되는 것 같았다. 한참이나 괴물 같은 모습을 보이던 아버지는 제정신이 들었는지 손을 멈추었다. 그러고는 심각한 얼굴로 한숨을 쉬었다.

"너 집단괴롭힘이라도 당하는 거냐?"

신이치는 터져 나오려는 웃음을 참았다. 아버지 따위에게 사실을 밝힐 수는 없다. 털어놓을 수 있는 일이었으면 처음부터 집단괴롭힘은 당하지 않았다.

"아빠랑 엄만 네 편이니까 힘든 일 있으면 뭐든 말해."

권위를 내세우듯 말하던 아버지는 다음 날 아침이 되자 왠지 곤혹스러운 표정을 지으며 학교를 쉬라고 했다. 신이치는 거울을 보고서야 그 이유를 알았다. 우스꽝스러울 만큼 얼굴이 부어 있었다. 온갖 멋있는 말은 다 하더니 자신의 폭력은 감추고 싶은 모양이었다.

부모가 출근하는 것을 확인한 신이치는 다시 침대에 누웠다. "학교 쉬면 죽을 줄 알아" 하던 집단괴롭힘의 목소리를 마음속 깊이 봉인한 채 오랜만에 푹 잤다.

눈을 떴을 때는 한낮이었다. 암막 커튼을 열고 바깥 공기를 힘껏 들이마셨다. 그때 "하하, 찾았다. 완전 빙고" 하고 귀에 익은 목소리가 차갑게 귓가를 울렸다.

목소리가 난 쪽으로 고개를 돌리자 불량서클의 리더인 가토가 웃으며 문을 가리켰다. 가토를 중심으로 한 사 인조를 집으로 들이자 하나같이 놀라는 표정을 지었다. "뭐야? 어떻게 된 거야" 하고 그중 한 사람이 물어도 신이치는 무슨 말인가 했다. 가토가 짜증이 난 듯 입을 열었다.

"누구한테 맞았느냐고. 얼굴이 엉망이잖아."

"아아, 아버지한테."

"뭐? 왜?"

"어, 엄마 지갑에서 돈을 훔치다가 걸리는 바람에⋯⋯."

가토는 배를 잡고 웃었다. "이래서 얼굴은 때리면 안 된다니까. 이러면 들킨다고" 하며 가토가 놀리듯이 말했다. 가토는 절대로 아이들이 신이치의 얼굴을 때리지 않게 한다.

"뭐 이런 기회도 흔치 않지. 나도 네 아버지 덕 좀 볼까."

가토는 신이치 위에 올라타더니 코에 주먹을 내려찍었다. 둔탁한 소리가 벽을 울린다. 물론 말리는 이는 없다. 가토는 신이치를 깔고 앉은 채 실실 웃는다.

"네 아버지가 뭐라 했는지는 모르겠고, 암튼 돈은 가져와."

"그, 그렇지만……" 하고 입을 열려는 신이치에게 가토는 힘없이 고개를 젓는다.

"도둑질이라도 해. CD든 만화책이든 훔쳐서 돈으로 바꿔와."

몇 분에 걸쳐 계속 때리다 싫증이 났는지 가토는 신이치 옆에 벌러덩 누웠다.

"네 아버지도 진짜 너무했다. 안 그래도 힘든 아들한테 말이지. 사람이 아니야."

번쩍 치켜든 가토의 주먹에는 피가 진득하게 묻어 있었다. 그 모습이 시야에 들어온 순간, 그제야 극심한 통증이 신이치의 온몸을 관통했다.

이날 이후 신이치는 시키는 대로 절도에 손을 댔다. 불행인지 다행인지 신이치에게는 재능이 있었다. 교실 안에서의 옅은 존재감이 범행에는 최적 조건으로 이어졌다.

서점, 비디오 대여점, 게임 매장 등 가능한 한 많은 곳에서 물건을 훔쳤다. 점점 훔치기 쉬운 가게를 가려낼 수 있게 되었다.

목표는 책이었다. 얼마 뒤 신이치는 책을 매입해주는 헌책방 한 곳으로 대상을 좁혔다. 보호자 동의서를 요구하는 대형 체인점을 피해 노파가 홀로 운영하는 '사키 고서점'에 드나들기 시작했다.

노파는 신이치를 늘 미소로 맞았다. 출판연도가 최근이면 비싸게 매입해주었고 "아버지가 책을 좋아해서요"라는 거짓말도 쉽게 믿어주었다.

전혀 마음 아프지 않았다. 그러기는커녕 신이치는 갈수록 범죄에 물들어갔다. 노파에게는 어떤 습관이 있었다. 책을 매입할 때마다 안쪽 방으로 전자계산기를 가지러 가는 것이다.

어느 날 신이치는 노파가 자리를 비운 틈을 타 금전등록기에서 돈을 조금 빼냈다. 그러고 나서 서점을 다시 찾았을 때는 아무래도 긴장됐으나 노파는 변함없이 웃으며 맞아주었다. 점점 훔치는 액수가 많아지고 헌책방을 찾는 횟수도 늘어갔다. 언젠가 들킬 것이라는 예감은 있었지만 이보다 효율 좋은 방법이 없었다.

본격적인 겨울을 맞아 학교가 긴 휴식에 들어갈 무렵, 가토는 "다음 달은 신년 특대호야" 하고 여느 때보다 많은 금액을 요구했다. 세뱃돈으로 액수를 채울 수는 있어도 우울하기만 하던 새해 네 번째 날. 잔뜩 짜증이 난 신이치는 저녁 무렵에 집을 나섰다.

정초부터 물건을 훔칠 생각도 없을뿐더러 금전등록기에서 돈을 꺼낼 마음도 들지 않았다. 그런데도 발길은 자연스럽게 헌책방으로 향했다. 이변은 곧바로 느꼈다. 노파가 새해 인사는커녕 미소조차 지으려 하지 않았다. 신이치를 의심의 눈초리로 바라보기만 했다.

여느 때와 확실히 다른 분위기에 신이치는 당황했다. 갖고 싶지도 않은 문고본을 가져가 계산대에 올려놓았다. 그제야 노파는 부드럽게 미소 지으며 "그래. 너일 리 없지. 새해 복 많이 받으렴" 하고 중얼거렸다.

신이치는 불편한 마음에 가게를 나왔다. 차디찬 바깥 공기를 맞은 순간, 무언가가 관통한 것처럼 온몸 근육이 굳어졌다. 흑백의 시야 가장자리에 색을 동반한 장소가 있다. 어떻게 된 걸까. 멀리 이사했다고 들었는데.

신이치는 내달리고 싶은 충동을 참으며 힘이 풀린 다리로 힘겹게 그 자리를 떠났다.

한동안 뒤도 돌아보지 않고 걷다가 목적지인 버스정류장을 눈앞에 두고 발걸음이 멎었다. 정말 유키노였을까. 그런 의문이 피어올랐다.

설령 유키노였다 해도 만나서 이야기하고 싶지는 않다. 할 말도 없는 데다가 지금 내 모습을 보일 수 없다. 그렇게 속으로 되뇌면서도 하다못해 얼굴이라도 확인하고 싶은 마음에 신이치는 발길을 돌렸다. 가게 앞에 도착해서는 두근거리는 가슴을 진정시켰다.

뿌예진 유리 너머로 가게 안을 엿볼 수 있었다. 처음에는 무슨 일이 벌어졌는지 알 수 없었다. 유키노와 비슷한 차림을 한 여자가 안쪽 방으로 들어가려는 노파에게 살며시 다가간다.

신이치는 숨을 죽이고 상황을 지켜봤다. 여자가 노파의 등을 힘껏 들이받았다. 쌓아둔 책이 차례차례 쓰러지면서 가게 밖까지 굉음이 울려 퍼졌다. 신이치는 눈이 휘둥그레진 채 팔을 꽉 깨물었다. 그러지 않으면 당장이라도 소리를 지를 것만 같았다.

　신이치는 좀 더 몸을 수그려 눈도 깜빡이지 않고 가게 안을 응시했다. 허겁지겁 여자에게 다가간 이는 틀림없이 유키노였다. 예쁜 옷을 입고 살짝 화장까지 했다. 이런 상황에서도 반가운 마음이 가슴을 저민다.

　노파의 모습은 보이지 않았다. 두 사람이 쭈그려 앉아 무슨 이야기를 나누는지도 들리지 않는다. 얼마 동안이나 상황을 보고 있었을까. 눈이 말라서 깜빡인 다음 순간, 유키노가 먼저 일어서는 모습이 시야에 들어왔다. 화들짝 놀라 숨으려던 신이치는 또다시 무언가에 관통된 것처럼 꼼짝할 수 없었다.

　노파를 밀친 여자가 한 발짝 두 발짝 가게 입구로 다가간다. 유키노는 뒤따르기는커녕 여자에게 부드럽게 미소 짓더니 안쪽 방으로 향한다.

　얼굴이 상기된 여자가 눈앞까지 오자 신이치는 그제야 숨을 들이마실 수 있었다. 이번에는 잠시도 망설이지 않고 땅을 박찼다. 다시 빛깔을 잃은 거리를 앞만 보며 내달렸다.

　그날 밤은 불안해서 아침까지 잠을 이룰 수 없었다. 헌책방에서 도대체 무슨 일이 있었을까. 신이치가 마침내 사실을 알게 된 것은 대략 한 달 뒤였다. 한껏 용기 내어 들른 가게 계산대에는 처음 보는 중년 남자가 앉아 있었다.

　눈에 띈 문고본을 책장에서 뽑아 든 신이치는 계산대 위로 책을 내밀며 물었다.

"저기, 항상 계시던 할머니는요……? 저한테 잘해주셨는데요."

남자는 눈을 치켜뜨고 바라본다.

"사건에 휘말리는 바람에 좀 다치셨어. 뭐, 단골이니?"

"아, 네……."

"그래. 너같이 착한 애도 있구나. 같은 중학생인데."

"무, 무슨 일 있었어요?"

"강도야. 강도치상. 중학생이 돈을 훔치려다 들키니까 어머니를 밀쳐버렸어."

"버, 버, 범인은 하, 한 사람인가요?"

"그런 건 왜 묻니?"

"제 치, 친구일지도 몰라서요. 하, 학교에 안 오는 애가 있어요."

이번 침묵은 조금 전보다 길었다. 신이치는 떨리는 몸을 애써 진정시킨다. "한 사람이야"라는 말이 나오기를 간절히 바랐고, 또 그렇게 믿었다. 유키노는 아무 짓도 하지 않았다. 사건을 일으킨 사람은 그 여자다.

"응, 한 사람이야."

남자는 부정한 말을 입에 담듯 말했다. 기도가 통했다. 그렇게 안도한 것도 잠시, 남자는 믿을 수 없는 말을 덧붙였다.

"다나카 유키노라는 학생이야. 여기저기 할 얘기는 아니지만, 정말 화가 치밀어서 말이지. 아직 열세 살이라서 처벌할 수 없다는 거야. 돈을 노리고 몸이 불편한 노인을 노린 악마라고. 그런 법이 정말로 필요할까. 어차피 반성도 안 할 텐데."

봇물 터지듯 이야기를 꺼내는 남자의 목소리는 거의 귀에 닿지 않았다. 유키노의 무고를 증명할 수 있는 사람은 자신뿐임을 알았다.

동시에 어차피 나는 떨기만 할 뿐 아무것도 하지 않으리라는 것 또한 신이치는 너무 잘 이해하고 있었다.

다나카 미치코에게 출처를 알 수 없는 소문을 전달한 것. 헌책방 사건의 당사자이면서 누구에게도 진상을 밝히지 않은 것. 이 두 가지가 신이치의 마음을 오랫동안 침울하게 했고, 학교에 다닐 의지를 빼앗았으며, 방에서 나올 기력마저 잃게 만들었다.

물론 전부 다 자초했다는 사실은 알았다. 누군가를 원망할 권리는 없으며 당연히 어머니를 미워하는 것도 잘못된 일이다. 그렇지만 달리 짜증을 해소할 길이 없었다. 어머니를 구타하는 행동이 하나뿐인 타자와의 접점이자 살아 있음을 실감하는 방법이었다.

폭력은 변함없이 이어졌다. 신이치가 중학교를 졸업할 무렵에도, 그즈음 부모님이 이혼했을 때도, 하치오지의 할머니 댁에 어머니와 함께 얹혀살 때도, 쫓겨나듯 나와 근처 연립주택에서 생활하기 시작한 날에도.

어머니는 잘 견뎌주었다. 신이치가 혼자 지낼 방을 주기 위해 넓은 연립주택을 임대하고 밤낮으로 일했다. 언제부턴가 감사하는 마음이 싹텄으나 표현하지 못한 채 시간만 흘러갔다.

고등학교에도 가지 않고 거의 밖에도 나오지 않은 채 열아홉 살을 맞았을 무렵에는 어머니에게 손을 대는 일도 사라졌다. 함께 식사하는 일도 조금씩 늘면서 평온한 시간이 찾아왔다. 대입 자격시험에 합격했고, 통신대학에도 입학했다. 심야에 편의점까지 가는 것이 고작이던 외출 범위도 점차 넓어졌고, 간다에서 진행하는 출석 수업에도 그럭저럭 다닐 수 있게 되었다.

헌책방 사건에서도 조금씩 마음이 해방되었다. 유키노는 행복하게 살고 있다. 지금은 대학생이나 직장인이 되었을까. 그런 무의미한 상상을 함으로써 자신의 인생과도 타협점을 찾으려 했다. 요코하마에서 일어난 방화살인 사건 보도를 접한 것은 그 무렵이었다.

처음에는 사건 자체도 몰랐다. 재판이 시작되기 한 달 전쯤에야 유키노가 세간에 충격을 준 사건의 피고인임을 알았다. 오랜만에 인터넷에서 그 이름을 검색하자 아무것도 나오지 않던 지금까지와 달리 수없이 많은 기사가 표시되었다.

화면에 뜬 사진은 틀림없이 유키노다. 신이치는 사건 개요를 빠짐없이 읽고, 아무도 없는 방에서 바들바들 떨었다.

"아아, 또……."

그런 말이 절로 새어 나왔다. 유키노는 이번에도 누군가를 감싸주고 있다. 그렇지 않더라도 모종의 이유로 죄를 뒤집어쓰려 하고 있다. 그런 직감은 확신에 가까웠다. 기사를 아무리 읽어도 무엇 하나 와닿지 않았다. 흉악범으로 묘사된 이미지와 실제로 아는 유키노라는 인간이 도무지 겹쳐지지 않는다.

처음에는 자신과는 무관한 일로 치부하고 넘어가려 했다. 하지만 의심은 전혀 사라지지 않았다. 자신이 품은 확신이 사실인지 확인하고 싶어졌다. 신이치는 십 년 만에 요코하마에 가기로 마음먹었다. 재판을 방청하기로 한 것이다.

첫날부터 추첨에 연거푸 떨어졌다. 굴하지 않고 방문한 끝에 오일째 법정에서, 이전보다 훨씬 많은 희망자가 몰린 가운데 드디어 방청에 당첨됐다.

기분이 무척 산뜻했다. 흥분된 기색 없이 법원에 발을 들였다. 신이치는 밀려오는 긴장감을 자각하면서도 더욱 냉정해지려 했다.

오랫동안 만나고 싶던 유키노가 입정했을 때나, 많은 이들의 예상대로 사형 판결이 내려졌을 때도 냉정을 유지했다. 칸막이로 나뉜 법정 안, 이편과 저편에 흐르는 공기는 전혀 달랐다. 유키노와 단절되어 있음을 재차 확인한 기분이 들면서 안도의 한숨이 나올 정도였다.

하지만 남 일인 듯 모른 척할 수는 없었다. 퇴정할 때 유키노는 방청석을 돌아보았다. 그러고는 신이치에게 시선을 고정한 채 미소 지었다. 저도 모르게 그랬다는 듯이, 어린 시절의 시간이 되살아났다는 듯이. 신이치는 가까스로 자신이 있는 곳을 떠올렸다. 제정신이 들면서 황급히 시선을 내리깔았다.

법정에서 나와 황금색으로 불타는 은행나무를 올려다볼 때쯤에야 신이치는 다시금 사태를 파악했다. 함께 놀던 친구 유키노의 인생이 끝나려 한다는 현실과 맞닥뜨렸다. 어린 시절의 기억이 페이지를 넘기듯 가슴에 스쳤다.

순간을 모면하는 데 급급해서 자기 마음에도 태연하게 거짓말을 한다. 일의 심각성을 깨달았을 때는 이미 잃어버린 무언가를 되찾기에는 늦었다. 늘 그런 식이었다. 중학교 시절부터 전혀 성장하지 않았다. 자기 자신에게 화가 나 견딜 수 없었다. 마구 소리 지르고 싶은 충동을 가까스로 억눌렀다.

"유키노를 위해 할 수 있는 일…… 내가 유키노를 위해 할 수 있는 일……."

매스컴이 북적이는 법원 앞 도로에서 신이치는 마음에 새기듯 몇 번이고 되뇌었다.

"와, 정말 방에 아무것도 없네. 이거 완전 충격인데."

평일인데도 분홍색 폴로셔츠를 입은 쇼가 살풍경한 방을 바라보고 있다. 야마테에서 재회한 이후 정기적으로 만났지만 오늘처럼 느닷없이 집을 방문하기는 처음이다.

"아, 미안, 뭐라고?"

"네 방 말이야. TV도 없고 불편하지 않아?"

"어어……. 뭐, 별로……."

"뉴스도 못 보잖아."

"그, 그래도 PC가 있으면 충분해서."

고개를 살살 젓는 신이치에게 쇼는 난처한 듯 어깨를 움츠린다.

"왠지 미안하네. 불쑥 찾아왔으니 민폐이긴 하지. 근데 요즘 너랑 연락이 잘 안 돼서 말이야. 나 피하는 거야?"

"아니야. 이, 일이 바쁘다 보니."

"메시지에 답장 정도는 할 수 있잖아. 나 꽤 상처받았어."

"아, 그, 그건, 미안해."

"뭐가 또 미안하냐."

쓴웃음을 짓는 쇼의 이마에서 땀이 흘렀다. 9월도 중순에 접어들었지만 아직 한여름 더위가 남아 있다.

"오늘 내 생일이야."

가슴 언저리를 부채질하며 쇼는 화제를 바꿨다.

"내 이름은 할아버지가 지어줬는데, 원래 아버지는 다른 이름을 생각했대. 뭔지 알아?"

고개를 갸웃거리는 신이치에게 웃음을 짓고, 쇼는 달력으로 시선을 옮겼다.

"공경할 '경敬'에 클 '태太' 자를 써서, 게이타. 내 생일이 옛날에는 '경로의 날'이고 공휴일이었거든. 하마터면 아무 뜻 없는 이름이 될 뻔했어. 해피 먼데이(일부 공휴일을 월요일로 옮겨 연휴를 만든 제도)인지 뭔지는 몰라도, 왜 멋대로 규칙을 바꾸는 거야."

신이치도 덩달아 달력을 바라본다. 아무 표시도 없는 9월 15일 칸에 돌연 색이 입혀지는 것 같았다. 언덕 탐험대 멤버끼리 축하한 적이 있던가. 여름방학이 끝나고 처음 맞는 공휴일에 가슴 설렜던 기억이 되살아난다.

"신, 다음 주 집회에 올래? 진짜 유키노를 아는 사람이 있으면 아무래도 모임에 활기가 돌 테니까."

쇼가 그제야 본론을 꺼냈다. 예상한 용건이다. 몸을 앞으로 내민 쇼와 달리 신이치의 가슴에는 어두운 기분이 퍼진다.

쇼와 재회한 지 반년이 지났다. 그동안 쇼는 신이치가 깜짝 놀랄 만큼 유키노를 위해 활동했다. 그중에서도 괄목할 만한 것은 동년배 변호사를 모아 오십 명 규모의 후원 단체를 발족한 일이다.

발족 이후 쇼는 한 달에 두 번꼴로 집회를 열었다. 처음에는 신이치도 적극적으로 참여했으나 언제부턴가 발길이 뜸해졌다. 자발적인 모임이라 그런지 멤버 중에는 문제의식이 높은 사람이 많았다. 현행 사형 제도의 문제점, 각국의 형벌 상황, 일본에서는 기소 후 유죄율이 비정상적으로 높은 점 등 앞쪽에 앉은 변호사들이 한마디씩할 때마다 열띤 토론이 이루어진다.

자백의 신빙성을 의심하거나 유키노의 범행 자체를 의심하는 사람도 있었다. 일순간 신이치의 마음이 설렜지만 어차피 각론 중 하나에 불과했다. 설득력은 없다.

사회를 맡은 쇼가 불안한 표정으로 자신을 바라본다는 것은 알고 있었다. 그래서인지 예고 없이 "신, 너도 한마디 해"라고 제안받았을 때도 그다지 놀라지 않았다. 스스로 생각해도 뜻밖이다 싶을 만큼 긴장하지 않은 채, 신이치는 마이크 없이 목소리를 높였다.

이제껏 누구에게도 밝힌 적 없는 중학교 시절 일을 전하고 싶었다. 모두 당연하게 받아들이는 헌책방 강도치상 사건에 진범이 있다는 것, 오늘까지 못 본 척했다는 것, 사실 그때까지 도둑질한 사람은 자기라는 것을 신이치는 감추지 않고 말했다.

"저, 저는 용서받고 싶은 게 아닙니다. 하, 하지만 이것이, 그, 그 사건의 진상입니다. 마찬가지로, 다, 다, 다나카 유키노의 방화를 전제로 말씀하시는 여러분이, 제게는, 섬뜩해 보입니다."

평소 이상으로 더듬거리면서 신이치는 도발할 작정으로 발언을 이어갔다. '다나카 유키노'를 다른 사형수 이름으로 바꿔 넣어도 성립되는 저들의 논의에 줄곧 분노를 느꼈다.

고성이 빗발치리라 예상했지만 한동안 정적이 흐른 뒤 터질 듯한 박수 소리가 귓가에 울렸다. "말씀 잘했습니다"라는 소리도 뒤를 잇는다. 개중에는 불쾌해하는 이도 있겠지만 적어도 신이치 눈에는 모두 공감하는 것처럼 보였다. 무척이나 경박하고 속이 빤히 보이는 얼굴들이다.

그날 이후 쇼는 다시는 헌책방 사건에 대해 묻지 않았다. 열기로 후끈하던 집회장에서 느낀 고독감이 되살아날 것 같았다.

쇼의 시선을 피하듯 신이치는 벽에 걸린 달력을 보았다.

"그, 그날 저녁엔 회사 면접이 있어. 늦을지도 모르지만 들를게."

신이치는 9월 15일 칸을 뚫어지게 바라보며 "생일 축하해, 쇼" 하고 덧붙였다.

이번 모임은 지난번보다 참석자가 늘었고 토론도 더 열기를 띠었다. 하지만 유키노의 존재는 여전히 뒷전이다. 위화감만 커질 뿐 신이치에게는 의미 있는 모임으로 여겨지지 않았다.

그렇다고 불평만 할 수는 없다. 유키노의 형이 확정된 지 벌써 사년이 되어간다. 우연히 현 법무장관이 사형 반대론자여서 최근 몇 년은 사형 집행이 멈추었지만 언제까지 지속될지는 알 수 없다.

늦어도 내년 여름까지는 총선거도 시행될 것이다. 법으로 정해진 '육 개월'은 고사하고, 슬슬 형 확정에서 집행까지 소요된 평균 기간에 접어들려 하고 있다. 밤에 누울 때마다, 아침에 커튼을 젖힐 때마다 신이치는 초조함에 휩싸였다.

할 수 있는 일은 제한적이지만, 가능한 일을 할 수밖에 없었다. 무엇보다 사건 전 유키노에 대해 아는 사람을 만나는 데 시간을 할애했다. 특히 핫타 사토시와 꾸준히 연락을 주고받았다. 대부분 신이치가 보낸 메시지에 핫타가 답하는 식이었지만 간혹 핫타 쪽에서 전화를 주기도 했다.

그럴 때면 핫타는 반드시 신이치에게 새로운 정보를 주었다. 운영을 멈춘 블로그로 연락이 왔다거나 이러이러한 사람이 이야기를 듣고 싶어했다거나. 대개 헛수고로 그쳤지만 달리 기댈 곳이 없는 상황에서는 그마저도 고마웠다.

마지막으로 쇼를 만난 뒤 계절 하나가 지나 벚꽃이 거의 진 4월 말. 핫타에게서 오랜만에 연락이 왔다. "내일 좀 볼 수 있을까?" 하고 묻는 목소리가 여느 때와 달리 다급했기에 뭔가 불길했다. 핫타가 정한 약속 장소가 나카야마 역인 것도 불안을 증폭시켰다.

다음 날. 약속 시각인 정오보다 십 분 이상 일찍 도착했는데도 핫타는 이미 와 있었다.

"사사키 씨, 오랜만이야. 근데 좀 달라 보인다?"

최근에 산 봄코트를 바라보며 핫타가 장난스럽게 말했다. 자신이 작가라고 칭하며 만난 지 벌써 이 년이 넘었다.

"오, 오랜만이에요. 저, 핫타 씨. 늦었지만 둘째 득남하신 거 축하 드려요. 저, 정성스럽게 편지까지 보내주시고."

신이치는 미리 생각해둔 인사를 하고 준비해온 과자 상자를 건넸다. 핫타의 눈에 의아해하는 빛이 서렸다.

"정말로 변했구나? 전에 만났을 때랑은 전혀 딴사람 같아."

"그, 그런가요?"

"유키노한테 뭐 좋은 일 있었어?"

"아뇨, 전혀 진전이 없어요. 그보다 제, 제가 무얼 하려 했는지도 잘 모르겠고요."

신기하게도 핫타에게는 아무리 어려운 이야기도 할 수 있다. 처음으로 중학교 시절의 죄를 밝히며 "유키노는 무죄일지도 몰라요" 하고 털어놓은 상대도 핫타였다.

핫타는 뭔가 생각났다는 듯 화제를 바꿨다.

"아, 맞다. 나야말로 축하해. 취업 결정됐지? 메일만 받았지 축하한다는 말도 못 했네. 난 아무것도 준비 안 해왔는데."

올 4월, 신이치는 도토 가스 관련사에 어엿한 정사원으로 채용되었다. 업무 내용은 이전과 같지만 낮에 일할 수 있다는 것만으로 회사에 소속되었다는 실감이 들었다.

"어때? 일은 바빠?"

"그, 글쎄요. 책임은 좀 는 것 같아요."

"사사키 씨, 올해 몇 살이지?"

"이제 서른이 됐어요."

"그렇구나. 그럼 유키노도 같은 나이가 됐겠네. 어쨌든 유키노가 이 나이까지 살아 있다는 데 감사해야 하나."

핫타는 수긍한 듯 고개를 끄덕이더니 돌연 진지한 표정을 지었다.

"여기 이러고 있어서 뭐해. 가자. 보여주고 싶은 게 있어."

핫타는 사건 현장을 향해 걸음을 떼었다. 신이치도 몇 번이나 지난 길이다. 연립주택 주인 구사베 다케시를 수없이 만나러 갔고, 약속도 없이 주변을 배회하다 주민에게 수상한 사람으로 오해받은 적도 있다.

어디나 있을 법한 거리 풍경에서, 언제부터인가 많은 것을 느끼게 되었다. 구사베의 증언과 이노우에 미카의 사망 직전 통화 내용에 비추어 볼 때, 사건 당일 밤 유키노는 분명히 현장 근처에 있었다. 설령 신이치 생각대로 원죄冤罪라면, 유키노는 왜 이 동네에 왔을까. 절망을 안고 있었음은 틀림없다. 혹시 죽을 장소를 찾은 것은 아닐까. 어디나 있을 흔한 거리 풍경이 그녀 눈에는 어떻게 비쳤을까.

"저, 저기요. 하, 핫타 씨."

핫타는 신이치보다 몇 발짝 앞서 말없이 걸었다. 만날 때마다 물으려다가 미처 묻지 못한 것이 있었다.

"유, 유키노의 병은 아직 안 나았나요?"

"병?"

"네. 어, 어제도 블로그를 읽었는데, '정신을 잃듯 잠들어'라는 내용이 몇 번이나 나와요. 그에 대해 뭐, 뭔가 들으셨나 해서요."

어린 시절 유키노는 흥분하면 곧잘 정신을 잃었다. 주위 사람들의

318

동요와 달리 본인은 잠든 것처럼 평온해 보여 어떻게 여겨야 할지 몰랐다. 유키노는 "이 병은 지금뿐이래. 어른이 되기 전에 낫는다고 엄마가 그랬어" 하며 웃음 지었다. 하지만 그 모습을 보고 분명 평생 따라다닐 병이라고 생각하던 기억이 있다.

핫타는 "아아, 그거" 하고 힘없이 말하고는 고개를 갸웃거렸다.

"본인에게 직접 들은 적은 없어. 쓰러지는 걸 실제로 본 건 두 번쯤 되나. 하지만 그보다는 게이스케에게 구박받던 모습이 잊히지 않아. 이건 블로그에도 쓰지 않았지만, 게이스케는 유키노가 쓰러지는 걸 용납하지 않았어. 근성을 보이라며 폭언을 퍼부었지. 유키노는 쓰러지지 않으려고 입술을 깨물었어. 결국 힘이 다해 잠들어버리면 그게 게이스케를 더 화나게 했지만 말이야."

그 장면을 상상하기란 어렵지 않았다. 쓰러지기 직전의 새파란 안색도, 상반되게 편안히 잠든 숨소리도, 깨어난 직후 보였을 쓸쓸한 표정도 모두 쉽게 머릿속에 그릴 수 있었다.

핫타는 또다시 입을 굳게 다물고 완만한 언덕길을 올랐다. 몇 분쯤 더 걸어 발걸음을 멈춘 곳은 사건 현장이 아니었다. 누군가가 페인트로 'FUCK!'이라고 써놓았지만, 석판에 새긴 '시라우메 어린이공원'이라는 글씨는 알아볼 수 있었다.

"잠깐 앉자."

핫타는 입구 옆 벤치에 앉았다. 그러고는 이미 벚꽃이 지고 잎이 돋으려 하는 나무를 올려다보며 입을 열었다.

"사건이 일어나기 전에, 여기서 전화를 걸었다고 했어. 난 전화를 못 받았고, 그게 늘 괴로웠어. 유키노의 인생을 바꿀 유일한 기회였는데, 내 인생이 바뀔 수도 있었는데 하고 말이야."

핫타의 말은 거기서 끊어졌다. 신이치는 핫타가 애써 '사건이 일어나기 전에'라고 말했음을 알았다. '사건을 일으키기 전에'라고 하지 않은 배려가 고맙다.

"사실 그날 밤에 나도 이 공원에 왔어."

"네……?"

"유키노가 다녀가고 몇 시간 뒤에. 물론 우연이야. 지금은 이사했는데 그 무렵엔 나도 이 근처에 살았거든. 그 애가 같은 곳에서 전화했을 줄은 꿈에도 몰랐어."

핫타는 벚나무에서 한시도 눈을 떼지 않은 채 말을 이어갔다. 이야기의 목적지가 보이지 않는다. 조금 전 말한 '보여주고 싶은 것'이 무엇인지 알 수 없었다.

어느샌가 조금 전까지 공원에 있던 가족이 사라졌다. 핫타는 천천히 신이치의 눈을 들여다본다. 그리고 어딘지 모르게 도발적인 미소를 지었다.

"사사키 씨, 이제 두려워 말고 유키노를 만나보지?"

순간 말문이 막힌 신이치를 개의치 않고 핫타가 말을 이었다.

"유키노가 누명을 썼다고 생각한다면, 그 말을 직접 해주면 되잖아. 이제 시간이 별로 없어. 또 후회할 셈이야?"

"하, 핫타 씨도 안 가시잖아요."

"난 당신이랑은 달라."

"뭐, 뭐가……."

"난 이제 유키노에게 인생을 걸 수 없어. 내가 지켜야 할 사람은 따로 있는걸."

그렇게 단호하게 말했다가 핫타는 이내 고개를 떨구었다.

"아니, 아니지. 난 처음부터 인생을 걸 처지가 아니었어. 사사키 씨랑은 명백히 달라."

그러고는 천천히 일어서더니 새삼 벚나무로 시선을 돌린다.

"판결 날, 유키노가 내 쪽을 돌아봤으면 그렇게 생각했을지 모르지. 하지만 그 앤 틀림없이 당신을 봤어. 게이스케에게도 보인 적 없는 부드러운 표정을 짓고서. 충격이었어. 그렇게 미소 지을 수 있는 상대가 한 사람이라도 있잖아. 어쩌면 정말 그 앤 하지 않았을지도 몰라."

핫타의 목소리가 서서히 가슴에 스며든다. 당장이라도 설득당할 것 같았지만 아슬아슬한 순간에 고개를 가로저었다.

"저, 전 아직, 그 애를 만나서 해줄 수 있는 말이 없어요."

"없긴 왜 없어. 옛날 일을 사과하면 되잖아."

"하, 하지만, 용서받을 수 있을 것 같지 않아요."

"그건 거짓말이야. 두려움을 그럴싸하게 포장하지 마. 충분히 용서받을 수 있다고 믿잖아. 안 그러면 이런 식으로 행동할 수 있겠어? 이러쿵저러쿵하지 말고 갔다 와."

여느 때보다 힘주어 한 말이지만 말투는 부드러웠다. 핫타는 아무 대답도 하지 못하는 신이치의 어깨에 손을 올리고는 타이르듯 고개를 끄덕였다.

"지금 당신이라면 문제없어. 제대로 마주할 수 있으면 돼. 사사키 씨에겐 그럴 만한 자격이 있으니까."

핫타는 다시 벤치에 앉아 자꾸 시계를 보았다. 오후 1시 45분. 조금 전부터 바람 소리만 들린다.

"저기 말이지, 사사키 씨한테 유키노는 어떤 이미지야?"

핫타는 쑥스러운 듯 코를 긁적였다.

"이미지요? 글쎄요⋯⋯. 어릴 적에는 밝고 낙천적인 느낌이었는데요."

"와아, 세간의 이미지와 정반대네. 나한텐 때 묻지 않았다는 인상이 강한데."

"그래요?"

그다지 의미 있는 대화라는 생각이 들지 않아 신이치는 답답함을 느꼈다. 핫타가 장난스럽게 피식 웃는다.

"순수하다든가 때 묻지 않았다는 말을 영어로는 뭐라고 하는 줄 알아?"

"아니, 저기, 핫타 씨⋯⋯."

"'이노센트'라고 해."

핫타가 가로막듯 단언했다. 의미를 몰라 고개만 갸웃거리는 신이치를 보더니 환하게 웃는다.

"그리고 말이지, 이노센트에는 '죄 없는'이라는 뜻도 있대. 신기하지. 왜 '순수'와 '죄 없는'을 같은 단어로 표현할까."

핫타는 신이치의 대답을 기다리려 하지 않았다. 또 한 번 손목시계를 보더니 "슬슬 가야겠네" 하며 일어섰다.

"사실 오늘, 사사키 씨한테 사과할 일이 있어."

"사과요?"

"응. 난 오늘을 끝으로 유키노 이야기에서 하차하려고. 블로그를 아내한테 들켜서 말이야. 더는 업데이트도 하지 않으니 큰 문제야 없겠지만 이제 때가 된 것 같아. 둘째도 태어났고."

"아니, 그래도, 그건……."

핫타가 신이치의 질문보다 먼저 손을 내저었다.

"미안하지만 오늘이라도 블로그는 닫으려고. 그럼 나한테 새 정보가 들어오는 일도 더는 없겠지. 그리고 사사키 씨와 단게 씨 연락처도 휴대전화에서 지울 거야. 벌써 몇 년째 연락도 안 하고 있지만 게이스케 연락처도 지울 거고. 이젠 유키노와 관련된 것에서 벗어나고 싶어. 이야기에서 하차한다는 건 그런 뜻이야. 난 아무래도 유키노의 마지막을 차마 보지 못할 것 같아."

그제야 후련해하는 표정의 의미를 알았다. 그 마음을 부정할 수 없을뿐더러 오히려 지금까지 함께해준 데 감사할 따름이다. 그렇게 이해는 하면서도 마음은 울적했다. 몇 안 되는 내 편을 잃는다니 두려웠다.

핫타는 그 뜻을 알아차리고 코를 훌쩍인다.

"그래서 오늘 마지막 정보를 제공할게. 난 왠지 확신이 들어."

그러더니 힘찬 발걸음으로 앞서 걷기 시작했다.

"가자. 시간 다 됐어."

신이치는 조용히 뒤를 따랐다. 묻고 싶은 게 셀 수 없이 많았지만 긴장감 감도는 핫타의 뒷모습이 질문을 허용하지 않는다.

이번에도 말없이 걷다가 얼마 가지 않아 핫타는 발길을 멈췄다. 전신주 너머로 오래된 목조 민가가 보였다. 처마 끝에는 거리에서 곧잘 눈에 띄는 기독교 계열 종교 단체의 간판이 걸려 있다.

핫타는 그 집 문을 바라보며 목소리 낮춰 이야기를 시작했다.

"두 달 전쯤 블로그로 이상한 익명 메일이 왔어. '가족 일로 누구에게도 밝히지 못하는 비밀이 있다'라는 등 '당장이라도 털어놓을 것 같아 무섭다'라는 등 하면서. 묘하게 내용이 절박했는데 답장을 보내도 깜깜무소식인 거야. 그래서 약간 다른 내용으로 메일을 보내봤지. '건강은 괜찮으십니까?' 하고. 그랬더니 곧바로 답장이 왔어."

핫타는 막힘없이 술술 말했다. 신이치는 자꾸만 혀가 꼬였다. "뭐, 뭐, 뭐라고요?" 하고 쥐어짠 목소리마저 무척 불안정하다.

핫타는 확인하듯 고개를 끄덕였다.

"'교회에 다녀서 마음은 차분하다'라고. 메일을 받자마자 누군지 알겠더라. 그래서 한 달쯤 전부터 몇 번 와봤는데 빙고였어. 토요일마다 여기 다닌다는 걸 알아냈지. 평소대로면 슬슬 나올 시간이야."

신이치도 핫타가 누구 이야기를 하는 것인지 알았다. TV 취재 때 반드시 목에 거는 십자가 펜던트는 어느 단체의 신자가 착용하는 물건이라고 했다. "하느님은 결코 용서하시지 않는다"라는 히스테릭한 발언도 인터넷상에서 꽤 화제가 되었다.

두 사람은 입을 굳게 다물고 문이 열리기를 기다렸다. 그리고 드디어 그 모습을 확인했다. 핫타가 신이치의 등을 두드리며 말했다.

"갔다 와. 내가 해줄 수 있는 건 여기까지야. 힘내고."

온화한 표정을 지으며 건물에서 나온 사람. 사건 직후 적극적으로 매스컴과 인터뷰하던 백발의 노파였다.

신이치는 법정에서도 노파를 보았다. 그날은 머리를 금색으로 물들인 소년을 데리고 있었다. 숨죽이고 주위를 살피던 모습이 열기 띤 법정 안에서도 단연코 눈에 띄어 인상이 강하게 남아 있다.

노파의 눈이 빨려들듯 이쪽을 향했다. 한눈에 봐도 당시보다 많이 늙은 모습이다. 옅은 갈색 눈동자에 극심하게 동요의 빛이 떠오른다.

"가, 가까이 오지 마!"

노파는 다시금 신이치의 존재를 인식한 듯했다. 몇 미터 거리까지 다가가자 더욱 소리친다.

"오지 말라니까!"

그대로 발길을 돌리려는 노파의 어깨를 신이치가 힘껏 붙들었다. 겁먹은 노파의 얼굴이 일그러진다. 당장이라도 크게 소리를 지를 것 같아 조금씩 손에서 힘을 뺐다.

"부, 부탁입니다. 이거라도 가져가세요. 뭔가 하실 말씀이 있으면 여기로 연락주세요."

신이치는 지갑을 꺼내 예전에 직접 만든 명함을 뽑았다. 만약을 대비해 한 장만 넣어둔 명함은 귀퉁이가 둥글게 닳았다. 노파는 불안한 표정으로 글자를 보다가 "기자요?" 하고 가는 목소리로 물었다.

"아닙니다. 전 다나카 유키노의 오랜 친구입니다."

노파의 미간에 살짝 주름이 졌다.

"댁이 인터넷 하시는 분이오?"

"그것도 아닙니다. 하지만 그걸 작성한 사람은 압니다. 앞으론 제게 연락을 주시겠습니까? 아무리 사소한 거라도 좋습니다. 어르신이 알고 계시는 것들이 필요합니다."

노파는 더는 아무 말도 하지 않고 다시 힘없이 명함으로 시선을 떨어뜨렸다. 신이치는 그 모습을 기도하는 마음으로 바라보았다.

기다려준 핫타와 나카야마 역에서 헤어진 뒤 서둘러 귀가했다. 그날 밤 신이치는 처음으로 유키노 앞으로 편지를 썼다.

쓰다가 구겨서 버리고, 쓰다가 버리기를 되풀이한 끝에 겨우 고개가 끄덕여질 만한 편지를 썼을 때는 벌써 한밤중이었다. 그런데도 신이치는 휴대전화를 집어 들었다. 그다지 내키지는 않았지만 받는 사람을 어떻게 적는지 물어야 했다.

통화연결음이 몇 차례 울리고 쇼가 전화를 받았다. 몇 달 만의 연락을 수상쩍어하지 않고 오히려 환영해주었다. 신이치는 단도직입적으로 편지를 썼다고 알렸다.

"우아, 정말? 신! 정말 기쁘다!"

술을 마시고 있을까. 쇼는 여느 때보다 혀가 잘 돌아간다. 그렇게 한바탕 기뻐하더니 곧바로 덧붙여 말했다.

"아니, 그래도 말이지, 신. 편지도 딱히 나쁘진 않은데 느리고 번

거롭잖아. 그냥 직접 만나러 가자."

"그럴 순 없어."

"왜?"

"유키노를 만나서 보고할 게 아직 아무것도 없어."

"엉? 뭐야, 왜 이렇게 진지해? 구치소 면회에는 의외로 대충 오는 사람도 많아."

쇼는 혼자 깔깔대다가 마지막에는 똑똑히 들리는 목소리로 덧붙였다.

"뭐 어쨌든 일관성이 있다고 해야 할까. 신, 너는 전혀 변한 게 없다니까."

쇼에게는 별 뜻 없는 한마디였으리라. 하지만 친구가 내뱉은 말은 고양이의 날카로운 발톱처럼 신이치의 마음을 할퀴었다.

핫타가 가르쳐준 주소로 몇 번인가 메일을 보냈지만 노파에게서는 아무 답장도 오지 않았다. 속절없이 시간이 흐르고 조바심만 더해갔다.

여름에는 중의원 선거가 치러졌고 야당이 과반을 넘는 의석을 차지했다. 새로 법무장관에 임명된 이는 강경파라고 알려진 젊은 논객으로, 사형 존치론자의 필두로 주목받는 변호사 출신 남성이었다. 정체되어 있던 집행을 속히 재개하겠다는 새 정권의 의도를 짐작할 수 있었다.

가을 들어 한꺼번에 세 명의 사형이 집행되었다. 뉴스 사이트에서 기사를 본 신이치는 몸이 덜덜 떨렸다. '다나카 유키노'의 이름은 없지만 뺨을 얻어맞은 듯 눈앞이 어질어질했다.

몇 줄 안 되는 기사를 몇 번이나 다시 읽으며 신이치는 현실로 되돌려진 듯한 감각에 휩싸였다. 이제 와 새삼 자신이 일각을 다투는 상황에 놓였음을 뼈저리게 느꼈다. 당장 내일일지도 모른다. 내일, 소꿉친구의 목숨이 끊어질지도 모른다.

유키노에게 편지를 쓰는 횟수가 늘고, 노파에게 메일을 보내는 일이 많아졌다. 사형 집행 뉴스를 접한 이후로는 인터넷도 함부로 볼수 없게 되었다. 당연히 '다나카 유키노'를 검색하는 일도 일절 사라졌다.

날이 갈수록 초조함, 분노, 무력감이 커지는 가운데 새해를 맞았다. 유키노가 형을 선고받은 지 육 년째 되는 봄. 날마다 휴대전화가 울리기를 바랐지만 두렵기도 했다. 인터넷 기사와 마찬가지로 언제, 누구에게서, 어떠한 정보가 전해질지 알 수 없었다. 유키노를 구할 새로운 정보일까, 아니면 사형 집행을 알리는 소식일까. 기대와 불안이 가슴속에 지층과도 같이 켜켜이 쌓여 신이치의 마음을 조금씩 좀먹어갔다.

3월의 끝 무렵, 오랜만에 긴장감이 감도는 전화를 받았다. 포근한 태양이 초목을 비추는 토요일이었다. 이날 신이치는 노파의 집을 방문하기로 마음먹고 있었다.

한창 준비하는 도중에 휴대전화가 울렸다. 화면에 '단게 쇼'라는 글자가 뜬다. 신이치는 입술을 한 번 깨물어 각오를 다진 뒤 통화 버튼을 눌렀다.

"아, 여보세요. 신?"

쇼의 목소리에 이상이 없음을 알고 신이치는 일단 안도했다.

"신, 지금 집이야?"

"응, 집이야."

"미안한데, 나 지금 오구치에 와 있어. 잠깐 볼 수 있을까? 할 얘기가 있어."

목소리에 왠지 강압적인 데가 있었다. 집으로 오겠느냐고 묻자 역에서 만나자고 했다. 신이치는 가끔 가는 찻집 이름을 알려준 뒤 준비를 서둘렀다.

휴일인데도 쇼는 정장 차림이었다. 더 이상한 것은 곁에 낯선 남자가 있다는 점이었다. 나이는 사십대 중반쯤일까. 마찬가지로 고급 원단의 스리피스 정장을 입은 남자가 누구인지, 신이치는 대화를 나누지 않고도 알 수 있었다.

"아아, 신. 이쪽은 하마나카 히로시 변호사 님. TV 같은 데서 본 적 있을지도 모르겠는데, 요즘 힘을 보태주고 계셔."

쇼는 인사도 대충 넘기고 남자부터 소개했다. 듣고 보니 본 적 있는 얼굴이다. 방에 TV를 두지 않는 신이치도 알 정도니 분명 유명인이리라.

"처음 뵙겠습니다. 하마나카입니다."

남자는 활판으로 인쇄된 명함을 내밀며 끄덕하는 정도로 머리를 숙였다. "저, 저기" 하고 명함이 없음을 알리려는 신이치의 얼굴은 보지도 않은 채 남자는 느닷없이 본론을 언급한다.

"난 주로 형사 사건을 담당하는데, 지금까지 무죄 판결을 두 번 따 냈습니다. 어쩌면 도움을 드릴 수도 있어요."

하마나카라는 남자의 말투는 무척 거만하고 차갑게 들렸다. 도움을 바라듯 쇼에게 시선을 돌렸지만, 쇼는 기대에 찬 눈빛으로 하마나카를 바라보고 있다.

"네 얘기를 했더니 꼭 대화해보고 싶다고 해서. 1퍼센트라도 원죄의 가능성을 지적하는 사람이 있으면 일단 믿어주는 게 변호사의 역할이라고 야단맞았어. 지금까지 미안했어, 신."

쇼는 왠지 흠모하는 표정으로 얼굴을 붉혔다. 하마나카는 별것 아니라는 듯 웃고는 테이블 위에 노트를 펼쳤다.

"정말 엉성하다니까. 이 나라 경찰은 믿을 게 못 돼. 녀석들 수사 능력은 정말 눈 뜨고 못 봐주겠어."

쇼가 고개를 끄덕이며 덧붙여 설명한다.

"참고로 하마나카 씨는 가가 노부타카와 사법 연수 동기야."

"가가라면, 그……?"

"응, 현 법무장관. 젊은 시절 두 분은 같은 사무소에 소속된 라이벌이었어."

직접 본 것처럼 말하는 쇼를 하마나카가 손으로 제지했다. 그 이름을 입에 담는 것조차 불쾌하다는 분위기다. 신경질적으로 펜을 이리저리 놀린 뒤에야 처음으로 신이치를 보았다.

"바로 질문을 몇 가지 하겠습니다. 묻는 말에 대답해주세요."

하마나카가 눈짓하자 쇼가 글씨가 적힌 자료를 신이치 앞에 놓았다. 흡사 조수와 같은 쇼의 행동에 신이치는 위화감만 들었다.

"먼저 사사키 씨가 원죄라고 생각하는 이유를 묻겠습니다. 그렇게 생각하는 구체적인 이유 첫 번째는……."

"아, 아니, 잠깐만요. 이게 뭡니까."

분위기가 순식간에 얼어붙었다. 하마나카는 어리둥절한 표정으로 신이치를 바라보았고, 쇼 또한 이 좋은 기회에 뭘 하는 거냐는 식으로 언짢은 표정을 감추지 않았다. 그런 친구의 속내를 마주한 신이치는 어이가 없었다.

"난 한 번도 이야기를 들어달라고 한 적 없어. 믿어주는 게 역할이라고? 뭐야 그게? 내가 언제 그런 부탁을 했다고."

신이치는 쇼만 바라보며 말했다. 이내 긴장된 분위기가 흐르고 하마나카가 언짢아하는 한숨 소리가 들렸으나 상관없다.

쇼는 그제야 신이치에게 시선을 고정했다. 눈동자에 조금씩 분노가 번진다.

"왜 화를 내? 하고 싶은 말 있으면 똑똑히 말을 해."

"별로 하고 싶은 말 같은 거 없어."

"예전부터 궁금했는데, 넌 뭐가 그렇게 불만이야? 내가 하는 일이 그렇게 마음에 안 들어?"

"그런 거 아냐. 너는 너 나름대로 노력하는 거 알아. 그냥 나랑은 방법이 다른 거지."

"뭐가 다른데?"

"아니, 그러니까 그건……."

순간 말문이 막히면서 이 대화를 바라보는 하마나카의 얼굴이 시야에 들어왔다. 남 일 보듯 하는 표정을 보니 신이치는 저도 모르게 마음이 상했다. 다시 쇼에게 시선을 돌렸다. 각오를 다지고는 입을 열었다.

"쇼, 오늘이 무슨 날인지 알아?"

"오늘?" 되묻는 쇼의 얼굴에 맥 빠진 기색이 번진다.

"그 사건이 일어난 날은 아직 좀 남았잖아. 언제더라……."

"아니야, 쇼. 그게 아니라 3월 26일, 오늘 유키노 생일이야. 우리 친구의 서른 번째 생일이라고. 그런 것도 기억 못 해?"

잠시 침묵이 흐른 뒤 쇼는 힘없이 고개를 저었다. "이런……" 하고 중얼거렸을 뿐 다음 말이 나오지 않는다. 신이치도 별달리 하고 싶은 말은 없었다. 충분했다.

"또 무슨 일 있으면 꼭 연락할게."

신이치가 일어섰다. 쇼는 그제야 씁쓸하게 한숨을 쉬었다.

"신, 너 변했다."

"그래?"

"응. 자신감에 가득 차 있어. 딴사람 같아."

그렇게 말한 뒤 쇼는 곧바로 정정했다.

"아니, 어린 시절의 신 같아."

하마나카에게 사과하고 쇼에게 미소 지어 보인 뒤, 신이치는 가게를 나섰다. 역 개찰구를 재빨리 지나 나카야마를 경유하는 하치오지

행 전철을 기다렸다. 하지만 반대 방향으로 가는 전철이 먼저 도착했다.

아주 잠시 머뭇거리다 그쪽에 올라탔다. 노파와 약속을 하지는 않았다. 어차피 별 소득 없는 하루라면 뭘 하든 마찬가지일 것이다.

오구치에서 히가시카나가와까지 간 다음 게이힌토호쿠 선으로 갈아타고 이시카와초에서 내렸다. 세련된 모토마치 상점가를 지나 가파른 언덕길을 단숨에 올랐다. 항구가 보이는 언덕 공원 옆에 도착해서야 신이치는 고개를 든다.

몸이 후끈해진 탓에 바다에서 불어오는 바람이 상쾌하다. 옛날에 유키노가 살던 집, 쇼와 재회한 찻집, 어머니가 서서 이야기를 나누던 골목, 울며 귀가하던 중학교 시절 통학로, 다나카 미치코가 말을 건네던 공원…… 몇몇 기억이 한데 섞여 눈앞을 스친다.

신이치는 이십 분쯤 더 걸어가 울창한 수풀 속으로 발을 들였다. 예전에는 달려 올라가던 제방인데 금세 숨이 찬다. 지면에 떨어진 꽃잎을 보자 마음이 급해졌다.

추억의 장소, 언덕 비밀기지에 도착했다. 기대를 크게 웃도는 복숭앗빛 경치가 눈에 들어왔다. "우아!" 하고 어린아이 같은 감탄사가 나온다.

벚나무가 봄바람에 흔들린다. 꽃잎이 눈처럼 흩날리고, 나무줄기는 따스한 소리를 연주한다. 이내 밝은 기억이 되살아날 듯했지만 신이치는 애써 봉인했다.

이마에서 땀이 흘러내린다. 문득 제정신이 들어 시선을 옮긴 곳에는 요코하마의 거리가 펼쳐져 있다. 구름 사이로 부드러운 봄 햇살이 비쳐 한 면을 오렌지색으로 물들인다. 예전이라면 희망만을 느꼈을 광경이다.

신이치는 주먹을 꽉 쥐었다. 이 광경을 홀로 바라보게 될 줄은, 유키노를 데려올 수 없을 줄은 그 시절에는 상상도 하지 못했다.

돌아가는 전철 안에서 신이치는 편지지를 꺼내 정신없이 편지를 썼다. 그러자 옆에 앉아 있던 중년 여성이 불쑥 말을 건넸다.

"꽃구경하셨나 봐요. 좋았겠어요."

자신에게 하는 말임을 알고 고개를 갸웃거리는 신이치를 향해 여자는 빙긋 웃는다.

"머리칼에 잔뜩 붙었어요. 잠시만요."

여자가 신이치의 머리로 손을 뻗었다. "자, 여기요" 하며 꽃잎 몇 장을 건네주었다. 머릿속에서 무언가 번뜩였다. 신이치는 꽃잎을 받아 소중하게 주머니에 넣었다.

여성과 이야기를 나누는 사이에 오구치를 지나 나카야마도 통과했다. 여성은 마치다에서 내렸으나 신이치는 전철에 남았다. 어머니를 만나 묻고 싶은 게 있었다.

종점인 하치오지에 도착할 무렵에는 거리에 네온사인이 반짝이고 있었다. 다행히도 집에 있던 어머니는 신이치의 갑작스러운 방문에 눈이 휘둥그레졌다.

"이거 안 시들게 보존하는 방법이 있을까?"

신이치가 꽃잎을 들어 보였다. 어머니는 어리둥절한 눈빛으로 바라보다가 알았다는 듯이 고개를 끄덕였다. 물론 어머니는 신이치가 유키노를 위해 활동하는 것을 안다.

"밀랍으로 굳히면 어떨까? 그럼 좋은 방법이 있는데."

어머니가 무언가 터진 듯 말을 쏟아냈다. 꽃잎은 어머니에게 맡기고 편지를 마저 쓰기로 했다. 오랜만에 자기 방에 틀어박혀 편지지에 매달린 사이 시간이 빠르게 흘러갔다.

내용은 벚꽃에 관한 것뿐이다. 예전에 함께 보던 꽃에 관하여. 홀로 가서 본 봄 경치에 관하여. 쓰고 또 써도 감정이 솟는다. 신이치는 자신이 쓴 글을 한번 읽어보았다. 고칠 곳은 많지만 그냥 두기로 한다. 다시 같은 열량을 담을 수 없다. 다만 마지막 한 문단은 의식하며 펜을 움직였다. 온 마음을 말에 내맡겼다.

다시 한번, 너와 그 경치를 보겠다고 결심했어. 난 그럴 수 있을 거라 믿어. 나에겐 네가 필요해. 반드시 널 거기서 꺼낼 거야. 그러니까 그때는 부디 날 용서해줘.

신기하게도 자신감이 차올랐다. 그런 말들을 편지지에 옮겼을 때, 어머니가 눈을 반짝이며 방문을 열었다. 얇게 코팅한 꽃잎과 함께 갈색 봉투와 웬 브랜드 향수도 들고 있다.

"약간 변화를 줘도 되겠니?"

신이치가 고개를 끄덕이자 어머니는 벚꽃잎에 향수를 살짝 뿌렸다. 봄 냄새가 잘 묻어 있는 향이다. 유키노는 과연 알아차릴까? 향기와 함께 마음이 전달되기를 간절히 바랐다.

몇 달이 지나 장마철도 막바지에 접어들었을 무렵, 유키노에게서 생각지도 못한 답장이 도착했다. 개봉할 때까지는 냉정했으며, 읽기 시작할 때도 손은 떨리지 않았다. 불과 몇 줄 안 되는 글을 다 읽었을 때 신이치는 비로소 자신이 내내 울음을 참고 있었음을 알았다. 눈물이 하염없이 흘렀다.

편지에는 삶을 포기하는 내용이 절절히 적혀 있었다. 그런데 오히려 신이치는 유키노의 삶을 향한 집착을 느꼈다. 어렴풋하게 반가움이 묻어나는 글씨에는 분명 그런 착각이 들게 하는 힘이 있었다.

이젠 정말 시간이 없다. 그런 생각이 들자 신이치는 곧바로 PC를 켜고 메일 프로그램을 열어 이미 눈에 익은 주소를 넣었다. 먼저 무례를 사과한 뒤, 유키노에게서 처음으로 편지를 받았음을 알리며 일부를 발췌하여 입력한다.

그 벚꽃을 보고 싶지 않다고 한다면 거짓말입니다. 하지만 그 이상으로, 하루빨리 이곳에서 심판되기를 바라고 있습니다. 저와 인연을 맺은 모든 분들의 기억에서도 깨끗이 지워지기를 매일같이 빕니다. 태어나서 죄송하다고 말한, 법정에서의 마음은 지금도 변함없습니다.

신이치는 기대가 어긋날 가능성이 있음을 자각했다. 그리고 노파도 무언가 느끼기를 바랐다.

예년보다 훨씬 더운 여름이었다. 9월로 접어들어도 햇볕은 여전히 따갑고 콘크리트에서 올라오는 열기는 불쾌하기만 하다. 그러나 셋째 주에 들어섰을 무렵 비로소 단비가 내렸다.

비는 태풍을 동반했다. 물이 말라 고민하던 일이 거짓말인 것처럼 지대가 낮은 지역에서는 침수 피해가 속출했다.

격렬한 폭풍우가 사흘 동안 그치지 않았다. 드디어 비가 그치고 태양이 얼굴을 내밀자 계절이 바뀌어 있었다. 아침에 출근하려 연립주택을 나서니 하늘은 구름 한 점 없이 맑고 바람은 건조했다. 매미 울음소리가 잠잠해지면서 거리는 여름의 시끌벅적함에서 벗어났다.

그날 점심시간, 신이치는 평소처럼 빌딩 앞 광장에서 문고본을 편 채 편의점 빵을 먹었다. 너무 쾌적해서 외려 책에 집중할 수 없었다.

할 수 없이 음악이라도 들으려 가방에서 휴대전화를 꺼냈다. 좀처럼 깜빡거릴 일이 없는 부재중 전화 알림 램프가 점멸했다. 신이치는 숨을 삼켰다.

요코하마의 시외 국번인 '045'로 시작하는 번호가 두 건 기록되어 있다. 음성메시지가 없음을 확인한 뒤 통화 버튼을 눌렀다. 상대가 곧바로 받는다.

"아, 전화 주셨죠? 사사키입니다."

몇 초로도 몇십 초로도 느껴지는 침묵이 흐른 뒤 상대는 조그맣게 "에토입니다"라고 이름을 밝혔다. 노파의 목소리는 쇠약한 듯 갈라졌다.

노파는 신이치에게 당장 만나고 싶다고 했다. 업무중이라고 말하려 했으나 "또 마음 변하기 전에"라는 말을 들으니 승낙할 수밖에 없었다. 가슴이 소리를 내고 있다. 통화를 마친 휴대전화 화면을 보니 날짜와 시간이 표시된다. 오후 2시 6분. 9월 15일 목요일……

눈에 익은 날짜다. 무슨 날이었지? 고개를 갸웃거리던 신이치의 의식은 곧 노파에게 집중되었다.

노파는 '시라우메 어린이 공원'을 약속 장소로 잡았다. 적당한 핑계로 조퇴한 뒤 택시를 타고 가보니 노파가 홀로 덩그러니 벤치에 앉아 있었다. 일 년 반 전의 그날보다 더욱 작고 노쇠해 보였다.

"늦었습니다" 하고 인사하는 신이치를 보더니 노파의 어깨가 떨렸다. 만나기로 약속한 사실조차 잊고 있었다는 분위기다.

"아, 아아, 사사키 씨."

노파가 혼잣말처럼 중얼거린다. 그날 드러냈던 적개심은 온데간데없다. 깊이 머리를 숙이더니 "갑자기 불러내서 죄송합니다" 하고 예의 갖춰 인사한다.

그러고는 빠른 속도로 말을 이었다.

"사사키 씨를 여기로 오시게 한 데는 이유가 있습니다."

"이유요?"

"네. 먼저 여길 봐주셨으면 했어요. 모든 건 이 공원에서 시작됐답니다."

노파는 둥글게 굽은 등을 한껏 펴 아무도 없는 공원 안을 둘러보았다. 노파의 목소리에는 신이치를 긴장시키기 충분한 힘이 있었다.

"저, 무슨 일이 있었는지 말씀해주시겠습니까?"

재촉하는 신이치를 향해 노파는 조그맣게 두 번, 세 번 고개를 끄덕였다.

"내겐 히로아키라는 손자가 있었어요. 그 애가 여섯 살 때 아버지가 죽고 초등학교 4학년 때엔 내 딸 게이코도 병으로 떠나서 그 뒤로는 쭉 저와 단둘이 살았습니다. 더는 슬픈 일을 겪지 않게 하려고 애지중지 키웠지요. 그 애도 참 착했는데, 중학교에 올라가서부터인가요. 나쁜 아이들하고 어울리게 된 게."

노파가 안타까운 듯 이어가는 이야기를 들으며 신이치는 법정에서 본 소년을 떠올렸다.

"저, 언젠가 법정에 함께 있던 금발의……."

노파는 긍정도 부정도 아닌 모호한 표정을 짓는다.

"솔직히 버겁다고 느낄 때도 있었어요. 경찰에 잡혀간 적도 있고요. 다른 사람을 다치게 하지 마라, 절대로 나보다 먼저 죽지 마라. 그것만 신신당부했는데 스쿠터 사고로 사흘 밤낮 사경을 헤맨 적도 있습니다. 그땐 나도 너무 화가 나서 겨우 의식을 찾은 애를 호되게 야단쳤지요. 그 애도 절대 걱정 끼치지 않겠다며 사과하더군요."

노파는 거기서 이야기를 중단했다. 그러고는 "따라오시겠습니까?" 하며 공원 출구 쪽으로 걸어갔다. 신이치는 묵묵히 뒤를 따랐다. 빠르지는 않지만 정정한 걸음걸이다.

"중학교를 졸업할 때도, 고등학교를 중퇴할 때도, 지인 소개로 목수 일을 시작할 때도, 히로아키는 매번 다시는 나쁜 짓을 하지 않겠다고 했습니다. 하지만 안 되나 봅니다. 한번 악의 수렁에 빠지면 좀처럼 헤어나올 수 없어요. 본인 의지로는 어찌할 수 없는 문제지요."

노파는 변명하듯 목소리를 높였고, 한참 만에 다시 신이치의 눈을 보았다. 의중을 살피는 듯한 눈동자가 살짝 붉고 불안해 보인다.

"지난주에 손자의 삼 주기 추모 법회를 마쳤습니다."

"네?"

"스물세 살 때였어요. 오토바이로 가드레일을 받았어요. 경찰에서는 사고로 처리했지만 나는 아니라고 봐요. 자살이 아닐까 의심하고 있습니다."

"자살요?"

"네. 게이코를, 그 애 엄마를 잃은 날과 같은 날이었어요. 이런 우연이 있을까요. 난 소중한 사람을 얼마나 더 떠나보내야 하나요. 하느님을 원망했습니다. 어쩌면 이건 우리가 받아야 할 벌일지도 몰라요. 그만한 죄를 저질렀다는 건 압니다. 하지만 내게 목숨과도 같은 아이였어요. 정말 너무 괴로웠습니다."

추상적인 말뿐이라서 신이치는 도무지 이해할 수 없었다. 노파는 심각한 표정으로 입을 꾹 다물었다. 산들거리는 바람이 오랜 고뇌가 느껴지는 백발을 살포시 흔든다.

"아실지도 모르겠지만, 난 '가나안의 지평' 신자예요."

노파는 체념하듯 한숨을 내쉬었다.

"게이코가 세상을 떠났을 무렵에 지인 추천으로 입교해서 지금까지 신앙생활을 계속하고 있습니다. 하지만 히로아키는 내가 아무리 설득해도 입교하지 않았어요. 입교는커녕 거의 혐오했어요. 자기가 죽어도 가나안식 장례는 하지 마라, 이것도 그 애가 남긴 말이에요. 그래서 불교식으로 법회를 했습니다."

"그런 유언을 남겼나요?"

"유언이라고 할 만한 건 아니고, 히로아키의 노트에 있던 말이에요. 방화 사건이 있던 무렵부터 매일같이 쓰던 노트예요."

드디어 핵심에 다가갔구나, 하는 생각이 스쳤다. 노파가 멈춰 서더니 가방에서 열쇠 다발을 꺼냈다.

눈앞의 단층집에 '에토'라는 문패가 걸려 있다. 빈말로도 깨끗하다고는 할 수 없는 목조 민가. 이름을 감추기라도 하듯 문패 또한 지저분하다.

"자, 들어오세요."

노파의 말에 따라 집 안으로 들어간 신이치는 눈이 휘둥그레졌다. 방 넓이에 걸맞지 않게 거대한 불단이 제일 먼저 시야에 들어왔다. 언젠가 본 소년의 영정이 놓여 있다.

놀라운 것은 그뿐만이 아니다. 다다미 몇 장 크기의 협소한 거실에 온갖 물건이 가득 차 있었다. 대부분 종교 관련 물품이다. 십자가형을 당한 그리스도 동상만 대체 몇 개인가.

그리스도상 사이사이로 불상도 몇 개 놓여 있다. 향냄새와 국화냄새만 코에 닿는다. 두 종교가 경쟁하듯 실내에 혼재된 기묘한 모양새에 신이치는 구역질이 났다.

"구사베 씨를 아시나요?"

주방에서 보리차를 가져온 노파가 물었다. 생각지도 않은 타이밍에 그 이름이 나와서 신이치는 말문이 막힐 뻔했다.

"아, 그 연립주택 주인……."

"네, 구사베 다케시 씨요. 그분하고 히로아키는 면식이 있었어요.

구사베 씨는 아마 기억하지 못하겠지만요."

노파가 맞은편에 앉더니 바닥에 산처럼 쌓인 노트 더미에서 한 권을 뽑았다.

그러고는 입술을 꽉 깨물고 천천히 신이치를 본다. 고집스럽게 믿으며 찾아다니던 그 말이, 너무도 싱겁게 귓가에 울렸다.

"그 사건의 진범은 사사키 씨 친구가 아니에요. 히로아키를 비롯한 그 패거리 애들입니다. 다나카 유키노 씨가 아닙니다."

온몸의 털이 곤두섰다. 노파는 신이치에게서 눈을 떼지 않는다.

"사건이 일어나기 일주일쯤 전일까요. 히로아키가 무척 화난 모습으로 돌아왔어요. 시라우메 어린이 공원에서 애들끼리 복싱 흉내를 내며 노는데 모르는 노인이 와서 일방적으로 꾸지람했다는 거예요. 물론 사실이 어떤지는 모르지만 히로아키 말이 사실이라면 화가 날 만도 하죠. '너희는 동네 주민에게 민폐나 끼친다' '여기 낙서도 너희 짓이겠지' '대체 어떤 집구석에서 자랐는지 궁금하다' 등등 할 말 못 할 말을 다 한 모양이었어요. 손자를 달래느라 혼났답니다."

노파는 손에 든 노트를 넘기기 시작했다. 그 모습을 멍하니 바라보며 신이치는 언젠가 본 신문 기사를 떠올렸다.

사건 당시 구사베의 발언을 소개하는 몇 줄 안 되는 기사에 '사건 일주일 전에도 근처 공원에서 소년들의 다툼을 수습하는 등……'이라는 설명이 있었다. 사실이 어느 쪽이든, 일방적인 보도였다.

노파는 신이치의 대답을 기다리지 않고 쉰 목소리로 이야기를 이어갔다. 손자는 노인의 존재를 몰랐지만 불행히도 패거리의 리더가 민생위원인 구사베와 그의 집을 알고 있었다. 선배 한 명이 보복을 제안했고 패거리는 모두 찬동했다. 히로아키의 친구가 연립주택 앞에 불을 지르자고 했다. 그리고 히로아키와 둘이서 등유를 조달했다. 2층 모퉁이 집에 '구사베'라고 적힌 문패가 걸려 있었다. 구사베와 이노우에 가족이 세운 스토킹 대책인 줄도 모른 채 가장 아끼던 후배 하나가 실제로 불을 질렀다.

물론 구사베를 위협할 셈이었지 누구도 살의는 없었다. 공기가 건조했던 게 불운이었을 뿐 그런 참극을 상상한 사람은 없었다. 그날 새벽에 집으로 돌아온 손자는 아무래도 어딘가 이상했지만 무슨 일이 있었는지 입을 열려 하지 않았다. 노파 역시 깊이 물으려 하지 않았다…….

"다음 날 아침에 '가나안'의 지인에게서 화재 이야기를 들었어요. 부끄럽지만 그때까지도 히로아키와 연결 짓지 않았어요. 역시 뭔가 이상하다고 느낀 건, 그날 저녁 다나카 씨가 체포됐다는 TV 뉴스를 함께 볼 때였습니다. 갑자기 히로아키가 눈물을 줄줄 흘리며 이상한 말을 꺼냈어요."

"이상한 말요?"

고개를 푹 숙인 노파의 얼굴이 괴로움으로 일그러진다.

"네. '이 사람, 죽고 싶어하는 것 같다'라고요."

일순간 침묵이 흘렀다. 신이치는 또다시 구역질이 났다. 입안 가득한 침을 삼키고 물었다.

"그게 무슨 뜻입니까?"

"나도 같은 질문을 했어요. 하지만 고개를 가로저을 뿐 그 의미를 말하려 하지 않았어요. 사건 진상을 털어놓은 건 다시 며칠이 지난 뒤였어요. 얼굴이 새파래져서는 느닷없이 자수하겠다더군요. 난 무슨 말인지 몰랐어요. 그렇잖아요? 이미 범인은 잡혔잖아요. TV에 나오는 사람들 모두 다나카 씨를 비판하고, 과거의 범죄나 스토커 행위를 문제 삼으며 수긍하던걸요."

"하지만 그건……."

"알고 있었어요. 히로아키가 확실히 이상했으니까요. 하지만, 그래서 더 인정할 수 없었어요. 이야기를 들어주지도 않았습니다. 절대 아무 말도 하지 말라고만 하고, 나는 카메라 앞에서 아무렇지도 않게 거짓말하고, 법정에도 섰어요. 왜 죄를 뒤집어쓰는지 알 수 없지만 아무튼 대신해주는 사람이 있었어요. 거기 매달리는 게 이상한가요? 다나카 씨에게 사형 판결이 내려졌을 땐 미안하면서도 마음이 놓이더군요. 이젠 두려워할 필요가 없다고, 적어도 난 안도했어요. 하지만 히로아키는 아니었나 봅니다. 더욱 힘들어했어요."

신이치는 노파의 호흡이 안정될 때까지 기다렸다가 냉정하게 물었다.

"왜 손자분을 데려갔습니까?"

"어디를요?"

"법정처럼 눈에 띄는 장소에 데려간 게 이상해서요. 감추고 싶지 않았을까, 하는 순수한 의문이 듭니다."

"아아, 그건 아니에요."

노파는 자조하듯 코를 훌쩍였다.

"히로아키한테는 재판에 대해 아무 말도 하지 않았어요. 당연히 증언대에 선 일도, 매일 방청한 일도요. 판결 날 히로아키가 갑자기 찾아왔어요. 물론 야단쳤죠. 그런데도 방청권까지 뽑더군요. 그때 강제로 집에 데리고 돌아가지 않은 일도 후회했답니다."

노파는 펼친 노트를 신이치 앞에 내밀었다. '다나카 씨에게 사과하고 싶다'라고 쓴 힘없는 글씨가 가장 먼저 눈에 들어온다.

"판결이 내려진 날 쓴 일기예요."

노파의 말을 흘려들으며 페이지를 넘겼다. 바뀌는 건 날짜뿐, 내용은 대부분 같았다. 온통 후회하는 마음만 적혀 있다. 목숨을 빼앗긴 가족, 홀로 남은 이노우에 게이스케, 연립주택이 반소된 구사베 다케시, 필사적으로 자신을 지켜주려 한 할머니, 그리고 자신이 새로이 목숨을 빼앗으려 하는 유키노. 모두를 향한 사죄의 말이 줄줄이 이어진다. 노파는 부정하지만 유서로 볼 만한 것이었다.

신이치가 일기를 읽는 동안에도 노파의 이야기는 거침없이 계속되었다.

"히로아키가 하느님 곁으로 가기를 기도하면서도 진상을 밝힐 수 없었어요. 지난주에 삼 주기 추모 법회를 마쳤을 때 겨우 용기를 냈습니다. 오랜만에 히로아키의 일기를 벽장에서 꺼내 다시 읽어보니 도대체 뭘 지키려 했는지 모르겠더군요. 결국 손주를 죽인 건 내가 아닐까 싶어 무서워졌어요. 사사키 씨가 보낸 메일도 그제야 한꺼번에 읽어봤어요. 유키노 씨한테서 온 편지는, 죄송해요, 역시 충격이었어요. 그런 권리는 없는 줄 알면서도 눈물이 멈추지 않았어요."

비로소 안도감이 가슴에 퍼졌다. 문득 창밖으로 시선을 돌리니 가로등 비친 은행잎이 흔들리고 있다. 조금만 더 있으면 황금색으로 빛날 것이다. 그리고 봄에는 꽃을 피우겠지. 그때는 이미 벚꽃이 져 있을까.

"같이 가주시겠어요?"

신이치는 곱씹듯이 말했다. 그래, 우린 늦지 않았어. 다음 봄에는 함께 벚꽃을 볼 수 있어. 야마테의 언덕에 올라 요코하마 거리를 내려다볼 수 있어. 분명 무언가를 되찾을 수 있어.

노파가 의연하게 고개를 끄덕이자 신이치는 주먹을 꽉 쥐었다. 다시는 소중한 것을 놓치지 않겠다는 듯이.

"앞으로 많은 사람의 인생이 바뀔 겁니다. 어떤 사람에게는 바라지 않던 일일 수도 있죠. 당신에게도, 어쩌면 유키노에게도요. 그래도 당신을 경찰서로 데려가겠습니다. 이제 결판을 지어야 해요. 정의는 하나가 아닐지도 모르지만 진실은 하나겠죠."

노파의 손이 천천히 허벅지에서 미끄러져 내려갔다. 흡사 머리를 조아리듯 노파는 깊이 고개를 숙였다.

신이치는 가슴에 새기겠다는 듯 벽에 걸린 달력으로 시선을 돌렸다. 9월 15일, 운명의 목요일…… 아아, 그랬구나. 신이치는 비로소 알 것 같았다. 오늘은 그의 생일이다. 그래서 내내 마음에 걸렸던 것이다.

노파에게 양해를 구한 뒤 신이치는 휴대전화를 손에 들었다. 주소록에서 '단게 쇼'의 이름을 검색하다가 그 앞에 '다나카 유키노'가 추가되는 순간을 상상했다.

"정말 늦지 않았어."

무의식적으로 중얼거렸다. 이제 만나러 갈 수 있어. 아니, 그땐 이미 담장 밖일까.

신이치는 휴대전화를 꽉 쥐었다. 그러지 않으면 당장이라도 힘이 풀릴 것만 같았다.

イノセント・デイズ

에필로그

"사형에 처한다……."

イノセント・ディズ

십수 년 만에 거대 태풍이 도쿄를 덮친 9월 12일, 다나카 유키노의 사형 집행 명령이 전달되었다.

그렇지 않아도 충격적인 통지였다. 나는 머릿속이 멍해져서 대답이 잘 나오지 않았다. 직속인 간수부장한국의 교정직 공무원 '교사'에 해당하는 직책이 고개를 살짝 끄덕이고는 마음이 무겁다는 투로 말을 이었다.

"그 일로 사도야마 자네한테 부탁할 게 있어. 나도 위에서 명령받은 거니까 나쁘게 생각하지 마."

그렇게까지 말해도 이해할 수 없었다. 교도관이 된 지 육 년. 도쿄 구치소의 처우 부문수감자의 생활 전반에 대해 상담 및 지도하는 부서에 배정되어 줄곧 여사동을 담당해왔다. 입회하지는 않았지만 이미 사형수 한 명을 보냈다. 나는 다나카 유키노에게 그날이 찾아올 것이라고 매일같이 상상했다.

　재심 청구도 하지 않고 사면을 바라는 것도 아닌 이상 언제 명령이 내려져도 이상하지 않다. 머리로는 그렇게 이해하면서도 무척 갑작스럽게 느껴졌다. 왠지 그녀의 마지막 봄이 어울릴 것 같기 때문이었다.

　간수부장은 나를 바라보며 살짝 한숨을 내쉬었다.

　"미안하지만 자네에게도 연행을 부탁할까 해."

　"네?"

　"미안해. 상부 명령이야."

　몸 안을 돌던 피가 쿨렁 소리를 냈다. 얼굴이 붉게 물들었음을 나도 알 수 있었다.

　"자, 잠깐만요. 연행이라니 무슨 말씀이세요?"

　"말 그대로야. 자네가 다나카 유키노를 독거실에서 데리고 나오는 거지."

　"말도 안 됩니다. 어째서요? 저는······."

　여자라고요······? 그 말을 가까스로 누른다. 간수부장은 눈을 내리깔고 고개를 끄덕였다.

　"알아. 나도 그렇게 빠져나가보려 했어. 근데 윗분들은 지난번 일이 아직도 마음에 걸리는 모양이야."

　"지난번 일이라뇨?"

　"미쓰야마 아이 말이야. 그 일이 꽤나 알레르기가 됐나 봐."

　난 그만 눈살을 찡그렸다. 일 년 전, 보험금을 노리고 남자 네 명

351

을 독살한 미쓰야마 아이가 형을 받았다. 그녀는 남자 교도관에게 끌려 형장으로 향하는 도중에도, 사형대에 오른 뒤에도 "누가 날 만 졌어!" 하고 계속 소리 질렀다고 한다.

본래 형장에서 일어나는 일은 일급비밀로 취급된다. 하지만 미쓰 야마 이야기는 눈 깜짝할 사이에 구치소 안에서 소문이 돌고 돌았고 단번에 외부까지 흘러 나갔다. 그녀의 유달리 빼어난 외모가 구치소 에는 불행일 뿐이었다. 일부 주간지에서 선정적으로 대서특필하면 서 대중의 흥미를 크게 자극했다. 상부에서 알레르기반응을 보일 만 도 하다.

"물론 다 떠맡기지는 않아. 우리도 함께 있을 거고. 자네는 다나카 유키노를 독거실에서 데리고 나온 다음, 만일을 위해 가까운 곳에 대기해주기만 하면 돼. 현장에 입회시킬 생각도 없어."

애원하듯 말하는 간수부장을 탓하고 싶지는 않다. 본인 말대로 위 에서 명령받았을 것이다. 그래도 뭔가 한마디 하지 않을 수 없었다.

"근데 왜 저예요? 다른 여자 교도관도 있잖아요."

성별로만 문제 삼는 것이 아니다. 명확한 규칙이 있지는 않지만, 연행은 십 년 이상 근무한 중견 교도관이 맡는 일이었다.

"믿을 만한 사람이 자네밖에 없어서 그래."

"그런 게 어디 있어요. 가야마 씨는요? 미즈구치 씨도……."

"이건 아직 비밀인데, 가야마는 임신중이야. 미즈구치는 봄에 아 버지가 돌아가셨잖아. 상중인 사람을 형 집행에 투입할 수는 없어."

"그 밖에도 있잖아요. 예를 들어……."

"마찬가지야, 사도야마. 상부도 숙고에 숙고를 거듭해서 자네를 지명한 거야. 이번 일은 구치소 개혁의 일환으로 봐도 무방해. 어떤 의미에서는 자네한테 기회라고."

간수부장은 비장의 카드라는 듯 '기회'라는 단어를 강조했다. 늘어가는 여성 흉악범죄자에 대처하기 위해 앞으로 여성 교도관을 더 적극적으로 활용할 것……. 현 법무장관이 '구치소·교도소 일관 개혁'이라는 기치하에 그렇게 지시했을 때 나는 놀람을 넘어 쓴웃음을 지었다. 특별히 개혁을 내세워야 할 만큼 여성 교도관의 일이 편해 보였을까. 그렇게 어이없어했는데 설마 이렇게 직접적으로 내 일이 될 줄이야.

"자네, 다나카 유키노와 친한가?"

간수부장이 분위기를 바꾸려는 듯 고개를 갸웃거렸다.

"아뇨, 물론 친한 건 아닙니다."

"그럼 끝까지 잘 지켜봐. 앞으로 이런 기회는 더 늘 거야. 여기서 남들 위에 서고 싶으면 마음 흔들리지 말고 잘해."

이때 내가 느낀 감정은 틀림없이 분노였다. 다만 그 분노가 누구를 향한 어떤 종류의 것인지는 나도 이해할 수 없었다.

그날 밤 연인인 닛타 하루키와 유시마에 있는 바에서 만났다. 예전에 하루키가 "넌 기분 좋을 땐 집으로 오고 아닐 땐 유시마구나" 하고 사정 다 안다는 얼굴로 지적한 적이 있다. 속내를 들킨 것 같아 불만스러웠지만 오늘은 그가 사는 요요기까지 가고 싶지 않았다.

다행히 바에 다른 손님은 없었다. 예능 프로그램을 보고 있던 주인은 내가 들어오자 허둥지둥 리모컨을 찾았다. 누구 기다릴 거니까 그냥 두라고, 짤막하게 말해주었다.

하루키는 삼십 분쯤 뒤에 왔다. 늘 그렇듯 표정은 아무렇지도 않지만 서둘러 와주었으리라.

"무슨 일 있어? 안색이 안 좋은데."

"아니, 아무 일도 없어. 그쪽은 어때? 뭐 중요한 일 있었다면서?"

느닷없이 단정 지으며 묻기에 나도 퉁명스럽게 받아쳤다. 구치소에서 있던 일은 상대가 하루키라도 밝힐 수 없다.

하루키와 법정에서 만난 지 곧 팔 년이 된다. 그가 도쿄 도 공무원을 그만두고 환경 관련 벤처 비즈니스를 시작한 지도 삼 년이 지났다. 그사이에 몇 번인가 결혼 이야기를 꺼냈지만 나는 그때마다 어물쩍 넘겼다.

내가 일 때문에 힘들어하면 그는 으레 결혼 이야기를 한다. 문득 행복한 기분에 빠지려 할 때면 나와 나이가 엇비슷한 사형수 얼굴이 떠올랐다. 좀처럼 보기 힘든 다나카 유키노의 미소가 왠지 가슴을 스친다.

하루키는 바 주인과 함께 TV를 보며 웃고 있다. 난 턱을 괸 채 별 생각 없이 젖은 컵 받침에 두 개의 이름을 써본다.

사도야마 히토미.

닛타 히토미.

어린 시절에는 너무 싫어하던 어감 무거운 성씨에서 원하면 즉시 해방될 수 있다. 그것만으로도 새로운 인생이 열릴 것 같다는 착각이 든다.

'닛타 히토미' 쪽 글씨를 약간의 혐오감과 함께 바라보았다. 하루키가 피식 웃는다.

"다나카 유키노?"

그가 뜬금없이 꺼낸 말에 얼굴이 찌푸려졌다. 잔에 든 얼음이 부딪히며 소리를 낸다. 하루키는 무언가 확인하듯 고개를 끄덕였다.

"잘못 짚었으면 미안해. 근데 너 정말 이상해 보여."

"아니야. 그냥 좀 피곤해서 그래."

"그래? 그럼 다행이고."

그러면서도 눈에서 의심이 빛이 사라지지 않는다.

"그럼 일반론으로 들어주면 좋겠어. 네가 버거운 임무를 명령받았다고 치자. 그 임무를 네 마음이 거부한다면 사양 말고 거부해야 한다고 생각해. 남들이 도망쳤다고 생각해도 상관없어. 그걸 비난하는 사람이 있다면 무시하면 돼."

하루키가 물 흐르듯이 말했다. 창밖에서 강하게 바람 부는 소리가 들렸다. 차라리 모든 것을 밝히고 싶은 충동이 들었다. 그럼으로써 조금이라도 마음이 가벼워진다면 결코 책망받을 일이 아니리라. 매달리는 심정으로 그런 생각을 해보았다.

하지만 아무 말도 할 수 없었다. 하루키와의 관계를 생각해본다. 누군가 사형 집행 현장에 입회한 적 있다는 사실을 알고도 그 사람과 이전처럼 마주할 수 있을까. 분명 무언가가 달라지리라.

이유는 하나 더 있다. 여기서 다른 누군가에게 털어놓음으로써 그녀가 평생 원하던 '누군가와의 연결'이 조금이라도 희박해진다면, 내 마음은 편해질 수 없다.

"그럼 나도 일반론으로 답할게. 만약 내가 그런 임무를 맡았다면 아마 난 도망칠 수 없을 거야. 마지막까지 함께하는 것 말고는 그 사람에 대한 책임을 다할 방법이 없을 것 같거든. 분명 줄곧 피해왔다고 생각할 거야. 내게 하루키 같은 사람이 그 사람한테는 없었을 테니까."

하루키는 입을 다물고 있었지만 잠시 뒤에 이해한 듯 고개를 끄덕였다.

"하나 더 물어도 돼? 일반론으로."

"응, 뭔데?"

"사형을 피할 방법은 없는 거야?"

아무래도 하루키는 유키노의 사형 집행 명령이 내려졌다고 의심하는 모양이다. 더욱 직접적인 표현을 하자 나는 확신했다.

"무슨 얘기야? 명령이 떨어진 사형수가?"

"응."

"불가능해. 상부 명령은 절대적이니까. 워낙 수직적인 곳이라 나 같은 말단의 의견은 묻혀버려."

"그래? 안타깝다. 역시 공공기관이라니까. 하지만 그렇게 해야 심판받는 쪽도 단념할 수 있겠지."

하루키의 우울한 말이 끝나기 무섭게 창밖에서 크게 천둥소리가 났다. 바 주인이 바깥 상황을 보려고 문을 연다. 곧바로 비바람이 가게 안으로 불어닥친다. 미지근한 공기가 냉방으로 차가워진 몸을 감싼다.

이 폭풍우가 구치소를 무너뜨려버리면 좋으련만. 바보 같은 생각인 줄 알지만 그것 말고 달리 뾰족한 수가 떠오르지 않는다. 형의 회피를 바라지만 막을 방법이 없다.

"아냐, 그래도……."

나도 모르게 중얼거렸다. 정말 방법이 없을까? 물론 그 또한 현실적인 생각은 아니지만, 방법이 없을 리 없다. 내가 나만이 쓸 수 있는 방법을 알고 있지 않을까.

하루키가 뚫어지듯 바라보고 있었다. 난 애써 미소를 지어 보인다. 억지웃음이 갑작스럽게 솟은 엉뚱한 발상을 봉인했다.

유키노가 언젠가 보였던 고뇌에 찬 얼굴을, 그와 상반된 행복한 표정을, 필사적으로 머릿속에서 지웠다.

형 집행에 대해 아무에게도 밝히지 않은 채 거의 잠 못 들며 며칠을 보내고, 9월 15일 목요일 아침을 맞았다. 태풍이 지나간 하늘에 구름 한 점 없고 공기는 맑다. 너무도 아름다운 하늘이 내게는 얄궂기만 하다.

오전 5시 넘어 관사를 나와 평소보다 무거운 발걸음으로 구치소로 향한다. 내부 분위기도 여느 때와 달랐다. 모든 직원이 같은 죄를 공유한다는 듯, 눈빛이 흐리고 공허했으며 인사도 서먹했다.

간단한 전체 미팅을 마친 뒤 간수부장이 말을 걸어왔다. 무거운 회의실 문이 열리자 소장 이하 간부들, 형 집행에 참여하는 연행 담당과 경비 담당 교도관도 이미 준비를 마치고 있었다.

심야근무를 한 젊은 교도관이 오늘 아침 유키노의 상황을 보고한다. 내용은 '문제없음'. 조식도 남김없이 먹었다고 한다. 회의실에 낙담한 분위기가 들어차 있음을 피부로 느낀다.

만약 오늘의 사형을 피할 수 있다면 지금이 가장 좋은 기회다. 형사소송법 479조에는 사형수가 심신상실 상태이면 형 집행이 정지된다는 조항이 있다. 그뿐 아니라 관례로서, 사형수가 중병을 앓고 있어도 형 집행이 정지된다고 한다.

차라리 위급한 병으로 쓰러져버린다면? 아니, 공공기관은 돌발 상황을 무엇보다도 꺼린다. 게다가 그런다고 정말 집행이 정지될지 장담할 수 없다. 하지만 차마 목에 밧줄을 걸어 사형대에 세울 수는 없으리라.

오전 8시를 지나고 있었다. 소장이 마지막으로 "그럼 십 분 전에 각자 맡은 위치에 도착해서 실수 없이 마치도록" 하고 지시했다. 담당 교도관들은 일제히 흩어졌다.

난 혼자 있을 수 있는 장소를 찾았다. 머릿속이 너무 뜨겁다. 창밖에는 어제까지 내린 비에 젖은 민가 지붕이 아침 햇살을 반사하고 있다. 거리의 먼지며 티끌이 모두 씻겨나간 듯한 개운함이 새삼 얄궂게 느껴졌다.

"아, 여기 있었군."

뒤돌아보니 함께 유키노를 연행할 경비 담당관이 서 있었다.

"시간 됐어. 그만 가지."

강건한 남자의 눈동자도 흐려 보였다. 심장이 크게 고동친 순간 마지못해 마음을 다잡았다.

"네."

난 내가 할 수 있는 것을 할 뿐이다. 교도관으로서의 의무는 아니다. 다나카 유키노의 인생에 관계한 사람으로서 마지막까지 직시하는 일이다.

무슨 일이 있어도 외면하지 말자고 나 자신을 타일렀다.

오전 9시를 조금 지난 시각, 남자 교도관 두 사람을 대동하고 여자 미결수와 확정 사형수 십수 명이 있는 남쪽 수용동으로 갔다.

유키노는 독거실에서 어째서인지 오른손에 봉투를 든 채 다다미 위에 무릎을 꿇고 앉아 있었다.

"1204번 출방."

긴장된 분위기를 끊듯 다른 방에서 웃음인지 울음인지 모를 소리가 들린다.

유키노는 멍하니 이쪽을 힐끔 보고는 이내 가지고 있던 편지지를 다시 봉투에 넣으려 했다. 안에서 복숭앗빛 종잇조각이 하늘하늘 떨어졌다. 유키노는 그것을 집더니 등을 돌려 태양에 비추어 보듯 젖빛유리 쪽으로 들어 올렸다.

"다나카 씨, 서두르세요. 사무실로 같이 가시죠."

나도 모르게 목소리를 높인다. 그래도 유키노는 잠시 분홍색 종이를 바라보다가 "네" 하고 대답하고는 다시 몸을 돌렸다. 앞으로 일어날 일을 분명 눈치챘을 텐데 얼굴에 그늘진 곳이 없다. 유키노는 내게 시선을 고정한 채 종잇조각을 왼손으로 감싸 쥐었다. 나는 알아보았지만 굳이 뭐라 말하지 않았다.

수용동에서 나와 어깨를 나란히 한 유키노가 물었다.

"오늘 공휴일 아니죠?"

문밖에서 대기하던 경비 담당 교도관들이 긴장한다. 나는 돌아보며 괜찮다고 고개를 끄덕여 보였다.

"왜요?"

"9월 15일은 이제 경로의 날 아니죠? 오늘 내 친구 생일이에요. 소중한 친구예요."

부드러운 미소를 띤 유키노의 옆얼굴을 눈치를 살피듯 바라보았다. 제아무리 염세적인 사형수라도 연행할 때는 대부분 이성을 잃는다고, 선배 교도관에게 그렇게 들었다. 유키노는 그런 기색이 티끌만큼도 없다. 차분한 표정은 오히려 평소보다 더 맑다.

"전엔 그랬죠. 지금은 아니에요."

나는 이상하다고 느꼈고, 불만이었다. 이대로 평온하게 보내주는 것이 분명 정답이리라. 머리로는 그렇게 이해하면서도 마음으로는 거부하고 싶었다. 난 유키노가 이성을 잃기를 바랐다. 그녀의 삶을 향한 집착을 보고 싶었다.

하지만 유키노의 얼굴빛은 변하지 않는다. "역시 그렇죠?" 하고 살짝 미소 짓고는 더는 입을 열지 않았다.

건물 사이를 잇는 복도를 걷는 동안에도, 엘리베이터를 타고 지하에 내려가는 동안에도, 유키노에게서는 변화가 보이지 않는다. 이것이 죽으러 가는 이의 얼굴이란 말인가. 남몰래 품었던 마음이 흔들릴 것만 같다.

유키노는 똑바로 앞만 보고 걸었다. 하지만 햇빛이 들지 않는 복도를 말없이 나아가 정면에 형장 문이 보일 때였다. 그녀의 호흡이 조금씩 흐트러지기 시작했음을 감지했다.

얼굴이 창백해진 유키노는 주위에서 눈치채지 못하게 호흡을 가다듬고 있었다. 나는 정말 이때가 왔구나 싶어 주먹을 꽉 쥐었다. 손바닥에 손톱이 파고들었다. 나는 과거에 몇 번 비슷한 거동을 본 적이 있다.

처음은 오랜 친구라는 변호사의 면회를 받아들였을 때다. "죄와 마주해. 도망치지 마"라고 되풀이하던 친구를 향해 유키노는 여느 때와 달리 노기를 띠었다.

난 그 친구의 말에 기대했다. 굳게 닫힌 유키노의 마음을 억지로라도 열어주기를 기대했고, 그 바람은 통했다. 유키노는 아무렇지 않은 척하며 그 자리에서는 "다시는 오지 마세요"라고 통보했다.

하지만 친구에게 고개 숙여 인사하고 면회실을 나온 직후 유키노는 견디지 못하고 울음을 터뜨렸다. 그 목소리는 점차 커졌고, 어깨에 올리려는 내 손을 뿌리치고는 그대로 복도에 주저앉았다.

나도 함께 쭈그려 앉아 유키노의 등을 어루만졌다. 유키노는 거칠게 숨을 쉬며 몸부림쳤다. 누가 봐도 심상치 않아서 근처에 있던 교도관에게 의사를 불러달라고 했다. 나는 계속해서 유키노의 이름을 불렀다. 유키노는 연신 고개를 저으며 어떻게든 입을 열려 했다.

하지만 그녀의 목소리는 귀에 닿지 않았다. "저, 저……" 하고 쥐어 짜낸 것을 마지막으로, 눈을 감고 내게 기대더니 그대로 새근거리기 시작했다. 그 얼굴은 너무도 무방비하여 어린 소녀 같았다. 나는 일순간 동요마저 잊고 가냘픈 몸을 끌어안았다. 내 품에서 유키노는 행복한 얼굴로 잠들었다.

두 번째는 독거실에서였다. 돌아앉은 채 검열 마친 편지를 읽던 유키노의 등이 떨리고 있었다. 이변을 느낀 내가 "다나카 씨?" 하고 부르자 유키노는 당장 울음이 터질 듯한 얼굴로 돌아보았다. 그러고는 "저기, 나, 나……" 하며 고개를 갸웃하더니 몇 초 뒤에는 미소 지은 채 잠들었다.

유키노를 의무실로 보낸 뒤 나는 방에 떨어져 있던 편지를 집어 들었다. 대부분 꽃에 관한 이야기였지만 마지막 부분만 내용이 달랐다. 좋게 말하면 또박또박하고, 나쁘게 말하면 신경질적이고 딱딱해 보이는 글씨에서 인간의 따뜻함이 느껴졌다.

난 그럴 수 있을 거라 믿어. 나에겐 네가 필요해. 반드시 널 거기서 꺼낼 거야. 그러니까 그때는 부디 날 용서해줘.

나는 그 내용에 결코 놀라지 않았다. 그저 이해할 수 있을 뿐이다. 내가 그동안 품어온 의문에 대한 대답 같기도 했다. 변호사 친구와의 대화에서 나온 이름, '사사키 신이치'의 글씨를 멍하니 바라보며 난 홀로 고개를 끄덕였다.

교도소가 아닌 구치소, 게다가 처우 부문에 배정된 것은 운명적이 기는 했으나 우연이라고는 생각하지 않는다.

신문이나 TV 보도에서 본 것도 아니고, 귀에 들어오는 그럴듯한 소문도 아니다. 난 오 년 반 동안 내 눈으로 다나카 유키노라는 여자 를 봐왔다. 그리고 그날, 열기로 가득한 요코하마 법원에서 느낀 위 화감은 점점 더 커져갔다.

유키노는 구치소에서도 자신의 인생을 일절 변명하지 않았다. 다 른 사형수처럼 히스테릭하게 억울하다며 소리 지르지도 않고, 이성 을 잃고 날뛴 적도 없다. 무엇보다 아침 순찰 때 번호가 불리지 않아 안도하는 다른 사형수와 달리 유키노는 실망의 숨소리를 냈다.

조용히 운명을 받아들이고 자기 자신과 마주하며 하루하루를 보 내는 수감자와도 다르다. 그런 사람들에게서 공통적으로 볼 수 있는 죄에 대한 뉘우침, 피해자를 향한 반성의 말, 종교 심취 등이 유키노 에게는 없다. 누군가를 원망하지도, 불운을 한탄하지도, 편지를 쓰 지도, 변호사 면회를 바라지도 않는다. 재심을 청구하지도 않고 사 면을 요청하지도 않았다. 그녀는 그저 심판되기를 바랐고 계속 그날 이 오기만을 기다렸다.

의무실에서 돌아온 유키노는 내게 눈짓하고는 겸연쩍은 듯 머리 를 숙였다.

"옛날부터 흥분하면 곧잘 이랬어요. 죄송해요."

"이제 괜찮아요?"

"네. 조금 자면 괜찮아져요. 돌아가신 어머니 유전이에요. 의외라고 생각하실지 모르지만 기분이 좋아요. 근성이 없으니 정신을 잃는다며 자주 혼났지만요."

"저기, 다나카 씨."

이때 내 머리에는 편지글 속 문장 하나가 있었다. "반드시 널 거기서 꺼낼거야." 마치 이 말이 스스로 의지를 가지고 내게 호소하는 것 같았다.

나는 떨리는 손을 누르며 유키노의 눈을 가까이서 본다.

"당신, 사실은 안 했지?"

"네?"

"미안, 이거."

등 뒤에 감추고 있던 편지를 유키노에게 내밀었다. 힘없이 바라보던 눈동자에 분노의 빛이 켜진 듯했다. 유키노가 다급히 낚아챈 순간 오랫동안 품어온 의문은 확신으로 바뀌었다.

이 사람은 죄를 짓지 않았다……. 그저 죽기를 갈망하던 여자에게 그러한 기회가 내려왔을 뿐이다.

삶에 절망했지만 약으로 죽는 데 실패한 여자가 이내 전혀 다른 모양새로 목숨 끊을 방법을 얻었다. 타인에게 피해를 주는 것이 극도로 두려워 오로지 그날이 오기를 참고 견디며 기다리고 있다. 그렇게 생각하면 전부 이해할 수 있다. 모든 의문이 설명된다.

물론 확증은 없다. 내가 그녀를 위해 무엇을 해야 할지 알 수 없다. 유키노 본인이 살기를 바라지 않는다. 내가 무엇을 할 수 있을까.

그날의 나는 아직 상상할 수 없었다.

목적지인 철문이 가까워지자 유키노는 눈에 띄게 숨이 거칠어졌다. 지난 두 번의 혼절 장면과 너무 비슷한 상황이라 '흥분하면 곧 잘……'이라는 말을 떠올리지 않을 수 없었다.

머릿속이 온통 형사소송법의 해당 조항으로 가득했다. 심신상실 상태이면…… 심신상실 상태이면…… 심신상실 상태이면…… 그렇게 몇 번이고 속으로 되뇌었다.

나는 살짝 눈을 내리깔았다. 차가운 공기와 향냄새 탓에 조바심은 극한까지 다다랐다.

"그 분홍색 종이, 어디까지 가져갈 셈이야?"

형장 문이 열리고 십수 단 남짓한 계단이 눈앞에 치솟듯이 나타나자 나는 무의식적으로 입을 열었다.

일정한 속도로 걷던 유키노의 발이 멈췄다. 눈에 불안한 빛이 가득한, 창백한 얼굴이 이쪽을 향한다.

유키노의 호흡은 더욱 흐트러졌다. 나는 연달아 단숨에 말했다.

"왼손에 있는 거 말이야. 뭘 감춘 채로 가려는 거야? 너만 죽으면 그만이야? 난 줄곧 불만이었어. 너한테 해주고 싶던 말이 있어."

시야에 유키노밖에 들어오지 않았다. 등 뒤에 있는 교도관의 존재도 잊어갔다. "무슨 일이야, 사도야마?" 하는 목소리도 거의 귀에 들어오지 않는다.

유키노는 양손으로 귀를 막고 듣고 싶지 않다는 듯 고개를 흔든다. 그대로 쭈그려 앉은 유키노에게 다가가는 시늉을 하며 나도 차가운 바닥에 무릎을 댄다.

눈을 감고 필사적으로 숨을 가다듬으려 하는 유키노의 오른팔을 붙들어 그 손을 천천히 귀에서 떼어냈다.

감정을 추스른 다음, 얼굴을 찡그린 유키노의 귓가에 속삭였다.

"오만이야. 널 필요로 하는 사람이 틀림없이 있는데, 그런데도 순순히 죽음을 받아들이는 건 오만이라고."

쓰러져라, 쓰러져라, 쓰러져라, 쓰러져……. 난 계속 마음속으로 빌었다. 그것은 '살아'라는 애원과도 같았다. 유키노는 그 어느 때보다 세차게 고개를 가로젓고는 용서를 비는 듯한 눈으로 나를 바라보았다.

이 순간을 넘긴다 해도 형 자체를 피할 수 있는 것은 아니다. 내가 한 행동도 분명 문제가 될 것이다. 그 사실을 충분히 자각하면서도 지금이 아니면 안 된다는 마음은 커지기만 한다.

나는 그녀의 삶을 더 늘려야 했다. 분명히 이 순간에도 친구들은 유키노를 위해 온 힘을 다하고 있을 것이다. 편지에 적힌 글에 아무 각오도 없다고 생각하지 않는다. 이 순간을 무사히 빠져나가지 못하면 누구에게도 미래는 없다.

유키노의 호흡은 더 거칠어질 수 없을 만큼 거칠어졌고 이마에는 땀이 번져 있다. 그녀의 지친 표정에, 그리고 내가 벌이려는 일에 새삼 겁이 났다. 하지만 조금만 더, 조금만 더…… 하고 나를 타이름으로써 공포를 꾹꾹 눌렀다.

몇 초 혹은 몇십 초, 유키노와 시선이 교차했다. 유키노는 침을 크게 삼키더니 도망치듯 눈을 피한다. 앞서 쓰러진 두 번 모두 마지막에는 무언가 할 말이 있다는 듯 입을 달막거렸다. 유키노의 입술이 미세하게 떨린다. 정말 얼마 남지 않았다. 앞으로 있을 하나의 그림을 뚜렷하게 상상할 수 있었다.

하지만 "다나카 씨" 하고 부르며 가냘픈 어깨를 안으려던 그때였다. 유키노에게 마지막 일격을 가하려던 그 순간, 등 뒤에서 누군가 내 양팔을 붙들었다. 누군가가 내 입을 틀어막았다. 거친 고함이 귓가에 울린다. 유키노와 나, 둘뿐이던 세상에 느닷없이 남자 여럿이 난입했다.

한순간에 안도의 빛이 서린 유키노의 얼굴을 놓치지 않았다. 담배 냄새를 풍기는 우락부락한 손에 붙들린 채 나는 온 힘을 다해 소리쳤다. 하지만 그 목소리는 유키노에게 닿지 않았다.

교도관이 황급히 일으키려 하자 유키노는 만지지 말라며 손으로 제지했다. 더는 입을 열지도, 얼굴을 들지도 않았다. 유키노는 웅크린 자세로 호흡을 진정시키려 애쓰고 있다. 신중하게, 더 신중하게. 어떡할지 묻는 젊은 경비 담당관에게 상사 교도관은 "잠깐 기다리자" 하고 나지막이 답했다.

유키노의 숨소리만 들려오는 시간은 몇 분이나 이어졌다. 그녀가 육 년여 구치소 생활 중 처음으로 저항하는 모습을 보였다. 주위를 둘러싼 이들은 숨을 죽이고 지켜볼 수밖에 없었다. 그것은 내가 바라오던 광경에 가까웠다. 단지 그녀가 맞서려 하는 대상만이 나의 바람과 달랐다.

일진일퇴를 반복하면서 유키노는 확실히 차분함을 되찾아갔다. 얼굴에 혈색이 돌아오고 호흡 리듬도 점차 안정되어간다.

돌이킬 수 없는 장면을 맞닥뜨린 기분이 들면서 눈앞이 흐려졌다. 하지만 결코 시선을 피하지는 않았다. 끝까지 지켜봐야 한다. 그녀가 죽기 위해 살려 애쓰는 모습을 두 눈에 똑똑히 새겨야 했다.

결국 유키노는 신음 같은 소리를 내며 상반신을 일으켰다. 자신이 어디에 있는지 확인하듯 눈을 깜빡이다가 주먹을 천천히 편다. 유키노는 한동안 손안에 있는 것을 바라보았다. 그리고 무언가 생각난 듯 미소 지었다.

유키노는 일어서서 먼저 상관을 향해 머리를 숙였다.

"죄송합니다. 이제 괜찮습니다."

그렇게 맑고 투명한 목소리로 말하더니 천장으로 눈을 돌린다. 그리고 잠시 망설이는 몸짓을 보이다가 내 쪽을 돌아보았다.

"이젠 무서워요, 사도야마 씨."

그 목소리가 온몸에 스며든다.

"정말 날 필요로 하는 사람이 있다 해도, 이젠 그 사람에게 버림받는 게 무서워요."

그러고는 미소 지으며 천천히 내게서 시선을 뗐다.

"그게 몇 년이고 여기서 참으며 견디는 것보다, 죽는 것보다 훨씬 무서워요."

그렇게 되뇌는 그녀는 놀랄 만큼 예뻤다. 언젠가 누군가가 마지막 순간에 대해 물으면 이 모습을 전해주자. 소망을 이루려 한 유키노는 분명 아름다웠다. 나는 엉뚱하게도 그런 느낌을 받았다.

그 뒤로는 벨트컨베이어 위에 올려진 듯 기계적으로 진행되었다. 유키노는 흐트러짐 없는 발걸음으로 계단을 올라 교회실敎誨室로 들어갔다. 대기하던 교도관 몇몇이 시야를 가려서 복도에서 대기하라고 명령받은 나는 내부 상황을 짐작할 수 없었다. 하지만 유키노가 의연한 태도로 대응할 것임을 상상할 수 있었다.

잠시 뒤 승려가 불경 외는 소리가 들렸다. 그녀에게는 의미 없는, 아무런 구원도 되지 못하는 소리. 몇 분 뒤 방에서 나온 유키노의 모습은 조금 전과 전혀 다르지 않았다. 평온한 표정은 그대로였다.

또다시 형장 복도를 걷는 동안 유키노의 시선은 정면에 고정되었다. 더는 내 얼굴을 보지 않는다. 나의 존재 따위는 처음부터 몰랐다는 듯 고고한 분위기를 자아낸다. 소중한 무언가를 지키듯, 왼손만은 꼭 주먹을 쥐고 있다.

전실前室이라고 부르는 방에는 소장을 비롯한 간부들이 대기하고 있었다.

"1204번, 다나카 유키노. 법무장관의 사형 집행 명령이 내려졌다. 아쉽지만 여기서 작별이다. 뭔가 남기고 싶은 말 있나."

"아니오, 없습니다."

"그렇다면 가족에게 편지를 써도 좋다. 할머니가 계신 것으로 알고 있다."

"괜찮습니다. 할머니에겐 마음을 전하고 왔다고 생각합니다. 그

밖에 편지를 보낼 상대는 없습니다."

그 뒤로는 안에서 소리가 들리지 않았다. 전실과 집행실은 커튼으로 나뉘어 있을 뿐이다. 두 번 다시는 유키노가 내 앞에 나타나는 일은 없다.

무척 조용한 시간이었다. 복도에는 어떤 소리도 들려오지 않는다. 나는 정적에서 벗어날 수 있다는 듯 천천히 눈을 감는다.

전실에 있는 유키노의 모습이 눈앞에 떠오른다. 몸을 내맡기듯 순순히 눈이 가려지고 수갑이 채워진다. 집행실을 나누는 커튼이 살짝 열렸지만 그녀에게는 그 소리밖에 들리지 않는다.

교도관이 유키노를 이끌어 집행실로 걸어간다. 약 1미터 사방을 빨갛게 표시한 발판 위에 서게 한다.

담당자가 발을 꽁꽁 묶자 유키노는 숨을 내쉬며 허공을 올려다본다. 물론 그 눈에는 아무것도 비치지 않지만 보란 듯이 가슴을 편다. 웃음이 나려는 것을 힘겹게 참고 있다.

가는 목에 밧줄이 감긴다. 상상 속 유키노는 처음으로 하얀 이를 보였다. 이제야 이곳에 다다랐구나, 드디어 이때를 맞는구나 하며 맑고 투명한 웃음을 짓는다.

감미로운 이미지를 깨듯 굉음이 귓전을 울린다. 소리의 의미가 온몸을 관통하듯 밀려들었다. 상상 속 소리가 아니다……. 그걸 알아챘을 때 나는 눈을 뜨고 전실 문에 손을 댔다. 곁에 있던 경비 담당관이 내 어깨에 손을 올린다.

소리 지르고 싶은 충동을 억누르며 그의 손을 뿌리쳤다. 그리고 방으로 뛰어 들어갔다. 열린 발판이 시야에 들어왔다. 철제 고리에 걸린 굵은 밧줄이 축 늘어진 채 끼익끼익 하고 짐승의 포효 같은 소리를 내고 있다.

망연히 다가가려 하자 바로 등 뒤에서 제압당했다. 한순간에 허리에서 힘이 빠져나간다. 이를 악물려 해도 힘이 들어가지 않는다.

조금씩 작아지는 밧줄 소리가 다나카 유키노의 목숨이 꺼져감을 상징하고 있었다. 그리고 다시 완전한 적막이 되돌아왔을 때 나는 한 여자가 이 세상에서 허무하게 사라진 현실과 맞닥뜨렸다.

남이 보기에는 아무것도 다르지 않다. 차가운 공기도, 자욱한 향 냄새도 그대로다. 하지만 그녀는 이제 없다. 누군가에게 민폐 끼치는 것을 무엇보다 두려워하던 그녀는, 마지막에는 평온한 모습으로 그 누군가들에게 심판받았다.

주위가 조금씩 소란스러워진다. 부들부들 떨리는 하반신을 채찍질하여 나도 집행실 아래층 방으로 향한다.

이미 관에 들어간 유키노보다 그 물건을 먼저 찾았다. 하지만 아무리 둘러보고 눈을 씻고 찾아도 분홍색 종잇조각은 보이지 않는다. 유키노는 그것을 쥔 채 마지막 순간을 맞을 수 있었을까. 분명 그랬으리라 생각한 순간, 갑자기 꽃향기가 코끝에 닿는 느낌이 들었다.

언젠가 읽은 편지 한 구절이 뇌리를 스친다. 언덕 위에 흐드러지게 핀 벚나무 그림이 돌연 눈앞에 떠오른다. 나는 종잇조각의 정체를 그제야 알았다. 유키노가 마지막으로 무엇에 매달리려 했는지를 안 것이다.

천천히 관에 다가가 안을 들여다보았다. 국화 다발이 가슴 위에 놓여 있지만 어울리지 않는다. 그녀에게는 왼손에 쥔 꽃, 흐드러지게 만개한 벚꽃이 어울린다.

관 속에 누운 유키노의 표정에는 한 점의 그늘도 없었다. 살고 싶다는 희미한 충동을, 죽고 싶다는 강한 바람으로 봉인했다. 소녀처럼 미소 짓는 그녀에게 어떤 말을 해줘야 할까. "고생 많았어"일까 "잘 가"일까.

분명 "축하해"라는 것을 알면서도 나는 그 말을 꾹 삼켰다.

***

몇 가지 행동이 문제시되어 즉시 근신 처분을 받은 그날 밤. 나는 관사에서 대기하라는 상관 명령을 무시하고 유시마로 향했다.

며칠 전과 마찬가지로 바 주인은 예능 프로그램을 보고 있었다. 역시 며칠 전과 마찬가지로 "그냥 둬요. 누구 기다릴 거니까"라고 짤막하게 말하고는 잘 마시지도 못하면서 이전에 하루키가 마시던 것과 같은 위스키를 주문했다.

한 시간쯤 지나자 가게 문이 삐걱거리는 소리를 냈다. 말끔한 정장 차림의 사십대 남자와 아직 젊은 여자가 서로 바싹 붙어 가게로 들어온다. 애정 행각을 벌이는데 각자 풍기는 분위기가 전혀 다르다. 주위에서 불륜임을 눈치챘다는 것을 본인들만 모른다.

리모컨을 손에 든 주인에게 남자가 "아, 그냥 켜두세요. 대신 NHK로 돌려주실래요?" 하고 말했다.

주인은 내게 난처해하는 눈길을 보낸다. 법무장관은 오늘 저녁에 다나카 유키노의 사형 집행을 발표했다. 나는 주인에게 고개를 끄덕였다. 어떻게 보도되는지 알고 싶었다.

마침 9시 뉴스가 시작할 때 하루키가 왔다. TV에서 뉴스가 나오는 것을 보더니 민감하게 얼굴을 찡그린다.

"어떡할래? 다른 데 갈까?"

커플에 들리지 않게 목소리를 낮춰 묻는 하루키에게 고개를 살짝 저었다.

"아니, 괜찮아. 일은 어땠어?"

"그게, 아주 진땀 뺐어. 오랜만에 처음부터 끝까지 영어로 회의하고 왔거든. 머리를 풀가동했지. 아무래도 영어가 능통한 사람을 구해야겠어. 토익 600점대로는 어림도 없다니까."

하루키는 계속해서 필요 이상으로 밝게 굴었다.

"어, 그러고 보니 너 외국에서 살다 오지 않았어?"

"다섯 살 때까지야. 게다가 프랑스고. 참고로 토익 점수는 550점이거든요."

"그래도 좋아. 내 회사 들어와."

"그것도 괜찮겠네. 둘이서 벌어볼까."

내가 순순히 대답하자 하루키는 본인이 제안했으면서 의아해하며 눈살을 찡그렸다. 엉겁결에 나온 말이지만 그 마음에 거짓은 없다. 나는 이제 지금 하는 일에 미련이 없다. 유키노는 내게 깊은 상처를 남기고 떠났으나 동시에 큰 해방감도 주었다.

그리고 오늘, 일을 그만둘 이유가 또 하나 생겼다. 아니, 그만두어야 할 이유라고 하는 게 맞을 것이다.

"어떤 사람한테 어떤 말을 전해줘야 해. 어디 사는지, 어떤 사람인지도 몰라. 이름밖에 모르는데 전해야 할 게 생겼어. 하지만 교도관인 상태로는 그럴 수 없어."

나는 어느 남자의 얼굴을 뚜렷하게 머릿속에 그렸다. 관 속 유키노의 부드러운 웃음을 나는 분명히 본 적 있다. 두 번 쓰러졌을 때보다 훨씬 이전, 요코하마 지방법원에서 유키노에게 사형 판결이 내려진 날이다.

퇴정할 때 유키노는 빨려들듯 방청석을 돌아보았다. 그리고 사람들 속에서 누군가를 발견하고는 안심한 듯 미소 지었다. 그날은 몰랐지만 지금의 나는 유키노가 누구를 보았는지 안다. 분명 그 남자가 '신'이다. 사사키 신이치가 틀림없다.

얼굴을 가리려는 듯 커다란 마스크를 쓴 신이치는 겁먹은 표정으로 유키노를 바라보고 있었다. 풍기는 분위기가 서로 조금도 다르지 않았다. 두 사람이 벚꽃 흩날리는 언덕 위에 서 있다면……. 그 장면은 어렵지 않게 상상할 수 있다.

아무것도 전해지지 않았을 추상적인 말에도 하루키는 고개를 끄덕였다. "그렇구나. 그럼 조만간 면접이네" 하고 농담처럼 말했다. 그러더니 더는 묻지 않고 한가로이 시선을 TV로 돌렸다.

유키노 관련 뉴스가 나올 기색은 전혀 없었다. 하루가 다르게 일어나는 흉악한 사건 앞에서 과거에 세간을 떠들썩하게 만든 인간의 생사 따위 큰 가치는 없으리라.

일기예보가 끝나고 또 다른 캐스터가 스포츠 뉴스를 전할 즈음, 내 머릿속은 유키노로 가득했다. 이미 두 잔째 술도 비었다. 빈 잔을 바라보며 크게 한숨을 쉬었다.

마음의 상처와 해방감. 그리고 또 내 마음에 남겨진 것은 시종일관 느끼던 분노였다.

하지만 그 감정의 정체를 도무지 종잡을 수 없었다. 도대체 무엇에, 누구에게 분노하는 것일까. 진범인가, 경찰인가, 재판 시스템인가, 사형 제도 자체인가. 결국 구해내지 못한 유키노의 친구들을 향해서일까, 아니면 유키노 자신을 향해서일까.

모두 해당하리라는 생각이 드는 한편, 모두 틀렸다는 느낌도 지울수 없다. 한 가지 분명한 것은 어느 방향으로 분노의 칼날을 던져도 부메랑처럼 내게 돌아온다는 사실이었다. 나도 한 번은 유키노를 흉악범죄자로 낙인찍었으니까.

문득 적의를 드러낼 상대의 그림자를 포착한 느낌이 들었다. 하지만 그 순간, TV 속 뉴스 캐스터의 얼굴에 긴장이 스쳤다.

"방금 들어온 소식입니다."

나는 유키노에 관해 보도하지 않을까 하고 마음의 준비를 했다. 하지만 화면에는 낯선 전원 풍경과 수로 옆에 자전거가 쓰러져 있는 영상이 나왔다. 캐스터는 굳은 얼굴로 사이타마 현에서 유괴 사건이 일어났고, 경찰 요청에 따라 보도를 자제했으며, 범인은 체포되었다는 내용을 연달아 전했다.

화면에 용의자인 여자의 사진이 크게 나타났다. 눈 밑이 움푹 들어가고 입술은 박복해 보일 만큼 창백하다. 머리칼은 부스스하고 얼굴에는 깊이 주름이 가 있다. 이름 옆에 표시된 '44'라는 나이보다 훨씬 나이 들어 보였다.

"인상 참 더럽네."

잠시 침묵이 흐른 뒤, 자리 두 개를 사이에 둔 커플 중 남자가 경멸하는 투로 중얼거렸다. 여자는 경박한 소리를 내며 웃는다.

"근데 이런 사건 전에도 있었잖아. 그나저나 이 여자 본 적 없어?"

"음, 글쎄. 그런 타입 아닐까?"

"타입?"

"그러니까 뭐랄까⋯⋯. 그래 보이잖아. 딱 봐도."

언젠가와 비슷한 말을 듣자 온몸의 털이 곤두섰다. 나는 뚜렷한 적의를 품고 커플 쪽으로 몸을 돌렸다.

그런데 아무 말도 할 수 없었다. 그저 살짝 숨을 삼킬 뿐이었다. 여자가 의아해하는 눈빛으로 노려본다. 나는 고개를 흔들어 그 시선을 흘렸다. 결국 칼날은 다시 내게 돌아왔다.

"전혀 아닐 수도 있는데 말이야" 하고 나는 나지막이 중얼거렸다. 생뚱맞은 소리를 하는 줄 알면서도 말을 멈출 수 없다.

"딱 그래 보인다니, 나도 분명히 그렇게 생각했어. 아무것도 모르면서 제멋대로 결론 내리고."

커플이 돌아가는 모습을 확인하며 그 말을 입 밖에 냈다. 이상하다는 듯 고개를 갸웃거리는 하루키를 외면한 채. 분노의 칼날을 이번에는 나에게 향한 채.

"불륜이 아닐지도 모르는데 말이야. 부부일지도 모르고, 연인일지도 몰라. 부녀 사이일지도 모르고, 남매일지도 몰라. 아무도 모르는 거야. 알지도 못하면서 단정 지었어. 안 돼. 전혀 성장하지 않았어."

참회하듯 중얼거리고는 멍하니 있는 하루키에게 시선을 돌렸다.

"면접, 내년 봄 어때?"

"봄?"

"응, 벚꽃 필 무렵에 요코하마에 가보자. 야마테라는 곳을 보고 싶어. 한 번도 가본 적 없거든."

하루키는 이상함을 넘어 불만스럽다는 표정을 지었다. 그 얼굴이 우스꽝스러워 보여 처음으로 피식 웃고는 왠지 모르게 봄의 요코하마를 상상해보았다.

상상 속 야마테의 언덕은 신이치가 편지에 묘사한 경치와 맞아떨어진다. 약간 높은 산 위에 벚꽃이 흐드러지게 피어 있다. 짙은 분홍빛 꽃잎이 눈처럼 흩날린다. 그 굵은 나무줄기를 따라 은행나무들이 늘어선다.

나와 하루키의 바로 곁에서 두 아이가 놀고 있다. 몸이 아담한 여자아이와 소심해 보이는 남자아이다. 누군지는 모른다. 하지만 이 아이들의 미래가 밝으리라는 것은 똑똑히 알고 있다. 분명 단추를 잘못 끼우지 않을 것이다. 잘못된 길로 빠지지 않을 것이다.

두 사람은 손을 맞잡고 벚꽃 터널을 달려간다. 아무런 불안 따위는 없다는 듯이 해맑게 웃으며.

터널 끝에 태양으로 반짝이는 푸른 바다가 보인다. 두 사람은 앞다투어 달리며 터널의 종착점을 향해 간다.

조금씩 잦아드는 웃음소리와 함께 두 사람의 모습은 완전히 빛 속으로 녹아든다. 꽃이 따스한 소리를 낸다.

벚나무를 올려다보니 두 사람의 미래를 축복하듯 봄바람에 흔들리고 있다.

문득 정신이 들어 TV로 눈길을 돌렸다. 흑백으로 된 유키노의 얼굴이 비친다. 여성의 딱딱한 내레이션이 들려온다.

"사형수 다나카 유키노는 요코하마 시 출신의 23세. 과거에 교제하던 연인에게 이별을 통보받은 데 격분, 그의 가족이 사는 연립주택에 불을 질러 유아를 포함해 세 사람이 사망했다. 2010년 가을에 요코하마 지방법원에서 사형 판결을 받은 뒤로는 죄를 뉘우쳤으며, 구치소에서는 조용히 그때를 기다렸다고 한다……."

참고문헌

《요코하마 고토부키 필리피노 横浜コトブキ·フィリピーノ》, 레이 벤투라, 모리모
토 마이코 역, 겐다이쇼칸.

《다시 살다, 말 生きなおす、ことば》, 오사와 도시로, 다로지로샤에디터스.

《여자 붉은 수염, 도야가이를 사랑하다 女赤ヒゲドヤ街に純情す》, 사에키 데루
코, 잇코샤.

《옥중 결혼-이상한 러브레터 獄中結婚 異様なラブレター》, 이시하라 신지, 고유
샤분.

《요코하마 고토부키초와 외국인 横浜·寿町と外国人》, 야마모토 가오루코, 후
쿠무라슛판.

《알몸의 유랑자 はだかのデラシネ》, 나카타 시로, 마루주샤

《가나가와의 기억 かながわの記憶》, 가나가와신문 편집국, 가나가와신분샤.

《다쿠마 마모루 정신감정서 宅間守精神鑑定書》, 오카에 아키라, 아키쇼보.

《아무렇지 않게 원죄를 만드는 이들 平気で冤罪をつくる人たち》, 이노우에 가오
루, PHP신쇼.

《원죄와 재판 冤罪と裁判》, 이마무라 가쿠, 고단샤겐다이신쇼.

《원죄는 이렇게 만들어진다 冤罪はこうして作られる》, 오다나카 노시키, 고단샤 겐다이신쇼.

《사형과 정의 死刑と正義》, 모리 호노오, 고단샤겐다이신쇼.

《사형절대긍정론 死刑絶対肯定論》, 미타쓰 야마토, 신초신쇼.

《자백의 심리학 自白の心理学》, 하마다 스미오, 이와나미신쇼.

《신문과 덫 訊問と罠》, 스가야 도시카즈, 사토 히로시, 가도카와원테마21.

《소년을 어떻게 처벌할 것인가 少年をいかに罰するか》, 미야자키 데쓰야, 후지 이 세이지, 고단샤+알파분코.

《사형해도 좋습니다 死刑でいいです》, 이케타니 다카시, 교도쓰신샤.

《교수형 絞首刑》, 아오키 오사무, 고단샤.

《싸움은 본의가 아니어도 争うは本意ならねど》, 기무라 유키히코, 슈에이샤인 터내셔널.

《그때, 버스는 멈춰 있었다 あの時、バスは止まっていた》, 야마시타 요헤이, 소프 트뱅크크리에이티브.

《원죄-어느 날, 나는 범인이 되었다 冤罪 ある日、私は犯人にされた》, 스가야 도시 카즈, 아사히신분슛판.

《갑자기 나는 살인범이 되었다 突然、僕は殺人犯にされた》, 스마일리 기쿠치, 다 케쇼보.

《마음에 칼을 숨기고 心にナイフをしのばせて》, 오쿠노 슈지, 분게이슌주.

《그러나 나는 처형을 원하지 않는다 されど私、処刑を望まず》, 후쿠다 마스미, 겐다이쇼칸.

《반원죄 反冤罪》, 가마타 사토시, 소시샤 創森社.

《사야마 사건 狭山事件》, 가마타 사토시, 소시샤 草思社.

《심판받는 것은 바로 나다 裁かれるのは私なり》, 야마다이라 시게키, 후타바샤.

《입을 수 없는 바지로 사형 판결はけないズボンで死刑判決》, 하카마다 사건 변호단, 겐다이진분샤.

《사형死刑》, 모리 다쓰야, 아사히신분샤.

《전직 교도관이 밝히는 사형의 모든 것元刑務官が明かす死刑のすべて》, 사카모토 도시오, 분게이이슌주.

《강좌사회학(2) 가족講座社会学(2) 家族》, 메구로 요리코, 와타나베 히데키, 도쿄다이가쿠슛판카이.

《가족의존증家族依存症》, 사이토 사토루, 신초분코.

《엄마라는 병母という病》, 오카다 다카시, 포푸라샤.

《포이즌 마마ポイズン·ママ》, 오가와 마사요, 분게이이슌주.

《SIGHT(VOL46)》, 로킹온.

《원죄 파일冤罪File(No11)》, 오조라슛판.

《미해결 사건 파일-진범에게 고한다!未解決事件ファイル 真犯人に告ぐ!》, 슈칸아사히무크.

미야케 법률사무소. 야마자키 법률사무소. 변호사 나카야마 다쓰키 씨를 비롯해 취재에 응해주신 모든 분께 이 자리를 빌려 진심으로 감사드립니다.

무죄와
의
터

무죄의 죄 블랙&화이트 092

1판 1쇄 발행 2020년 10월 7일 **1판 2쇄 발행** 2020년 11월 26일
지은이 하야미 가즈마사 **옮긴이** 박승후
펴낸이 고세규
편집 박정선 **디자인** 홍세연 **마케팅** 백미숙 **홍보** 김하은

발행처 김영사
주소 경기도 파주시 문발로 197(문발동) 우편번호 10881
등록 1979년 5월 17일(제406-2003-036호)
주문 및 문의 전화 031)955-3200 **팩스** 031)955-3111
편집부 전화 02)3668-3291 **팩스** 02)745-4827 **전자우편** literature@gimmyoung.com
비채 카페 cafe.naver.com/vichebooks **인스타그램** @drviche **카카오톡** @비채책
트위터 @vichebook **페이스북** www.facebook.com/vichebook
ISBN 978-89-349-9165-6 03830 책값은 뒤표지에 있습니다.

비채는 김영사의 문학 브랜드입니다.
이 도서의 국립중앙도서관 출판시도서목록(CIP)은 서지정보유통지원시스템 홈페이지(http://seoji.
nl.go.kr)와 국가자료공동목록시스템(http://www.nl.go.kr/kolisnet)에서 이용하실 수 있습니다.
(CIP제어번호: CIP2020039200)